Marquée à vie

EMELIE SCHEPP

Marquée à vie

thriller

Traduction de l'anglais (États-Unis) par
LOUIS POIRIER

Harper Collins
NOIR

Titre original :
MARKED FOR LIFE

HARPERCOLLINS FRANCE
83-85, boulevard Vincent-Auriol, 75646 PARIS CEDEX 13
Tél. : 01 42 16 63 63
www.harpercollins.fr
ISBN 979-1-0339-0018-4

Pour H.

1

Dimanche 15 avril

— Centre d'appel du 112, récita Anna Bergström. Que puis-je pour vous ?

— Mon mari est mort...

La voix de la femme se brisa à l'autre bout du fil. Anna jeta un coup d'œil en bas à droite de son écran. L'horloge affichait 19 h 42.

— Votre nom s'il vous plaît.

— Kerstin Juhlén. Mon mari s'appelle Hans. Hans Juhlén.

— Comment savez-vous qu'il est mort ?

— Il ne respire plus. Il est allongé par terre. Il n'a pas bougé depuis que je suis rentrée. Et il y a du sang...

La femme se mit à sangloter.

— Du sang sur le tapis.

— Etes-vous blessée ?

— Non.

— Y a-t-il un blessé avec vous ?

— Non, il n'y a que mon mari et il est mort.

— Je comprends. Où êtes-vous ?

— Chez moi.

La femme inspira profondément.

— J'ai besoin de votre adresse.

— 204 rue Östanvägen, à Lindö. Une maison jaune. Avec des grands pots de fleurs devant la façade.

Les doigts d'Anna tapèrent avec dextérité sur le clavier pour entrer l'adresse et la localiser sur une carte numérique.

— Je vous envoie les secours, annonça-t-elle d'une voix réconfortante. J'aimerais que vous restiez en ligne le temps qu'ils arrivent.

Seul le silence lui répondit. Elle réajusta son casque.

— Allô ? Vous m'entendez ?

— Il est vraiment mort, souffla la femme.

Elle recommença à sangloter. De plus en plus fort. Puis elle poussa un long hurlement d'angoisse.

L'inspecteur en chef Henrik Levin et le lieutenant Maria Bolander garèrent leur Volvo à Lindö. L'air froid de la Baltique fit frissonner Henrik qui ne portait qu'un léger blouson d'été. Il remonta sa fermeture Eclair et enfonça les mains dans ses poches.

Une Mercedes noire, deux voitures de police et une ambulance stationnaient déjà dans l'allée pavée. Deux autres voitures étaient garées non loin du ruban de police. A en juger par leur logo publicitaire, elles appartenaient aux deux journaux concurrents de la ville.

Deux journalistes, probablement concurrents donc, se pressaient contre le ruban, leurs vestes molletonnées poussant contre le plastique tendu à se rompre.

— Qu'est-ce que c'est chic ici !

Maria Bolander, Mia pour les intimes, secoua la tête, visiblement agacée.

— Ils ont même des statues, ajouta-t-elle en fixant les lions de granit.

Puis elle aperçut les pots de fleurs d'un mètre de haut qui trônaient à côté d'eux, et son visage se ferma un peu plus.

Henrik Levin ne releva pas le commentaire et remonta en silence le chemin éclairé qui menait au numéro 204. De petits tas de neige subsistaient sur les pierres grises qui bordaient l'allée, signe que l'hiver était encore là. Il salua d'un hochement de tête Gabriel Mellqvist, l'agent en uniforme de faction à l'entrée, piétina pour faire tomber la neige de ses chaussures, poussa la lourde porte qu'il tint pour Mia, et entra derrière elle.

Une activité fébrile régnait dans la superbe demeure. Les experts de la police scientifique avaient ratissé la scène de crime dans l'espoir de recueillir des empreintes digitales ou d'autres traces corporelles. Ils avaient déjà utilisé la lumière fluorescente et la poudre à empreintes sur les portes. Ils s'intéressaient maintenant aux murs. Un flash d'appareil photo éclairait de temps à autre la pièce meublée sans ostentation. Le cadavre gisait sur le tapis rayé du salon.

— Qui l'a trouvé ? demanda Mia.

— Sa femme, Kerstin Juhlén, répondit Henrik. Elle l'a trouvé mort en rentrant de promenade.

— Où est-elle ?

— A l'étage. Avec Hanna Hultman.

Henrik Levin contempla l'homme qui gisait à ses pieds. Il s'agissait de Hans Juhlén, un fonctionnaire de l'Office d'immigration en charge des dossiers de demande d'asile. Henrik contourna le corps pour se pencher sur le visage du mort — mâchoire puissante, traits burinés, barbe naissante, tempes grisonnantes. Les médias diffusaient régulièrement des photos de Hans Juhlén, mais leurs clichés d'archives ne correspondaient pas au corps vieillissant qu'ils avaient devant eux. L'homme portait un pantalon soigneusement repassé et une chemise bleu pâle à rayures, dont le coton était imbibé du sang qui s'était écoulé de sa blessure.

— Surtout ne touche à rien.

Anneli Lindgren, de la police scientifique, jeta depuis sa fenêtre un regard d'avertissement à Henrik.

— Il s'est fait tirer dessus ?

— On dirait bien. Il y a deux points de pénétration.

Henrik Levin se redressa et balaya la pièce du regard. Le

salon comportait un canapé et deux fauteuils en cuir, disposés autour d'une table en verre à pieds chromés. Des tableaux d'Ulf Lundell étaient accrochés aux murs. Le mobilier ne semblait pas déplacé, rien n'était renversé.

— Aucun signe de lutte, déclara-t-il en se tournant vers Mia qui se tenait maintenant derrière lui.

— Non, répondit-elle sans quitter des yeux un buffet ovale sur lequel était posé un portefeuille de cuir marron.

Trois billets de cinq cents couronnes en dépassaient et sa première impulsion fut de se servir — un petit billet, ni vu ni connu —, mais elle se retint. *Ça suffit*, se dit-elle. *Reprends-toi. Tu n'en es quand même pas là.*

Henrik dirigea son regard vers les fenêtres qui donnaient sur le jardin et s'arrêta sur Anneli Lindgren, toujours occupée à chercher des empreintes digitales.

— Tu trouves quelque chose ?

Anneli lui jeta un coup d'œil par-dessus ses lunettes.

— Pas encore mais, d'après la femme de la victime, l'une de ces fenêtres était ouverte quand elle est rentrée. Donc il devrait y avoir des empreintes.

Elle se remit au travail, lentement et méthodiquement. Henrik se passa la main dans les cheveux, puis s'adressa à Mia :

— Si on montait à l'étage pour avoir une petite conversation avec Mme Juhlén ?

— Vas-y. Je vais rester ici pour jeter un œil.

A l'étage, Kerstin Juhlén attendait, les yeux dans le vide, assise sur le grand lit de la chambre de maître.

Quand Henrik entra, l'officier de police Hanna Hultman recula respectueusement et ferma la porte derrière elle, les laissant seuls.

En grimpant l'escalier, Henrik avait imaginé rencontrer une femme distinguée et élégante, mais Kerstin Juhlén était plutôt massive et portait un T-shirt délavé et un jean stretch noir. Elle avait des cheveux blonds, coupés en un carré court, avec des racines sombres qui auraient mérité une visite chez le coiffeur. Henrik balaya d'un regard curieux la pièce dans laquelle il se trouvait, observant tout d'abord la commode à tiroirs et un mur décoré de plusieurs photos. Celle qui trônait au centre, un peu passée, montrait un couple de mariés à l'air heureux.

Pendant ce temps, Kerstin Juhlén le dévisageait, il en était conscient.

— Je suis l'inspecteur en chef Henrik Levin, dit-il d'une voix douce. Toutes mes condoléances... Je vous prie de bien vouloir m'excuser pour les questions que je vais devoir vous poser.

Kerstin essuya une larme solitaire avec la manche de son cardigan.

— Je comprends.

— Pouvez-vous me décrire ce qui s'est passé quand vous êtes rentrée ?

— Je suis rentrée... et... il était là. Par terre.

— Quelle heure était-il ?

— 19 h 40.

— Vous en êtes sûre ?

— Oui.

— Avez-vous vu quelqu'un en arrivant ?

— Non. Non. Il n'y avait que mon mari, qui...

Les lèvres de Kerstin Juhlén tremblèrent et elle enfouit son visage dans ses mains.

Elle était sous le choc et visiblement pas en état de subir un interrogatoire en règle. Henrik décida de faire au plus court.

— Madame Juhlén, vous allez bientôt recevoir toute l'assistance dont vous avez besoin, mais en attendant je dois vraiment vous poser quelques questions.

Kerstin découvrit son visage et posa les mains sur ses genoux.

— Oui ?

— Vous avez dit avoir trouvé une fenêtre ouverte en rentrant.

— Oui.

— Vous l'avez fermée ?

— Oui.

— N'avez-vous rien remarqué de particulier au-dehors avant de fermer cette fenêtre ?

— Non... non.

— Pourquoi l'avez-vous fermée ?

— J'avais peur que quelqu'un ne passe par là pour entrer dans la maison.

Henrik enfonça les mains dans ses poches et réfléchit quelques instants.

— Une dernière question : voulez-vous que l'on prévienne quelqu'un ? Un ami ou un parent, vos enfants...

Mme Juhlén baissa les yeux vers ses mains secouées de tremblements et murmura quelque chose d'une voix à peine audible.

— Je suis désolé, vous pourriez répéter ?

Kerstin ferma les yeux et leva lentement vers lui son visage tourmenté. Puis elle inspira profondément, avant de répondre.

Dans le salon, Anneli Lindgren poursuivait sa laborieuse tâche. Elle s'interrompit un instant et remonta ses lunettes sur son nez.

— Je crois avoir trouvé quelque chose, dit-elle en examinant une empreinte en train d'apparaître sur le cadre de la fenêtre.

Mia s'approcha. On distinguait en effet nettement une paume et des doigts.

— Il y en a une autre ici, fit Anneli. On dirait des empreintes d'enfant, reprit-elle.

Elle alla chercher son appareil, un canon EOS-1D, qu'elle régla avant de photographier l'indice. Elle prenait encore des clichés quand Henrik revint dans la pièce.

Elle lui adressa un signe de tête.

— Viens voir, lui dit-elle. On a trouvé des empreintes.

Henrik s'approcha.

— Elles sont vraiment petites, reprit-elle avant de brandir son appareil photo et de zoomer pour prendre un nouveau cliché.

— Donc ce sont bien celles d'un enfant ? demanda Mia.

Henrik parut surpris et se pencha sur la fenêtre pour mieux voir. Le dessin de l'empreinte était parfaitement net et caractéristique. Il s'agissait d'une petite main d'enfant.

— Etrange, murmura-t-il en se redressant.

— Qu'est-ce qui est étrange ? dit Mia.

Henrik lui jeta un regard lourd de sens, avant de répondre :

— Les Juhlén n'ont pas d'enfants.

2

Lundi 16 avril

Le procès était terminé et la procureure Jana Berzelius était satisfaite du verdict. L'accusé avait été reconnu coupable de coups et blessures. Il avait agressé sa propre sœur, sous les yeux de son fils de quatre ans, la laissant ensuite pour morte dans son appartement. Pourtant, Peter Ramstedt, l'avocat de la plaignante, avait paru surpris à l'annonce du verdict.

Jana le salua d'un léger signe de tête en quittant discrètement la salle d'audience. Elle n'avait aucune envie d'être obligée de commenter le verdict avec les journalistes qui l'attendaient à la sortie du tribunal, munis de leurs appareils photo et de leurs portables. Elle poussa donc la porte coupe-feu de la sortie de secours et descendit rapidement l'escalier tout en consultant sa montre qui marquait 11 h 35.

Jana Berzelius avait appris à fuir les journalistes comme la peste. Trois ans plus tôt, quand elle venait d'être recrutée par le bureau du procureur de Norrköping, elle avait apprécié un temps d'attirer l'attention des médias. Elle avait notamment été flattée par un article publié par le *Norrköpings Tidningar*, intitulé « Une brillante élève au tribunal », qui parlait d'elle en termes élogieux : « carrière fulgurante », « future procureure générale », etc. Mais à présent, elle préférait se passer de cette publicité et poussa un soupir de soulagement en arrivant au bas de l'escalier de service.

Son portable vibra dans sa poche de veste et elle s'arrêta pour jeter un rapide coup d'œil à l'écran. Puis, tout en décrochant, elle poussa la lourde porte donnant sur le parking.

— Bonjour, père, lança-t-elle.

— Alors, comment ça s'est passé ?

— Deux ans de prison et quatre-vingt-dix mille de dommages et intérêts.

— C'est ce que tu voulais ?

Il ne serait jamais venu à l'idée de Karl Berzelius de féliciter sa fille pour avoir gagné un procès. Jana était habituée à sa réserve. Et aussi à celle de sa mère, Margaretha, qui s'était toujours montrée distante. Attentionnée à sa manière, mais distante. Et surtout occupée à entretenir sa maison, passant plus de temps à étendre son linge et à briquer sa cuisine qu'à jouer avec sa fille. Jana n'avait jamais eu droit à des histoires pour s'endormir. Elle avait aujourd'hui trente ans et traitait ses parents avec le respect sans affection qu'ils lui avaient autrefois manifesté.

— Oui, répondit-elle d'un ton assuré.

— Ta mère se demandait si tu comptais passer nous voir le 1er mai. Elle a visiblement en tête d'organiser un repas de famille.

— A quelle heure ?

— 19 heures précises.

— J'y serai.

Jana Berzelius raccrocha, déverrouilla sa BMW X6 noire et s'installa au volant. Elle abandonna sa mallette sur le siège passager en cuir et posa son téléphone sur ses genoux. Sa mère aussi avait coutume de l'appeler après un procès important, mais toujours après son père. C'était la règle. Aussi, quand Jana sentit vibrer l'appareil, elle décrocha immédiatement, tout en manœuvrant adroitement pour quitter son étroite place de parking, et en vérifiant dans ses rétroviseurs qu'elle restait à bonne distance des autres véhicules.

— Bonjour, mère.

— Bonjour, Jana, répondit une voix d'homme.

Jana freina brutalement et la voiture stoppa avec un soubresaut. La voix était celle du procureur général Torsten Granath, son supérieur hiérarchique.

— Alors ? demanda-t-il.

Jana fut un peu surprise qu'il s'intéresse à ce point au verdict, mais elle répondit à sa question sans faire de commentaire.

— Bien, approuva-t-il. Très bien. Mais je n'appelais pas pour ça. Je vous confie une nouvelle affaire. Une femme a été mise en détention après avoir découvert le cadavre de son mari. La victime travaillait à l'Office d'immigration de Norrköping. D'après le rapport de police, elle a été abattue par balle. Il s'agirait d'un assassinat. Je vous donne carte blanche pour l'enquête.

Devant le silence de Jana, Torsten continua :

— Gunnar Öhrn vous attend au poste avec son équipe. Alors ?

Jana vérifia l'heure sur le tableau de bord. 11 h 48. Elle inspira rapidement et remit le contact.

— J'y vais tout de suite.

Jana Berzelius traversa rapidement l'entrée principale du poste de police de Norrköping et prit l'ascenseur jusqu'au troisième étage. Là, elle remonta d'un pas décidé le long couloir menant au bureau du chef du département, en faisant claquer ses talons. Les yeux fixés droit devant elle, elle salua distraitement les deux policiers en uniforme qu'elle croisa.

Gunnar Öhrn, chef du département des enquêtes criminelles, l'attendait devant son bureau. Après les salutations d'usage, il la conduisit jusqu'à la salle de conférences. L'un des murs était percé de fenêtres donnant sur le rond-point de Norrtull, où la circulation de la mi-journée était déjà intense. Un grand tableau Velleda et un écran de projection étaient accrochés au mur d'en face, un vidéoprojecteur pendait du plafond.

Jana rejoignit l'équipe autour de la table ovale. Avant de

s'asseoir, elle salua l'inspecteur Henrik Levin, puis adressa un signe de tête au technicien Ola Söderström, à Anneli Lindgren, puis à Mia Bolander.

— Le procureur général a chargé Jana Berzelius de l'enquête préliminaire dans le cadre de l'affaire Hans Juhlén, annonça Gunnar.

— C'est exact, confirma Jana.

Mia Bolander serra les dents et s'adossa à son siège, les bras croisés. Elle n'avait pas confiance en cette femme, qui avait le même âge qu'elle et qu'elle voyait un peu comme une rivale. Avec Jana Berzelius aux commandes, l'enquête n'allait pas être une partie de plaisir.

Elle avait plusieurs fois travaillé sous ses ordres et, non, décidément, elle ne l'aimait pas. Jana Berzelius n'avait aucune personnalité, elle était rigide et fermée comme une huître. Toujours crispée, incapable de se détendre. Pour Mia, il était tout naturel de boire une bière ou deux entre collègues à la fin d'une dure journée de travail, histoire d'apprendre à se connaître. Mais elle avait vite compris que Jana n'avait aucun goût pour ces moments de camaraderie. Quant aux questions concernant sa vie privée, elle y répondait par un regard plein d'arrogance.

Mia considérait donc Jana comme une prétentieuse qui jouait les divas. Malheureusement, le reste de l'équipe ne semblait pas de cet avis. Tout le monde avait salué la jeune femme avec sympathie quand elle était entrée avec Gunnar.

Mais ce qui agaçait Mia par-dessus tout, et elle en avait conscience, c'était le milieu social de Jana — une nantie, qui venait d'une famille riche. Pas comme elle, qui était issue de la classe ouvrière et croulait sous les dettes. Rien que ça, c'était suffisant pour tenir à distance cette procureure avec ses grands airs.

Jana avait remarqué les regards méprisants de Mia, mais décida de les ignorer. Elle ouvrit sa mallette et en sortit un calepin et un stylo.

Gunnar Öhrn vida sa bouteille d'eau minérale, puis distribua à tout le monde les photocopies du dossier sur l'affaire en cours.

Il contenait le rapport initial, des photos de la scène de crime et de son voisinage immédiat, un plan de la maison où la victime avait été découverte, une courte présentation de la victime, et enfin un document consignant les mesures relevées sur la scène de crime, dûment horodatées.

Gunnar montra la frise chronologique qui figurait au tableau. Il reprit la transcription de l'entretien avec la femme de la victime, Kerstin Juhlén, signée par les policiers qui patrouillaient ce jour-là dans le quartier. Les premiers arrivés sur les lieux, ils avaient été les premiers à l'interroger.

— L'interrogatoire de Kerstin Juhlén n'a pas été facile, dit Gunnar.

Elle semblait au début au bord de l'hystérie, hurlant et s'exprimant de manière incohérente. Elle avait même fait une crise d'hyperventilation. Elle n'avait cessé de répéter qu'elle n'avait pas tué son mari. Qu'elle l'avait trouvé mort dans le salon. Mort.

— Elle fait donc partie de nos suspects ? demanda Jana, avant de s'apercevoir que Mia la fixait toujours.

— Oui, elle mérite qu'on s'intéresse à elle. Nous l'avons inculpée pour le moment. Elle n'a pas d'alibi.

Gunnar feuilleta la pile de papiers posés devant lui.

— Bon, résumons. Hans Juhlén a été tué hier entre 15 heures et 19 heures. On ne sait rien du coupable. Les experts de la police scientifique disent que le meurtre a eu lieu dans la maison. Que le corps n'a pas été transporté à l'intérieur après coup. C'est bien ça ? demanda-t-il en se tournant vers Anneli Lindgren.

— Tout à fait. Il est mort sur place.

— Le corps a été déposé chez le médecin légiste à 22 h 21 et vous avez continué à fouiller la maison jusqu'à minuit passé.

— C'est ça. Et regardez ce que j'ai trouvé.

Anneli posa dix feuilles sur la table. Sur chacune était inscrite une unique phrase.

— Elles étaient bien cachées tout au fond de l'armoire de la victime. Il s'agit de lettres de menace.

— Sait-on qui les a envoyées et à qui elles étaient adressées ? demanda Henrik en se penchant pour les ramasser, pendant que Jana prenait des notes sur son calepin.

— Non. Le labo médico-légal de Linköping m'a communiqué les photocopies ce matin, ils en sauront plus dans un ou deux jours, répondit Anneli.

— Qu'est-ce qui est écrit ? demanda Mia.

Elle enfonça les mains dans les manches de son pull en laine, posa les coudes sur la table et regarda Anneli avec curiosité.

— Le message est à chaque fois le même : « Donne-nous l'argent maintenant ou tu paieras le prix fort. »

— Du chantage, lâcha Henrik.

— On dirait bien. On en a parlé à Mme Juhlén. Elle prétend ne rien savoir de ces lettres. Elle a eu l'air très surprise quand elle a appris leur existence.

— Ces menaces n'avaient pas été signalées ? demanda Jana en fronçant les sourcils.

— Non, aucun signalement de la part de la victime, ni de sa femme, ni de qui que ce soit, lui répondit Gunnar.

— Et que sait-on de l'arme du crime ? demanda Jana, changeant de sujet.

— On ne l'a pas encore trouvée, répondit Gunnar. Elle n'était pas à proximité du corps, ni dans les environs immédiats.

— Des traces d'ADN ou des empreintes de pas ?

— Non, répondit Anneli. Mais quand la femme est arrivée, une fenêtre était ouverte dans le salon, par laquelle le coupable est probablement entré. Malheureusement, Kerstin l'a fermée, ce qui a un peu compliqué les choses. Mais nous avons quand même trouvé des empreintes intéressantes.

— Et à qui appartiennent ces empreintes ? l'interrogea Jana, le stylo dressé, prête à noter.

— On ne sait pas encore, mais il y a des chances pour que ce soient celles d'un enfant. Ce qui est bizarre, parce que les Juhlén n'ont pas d'enfants.

Jana leva les yeux de son calepin.

— Est-ce vraiment significatif ? demanda-t-elle. Ils fréquentent sûrement des gens qui ont des enfants. Un ami ? Un proche ?

— Nous n'avons pas eu l'occasion d'en parler avec Kerstin Juhlén, répondit Gunnar.

— Dans ce cas, il est capital que nous l'interrogions à nouveau. Le plus tôt serait le mieux.

Jana sortit un agenda de sa mallette et l'ouvrit à la bonne date. Sur les pages jaune pâle figuraient diverses annotations, avec des heures et des noms, le tout tracé d'une écriture bien nette.

— Je veux que nous lui parlions dès aujourd'hui.

— Je m'occupe de contacter son avocat, Peter Ramstedt, proposa Gunnar.

— Parfait, approuva Jana. Propose-moi un créneau horaire le plus tôt possible.

Elle rangea l'agenda dans sa mallette.

— Autre chose, vous avez interrogé les voisins ? demanda-t-elle.

— Les voisins directs, oui, répondit Gunnar.

— Et ?

— Rien du tout. Personne n'a rien vu, ni rien entendu.

— Il va falloir élargir votre périmètre. Allez frapper chez tous les habitants de la rue et du quartier. Il y a beaucoup de grandes maisons à Lindö, avec d'immenses baies vitrées donnant sur l'extérieur.

— Tu as l'air de bien connaître le coin..., insinua Mia.

Jana affronta son regard.

— Quelqu'un a pu voir ou entendre quelque chose, c'est tout ce que je voulais dire.

Mia lui rendit son regard, puis détourna les yeux.

— Que sait-on de Hans Juhlén ? reprit Jana.

— A priori, il menait une vie plutôt rangée, répondit Gunnar en baissant les yeux pour lire ses documents. Il est né en 1953 à Kimstad, il avait donc cinquante-neuf ans. En 1965, l'année de ses douze ans, il a emménagé avec sa famille à Norrköping. Après des études d'économie, il a travaillé quatre ans pour un cabinet comptable, avant d'être recruté par le service comptable de l'Office d'immigration, service qu'il a fini par diriger. Il a rencontré sa femme, Kerstin, à l'âge de dix-huit ans et ils se sont mariés civilement un an plus tard. Ils sont propriétaires d'un chalet au bord du lac Vättern. C'est tout ce que nous avons pour le moment.

— Leurs amis ? Leurs relations ? demanda Mia d'un ton bourru. Quelqu'un s'en occupe ?

— Nous ne savons encore rien de ses amis, répondit Gunnar. Ni de ceux de sa femme. Mais on a commencé à dresser une liste, oui.

— Une conversation plus approfondie avec Kerstin nous serait très utile pour ça aussi, ajouta Henrik.

— Je sais, acquiesça Gunnar.

— Et son portable ? demanda Jana.

— J'ai demandé à l'opérateur de nous envoyer la liste des derniers appels liés à son numéro, expliqua Gunnar. Avec un peu de chance, je l'aurai demain.

— Que donne l'autopsie ?

— Pour le moment, tout ce qu'on sait c'est que Hans Juhlén a été abattu par balle et qu'il est mort là où on l'a trouvé. Le rapport préliminaire du légiste sera prêt aujourd'hui.

— Il m'en faut une copie, déclara Jana.

— Henrik et Mia vont la chercher à la morgue, après la réunion.

— Très bien. J'irai avec eux, annonça Jana.

En entendant Mia Bolander soupirer, elle ne put s'empêcher de sourire intérieurement.

3

La mer était agitée, ce qui aggravait la puanteur qui régnait dans l'espace confiné. La petite fille de sept ans attrapa un coin de la jupe de sa mère et s'en couvrit la bouche. Elle essaya d'imaginer qu'elle était chez elle, dans son lit ou dans un berceau. Le roulis lui faisait penser à un berceau.

La petite fille respirait en haletant. A chaque expiration, le tissu s'éloignait de sa bouche. Et à chaque inspiration, il revenait se coller contre ses lèvres. Elle s'amusa à inspirer et à expirer à fond, pour écarter le tissu de son visage. A la fin, elle souffla si fort qu'elle le fit tomber.

Elle tâtonna pour le récupérer. C'est alors qu'elle entrevit dans la pénombre son petit miroir. Un miroir rose avec un papillon, dont la glace était fendue. Elle l'avait trouvé dans un sac-poubelle, dans la rue. Elle le ramassa, le tint devant son visage, dégagea la mèche qui lui barrait le front, examina ses cheveux noirs emmêlés, ses grands yeux et ses longs cils.

Elle sursauta en entendant quelqu'un tousser bruyamment. Elle essaya de voir qui c'était, mais les visages disparaissaient dans l'obscurité.

Elle aurait bien voulu savoir s'ils étaient bientôt arrivés, mais n'osait pas poser de nouveau la question. Quand elle avait demandé pour la cinquième fois s'ils allaient devoir rester assis encore longtemps dans cette affreuse boîte en métal, papa lui avait fait signe de se taire. Voilà que maman se mettait elle aussi à tousser. C'était vraiment dur de respirer. Vraiment. Ils étaient nombreux à se partager un tout petit peu d'oxygène.

La petite fille promena sa main sur le mur en acier. Quand elle sentit sous ses doigts le doux tissu de la jupe de sa mère, elle le pressa de nouveau contre son nez.

Le sol était dur. Elle se redressa et changea de position, puis continua à jouer avec sa main sur le mur. Elle fit galoper son index et son majeur dans un sens et dans l'autre, horizontalement et verticalement. D'habitude, maman riait quand elle faisait ça et l'appelait sa « petite écuyère ».

A la maison, dans leur cabane de La Pintana, la petite fille avait construit une écurie sous la table de la cuisine et jouait au cheval avec sa poupée. Depuis plusieurs années, elle demandait un poney pour son anniversaire. Même si elle savait qu'elle n'avait aucune chance d'en avoir un. Elle recevait rarement des cadeaux, même pour ses anniversaires. Ils avaient déjà du mal à manger à leur faim, avait dit papa. Mais la petite fille rêvait quand même d'avoir un poney, qu'elle monterait pour aller à l'école. Il serait aussi rapide que ses doigts qui couraient le long du mur.

Mais, cette fois, le jeu ne fit pas rire maman. Elle doit être trop fatiguée, *se dit la petite fille en la regardant.*

Combien de temps ça allait encore durer ? Quel voyage épouvantable ! Personne ne lui avait dit que ce serait aussi long. En entassant leurs vêtements dans des sacs en plastique, papa avait parlé d'une grande aventure. D'un petit trajet en bateau vers une nouvelle maison. Elle allait se faire plein de nouveaux amis. Ça allait lui plaire.

Certains de ses amis avaient pris le même bateau qu'elle. Danilo et Ester. Elle aimait bien Danilo ; il était gentil, mais pas Ester. Elle pouvait être méchante. L'embêter. Il y avait aussi d'autres enfants qu'elle ne connaissait pas. Eux non plus n'avaient pas l'air d'apprécier cette aventure en bateau. Surtout la plus jeune, le bébé, qui pleurait presque tout le temps. Elle venait justement de s'arrêter. Ça faisait du bien.

La petite fille continua à faire galoper ses doigts sur le mur, de droite à gauche, en essayant d'aller le plus loin possible dans les deux sens. Elle finit par atteindre un angle, le coin de leur grosse boîte de métal, et sentit une aspérité. Curieuse, elle tenta de percer l'obscurité pour voir ce que c'était.

Une plaque de métal.

Des lettres y étaient gravées et elle tenta de déchiffrer ce qui était écrit dessus. V... P... *et puis une lettre qu'elle ne connaissait pas.*

— *Maman ? souffla la petite fille. C'est quoi cette lettre ?*

Elle croisa deux doigts pour lui montrer la lettre en question.

— *X, répondit sa mère dans un murmure. C'est un X.*

X, *répéta la petite fille dans sa tête,* V, P, X, O.

Et ensuite, des chiffres. Elle en compta six. Six chiffres.

4

La salle d'autopsie était éclairée par de puissantes lumières fluorescentes. Au centre trônait une paillasse en acier brillant, couverte d'un drap blanc sous lequel on devinait les contours d'un corps.

Une longue rangée de bouteilles en plastique numérotées étaient disposées sur un chariot en acier inoxydable. A côté d'elles, une scie à main. L'odeur métallique du sang imprégnait la pièce.

Jana Berzelius entra la première et alla se placer près de la paillasse, face au médecin légiste, Björn Ahlmann. Elle le salua, puis sortit son calepin.

Henrik la rejoignit, tandis que Mia Bolander restait près de la porte. Henrik aussi aurait préféré demeurer à distance. Il n'avait jamais aimé les salles d'autopsie et était loin d'éprouver la même fascination que Björn pour les cadavres. Il ne comprenait pas comment ce dernier pouvait les fréquenter aussi assidûment sans en être affecté. Même si cela faisait partie de son travail, Henrik avait du mal à côtoyer la mort de près. Au bout de sept ans, il devait encore se faire violence pour conserver une expression neutre quand on lui montrait un corps.

Jana, elle, ne semblait pas troublée le moins du monde. Son visage était impassible et Henrik se surprit à se demander si quelque chose était susceptible de la faire réagir. Des dents cassées, des orbites vides, des mains ou des doigts coupés ne suffisaient pas. Pas plus que les langues déchiquetées et les brûlures au troisième degré. Il le savait pour avoir assisté avec elle à des autopsies de cadavres atrocement mutilés. En sortant, il était allé vider ses tripes. Pas elle.

Le visage de Jana était par ailleurs assez peu expressif. Henrik ne l'avait jamais vue ni tourmentée ni enthousiaste. Elle ne montrait que rarement ses émotions, ne souriait quasiment jamais et, quand un sourire étirait ses lèvres, il se limitait à une ligne courbe un peu crispée.

Henrik trouvait que le caractère rigide de Jana détonnait avec son physique. Ses longs cheveux d'ébène, ses grands yeux noirs et sa peau claire évoquaient une personnalité passionnée. Peut-être se cachait-elle derrière une façade professionnelle pour inspirer le respect, après tout. Sa veste bleu marine, sa jupe de tailleur à mi-mollets et ses éternels escarpins participaient grandement à son image de procureure stricte et sérieuse. Elle gardait sans doute ses émotions pour la vie privée.

Mais il n'en aurait pas juré.

Björn Ahlmann replia le drap avec précaution pour découvrir le corps nu de Hans Juhlén.

— Bon, voyons un peu. Nous avons un premier point de pénétration ici et un deuxième là, dit-il en montrant deux plaies ouvertes sur la poitrine. Les deux auraient pu être mortels mais c'est celui-ci qui a causé la mort, précisa-t-il en désignant le trou le plus haut.

— On lui a donc tiré dessus à deux reprises, intervint Henrik.

— Tout à fait.

Björn prit une radio et la posa sur le négatoscope.

— La première balle s'est logée dans la partie inférieure de sa cage thoracique. Il est tombé à la renverse. Sa tête a heurté le sol, ce qui a provoqué une hémorragie sous-durale à la base du crâne. C'est ce que vous voyez ici, précisa-t-il en montrant une tache noire sur la radio. Mais ni cette première balle ni la chute ne l'ont tué. Je pense qu'il s'est évanoui et que le tireur en a profité pour se rapprocher de lui et tirer une deuxième fois. Ici, ajouta-t-il en montrant la deuxième plaie. Cette balle-là a traversé le cartilage de la cage thoracique pour venir se loger directement dans le cœur. Le décès a été immédiat.

— C'est donc la deuxième balle qui l'a tué, répéta Henrik.

— En effet.

— Et l'arme ?

— Les douilles retrouvées sur place sont celles d'un Glock.

— Ça va être compliqué à retrouver, commenta Henrik.

— Pourquoi ? demanda Jana.

Son téléphone se mit à vibrer dans sa poche, mais elle l'ignora et répéta sa question :

— Pourquoi ?

— Parce que c'est une arme très utilisée, répondit Henrik. Nos militaires en sont équipés, et pas mal de polices à travers le monde. Ça prendrait un certain temps de vérifier tous les Glock, tu peux me croire.

— Il suffirait de confier la tâche à une personne méthodique et patiente, rétorqua Jana.

Elle sentit une vibration dans sa poche, signe qu'on lui avait laissé un message vocal.

— Est-ce qu'il a essayé de se défendre ? demanda Mia depuis la porte.

— Non. Le corps ne comporte ni égratignures, ni bleus, ni marques d'étranglement. On lui a tiré dessus. C'est tout.

Björn leva les yeux vers Henrik et Jana.

— La tache de sang montre qu'il est mort là où il est tombé. Il n'a pas été déplacé, mais...

— Gunnar nous l'a déjà dit, l'interrompit Mia.

— Oui, j'en ai parlé avec lui ce matin. Mais...

— Pas d'empreintes digitales ?

— Non. Mais...

— Des traces de drogue ?

— Non, non, rien à ce niveau-là. Pas d'alcool non plus. Mais...

— Des fractures ?

— Non plus. Je peux parler ?

Mia se tut.

— Merci. Il est intéressant de comparer les points d'entrée et de sortie des balles. Pour celui-ci, rien de spécial, fit Björn en montrant le plus haut. La balle a traversé le corps horizontalement. Pour l'autre, en revanche, le point de sortie est plus haut que le point d'entrée. Au vu de l'angle, le tireur devait donc être agenouillé, allongé ou en train de se relever quand le coup est parti. Une fois la victime à terre, comme je vous l'ai déjà dit, il a tiré une deuxième balle dans le cœur.

— On dirait une exécution, intervint Mia.

— Je vous laisse en juger mais oui, j'y ai pensé.

— Il était debout quand la première balle l'a touché, reprit Henrik.

— Oui, face au tireur, mais pas à la même hauteur que lui, si l'on se fie au trajet de la balle.

— Le tireur se serait agenouillé ou allongé avant de lui tirer dessus ? Vous trouvez ça logique ? lança Mia. C'est quand même bizarre de s'asseoir devant la personne qu'on veut tuer. Ça lui laisse le temps de réagir.

— Peut-être que Hans Juhlén n'a pas réagi parce qu'il connaissait le meurtrier et n'avait aucune raison de le craindre, déclara Henrik.

— Peut-être que le meurtrier était tout simplement un nain, proposa Mia en éclatant d'un rire sonore.

Henrik soupira en la regardant.

— Je vous laisse en débattre entre vous, dit Björn. Je n'ai rien de plus à vous dire. Mes conclusions figurent dans ce rapport.

Björn leur tendit des photocopies du rapport d'autopsie. Ils en prirent chacun un exemplaire.

— Il est mort dimanche entre 18 heures et 19 heures. Tout est là.

Jana feuilleta le document. Fidèle à sa réputation, Ahlmann avait rédigé un rapport complet et détaillé.

— Merci pour le résumé, dit-elle à Björn tout en sortant son téléphone de sa poche pour écouter son message vocal.

C'était Gunnar Öhrn. Le message était succinct, la voix assurée : « Entretien avec Kerstin Juhlén à 15 h 30. » C'était tout. Il n'avait même pas laissé son nom.

Jana rangea le téléphone dans sa poche.

— Entretien à 15 h 30, souffla-t-elle à Henrik.

— Quoi ? demanda Mia.

— Entretien à 15 h 30, répéta Henrik à haute voix.

Mia voulut répondre quelque chose, mais Jana la devança.

— Très bien.

Le légiste cala ses lunettes sur son nez.

— Vous avez tout ce qu'il vous faut ?

— Oui.

Il remonta lentement le drap le long du cadavre dénudé. Mia ouvrit la porte et sortit rapidement, pour éviter que Jana ne passe tout près d'elle en quittant la pièce. Elle gardait ses distances, au propre comme au figuré.

— On reviendra te voir si on a des questions, lança Henrik au médecin.

Puis, sans attendre sa réponse, il prit la tête de leur petit groupe et partit en direction de l'ascenseur.

— Vous savez où me trouver, leur cria Björn depuis la salle d'autopsie.

Mais sa voix fut étouffée par le bruit de la ventilation du plafond.

Le bureau du procureur de Norrköping employait douze personnes à temps plein, en comptant Torsten Granath, le procureur général. Quinze ans auparavant, quand Granath avait été nommé à la tête du service, la moyenne d'âge était plutôt élevée. Il avait révolutionné les pratiques en remplaçant les employés les plus âgés par de jeunes recrues motivées et efficaces. Pour ce faire, il avait notamment encouragé des vétérans à prendre leur retraite, tout en les remerciant pour leurs longs et loyaux services. Il avait aussi congédié des assistants blasés et aidé des spécialistes sous-employés à trouver de nouveaux défis adaptés à leurs compétences. Quand Jana Berzelius avait été embauchée, Torsten Granath avait réduit son équipe à quatre employés. Au cours de la même année, un territoire plus vaste leur avait été assigné, avec l'intégralité des délits perpétrés dans les municipalités voisines de Finspång, Söderköping et Valdemarsvik. Il avait donc fallu embaucher du personnel pour faire face. Le récent essor du trafic de stupéfiants avait également exigé de nouvelles embauches. Pour ces différentes raisons, Torsten Granath se trouvait à présent à la tête d'une équipe de douze personnes.

Par ailleurs, grâce à la politique de Torsten, le bureau du procureur de Norrköping pouvait être fier de ses résultats. Paradoxalement, il était le seul du service à être relativement âgé. A soixante-deux ans, il n'était plus aussi vif que par le passé et il arrivait durant les heures de bureau que son esprit s'égare vers les superbes greens de son parcours de golf. Mais son travail était toute sa vie, une véritable mission dont il comptait s'acquitter jusqu'à être en âge de prendre sa retraite.

Son bureau était chaleureux, avec de grands rideaux, des photos encadrées de ses petits-enfants et un tapis de laine vert. Il avait pris l'habitude de faire les cent pas sur ce même tapis quand il passait un appel, ce à quoi il était justement occupé quand Jana arriva dans le service, en saluant distraitement Yvonne Jansson, la secrétaire.

Yvonne arrêta Jana au passage.

— Une petite seconde ! fit-elle en lui passant un post-it jaune sur lequel figurait un nom familier. Mats Nylinder du *Norrköpings Tidningar* aimerait un commentaire sur le meurtre de Hans Juhlén. Il doit savoir que tu es chargée de l'enquête préliminaire. Il a dit que tu lui devais une faveur parce que tu t'es éclipsée en douce du tribunal ce matin. Il voulait une déclaration sur le verdict, il t'a attendue plus d'une heure.

Devant le silence de Jana, Yvonne enchaîna :

— Il n'est malheureusement pas le seul à avoir appelé. Tous les journaux suédois sont sur le coup. Ils veulent en faire la une de demain.

— Ce n'est certainement pas moi qui vais leur donner quoi que ce soit. Dirige-les vers la chargée de communication de la police. Je ne ferai aucun commentaire.

— D'accord. Pas de commentaire.

— Surtout, dis-le bien à Mats Nylinder, ajouta Jana en se dirigeant vers son bureau.

Ses talons claquèrent quand elle entra dans la pièce au parquet de bois.

L'ameublement, spartiate, n'en était pas moins élégant. Du teck pour sa table et ses étagères croulant sous les dossiers. A droite de sa table, un bac à courrier argenté à trois étages, et à gauche, son ordinateur portable, un HP de 17 pouces. Deux orchidées blanches trônaient sur le rebord de la fenêtre.

Jana ferma la porte derrière elle, posa sa veste sur le dossier de son siège en cuir et admira ses fleurs pendant que son ordinateur démarrait. Elle aimait son bureau, à la fois spacieux et aéré. Elle avait positionné sa table de manière à tourner le dos à la fenêtre, pour avoir vue sur le couloir à travers la paroi vitrée qui l'en séparait.

Elle posa près de son ordinateur une pile de convocations à traiter.

Puis elle jeta un coup d'œil rapide à sa montre. Il lui restait une heure et demie avant son entretien avec Kerstin Juhlén.

Se sentant soudain lasse, elle inclina la tête et se massa la nuque en insistant sur la zone rêche qui la démangeait parfois. Puis elle lissa ses cheveux pour les remettre en place.

Après un rapide regard aux premières convocations, elle décida d'aller se chercher une tasse de café. Mais elle ne s'y attaqua pas avec plus d'ardeur en revenant.

5

La petite pièce réservée aux interrogatoires n'était pourvue que d'une table entourée de quatre chaises, et d'une cinquième dans un coin. L'un des murs était percé d'une fenêtre à barreaux ; à l'opposé se trouvait un miroir. Jana s'installa auprès de Henrik, stylo et calepin en main, tandis qu'il mettait le magnétophone en marche. Mia Bolander avait déplacé la cinquième chaise pour s'asseoir derrière eux. Dans un premier temps, Henrik déclina à haute et intelligible voix les nom et prénom de Kerstin Juhlén, ainsi que le numéro de sa carte d'identité.

— Lundi 16 avril, 15 h 30. L'interrogatoire est mené par l'inspecteur en chef Henrik Levin, assisté du lieutenant Maria Bolander. Sont également présents la substitut du procureur Jana Berzelius et l'avocat Peter Ramstedt.

Kerstin Juhlén avait été retenue comme suspect, mais elle n'était pour l'instant inculpée d'aucun crime. Assise à côté de Peter Ramstedt, elle avait joint ses mains sur la table. Elle avait le teint pâle et n'était ni maquillée ni coiffée ; ses boucles d'oreilles lui avaient été retirées.

— Savez-vous qui a tué mon mari ? leur demanda-t-elle dans un souffle.

— Non, il est encore trop tôt, lui répondit Henrik en lui jetant un regard plein de gravité.

— Ce n'est pas moi. Je sais que c'est ce que vous pensez, sinon je ne serais pas là, mais ce n'est pas moi.

— Je vous répète que nous ne pensons rien. Nous devons

éclaircir les circonstances du meurtre et tenter d'en établir la chronologie. Je vais vous demander de me répéter ce qui s'est passé dimanche soir, quand vous êtes rentrée chez vous.

Kerstin inspira deux fois, longuement. Elle décroisa ses mains, les posa sur ses genoux et se laissa aller contre le dossier de sa chaise.

— Je suis rentrée... après ma promenade.

— Vous étiez avec quelqu'un ?

— Non, j'étais sortie seule, le temps d'aller à la plage et de revenir.

— Continuez.

— A mon retour, j'ai enlevé mon manteau et puis j'ai appelé Hans. Normalement, il devait être rentré à cette heure-là.

— Vous étiez seule en arrivant ?

— Oui.

— Quelle heure était-il ?

— Environ 19 h 30.

— Et ensuite ?

— Comme Hans ne me répondait pas, je me suis dit qu'il avait dû rester un peu plus longtemps au bureau. Il s'y rend régulièrement le dimanche pour travailler. Je suis allée me servir un verre d'eau dans la cuisine. C'est là que j'ai vu les cartons à pizza posés sur le plan de travail et que j'ai compris qu'il était rentré. Nous avons l'habitude de manger de la pizza le dimanche. Hans s'arrête sur le trajet du retour pour en acheter. Bref... je l'ai appelé une nouvelle fois et toujours pas de réponse. Je suis donc allée voir s'il était dans le salon et ce qu'il faisait et... Je l'ai trouvé étendu par terre. J'étais sous le choc, j'ai appelé la police.

— Quand avez-vous appelé la police ?

— Juste après l'avoir... découvert.

— Qu'avez-vous fait après avoir appelé la police ?

— Je suis montée à l'étage. L'opératrice m'a demandé de ne pas toucher le corps. Alors, je suis montée.

Henrik observa la femme qui se tenait devant lui. Elle

semblait sur les nerfs, elle avait le regard fuyant, ses doigts tripotaient son pantalon gris clair.

— Je vous ai déjà posé cette question, mais permettez-moi de la reposer. Avez-vous vu quelqu'un en rentrant chez vous ?

— Non.

— Personne dehors non plus ?

— Non. J'ai remarqué que la fenêtre donnant sur le devant de la maison était ouverte, alors je l'ai fermée. J'avais peur qu'il y ait quelqu'un dans le jardin, mais je n'ai vu personne, je vous l'ai déjà dit.

— Pas de voiture garée dans la rue ?

— Non, répondit Kerstin d'une voix assurée.

Elle se pencha en avant pour masser son tendon d'Achille. Comme si elle avait une démangeaison.

— Parlez-nous de votre mari.

— Qu'est-ce que vous voulez savoir ?

— Il était responsable de section à l'Office d'immigration de Norrköping, n'est-ce pas ? demanda Henrik.

— Oui. Et il aimait son travail.

— Vous pouvez nous en dire plus ?

— Il devait gérer beaucoup de choses. Il était chargé de...

Kerstin se tut et baissa la tête.

Henrik remarqua qu'elle déglutissait avec difficulté. Sans doute essayait-elle de ravaler ses larmes.

— Nous pouvons faire une pause si vous le souhaitez, proposa-t-il.

— Non, c'est bon. Ça va.

Kerstin inspira profondément. Elle chercha du regard son avocat, qui jouait avec son stylo sur la table, puis elle reprit là où elle s'était arrêtée :

— Mon mari avait gravi les échelons un à un, en se dévouant à la cause de l'Office d'immigration. Il faisait partie de ces gens que tout le monde apprécie. Il était d'une grande bonté. Il ne supportait pas les préjugés. Il voulait aider les autres. C'est pour ça qu'il s'investissait autant dans ce travail. L'Office d'immigration a été l'objet de pas mal de critiques, récemment, ajouta-t-elle avant de marquer un temps de pause.

Henrik acquiesça. Il savait qu'un organisme d'audit national avait examiné les procédures d'attribution des logements destinés aux demandeurs d'asile et que cet organisme avait signalé des pratiques douteuses. L'année passée, l'Office avait dépensé cinquante millions de couronnes en biens immobiliers. Neuf millions avaient été versés suite à des accords directs, pourtant interdits, effectués au mépris de la procédure d'appel d'offres appropriée. L'organisme d'audit avait également découvert des contrats illégaux passés avec des propriétaires. Sans parler des nombreux cas pour lesquels aucun contrat n'avait été signé.

— Hans vivait très mal les critiques. Le nombre de réfugiés avait dépassé les prévisions de l'Office, alors il a bien fallu qu'il trouve des solutions d'urgence pour les loger. Mais ça lui a été reproché.

Kerstin se tut à nouveau. Sa lèvre trembla.

— J'avais de la peine pour lui.

— Vous semblez très au courant de ce que faisait votre mari, dit Henrik.

Kerstin ne répondit rien. Elle essuya une larme et fit oui de la tête, plongée dans ses pensées.

— Et puis il y a eu des problèmes de violence.

Elle expliqua brièvement que certains centres d'accueil de demandeurs d'asile avaient été la proie d'attaques et de vols. Il arrivait notamment que des migrants en viennent aux mains, et les équipes temporaires recrutées pour gérer les centres d'accueil avaient du mal à faire régner l'ordre.

— Oui, on est au courant, lança Henrik.

— Evidemment que vous êtes au courant, fit Kerstin en se redressant. Il y avait des gens perturbés psychologiquement parmi les demandeurs d'asile. Hans faisait son possible pour que ça se passe bien dans les centres. Mais c'était compliqué. Il arrivait que l'alarme incendie soit déclenchée plusieurs nuits de suite. Tout le monde avait peur et Hans avait dû renforcer les équipes d'encadrants. Je vous l'ai dit, il était très impliqué. Il se consacrait corps et âme à son travail.

Henrik se laissa aller en arrière, les yeux rivés sur Kerstin. Elle était moins défaite que tout à l'heure. Comme si elle était soudain rassérénée. Sans doute était-elle fière de son mari et du travail qu'il avait accompli.

— A cause de tous ces problèmes, Hans passait de plus en plus de temps au bureau, reprit-elle. Même le dimanche, il quittait la maison après le déjeuner et ne revenait que dans la soirée. Il ne savait jamais à quelle heure il rentrerait, c'est pour ça qu'on mangeait des pizzas qu'il achetait au passage. C'est ce qu'il a fait hier soir, comme d'habitude.

Kerstin Juhlén cacha son visage dans ses mains et secoua la tête, comme si elle prenait de nouveau conscience du malheur qui venait de la frapper.

— Vous avez le droit de faire une pause, lui dit Peter Ramstedt en posant délicatement une main sur son épaule.

L'ambiguïté du geste n'échappa pas à Jana. Ramstedt avait une réputation de tombeur et n'hésitait pas à réconforter ses clientes… à sa manière.

Kerstin remua légèrement son épaule et Peter comprit qu'il devait enlever sa main. Il tendit un mouchoir à sa cliente, qui le prit avec reconnaissance et se moucha bruyamment.

— Excusez-moi, fit-elle.

— Je vous en prie, répondit Henrik. Donc, si j'ai bien compris, le travail de votre mari n'était pas simple.

— Non, enfin… oui, je ne sais pas. Je ne pourrais pas vous répondre avec précision sur ce point… Vous devriez… C'est à sa secrétaire qu'il faudrait poser la question.

— Pourquoi ? demanda Henrik en fronçant les sourcils.

— Ce serait mieux, murmura Kerstin.

Henrik soupira et se rapprocha de la table.

— Comment s'appelle-t-elle ?

— Lena A. Wikström. Ça fait presque vingt ans qu'ils travaillent ensemble.

— Nous avions de toute façon l'intention de l'interroger.

Les épaules de Kerstin s'affaissèrent et elle joignit les mains.

— Je peux vous demander si vous et votre mari étiez proches ? reprit Henrik.

— Qu'est-ce que vous voulez dire ? Bien sûr que nous étions proches.

— Vous aviez des conflits ? Vous vous disputiez ?

— Où voulez-vous en venir, inspecteur ? intervint Peter en se penchant vers la table.

— J'essaie de faire avancer l'enquête, lui répondit Henrik.

— Nous nous disputions rarement, lâcha lentement Kerstin.

— Qui d'autre était proche de lui ?

— Il avait perdu ses parents depuis longtemps. Du cancer. Tous les deux. Il n'avait pas vraiment d'amis. Notre vie sociale était assez limitée, mais ça nous allait.

— Des frères et sœurs ?

— Un demi-frère à Finspång. Mais ils n'étaient pas vraiment en contact. Ils sont très différents.

— C'est-à-dire ?

— Différents. C'est tout.

— Comment s'appelle ce frère ?

— Lars Johansson. Mais tout le monde l'appelle Lasse.

Mia Bolander, qui s'était jusque-là contentée d'écouter en silence, les bras croisés, demanda brusquement :

— Pourquoi n'avez-vous pas d'enfants ?

Visiblement prise de court, Kerstin Juhlén ramena précipitamment ses jambes sous sa chaise, perdant une chaussure au passage. Henrik se tourna vers Mia pour lui lancer un regard irrité. Mais elle ne regrettait pas d'avoir posé la question. Kerstin se pencha en gémissant pour ramasser sa chaussure, puis elle se redressa et reposa ses mains sur la table. L'une sur l'autre.

— Nous n'en avons pas eu, c'est tout, dit-elle sèchement.

— Pourquoi ? Vous ne pouviez pas en avoir ? continua Mia.

— Je pense que si. Mais nous n'en avons pas eu. Et nous nous sommes résignés.

Henrik se racla la gorge et reprit la parole pour empêcher Mia de poursuivre sur ce thème.

— Bon. Vous disiez que vous ne voyiez pas grand monde ?

— En effet.

— Quand avez-vous reçu de la visite pour la dernière fois ?

— Autour de Noël. Un homme a frappé chez nous pour nous vendre des billets de loterie, mais à part ça...

— A quoi ressemblait-il ?

Kerstin contempla fixement Henrik avec un air décontenancé.

— Grand, blond. Plutôt charmant. Mais je ne lui ai rien acheté.

— Est-ce que des enfants l'accompagnaient ?

— Non, non. Pas du tout, répondit Kerstin.

— Vous fréquentez des gens qui ont des enfants ?

— Euh, oui, le demi-frère de Hans. Il a un fils de huit ans.

— Vous a-t-il rendu visite récemment ?

Kerstin jeta de nouveau un regard étonné à Henrik.

— Je ne vois pas où vous voulez en venir, inspecteur... Mais non, ça fait des lustres qu'il n'est pas venu chez nous.

Jana Berzelius entoura le nom du demi-frère qu'elle venait de noter sur son calepin. « Lars Johansson ».

— Qui aurait pu tuer votre mari, d'après vous ?

Kerstin se tortilla sur sa chaise et regarda par la fenêtre avant de répondre :

— Aucune idée.

— Avait-il des ennemis ? demanda Henrik.

Kerstin baissa les yeux vers la table et inspira profondément.

— Non, aucun.

— Est-ce qu'il en voulait à quelqu'un ? Est-ce qu'il s'était disputé avec quelqu'un ? Est-ce que quelqu'un lui en voulait ?

Kerstin ne réagit pas, comme si elle n'avait pas entendu.

— Kerstin ?

— Pardon ?

— Personne ne lui en voulait ?

Kerstin fit non de la tête, si violemment que son double menton tremblota.

— C'est tout de même étrange, déclara Henrik en étalant devant elle des photocopies des lettres de menace. Parce que nous avons trouvé ça chez vous.

— Qu'est-ce que c'est ?

— Les lettres qui se trouvaient dans votre armoire. Nous espérions que vous sauriez de quoi il s'agit.

— Non, je ne sais pas. Vos collègues m'en ont parlé, mais c'est la première fois que je les vois.

— Ce sont des lettres de menace. Ce qui veut dire que votre mari avait au moins un ennemi.

— Mais non...

Kerstin secoua de nouveau la tête.

— Nous aimerions savoir qui a envoyé ces lettres et pourquoi.

— Je n'en ai aucune idée.

— Vous êtes sûre ?

— C'est la première fois que je les vois, je vous le répète.

Peter Ramstedt refit entendre le clic-clic de son stylo.

— Ma cliente vient de vous dire qu'elle n'avait jamais vu ces lettres. Merci d'en prendre note et de passer à la question suivante.

— Monsieur Ramstedt, vous êtes bien placé pour savoir comment se déroule un interrogatoire, protesta Henrik. Sans questions, pas de réponses.

— Dans ce cas, posez les bonnes questions. Ma cliente est formelle, elle ignorait tout de ces lettres, elle vous l'a dit deux fois.

Peter regarda Henrik droit dans les yeux. CLIC-CLIC.

— Vous ne savez donc pas si votre mari se sentait menacé ?

— Non.

— Vous n'avez pas reçu d'appels bizarres ?

— Je ne crois pas.

— Vous ne croyez pas, ou vous ne savez pas ?

— Non, aucun appel bizarre.

— Vous ne connaissez personne qui aurait voulu le mettre en garde ? Se venger de lui ?

— Non. Mais vu la nature de son travail, il avait forcément des ennemis.

— C'est-à-dire ?

— Eh bien... C'était son service qui accordait ou pas les demandes d'asile. Cela lui était pénible de refuser une demande, même si ce n'était pas lui qui se chargeait d'annoncer la mauvaise nouvelle. Il savait que certains étaient désespérés en l'apprenant. Mais il n'y pouvait rien. Tout le monde ne remplit pas les critères requis... En tout cas, personne ne l'a menacé, ni n'a jamais manifesté l'intention de se venger, pour répondre à votre question.

Henrik se demanda si cette femme disait toute la vérité. Hans Juhlén avait pu cacher les lettres de menace à sa femme, mais il était invraisemblable que, en vingt ans de carrière aux services des demandes d'asile, il ne se soit jamais senti menacé et que personne ne l'ait jamais inquiété.

L'interrogatoire terminé, Henrik quitta lentement la pièce avec Jana Berzelius.

— Hans Juhlén devait se sentir sérieusement menacé, lança Henrik.

— Oui, répondit Jana d'un ton laconique.

— Qu'est-ce que tu penses de la femme ?

Jana s'arrêta au milieu du couloir, pour laisser à Henrik le temps de fermer la porte derrière eux.

— Nous n'avons trouvé aucun signe de lutte dans la maison, déclara-t-elle après un temps de réflexion.

— Le meurtre était peut-être bien préparé.

— Donc, tu la crois coupable.

— C'est toujours l'épouse, la coupable, non ? répondit-il en souriant.

— Oui, presque toujours. Mais pour le moment, nous n'avons rien pour le prouver.

— Elle m'a paru nerveuse, fit remarquer Henrik.

— C'est loin d'être suffisant.

— Je sais. Mais j'ai l'impression qu'elle ne dit pas la vérité.

— C'est probablement le cas, mais je vais avoir besoin de plus que ça pour l'arrêter. Sans preuves, impossible de la garder plus de trois jours. A toi de jouer.

Henrik se passa les doigts dans les cheveux.

— Et la secrétaire ? demanda-t-il.

— Je veux que tu l'interroges le plus tôt possible, en tout cas d'ici demain. J'ai malheureusement quatre affaires en cours et je ne pourrai pas t'accompagner. Mais je te fais confiance.

— Pas de problème. J'irai avec Mia.

Jana le salua et s'éloigna dans le couloir.

En tant que procureure, elle venait régulièrement ici et connaissait bien les lieux. Elle était de permanence plusieurs week-ends et plusieurs nuits par an, ça faisait partie de ses obligations. Il y avait un planning d'astreinte, pour les urgences — notamment les prolongations de garde à vue. Un procureur pouvait étendre une garde à vue jusqu'à trois jours. Au-delà, il fallait une audience. Jana avait dû plus d'une fois intervenir, parfois très tard dans la nuit, pour décider d'une arrestation.

Aujourd'hui, toutes les cellules du centre de détention étaient occupées. Jana leva les yeux au ciel et lui rendit grâce de ne pas être de service durant le week-end à venir. Il lui semblait se souvenir qu'elle l'était le week-end d'après. Elle s'arrêta pour s'asseoir sur une chaise du couloir, sortit son agenda de sa mallette et l'ouvrit à la page du 28 avril. Elle n'avait rien noté. Et le dimanche 29 ? Rien non plus. Elle continua à tourner les pages. Le 1er mai ! Un jour férié. Le 1er mai, le jour de la fête du Travail, elle avait noté : ASTREINTE. Et elle devait aussi dîner chez ses parents. Elle eut une bouffée de stress. Impossible de cumuler les deux. Elle pouvait toujours annuler le dîner, bien sûr, mais elle craignait de décevoir son père.

Je vais essayer d'échanger avec quelqu'un, se dit-elle en rangeant son agenda dans sa mallette. Elle se leva et repartit, tout en cherchant avec qui permuter. Per Åström. Per était un excellent procureur et un travailleur social très apprécié. Elle le respectait en tant que collègue. Depuis cinq ans qu'ils se connaissaient, une forme d'amitié avait vu le jour entre eux.

A trente-trois ans, Per était plutôt en forme. Il jouait au tennis les mardis et jeudis. Il était blond, il avait une petite fossette au menton et des yeux vairons, il sentait bon l'après-rasage. Un gentil garçon, qui avait légèrement tendance à s'écouter parler. Mais rien d'insupportable.

Jana espérait qu'il accepterait un échange. Elle pouvait peut-être le soudoyer en lui offrant une bouteille de vin. Du rouge ou du blanc ? *Rouge, blanc, rouge, blanc* ? continua-t-elle à s'interroger au rythme de ses talons claquant sur le sol.

Elle songea à prendre l'escalier pour descendre au parking, opta finalement pour un ascenseur, et regretta ce choix en apercevant Peter Ramstedt qui attendait lui aussi l'ascenseur. Elle prit soin de s'arrêter à distance pour ne pas être obligée de lui parler.

Mais il engagea tout de même la conversation.

— Ah, Jana, c'est vous, lança Peter tout en se balançant d'avant en arrière sur ses pieds.

Jana ne répondit rien.

— Alors, comme ça, vous êtes allée à la morgue, pour voir le cadavre de Hans Juhlén ?

— Comment le savez-vous ?

— Je sais deux ou trois petites choses...

Peter sourit, en découvrant ses dents étincelantes.

— Vous aimez les cadavres ?

— Pas vraiment, non. Je m'y intéresse pour les besoins de mon enquête.

— Ça fait dix ans que je suis avocat et c'est la première fois que j'entends qu'un procureur assiste à une autopsie.

— C'est peut-être sur les autres procureurs que ça en dit long.

— Vous dénigrez vos collègues ?

— Pas du tout. Vous m'avez mal comprise.

— Vous savez, un procureur trop présent peut compliquer une enquête.

— Qu'essayez-vous de me faire comprendre ?

— Que le plus important, c'est la recherche de la vérité. Or, certains procureurs qui ne pensent qu'à se faire remarquer ont un peu tendance à l'oublier.

Ce sarcasme décida Jana Berzelius à prendre l'escalier. Elle le descendit en insultant mentalement Peter Ramstedt à chaque marche.

6

Le bateau ne tanguait plus. Il n'y avait plus aucun bruit.

— On est arrivés ? demanda la petite fille.

Sa maman ne répondit pas. Son papa non plus. Ils avaient l'air tendus. Maman lui ordonna de s'asseoir. La petite fille obéit. Tout le monde s'était mis à remuer. Un certain malaise régnait. Des gens toussaient et la petite fille sentait elle aussi un air chaud et étouffant pénétrer ses poumons. Son papa respirait en sifflant.

— Alors, on est arrivés ? demanda-t-elle une nouvelle fois. Maman ? Maman !

— Chut ! souffla papa. Tu ne dois plus faire aucun bruit.

La petite fille ronchonna et posa son menton sur ses genoux. Soudain, elle sentit le sol trembler. Elle fut projetée sur le côté et leva le bras pour amortir sa chute. Sa mère l'attrapa et la serra contre elle. Un long, très long silence s'ensuivit. Puis le container fut soulevé dans les airs.

Pendant le déchargement, ils se tinrent comme ils purent aux parois. La petite fille s'agrippa à la taille de sa maman, ce qui ne l'empêcha pas de se cogner la tête quand ils atterrirent sur le sol. Le sol de leur nouveau pays. Là où ils allaient commencer leur nouvelle vie.

Sa mère se releva et l'aida à en faire autant. La petite fille chercha Danilo du regard et le trouva assis contre le mur. Les yeux grands ouverts et les oreilles tendues vers les bruits de l'extérieur, comme eux tous. Les parois étaient très épaisses mais, en se concentrant, on distinguait de faibles voix. Oui, des *gens parlaient de l'autre côté. La petite fille regarda son papa. Il lui sourit ; ce fut la dernière chose qu'elle vit avant que la porte s'ouvre et que la lumière envahisse le container.*

Dehors, devant la porte, il y avait trois hommes. Ils pointaient vers eux des objets en métal qui brillaient. La petite fille en avait déjà vu, mais des rouges, en plastique, qui crachaient de l'eau.

Un des hommes se mit à hurler quelque chose aux deux autres. Il avait un truc bizarre au visage, une énorme cicatrice qui le défigurait. La petite fille ne pouvait s'empêcher de la fixer.

L'homme à la cicatrice entra dans le container en agitant son objet qui crachait de l'eau et en criant, comme s'il était en colère. La petite fille ne comprenait pas ce qu'il disait. Ses parents non plus. Personne ne comprenait.

L'homme avança vers Ester et la tira par son pull, comme s'il voulait qu'elle vienne avec lui. Ester eut l'air effrayée. La maman d'Ester aussi, mais elle ne comprit que trop tard ce qui était en train de se passer. L'homme la faisait déjà sortir du container, en pointant son objet qui crachait de l'eau sur la maman et le papa d'Ester, qui n'osaient plus bouger, complètement terrifiés.

La petite fille sentit que quelqu'un l'attrapait par le bras. C'était son papa, qui la fit passer derrière lui. Sa maman se mit devant eux, pour mieux la cacher avec sa grande jupe.

La petite fille s'efforça de rester immobile. A cause de la jupe de sa mère, elle ne voyait rien de ce qui se passait. Mais elle entendait tout. Elle entendit les adultes crier « Non, non, NON ! » et puis elle entendit la voix désespérée de Danilo.

— Maman, cria-t-il. Maman !

La petite fille se boucha les oreilles pour ne pas entendre les autres enfants pleurer et crier. Les voix des adultes étaient les pires. Eux aussi criaient et pleuraient, mais ils faisaient plus de bruit que les enfants. La petite fille se boucha les oreilles encore plus fort. Puis, au bout d'un moment, le silence revint.

La petite fille enleva ses mains et écouta. Elle essaya de regarder entre les jambes de son papa mais, quand elle bougea, il la plaqua contre le mur, si violemment qu'il lui fit mal. Mais elle n'osa rien dire.

La petite fille entendit des pas se rapprocher, et son père se tassa contre la paroi métallique en l'écrasant. Elle pouvait à peine respirer, à présent. Elle allait protester quand elle entendit un bruit sourd. Puis son papa s'effondra, face contre terre. Il resta étendu là, immobile. Quand elle leva les yeux, l'homme à la cicatrice se tenait devant elle. Il lui souriait.

Sa maman s'interposa entre eux et la serra très fort dans ses bras. L'homme les regarda. Il cria quelque chose.

— Ne la touchez pas ! cria maman en retour.

Alors, l'homme la frappa avec son objet qui crachait de l'eau.

La petite fille sentit les mains de sa maman glisser le long de son ventre et de ses jambes, puis elle demeura au sol, les yeux fixes et grands ouverts. Elle ne battait même plus des paupières.

— Maman !

La petite fille sentit une main se poser sur son bras et l'homme à la cicatrice lui prit fermement la main. Ils sortirent ensemble du container.

Une fois dehors, elle entendit un bruit affreux. Celui des objets métalliques. Ils ne crachaient pas de l'eau. Ils crachaient quelque chose de terrible. Droit dans l'obscurité du container.

Droit sur maman et papa.

7

Mardi 17 avril

Jana Berzelius se réveilla à 5 heures du matin. Elle avait encore fait un cauchemar. *Ce* cauchemar. Elle se redressa dans son lit et essuya son front en sueur. Sa bouche était sèche, elle avait dû crier. Elle étira ses doigts recroquevillés. Ses ongles avaient imprimé des demi-cercles dans la chair de ses paumes.

Du plus loin qu'elle se souvienne, elle avait toujours fait ce rêve. Toujours le même, avec les mêmes images. Ça l'agaçait de ne pas être capable de lui donner un sens. Elle avait tenté de l'analyser, tourné et retourné dans tous les sens les symboles qu'elle croyait y voir. Mais ça n'avait abouti à rien.

Son oreiller était par terre et elle se demanda si elle l'avait lancé. Sans doute, car il se trouvait à l'autre bout de la pièce.

Elle alla le ramasser, le cala contre la tête de lit, se recoucha et tira la couette sur elle. Au bout de vingt minutes, ne trouvant pas le sommeil, elle se rendit à l'évidence : elle n'arriverait pas à se rendormir. Elle se leva, se doucha, s'habilla, et mangea un bol de muesli.

Une tasse de café à la main, elle jeta un coup d'œil au ciel instable. On était à la mi-avril, mais l'hiver se faisait encore sentir. Il pouvait pleuvoir un jour et neiger le lendemain, avec des températures proches de zéro. Son appartement, situé dans le quartier de Knäppingsborg, donnait sur le fleuve et la salle de concert Louis-De Geer. De son salon, elle pouvait même voir les visiteurs entrer dans la boutique un peu désuète du lieu. Knäppingsborg venait d'être rénové, mais le conseil municipal avait réussi à préserver son authenticité.

Jana avait toujours voulu habiter dans l'ancien, avec une belle hauteur sous plafond. C'était son père qui lui avait offert cet appartement, sans doute pour la récompenser d'avoir obtenu son diplôme. Il avait choisi quelque chose de spacieux, dans un immeuble entièrement rénové — cent quatre-vingt-seize mètres carrés, pour elle toute seule.

Jana se massa la nuque. Par temps froid, sa cicatrice la faisait souffrir. Elle s'était procuré récemment une nouvelle pommade chez le pharmacien, une véritable révolution d'après la vendeuse, mais elle n'avait pas pour l'instant remarqué d'amélioration.

Elle rassembla ses longs cheveux par-dessus son épaule droite, afin de dégager son cou. Délicatement, elle recouvrit les lettres gravées sur sa nuque d'une couche de pommade, puis elle remit ses cheveux en place.

Elle prit une veste bleu foncé dans sa penderie et son manteau Armani, le beige.

A 8 h 30, elle sortit de chez elle, alla jusqu'à sa voiture, et se rendit au tribunal sous une faible pluie. Elle pensait déjà au premier procès de la journée, un cas de violence domestique, qui devait commencer à 9 heures. Elle avait quatre affaires aujourd'hui. La dernière ne serait pas jugée avant 17 h 30.

La journée risquait d'être longue.

Henrik Levin et Mia Bolander arrivèrent à l'Office d'immigration peu après 9 heures. Ils durent s'inscrire à la réception et on leur attribua un badge temporaire.

La secrétaire Lena A. Wikström était au téléphone quand ils entrèrent au deuxième étage. Elle leur fit signe qu'elle n'en avait pas pour longtemps.

Comme son bureau donnait sur celui de Hans Juhlén dont la porte était ouverte, Henrik put remarquer à quel point celui-ci était bien rangé. Rien ne traînait. A côté de l'ordinateur, les dossiers étaient parfaitement alignés. Juhlén était donc un homme ordonné. Tout le contraire de Lena A. Wikström. Il y avait des papiers partout autour d'elle : sur les chemises, sous les classeurs, dans des bacs, par terre, dans la poubelle. Les documents s'empilaient, comme posés au hasard.

Henrik se demanda comment Lena pouvait se concentrer au milieu d'un tel chaos.

— C'est entendu, conclut Lena dans le téléphone.

Puis elle raccrocha et se leva pour leur souhaiter la bienvenue.

Après leur avoir serré la main, elle les invita à s'asseoir sur les sièges usés qui faisaient face à son bureau et poursuivit sans attendre :

— Ce qui s'est passé est vraiment terrible. Je ne comprends toujours pas. Quelle horreur ! On se demande tous qui a bien pu faire ça. Je passe mes journées à répondre à des coups de fil au sujet de ce meurtre. C'est bien un meurtre, n'est-ce pas ? Oui, vraiment, c'est atroce.

Elle se mit à gratter nerveusement le vernis déjà écaillé de ses ongles peints. Henrik avait du mal à évaluer son âge. Plus de cinquante-cinq ans ? Elle avait des cheveux noirs coupés court et portait un chemisier lilas, avec des boucles d'oreilles assorties. Elle était plutôt élégante. Excepté le vernis à ongles, évidemment.

Mia ouvrit son bloc-notes et prit son stylo.

— J'ai cru comprendre que vous travaillez avec Hans Juhlén depuis de nombreuses années. C'est exact ? demanda-t-elle.

— Tout à fait, depuis plus de vingt ans, répondit Lena.

— Kerstin Juhlén nous avait dit un peu moins de vingt ans.

— Malheureusement, elle ne s'intéressait pas de très près aux détails de la vie professionnelle de son mari. Ça fait exactement vingt-deux ans que je le côtoie. J'ai fait sa connaissance quand il est arrivé ici, au service comptable. A ce moment-là, je n'étais pas encore sa secrétaire, mais nous étions souvent amenés à nous voir.

— D'après Kerstin, Hans était plutôt stressé ces derniers temps. Vous confirmez ? demanda Henrik.

— Stressé ? Non, je n'aurais pas dit ça.

— A cause des critiques formulées à l'égard de votre service.

— Vraiment ? Oui, c'est vrai qu'il y a eu des critiques. Les journalistes ont écrit que nous avions mal anticipé l'afflux de demandeurs d'asile. En réalité, il est très difficile de prévoir ce genre de choses, tout ce que nous pouvons faire c'est essayer de prévoir. Or, une prévision reste une prévision.

Elle prit une profonde inspiration.

— Il y a trois semaines, nous avons reçu de nombreuses demandes émanant de réfugiés de Somalie, et nous avons dû faire tous les deux pas mal d'heures supplémentaires. Hans ne voulait pas prendre le risque de s'exposer de nouveau à des polémiques.

— Avait-il des ennemis ? demanda Henrik.

— Non, pas que je sache, répondit Lena. Mais on n'est jamais vraiment à l'abri dans ce travail. Beaucoup de réfugiés deviennent agressifs quand ils apprennent que leur demande d'asile a été rejetée ; de ce point de vue-là, il avait beaucoup d'ennemis potentiels. C'est pour ça que des agents de sécurité patrouillent dans nos locaux.

— Ces agents sont présents jour et nuit ?

— Oui.

— Vous avez déjà été menacée ?

— Non, pas directement... Mais dans ce service, des mesures de sécurité particulières s'imposent. Un jour, un homme s'est introduit dans la réception après s'être aspergé d'essence et il a menacé de s'immoler par le feu si on ne lui accordait pas un permis de résidence. Certains sont tellement désespérés que ça les rend fous. Il faut s'attendre à tout.

Henrik s'adossa à son siège et jeta un regard entendu à Mia qui prit le relais.

— Serait-il possible de parler à l'agent de sécurité qui travaillait ici dimanche ?

— Dimanche dernier ? Le jour où...

— Oui.

— Je vais voir.

Lena décrocha son téléphone, composa un numéro et attendit. Quelques instants plus tard, la société qui employait Jens Cavenius, l'agent en poste ce dimanche-là, promettait de l'envoyer immédiatement.

— Savez-vous si Hans se sentait particulièrement menacé, d'une manière ou d'une autre ? demanda Henrik.

— Non, répondit Lena.

— Pas de lettres de menace ou d'appels bizarres ?

— C'est moi qui ouvrais son courrier... Non, je n'ai jamais vu de lettres de menace. Ni reçu d'appels bizarres.

— Saviez-vous s'il était en contact avec un enfant ?

— Non. Pourquoi cette question ?

Henrik ne répondit pas.

— Savez-vous ce à quoi il s'occupait précisément quand il restait travailler tard le soir ?

— Pas exactement, mais il avait toujours beaucoup de travail administratif et des dossiers à étudier. Il n'était pas du tout à l'aise avec les ordinateurs et les utilisait le moins possible. Je lui imprimais la plupart des documents et des rapports sur lesquels il travaillait.

— Il vous demandait de rester avec lui ? demanda Mia en pointant son stylo vers elle.

— Non. Il aimait travailler seul, c'est pour ça qu'il restait le soir et le dimanche. Ça lui évitait d'être dérangé.

Mia hocha la tête et écrivit quelque chose.

— Vous avez dit que certains individus pouvaient se montrer agressifs. Auriez-vous une liste de demandeurs d'asile à nous fournir ? demanda Henrik.

— Oui, bien sûr. Vous voulez la liste de ceux de cette année ou celle des années précédentes aussi ?

— On va commencer avec ceux de cette année.

Lena alla sur la base de données de son ordinateur et lança

une impression. Son imprimante laser, une Brother, se mit à cracher des pages couvertes de noms classés par ordre alphabétique. Au bout d'une vingtaine de pages, un voyant rouge s'alluma.

— Oh ! ce que c'est pénible, ces machines, il y a toujours quelque chose qui ne va pas ! se plaignit Lena en rougissant.

Elle ouvrit le bac à feuilles de l'imprimante, mais il était plein.

— Qu'est-ce qui se passe encore..., s'énerva-t-elle à haute voix en le refermant.

L'imprimante fit du bruit, comme si elle allait redémarrer, mais le voyant rouge persista, signe que le problème n'était pas résolu.

— Les machines, c'est formidable, à condition qu'elles fonctionnent, commenta-t-elle de nouveau d'un ton excédé.

Henrik et Mia gardèrent le silence.

Lena rouvrit le bac et le referma brusquement. L'imprimante redémarra mais ne reprit pas sa tâche d'impression.

— Mais qu'est-ce qui t'arrive ! lâcha Lena en frappant du poing le bouton *On*.

Cette fois-ci, l'imprimante se remit en marche. Lena se lissa les cheveux, en attendant la fin de l'impression. La machine venait de s'arrêter quand le téléphone sonna : c'était la réception, pour prévenir que Jens Cavenius venait d'arriver.

Jens Cavenius les attendait, adossé à un des piliers du hall d'entrée. Il était très jeune, la vingtaine, et il avait la tête de quelqu'un qui sort du lit : les yeux rouges, les cheveux aplatis d'un côté et ébouriffés de l'autre. Il portait une veste en jean doublée et des Converse blanches. Quand il aperçut Henrik et Mia, il s'écarta du pilier et s'approcha d'eux en tendant le bras pour leur serrer la main.

— Pouvons-nous nous asseoir ? proposa Henrik.

Il désigna un canapé et des fauteuils, à droite de la réception, autour d'une petite table blanche sur laquelle étaient disposées quelques brochures en arabe. Le tout était isolé par des yuccas en plastique de deux mètres de haut.

Jens se laissa tomber sur le canapé et se pencha en avant, tout en posant sur Henrik et Mia un regard inquiet. Ils prirent place face à lui, dans les fauteuils.

— Vous étiez de service dimanche dernier ? demanda Henrik.

— Oui, c'est bien ça, répondit Jens en joignant les mains.

— Hans Juhlén était présent ?

— Ouaip. Je l'aimais bien. C'était en quelque sorte mon patron.

— A quelle heure l'avez-vous vu ?

— Vers 18 h 30.

Henrik regarda Mia et vit qu'elle était prête à prendre le relais. Il lui fit signe d'enchaîner.

— De quoi vous avez parlé ? demanda-t-elle.

— On n'a pas vraiment parlé, je l'ai juste salué.

— Ah.

— On s'est salués, quoi, je lui ai fait un signe de tête en passant devant son bureau.

— Il était seul ?

— Ah oui, il était tout seul. Il est toujours seul ici, le dimanche.

— Vous avez vu ce qu'il faisait quand vous êtes passé devant son bureau ?

— Non. Mais il se servait de son ordinateur parce que je l'ai entendu taper. Vous savez, il faut avoir une bonne oreille quand on est agent de sécurité, pour pouvoir repérer les bruits bizarres et tout. Et il faut aussi avoir une bonne vue, surtout dans la pénombre. J'ai eu les meilleures notes au test d'acuité visuelle, pendant la sélection.

Mia se moquait pas mal de l'acuité auditive et visuelle de Jens. Elle haussa les sourcils d'un air moqueur et se tourna vers Henrik, dont le regard était rivé sur un des yuccas.

Comme il semblait perdu dans ses pensées, elle lui tapota le bras.

— On est en train de parler de l'ordinateur de Hans Juhlén, dit-elle.

— Oui ? Eh bien ?

— Apparemment, il s'en servait.

— Je confirme, intervint Jens en pressant ses deux mains l'une contre l'autre.

— On devrait l'emporter avec nous, cet ordinateur, proposa Henrik.

— C'est exactement ce que j'étais en train de me dire, approuva Mia.

8

L'agent Gabriel Mellqvist frissonna. Il faisait froid. Ses chaussures n'étaient pas étanches et la pluie glacée gouttait de son calot dans son cou. Il ne savait pas où se trouvait sa collègue Hanna Hultman. La dernière fois qu'il l'avait vue, elle sonnait au numéro 36. Ils avaient frappé à plus d'une vingtaine de portes depuis ce matin, mais jusque-là ça n'avait rien donné. Personne dans le quartier n'avait remarqué la présence d'un étranger, homme ou femme. La plupart des riverains n'étaient pas chez eux ce jour-là à l'heure du crime, mais dans leur maison de vacances, au golf, à des compétitions de saut d'obstacles et Dieu sait où ! Une mère avait vu passer une petite fille, qui rentrait sans doute chez elle après avoir joué chez des amis, et Gabriel se demandait pourquoi cette femme avait même éprouvé le besoin de mentionner ce fait sans intérêt.

Gabriel jura et regarda sa montre. Il avait la bouche sèche, il était fatigué et assoiffé. Les signaux étaient clairs : il était en hypoglycémie. Il se rendit quand même à la maison suivante, cachée derrière un haut mur de pierre.

Il détestait le porte-à-porte. Surtout sous la pluie. Mais l'ordre venait du chef de la police judiciaire, aussi il fallait bien s'exécuter.

La grille était fermée avec un cadenas et des chaînes. Gabriel balaya les environs du regard. D'ici, il voyait à peine le 204 de la rue Östanvägen, où le meurtre avait été commis. Il appuya sur le bouton de l'interphone et attendit. Pas de réponse.

Il appuya de nouveau en disant cette fois bonjour. Il tenta de pousser les portes, ce qui eut pour effet de secouer les chaînes qui les bloquaient. Mais où était donc passée Hanna ? Elle n'était sûrement pas partie dans une rue parallèle. Pas sans le prévenir. Gabriel soupira, fit un pas en arrière, mit le pied en plein dans une flaque. Il sentit l'eau froide imbiber sa chaussette droite. Super ! Il ne manquait plus que ça !

Il regarda encore une fois du côté de la maison. Toujours aucun signe de vie à l'intérieur. Il faillit abandonner sur-le-champ pour aller grignoter un petit truc dans un restaurant du coin. C'est alors qu'il aperçut quelque chose du coin de l'œil. Quelque chose qui bougeait. Il plissa les yeux pour mieux voir de quoi il s'agissait. Une caméra de surveillance ! Il appuya de nouveau sur l'interphone, en appelant. Il leur fallait l'enregistrement de cette caméra. Il était soudain tellement excité qu'il en oublia son hypoglycémie.

Quarante minutes et quatre-vingt-dix-huit couronnes plus tard, Henrik Levin était plus que rassasié. La formule à volonté du restaurant thaï proposait beaucoup trop de bonnes choses. Mia Bolander, qui l'accompagnait, avait pris la formule légère — une simple salade.

Henrik regretta son choix en revenant à la voiture. Il se sentait lourd et somnolent, il laissa Mia prendre le volant pour rentrer au poste.

— Tu pourras me rappeler de prendre une salade la prochaine fois ? lui demanda-t-il.

Pour toute réponse, Mia pouffa.

— S'il te plaît, réponds.

— Bon sang, je suis pas ta mère ! Mais bon, comme tu voudras. Emma t'a demandé de perdre du poids ou quoi ?

— Tu me trouves gros ?

— Le visage, ça peut aller.

— Merci.

— Elle ne te laisse pas la toucher, c'est ça ?

— Quoi ?

— Tu as l'air de vouloir faire attention à ce que tu manges, c'est que tu veux perdre du poids. J'ai lu sur Internet que quand un homme essayait de perdre du poids, c'était parce qu'il avait un problème de sexe.

— J'ai juste parlé d'une salade ! Je veux prendre une salade la prochaine fois ! Je vois pas où est le problème !

— Il n'y en a pas.

— Est-ce que tu me trouves gros ?

— Non. Quand on pèse quatre-vingts kilos, on n'est pas gros, Henrik.

— Quatre-vingt-trois.

— Quatre-vingt-trois kilos, d'accord ! corrigea Mia. Et tu es un gros lard ! Pourquoi tu veux maigrir ?

Elle ponctua la question d'un clin d'œil provocateur.

Henrik garda le silence.

Mia n'avait pas besoin de savoir qu'il suivait depuis sept semaines un régime pauvre en hydrates de carbone. Il essayait également de faire un peu d'exercice en semaine. Mais au boulot, ce n'était pas facile d'appliquer ce programme, surtout au restaurant thaï où tous les plats étaient accompagnés de riz. Et pour l'exercice en rentrant du boulot, ce n'était pas si simple non plus. Avec deux petits de cinq et six ans, il était pris dans sa routine. Entre manger, jouer avec les enfants, se laver, se coucher, regarder la télé, dormir, il ne lui restait plus beaucoup de temps. A dire vrai, il n'avait pas encore demandé à Emma si elle était d'accord pour qu'il s'absente un ou deux soirs par semaine, pour faire du sport. Avec un peu de chance, elle dirait oui. Mais il avait peur d'aborder la question, car il craignait un refus catégorique.

Emma trouvait déjà qu'ils ne passaient pas assez de temps en famille.

Mais quand même, avec un peu de sport, il serait plus performant au lit. Tout le monde y gagnerait.

Les rares fois où il avait demandé à Emma la permission

d'aller jouer au foot avec le club local le samedi après-midi, elle avait refusé. Selon elle, il devait réserver ses week-ends à sa famille : pour profiter du jardin avec les enfants, les emmener au zoo, au cinéma, ou simplement rester à la maison à ne rien faire. Elle disait que c'était primordial de prendre le temps de se retrouver le week-end.

Elle voulait qu'il lui manifeste de l'intérêt. Elle voulait des preuves d'amour.

Des preuves d'amour... C'était bien beau, mais pour Henrik, le truc primordial, c'était le sexe. Désirer physiquement sa femme, n'était-ce pas la plus belle preuve d'amour ? Peu importait où et quand, il voulait avoir des relations sexuelles avec Emma. Bien entendu, elle voyait les choses différemment. Elle voulait que ce soit tendre, qu'ils prennent leur temps... Elle préférait faire ça dans leur lit, et quand les enfants dormaient. Mais en ce moment, leur aîné, Felix, avait peur des fantômes et il insistait pour dormir avec eux. Pour faire l'amour, ce n'était pas pratique.

Henrik se raccrochait à l'espoir que ça finirait par s'arranger. Ce mois-ci, il n'avait donné à Emma qu'une seule « preuve d'amour ». Quatre semaines plus tôt, pour être tout à fait exact.

Henrik étouffa un hoquet. *Plus de buffet*, se dit-il. La prochaine fois, il s'en tiendrait à une salade. Une salade et rien d'autre.

Quand Henrik et Mia entrèrent dans la salle de conférences, ils apprirent que l'agent Gabriel Mellqvist s'était évanoui en faisant du porte-à-porte dans Lindö.

C'était une vieille dame qui l'avait trouvé. Quelqu'un avait sonné plusieurs fois chez elle mais, comme elle était en fauteuil roulant, elle avait mis du temps à aller jusqu'à la porte. Quand elle avait enfin ouvert, elle avait découvert le policier étendu devant la grille de son jardin.

— Heureusement, il avait une seringue de glucose dans sa poche, et sa collègue, Hanna Hultman, qui est au courant de ses problèmes médicaux, lui a tout de suite injecté une dose dans la cuisse, expliqua Gunnar. Voilà pour la mauvaise nouvelle. La bonne, c'est qu'il y avait une caméra de surveillance chez cette dame. Et que cette caméra était pointée sur la rue, dans cette direction.

Il traça alors un X sur le plan de la zone résidentielle punaisé au mur, à côté de la frise horaire.

Toute l'équipe était présente. Sauf Jana, ce qui n'était pas pour déplaire à Mia.

— Avec un peu de chance, on doit pouvoir retrouver l'enregistrement de dimanche. Ola, tu me vérifies ça ?

— Maintenant ? demanda Ola.

— Oui. Maintenant.

Ola se leva.

— Attends, intervint Henrik. J'ai autre chose à te demander.

Ola s'arrêta.

— Nous avons saisi l'ordinateur de Hans Juhlén et il faudrait y jeter un coup d'œil.

— C'était intéressant, l'entretien avec Lena Wikström ?

— Je ne sais pas trop. Elle dit qu'il ne se servait pratiquement pas de son ordinateur, mais on pense que c'est faux.

Ola, Anneli et Gunnar hochèrent la tête.

— Toujours d'après elle, il n'était pas aussi stressé que le prétend sa femme, poursuivit Henrik.

— C'est un point de vue qui n'engage qu'elle, intervint Mia. Je pense au contraire qu'il était sur les nerfs. Entre ce que les journaux ont balancé sur lui et les lettres de menace, il y avait de quoi.

— Je suis d'accord, intervint Ola.

— Lena dit que les menaces venaient peut-être de réfugiés à qui l'Office d'immigration aurait refusé l'asile, poursuivit Henrik. Nous lui avons demandé la liste de tous les demandeurs pour cette année.

— Bien. Autre chose ? demanda Gunnar.

— Non, répondit Henrik. Le porte-à-porte n'a rien donné, à

part cette caméra de surveillance qui nous fournira peut-être une piste.

— Pas de témoins ? demanda Mia.

— Non, pas un seul, soupira Gunnar.

— C'est dingue ! s'exclama Mia. Si personne n'a rien vu, on va avoir du mal à avancer.

— Pour le moment nous n'avons pas de témoins. Rien. Il ne nous reste plus qu'à espérer que la caméra nous fournira des images. Ola, essaye de voir si on peut les avoir tout de suite, demanda Gunnar en se tournant vers Ola. Ensuite, tu pourras t'attaquer à l'ordinateur de Hans. De mon côté, j'attends encore l'historique de ses communications. Je vais appeler son opérateur pour activer le mouvement. Au point où nous en sommes, tout est bon à prendre.

9

Au début, la petite fille avait beaucoup pleuré. A présent, elle se sentait très calme. Si calme qu'elle avait l'impression de vivre dans un monde au ralenti.

Elle était assise. Sa tête pesait sur ses cuisses ; ses bras engourdis pendaient le long de son corps. Le bruit que faisait le moteur de la camionnette lui parvenait assourdi. Ses jambes la picotaient. Elle s'était fait pipi dessus quand ils l'avaient immobilisée pour lui enfoncer une seringue dans le bras.

Elle fit lentement remonter son regard le long de son bras gauche et s'arrêta à la petite marque rouge. Elle était vraiment toute petite. Elle sourit. Toute petite. Toute toute petite. La seringue aussi était toute toute petite.

La camionnette fit une embardée et l'asphalte laissa place à du gravier. La petite fille cala sa tête en arrière, en essayant de ne pas se cogner contre les parois du véhicule. Ou contre quelqu'un. Ils étaient assis les uns contre les autres, tous les sept. Danilo, qui se tenait à côté d'elle, avait pleuré. Elle ne l'avait jamais vu pleurer. D'habitude, il souriait tout le temps. Il avait un beau sourire. Mais en ce moment, il ne souriait pas. Il ne pouvait pas, à cause du scotch argenté qui lui couvrait la bouche. Ça le gênait aussi pour respirer. Il avait les narines dilatées.

Une femme était assise en face d'eux. Elle avait l'air en colère. Très en colère. Très, très en colère. Grrrr. La petite fille rit silencieusement. Puis sa tête retomba sur ses cuisses. Elle se sentait fatiguée et avait très envie de dormir. Dans son lit. Avec la poupée qu'elle avait trouvée à un arrêt de bus et qui n'avait plus qu'un seul bras et une seule jambe. C'était quand même la plus jolie poupée qu'elle ait jamais vue. Elle avait des boucles noires et une robe rose. Cette poupée lui manquait terriblement. Elle était encore là-bas, avec papa et maman. Elle la retrouverait plus tard, quand elle retournerait dans le container.

Alors, tout irait bien.

Ils pourraient repartir.

A la maison.

10

Un coursier venait d'apporter les enregistrements de la caméra de surveillance. Ola Söderström ouvrit le paquet et connecta le petit disque dur à son ordinateur. Il s'attarda dans un premier temps sur les images qui montraient une vue d'ensemble de la rue Östanvägen. Malheureusement, la maison de Hans Juhlén était hors du champ de la caméra. Vu l'angle, celle-ci devait se trouver à deux ou trois mètres du sol, ce qui lui permettait de couvrir toute la rue. La qualité de l'image était plutôt bonne ; Ola en apprécia la netteté. Il fit avancer rapidement l'enregistrement du dimanche matin. Il vit passer une femme avec un chien, puis une Lexus blanche quitta la rue, puis de nouveau la femme au chien, en sens inverse.

Un peu après 17 h 30, Ola commença à visionner à vitesse normale. La rue déserte semblait froide et venteuse. La nuit tombait, l'image n'était pas bonne, d'autant plus que l'éclairage public n'était pas très puissant.

Ola s'apprêtait à régler la luminosité pour obtenir quelque chose de plus lisible quand il aperçut un enfant.

Il fit aussitôt un arrêt sur image. 18 h 14.

Il remit l'enregistrement en marche. L'enfant traversa rapidement la rue et disparut.

Ola retourna en arrière pour regarder une nouvelle fois la scène. L'enfant portait un sweat foncé, avec une capuche qui dissimulait son visage. Il avançait tête baissée, les mains enfoncées dans la poche ventrale du sweat.

Ola soupira en se passant la main dans les cheveux. C'était juste un gamin qui passait par là. Rien de significatif. Il se cala contre le dossier de son fauteuil, joignit les mains derrière la tête et continua à faire défiler l'enregistrement.

A 20 heures, il n'avait toujours rien vu. Rien. Pas une voiture. Personne n'avait circulé dans cette rue pendant ces deux heures. Juste l'enfant. Ola comprit soudain ce que ça voulait dire. Juste l'enfant.

Il se leva tellement précipitamment qu'il en renversa sa chaise.

— Tu as l'air de bonne humeur.

Gunnar sursauta en entendant la voix d'Anneli Lindgren. Elle se tenait debout dans l'entrée, les bras croisés. Sa queue-de-cheval haute dégageait ses yeux bleu clair et faisait ressortir ses pommettes.

— Oui, je vais récupérer l'historique des appels. J'ai poussé une gueulante, ça les a secoués.

— Et ça suffit à te rendre heureux ? demanda Anneli.

— Oh que oui. Au fait, tu ne devrais pas être partie ?

— Si, mais j'attends des renforts. C'est une très grande maison. Je ne peux pas m'en occuper toute seule.

— Je croyais que tu préférais travailler seule.

— Parfois, répondit Anneli en inclinant la tête de côté. Mais ça peut devenir lassant. Et du coup on apprécie d'avoir de la compagnie.

Anneli pencha la tête d'un air rêveur.

— Tu n'as pas besoin de tout passer une nouvelle fois au peigne fin, ajouta Gunnar. Intéresse-toi surtout aux endroits stratégiques.

— Ça va de soi.

Elle lui jeta un drôle de regard et protesta, les mains sur les hanches :

— Dis donc, tu me prends pour qui ?

— En parlant de passer au peigne fin, j'ai rangé le grenier l'autre jour, reprit Gunnar. J'ai trouvé des affaires à toi.

— Tu as rangé le grenier ?

— Oui, et alors ? fit-il en haussant les épaules. J'avais des trucs à jeter et je suis tombé sur un grand carton rempli de décorations. Tu veux le récupérer ?

— Je peux passer le prendre dans la semaine.

— Pas la peine, je l'apporterai au travail. Bon, désolé, il faut que j'aille vérifier si la liste est bien arrivée.

En sortant de la pièce, Anneli faillit heurter Ola Söderström qui entrait, visiblement surexcité.

— Qu'est-ce qu'il y a ? lui demanda Gunnar.

— Je crois avoir trouvé quelque chose. Venez voir !

Gunnar se leva d'un bond et le suivit jusqu'à la salle informatique.

Ola, de vingt ans le cadet de Gunnar, était grand et mince, avec un nez pointu. Il portait un jean, une chemise à carreaux rouges et, bien entendu, une casquette. Par tous les temps, qu'il fasse trente ou moins trente, il ne sortait jamais sans casquette. Il en avait une rouge, une blanche, une rayée, une à carreaux. Celle d'aujourd'hui était noire.

Gunnar lui avait souvent fait remarquer que porter une casquette au boulot n'était pas correct, mais il avait fini par abandonner. Ce petit écart vestimentaire était finalement peu de chose en regard des compétences en informatique d'Ola.

— Regardez, dit Ola en démarrant la vidéo à l'aide d'un raccourci clavier.

Gunnar vit un enfant passer sur l'écran.

— Il arrive à 18 h 14, poursuivit Ola. Et il traverse en direction de la rue Östanvägen, là où se trouve la maison de Hans Juhlén.

Gunnar observa la démarche de l'enfant. Il la trouva raide. Presque mécanique.

L'enfant disparut de l'écran.

— Encore une fois, demanda Gunnar.

Ola s'exécuta.

— Stop ! ordonna Gunnar en se rapprochant de l'écran. Tu peux zoomer ?

Ola appuya de nouveau sur des raccourcis clavier et l'image de l'enfant apparut en grand sur l'écran.

— Il a les mains dans sa poche ventrale, commenta pensivement Gunnar. Mais le renflement est trop gros pour qu'il n'y ait que ses mains. Il doit cacher quelque chose dans cette poche.

— Anneli a trouvé des empreintes appartenant à un enfant, intervint Ola. Ce sont peut-être celles de ce gamin.

— Quel âge tu lui donnerais ? lui demanda Gunnar.

Ola regarda l'enfant. Il portait un sweat trop grand, mais on pouvait quand même se faire une idée de sa corpulence. Et puis, il y avait sa taille.

— Huit ans ? Neuf ans ? suggéra-t-il.

— Tu sais qui a un enfant de cet âge ?

— Non.

— Le demi-frère de Hans Juhlén.

— Merde.

— Zoome encore.

Ola ne se fit pas prier.

Gunnar se rapprocha de l'écran. Plissant les yeux, il inspecta la poche ventrale du sweat.

Soudain, il comprit.

— Je sais ce qu'il y a dans sa poche.

— Quoi ?

— Un pistolet.

Henrik Levin et Mia Bolander avaient pris la voiture pour se rendre à Finspång. Ils roulaient en silence, perdus dans leurs pensées, quand ils passèrent devant un panneau indiquant qu'il ne leur restait plus que cinq kilomètres à parcourir.

Henrik se gara sur le bas-côté de la route pour consulter son GPS. D'après la carte numérique, ils n'avaient plus que cent cinquante mètres à faire pour arriver à destination. La voix du navigateur les engageait à rouler tout droit jusqu'au rond-point suivant. Henrik suivit ses instructions. L'endroit où ils se rendaient se situait dans le quartier Dunderbacken.

Mia désigna une place libre à côté d'une poubelle de tri qui débordait de papiers et d'emballages. Quelqu'un avait posé une radio devant.

— C'est donc ici qu'habite le demi-frère, commenta-t-elle.

Elle sortit de la voiture, s'étira et bâilla bruyamment. Henrik sortit à son tour et claqua sa portière.

Quelques riverains discutaient sur la pelouse qui s'étendait au pied des immeubles bas. Deux enfants jouaient avec un seau et une pelle dans un bac à sable à côté des balançoires, leurs joues rosies par la fraîcheur du mois d'avril. Un homme, probablement leur père, était assis sur un banc juste à côté, penché sur son téléphone. Une femme enveloppée dans un manteau d'hiver qui lui descendait jusqu'aux pieds marchait dans leur direction, des sacs de courses dans les mains. Elle s'arrêta pour saluer un homme aux cheveux longs qui défaisait l'antivol d'un vélo jaune Monark garé sur un râtelier.

Henrik et Mia traversèrent le square et cherchèrent le numéro 34. Dans le hall d'entrée, un homme sans manteau faisait les cent pas, comme s'il attendait impatiemment l'arrivée de quelqu'un.

Mia jeta un coup d'œil rapide à la liste des résidents accrochée à côté de l'ascenseur et repéra celui de Lars Johansson. Troisième étage. Ils montèrent par l'escalier et sonnèrent à sa porte.

Lars ouvrit aussitôt. Il portait en tout et pour tout un boxer et un maillot de foot bleu pâle sur lequel se détachait l'emblème de l'équipe de Norrköping. Il n'était pas rasé et avait de gros cernes noirs sous les yeux. Il regarda Mia et Henrik d'un air surpris en se massant le cou.

— Lars Johansson ? demanda Henrik.

— Oui. Qu'est-ce qu'il y a ? fit Lars.

Henrik se présenta avec Mia et montra son mandat.

— Moi qui pensais que vous bossiez pour un de ces torchons ! Je peux vous dire que j'en ai vu passer, des journalistes. Mais entrez, bon Dieu, entrez ! Gardez vos chaussures, le ménage n'est pas fait. Allez vous asseoir dans le salon, je vais enfiler un pantalon. J'ai besoin d'aller pisser aussi. Donnez-moi deux minutes et j'arrive, hein !

Et il fila vers la salle de bains. Henrik échangea un regard avec Mia, laquelle entra avec lui dans l'appartement en secouant la tête.

Par la porte de la salle de bains que Lars avait laissée ouverte, ils le virent tirer un pantalon en coton gris de son panier à linge sale. Il s'enferma ensuite à l'intérieur.

— On y va ? demanda Henrik en invitant d'un geste poli Mia à avancer.

Elle acquiesça et avança de quelques pas.

La cuisine, qui se trouvait à leur gauche, était jonchée d'assiettes sales et de cartons à pizza. Un sac-poubelle fermé attendait dans l'évier d'être jeté. La chambre, voisine de la cuisine, était petite, avec juste la place pour un lit, par ailleurs défait. Le store était tiré et des pièces de Lego de différentes tailles traînaient un peu partout. La salle de bains était au fond du couloir et le salon se trouvait sur la gauche.

Henrik hésita à s'asseoir sur le canapé en cuir marron. La couette qui y était posée montrait qu'il servait aussi de lit. Le salon sentait le renfermé.

Ils entendirent un bruit de chasse d'eau, et Lars sortit de la salle de bains avec un pantalon trop court de cinq bons centimètres.

— Asseyez-vous. Je vais...

Il s'interrompit pour débarrasser le canapé de la couette et de l'oreiller, qu'il jeta négligemment sur le lino couleur abricot.

— Voilà, asseyez-vous. Je vous sers un café ?

Henrik et Mia déclinèrent et s'assirent sur le canapé, qui s'affaissa sous leur poids en sifflant. Une forte odeur de transpiration s'en dégageait et Henrik eut vaguement la nausée. Lars s'assit sur un tabouret en plastique vert et remonta son pantalon.

— Lars, commença Henrik.

— Non, appelez-moi Lasse. Tout le monde m'appelle comme ça.

— D'accord. Lasse. Tout d'abord, nos sincères condoléances.

— Pour mon frère ? Ouais, c'est vraiment atroce.

— Je suppose que ça vous a beaucoup touché ?

— Non, pas vraiment. On n'était pas les meilleurs potes du monde. On était demi-frères, on avait la même mère. Mais c'est pas parce qu'on fait partie de la même famille qu'on passe forcément beaucoup de temps ensemble. On n'est pas obligés de s'entendre, je veux dire.

— Vous ne vous entendiez pas bien, tous les deux ?

— Si, peut-être... Enfin, j'en sais trop rien !

Lasse réfléchit quelques instants. Il leva un peu la jambe et se gratta à l'entrejambe, révélant un trou de la taille d'une pièce de monnaie. Puis il se mit à parler de sa relation avec son frère. Ou plutôt, de leur absence de relation. Ils n'avaient pas eu de contacts depuis un an. A cause de ses dettes de jeu. Depuis, il avait arrêté de jouer. Pour son fils.

— Avant, je pouvais lui emprunter de l'argent quand j'étais en galère. Il voulait que Simon puisse manger à sa faim. C'est pas évident de vivre sur les allocs, faut payer le loyer et tout le reste...

Lasse bâilla et frotta son œil droit de la paume de sa main.

— Mais ça n'a pas duré longtemps. Il a commencé à me dire qu'il n'avait plus d'argent. Tu parles... Des conneries... Il faut de l'argent pour pouvoir vivre à Lindö. Il est devenu radin. Il me donnait plus rien.

— Vous savez pourquoi ? demanda Henrik.

— Non, il m'a juste dit qu'il ne pouvait plus rien me donner. Que sa femme n'était plus d'accord. Je lui ai promis de le rembourser, même si ça risquait de me prendre un peu de temps. Ça n'a rien changé. Quel imbécile ! On n'a pas idée d'être aussi près de ses sous. Il aurait pu se passer une fois de filet de bœuf et me donner cent couronnes à la place, non ? En tout cas, moi, c'est ce que j'aurais fait, ajouta-t-il d'un ton solennel en frappant sa poitrine du plat de la main.

— Vous vous étiez disputé avec lui à cause de cette question d'argent ?

— Non.

— Vous ne l'aviez pas menacé ? Vous n'aviez pas eu des mots avec lui ?

— J'ai dû l'insulter une fois ou deux, mais menacé, jamais.

— C'est un garçon, que vous avez ? demanda Mia.

— Oui, Simon.

Lasse leur montra une photo encadrée, sur laquelle souriait un petit garçon couvert de taches de rousseur.

— Il n'a que cinq ans là-dessus. Il en a huit maintenant.

— Vous auriez une autre photo de lui ? Plus récente ? demanda Henrik.

— Je vais voir.

Lasse alla jusqu'à un placard blanc aux portes vitrées et en tira une petite boîte qui servait visiblement de fourre-tout.

Elle contenait des bouts de feuilles, des piles, des câbles électriques... Il y avait aussi un détecteur de fumée, un dinosaure en plastique sans tête, des papiers de bonbons et un gant.

— Je sais pas si j'ai mieux. Les photos qu'on leur fait à l'école sont tellement chères. Quatre cents couronnes pour vingt photos. Qui peut se payer ça ? Quelle arnaque !

Lasse fit tomber les papiers pour mieux voir ce que la boîte contenait.

— Non, j'ai rien d'autre. Ah si, maintenant que j'y pense, j'en ai peut-être une sur mon téléphone.

Lasse disparut dans la cuisine et revint avec un vieux portable. Il resta debout pour le manipuler.

Henrik remarqua que le bouton avec les flèches manquait et que Lasse devait faire défiler les photos avec son petit doigt. Le dossier semblait en contenir plusieurs.

— Voilà, dit Lasse en tendant son portable à Henrik, qui le prit pour regarder la photo s'affichant à l'écran.

Malgré la basse résolution de l'image, on distinguait un enfant plutôt grand et couvert de taches de rousseur. Il avait les joues rouges et des yeux chaleureux.

Henrik adressa à Lasse les compliments d'usage à propos de son fils, puis il lui demanda de lui envoyer la photo par MMS et l'enregistra aussitôt dans ses dossiers.

— Simon est à l'école ? demanda-t-il en rangeant son téléphone dans sa poche.

— Oui, répondit Lasse en reprenant sa place sur son tabouret.

— Il revient vers quelle heure ?

— Il est chez sa mère pour la semaine.

— Il était avec vous dimanche dernier ?

— Oui.

— Où étiez-vous entre 17 et 19 heures, ce soir-là ?

Lasse se frotta les tibias.

— Simon jouait à des jeux vidéo.

— Vous étiez donc tous les deux à la maison ?

Lasse se frictionna de nouveau les mollets.

— Non, Simon était seul.

— Et vous, où étiez-vous ?

— Heu, je... je jouais au poker. Une petite partie en début de soirée. Juste au bout de la rue. J'ai pas pu dire non, c'était avec mes partenaires. Mais c'était la dernière fois. La toute dernière. Je joue plus maintenant. C'est fini tout ça.

11

L'homme à la cicatrice faisait les cent pas en les fixant, une lueur féroce dans les yeux. Ils se tenaient debout, sur une seule ligne, pieds nus sur le sol de pierre. Les fenêtres étaient obscurcies, mais quelques rais de lumière parvenaient à filtrer entre les planches des murs.

Les lèvres et les joues de la petite fille lui faisaient mal à cause du scotch argenté qu'on lui avait mis sur la bouche et dont la colle l'avait irritée. Elle avait eu du mal à respirer par le nez pendant le trajet en camionnette. Plus tard, à bord du petit bateau qu'ils avaient été forcés de prendre, elle avait eu mal au cœur et avait dû ravaler le vomi qui affluait et refluait dans sa gorge. Quand ils étaient arrivés dans la grande salle, dans le hall, bref, là où ils étaient, la femme lui avait enfin arraché le scotch.

La petite fille jeta discrètement un coup d'œil autour d'elle, sans bouger la tête. Le plafond était soutenu par de grosses poutres et couvert de toiles d'araignée. Une étable ? Non. C'était trop grand pour ça. Elle n'avait vu ni tapis ni matelas. Ça ne pouvait pas être une maison. Ça n'y ressemblait pas en tout cas, à part le sol en pierre. Chez elle aussi, le sol était en pierre. Mais il était toujours chaud. Celui-ci était glacé.

La petite fille frissonna, mais se redressa aussitôt. Elle essayait de se tenir aussi droite que possible. Danilo aussi : il bombait le torse et levait le menton. Pas Ester par contre. Elle pleurait. Le visage dans les mains, elle pleurait sans s'arrêter.

L'homme s'approcha d'elle et lui cria quelque chose. Ester ne comprenait pas ce qu'il disait. Les autres enfants non plus. Ester *sanglotait, à présent. L'homme leva alors la main et la frappa si fort qu'elle tomba à la renverse. Ensuite, il fit signe aux deux autres adultes qui se tenaient près du mur. Ceux-ci la soulevèrent en l'attrapant par les bras et les jambes, et l'emportèrent avec eux. Ce fut la dernière fois que la petite fille la vit.*

L'homme avança lentement vers elle et se pencha jusqu'à placer son visage à quelques centimètres du sien. Il la fixa avec des yeux froids comme de la glace, et lui murmura dans sa langue, pour qu'elle comprenne, quelque chose qu'elle n'allait jamais oublier.

— Interdit de pleurer. Tu as compris ? Interdit.

12

Mia Bolander se trouvait avec toute l'équipe dans la salle de conférences, pour le dernier briefing de la journée. Il restait pas mal de questions sans réponse dans l'enquête autour du meurtre de Hans Juhlén. Et notamment concernant l'enfant dont ils projetaient en ce moment la photo.

Pour Gunnar Öhrn, retrouver cet enfant était une priorité. D'après lui, il était un témoin clé. Au moins. Et peut-être le meurtrier. Dans les deux cas, ils avaient besoin de lui. Il fallait donc recommencer le porte-à-porte. En espérant que quelqu'un le reconnaisse.

Mia était contente d'échapper à ce genre de corvée maintenant qu'elle avait été promue. Interroger les habitants d'un quartier n'avait rien d'un défi passionnant. C'était même mortellement ennuyeux.

Elle fut la première à prendre un roulé à la cannelle dans le plat posé au milieu de la table. Elle aimait bien être la première. En tout. Elle avait toujours eu l'esprit de compétition. Toute son enfance, elle n'avait fait que ça, se battre pour être la première. Sans doute avait-elle cherché à imiter ses deux frères, de cinq et six ans ses aînés, qui ne cessaient de se mesurer entre eux. C'était à qui ferait le plus de pompes, à qui arriverait le premier au centre de loisirs, à qui resterait éveillé le plus longtemps. Elle se donnait du mal pour les impressionner, mais ils ne la laissaient jamais gagner, ni avoir raison.

Elle avait donc pris l'habitude de voir de la compétition partout, tout le temps. C'était devenu une sorte d'instinct qui n'avait plus jamais faibli. Comme elle était en plus dotée d'un caractère résolument lunatique, la plupart de ses camarades de classe avaient vite appris à ne pas la contrarier. Au collège, elle avait eu plusieurs jours de renvoi pour s'être battue avec des élèves plus âgés qu'elle.

En seconde, elle avait frappé un camarade jusqu'au sang. Elle se souvenait encore de la tête qu'il avait et de son gros nez. Il n'arrêtait pas de l'embêter et de lui lancer des cailloux pendant les cours d'EPS. Il était aussi le seul à la battre au cent mètres. Il méritait donc d'être puni. Un jour, après les cours, elle lui avait donné un tel coup de pied dans le tibia qu'il avait fini à l'hôpital avec une fracture. Elle avait frôlé le renvoi, mais s'en était tirée en plaidant l'accident. L'incident lui avait valu un avertissement sur son dossier scolaire mais, après l'élimination de cet adversaire, elle avait gagné toutes les courses en EPS. C'était tout ce qui lui importait.

Mia termina son roulé d'une bouchée. Des grains de sucre tombèrent sur la table, qu'elle rassembla en tas avec sa main. Puis elle humecta son index du bout de la langue et s'en servit pour ramasser les grains un à un. Adolescente, elle avait eu un cercle d'amis assez restreint. Elle avait treize ans quand le plus âgé de ses frères était mort dans une bagarre entre deux bandes rivales. Elle avait alors décidé de ne pas finir comme lui. Dans sa banlieue, les gamins de son âge essayaient à tout prix de se démarquer. Piercings, cheveux teints, crâne à moitié rasé, boule à zéro, tatouages, scarifications — rien n'était interdit. Pour se fondre dans la masse, elle s'était planté une aiguille dans l'arcade sourcilière. Mais ce qui la distinguait de ses camarades, c'était son comportement. Elle voulait vraiment faire quelque chose de sa vie. Grâce à sa volonté et à son esprit de compétition, elle avait pu s'en sortir à l'école. Elle avait décidé de ne pas finir comme son frère.

Mia prit un autre roulé à la cannelle. Puis elle passa l'assiette à Henrik, qui secoua la tête.

Cela faisait déjà une heure qu'ils discutaient de l'enfant et qu'ils s'interrogeaient sur son rôle dans l'affaire.

Ola montra une capture d'écran qu'il avait réalisée à partir de la vidéo de la caméra de surveillance. L'enfant traversait la rue, la tête légèrement de profil.

S'aidant de son clavier, Ola faisait à présent défiler les images lentement, comme des photos, et l'équipe put suivre l'enfant jusqu'à ce qu'il disparaisse, la capuche en dernier.

Henrik prit son portable et compara les images projetées à l'écran avec les photos du fils de Lasse Johansson. Il eut vite fait de constater qu'il n'y avait plus aucune raison de le soupçonner.

— Le neveu est plus petit, plus musclé. Notre suspect est plus fin, dit-il.

— Fais-moi voir, fit Ola en lui prenant le téléphone des mains pour regarder la photo.

— Bon, donc on oublie le neveu, conclut Gunnar. Mais il faut absolument qu'on retrouve le gamin de l'enregistrement vidéo.

Il en vint ensuite à l'historique des appels. C'était habituellement Ola qui s'occupait de ce genre de détails techniques, mais, comme il avait été pris à plein temps par la vidéo, Gunnar s'en était chargé. Il poussa vers le milieu de la table des photocopies de l'historique.

Henrik but une gorgée de café et s'attaqua à la première page.

— Le dernier appel de Hans Juhlén a eu lieu dimanche. Il a appelé la pizzéria Miami. Ola ?

Ola se leva et nota l'information sur la frise murale.

— La pizzéria a confirmé l'appel, déclara-t-il. Il est ensuite passé chez eux à 18 h 40 pour emporter sa commande. La page suivante montre tous ses appels.

Tout le monde passa à la page 2.

— Il n'y en a pas tant que ça, commenta Henrik.

— Non, c'est vrai, approuva Gunnar. Il appelait surtout sa femme. Il a aussi contacté une société automobile, mais ça ne nous intéresse pas plus que ça.

— Et du côté des textos ? demanda Mia.

— Rien de très intéressant non plus, avoua Gunnar.

Mia plia les feuilles en deux et les jeta sur la table.

— Bon, qu'est-ce qu'on fait ?

— L'historique ne nous révèle rien du tout, mais nous avons un enfant à retrouver, répondit sèchement Gunnar.

— On a quelque chose sur le demi-frère ? demanda Anneli.

— Non, répondit Henrik. Je suis allé l'interroger avec Mia. Il est célibataire, il vit des allocations, d'après ce qu'il dit. Il partage la garde de son fils avec son ex et il est accro aux jeux d'argent.

— Il n'a pas de casier ? insista Mia, la bouche pleine.

— Non, lui répondit Gunnar.

— Spontanément, je dirais qu'il n'a rien à voir avec le meurtre, déclara Mia en déglutissant.

— Et la femme de Hans Juhlén ? reprit Gunnar.

— Je ne pense pas qu'elle soit dans le coup, répondit Mia.

— Moi non plus, renchérit Anneli. Nous n'avons pas de témoins ni de preuve matérielle.

— Lasse nous a appris un truc intéressant, intervint Henrik. D'après lui, Hans prétendait être à sec. Il n'avait même plus de quoi prêter quelques couronnes à son frère. Si on relie ça aux lettres de menace, on a vraiment envie de dire que quelqu'un avait barre sur lui et le faisait chanter.

— Les menaces, c'était peut-être pour des dettes de jeu, proposa Mia.

— Possible. Ça expliquerait pourquoi sa femme le trouvait stressé dernièrement. Il n'était peut-être pas perturbé par les critiques envers son service, mais par les menaces qu'il recevait.

— On va partir de là, dit Gunnar. Ola, je veux que tu vérifies dès demain ses comptes en banque.

— Et l'ordinateur ? demanda Ola.

— D'abord les comptes, ensuite l'ordinateur. C'est bon pour ce soir, conclut Gunnar.

Henrik jeta un coup d'œil à l'horloge et étouffa un juron. Déjà 19 h 30 ! Il était une fois de plus en retard. Emma aurait sans doute fini de dîner. Les enfants seraient couchés. Bon sang !

Il soupira et avala à la hâte le reste de son café. Il était froid.

Henrik entra chez lui en s'efforçant de ne pas faire de bruit. Il traversa le couloir sur la pointe des pieds, puis se rendit directement dans la salle de bains pour passer aux toilettes.

Il se lava ensuite les mains et se contempla dans le miroir. Il ne s'était pas rasé depuis trois jours, il fallait faire quelque chose. Il se palpa la joue et le menton. Il n'avait pas envie de se raser maintenant. Une douche, peut-être.

Il passa les doigts dans ses cheveux bruns et remarqua un cheveu blanc au niveau de son front. Il l'arracha et le fit tomber dans le lavabo.

— Coucou, fit Emma en passant la tête dans la salle de bains.

Un chignon mal fait tanguait sur le haut de son crâne. Elle portait une combinaison en velours rouge et des chaussettes noires.

— Hello, fit Henrik.

— C'est à peine si je t'ai entendu arriver.

— Je ne voulais pas réveiller les enfants.

— Comment s'est passée ta journée ?

— Plutôt bien. Et toi ?

— Bien. J'ai fini de peindre les tiroirs du hall.

— Super.

— Oui.

— En blanc ?

— En blanc.

— Je voulais prendre une douche.

Emma appuya sa tête contre le chambranle. Une mèche glissa sur son front, elle la cala derrière son oreille.

— Il y a un souci ? lui demanda Henrik.

— Quoi ?

— J'ai cru que tu voulais me dire quelque chose.

— Non.

— Sûre ?

— Oui, sûre.

— Bon.

— Il y a un bon film à la télé, je pensais le regarder dans la chambre.

— Je te rejoins tout de suite, le temps de prendre une douche.

— Et de te raser.

— Et de me raser.

Emma sourit et ferma la porte.

Tant pis, se dit Henrik en prenant son rasoir dans le tiroir. C'était parti pour le rasage.

Un quart d'heure plus tard, il entra dans la chambre, une serviette nouée autour de la taille. Emma était captivée par un film sublime, un drame récompensé par plusieurs oscars. Henrik songea qu'il allait probablement devoir regarder la fin avec elle, ce dont il se serait bien passé. Au moins, ils étaient seuls. Pas d'enfants avec eux ce soir.

— Et Felix ? demanda-t-il.

— Il dort dans sa chambre. Il a dessiné un fantôme pour toi.

— Encore ?

— Oui, répondit Emma sans lever les yeux de l'énorme écran de télévision accroché au mur.

Henrik s'assit au bord du lit. A l'écran, un couple s'embrassait. Felix dormait dans son lit. Peut-être avait-il une chance de...

Il se glissa sous la couette, se colla à Emma et posa sa main sur son ventre nu, tout en gardant les yeux rivés à l'écran. Il appuya sa tête sur son épaule et se mit à lui caresser les cuisses, lentement, de haut en bas. Il sentit une main se poser sur la sienne et jouer avec ses doigts sous la couette.

— Emma, commença-t-il.

— Mm-mm.

— Chérie...

— Oui ?

— Je voulais te demander quelque chose.

Emma ne répondit rien. Elle semblait captivée par le baiser long et intense que le couple échangeait à l'écran.

— J'ai un peu réfléchi. Tu sais que j'aimerais bien faire un peu plus de sport. Du coup, je me suis dit... si ça te va, bien sûr... je me suis dit que je pourrais peut-être y aller deux fois par semaine ? Après le travail.

Emma sursauta et détourna enfin les yeux du film.

Henrik se redressa sur un coude.

— S'il te plaît, ma chérie...

Emma haussa les sourcils, puis décolla la main de Henrik de son ventre avec un geste brusque.

— Non, répondit-elle brièvement avant de se replonger dans son film.

Henrik laissa retomber sa tête sur l'oreiller tout en se maudissant. Il s'en voulait d'avoir si mal formulé sa demande. Il aurait pu s'arranger pour qu'Emma ne puisse pas refuser. Il contempla un instant le plafond, tapota son oreiller et tourna le dos à Emma en soupirant. Ce n'était pas ce soir qu'ils feraient l'amour. Et il ne pouvait s'en prendre qu'à lui.

Il neigeait quand Jana Berzelius et Per Åström décidèrent de quitter La Passoire, le restaurant de quartier où ils avaient passé la soirée. Per avait tenu à fêter leur victoire dans une affaire de divorce peu reluisante et Jana avait fini par céder. Elle n'aimait pas cuisiner et Per non plus, raison pour laquelle il leur arrivait parfois de dîner ensemble.

— Encore merci pour ce soir, j'ai passé un bon moment, dit Jana en se levant.

— Dans ce cas on n'a qu'à refaire ça bientôt, si ça te dit bien sûr, lui proposa Per en souriant.

— Ça ne me dit pas, trancha Jana sans lui rendre son sourire.

— Pourquoi cette déclaration malhonnête ?

— Malhonnête ? Pas le moins du monde, monsieur le procureur.

— Ah non ?

— Non.

— Tu n'apprécies pas ma compagnie, peut-être ?

— Non.

— Un dernier verre avant de partir ?

— Je ne crois pas.

— J'ai envie de gin. Comme d'habitude. Qu'est-ce que tu prends ?

— Rien, merci.

— Deux gins alors.

Jana soupira en voyant Per se diriger vers le bar. Elle reprit sa place à regret et observa les flocons tomber doucement derrière la vitrine. Elle posa les coudes sur la table et joignit les mains sous son menton. Per parlait maintenant avec le barman.

Leurs regards se croisèrent et Per lui fit coucou à la manière des enfants, en ouvrant et en fermant la main. Jana secoua la tête et détourna de nouveau les yeux vers la vitrine.

Elle avait fait la connaissance de Per quand elle était arrivée au bureau du procureur. Torsten Granath, leur supérieur à tous les deux, les avait présentés l'un à l'autre. Per l'avait aimablement renseignée sur les habitudes du bureau et lui avait donné quelques tuyaux sur les bons restaurants du coin. Il lui avait également parlé de ses goûts musicaux et l'avait questionnée sur tout un tas de sujets totalement étrangers au travail. Elle avait répondu brièvement. Et parfois pas du tout. Loin de le décourager, son silence n'avait fait qu'attiser la curiosité de Per. Elle avait eu l'impression d'être soumise à un véritable interrogatoire et lui avait demandé d'arrêter, en précisant qu'elle n'aimait pas parler pour ne rien dire. Il lui avait souri d'un air idiot ; c'était comme ça que leur amitié était née.

Le restaurant était plein. La salle était envahie par les manteaux, et le sol à carreaux marron était couvert de flaques à cause de la neige collée aux semelles de chaussures. Le brouhaha des voix était ponctué par le tintement des couverts. Quelques lampes et des bougies créaient une ambiance chaleureuse.

Jana jeta un nouveau coup d'œil en direction du bar, cette fois pour observer les bouteilles rangées dans la vitrine derrière le barman. Parmi les étiquettes, elle reconnut des noms comme Glenmorangie, Laphroaig et Ardbeg. Rien que des classiques, distillés en Ecosse. Son père était un amateur de whisky et aimait en siroter un, de préférence fumé, lors des dîners de famille. Jana ne partageait pas cette passion, mais on lui avait appris à ne jamais refuser un verre. Elle préférait pour sa part le vin, le sauvignon blanc, servi bien frais.

Per revint et elle jeta un coup d'œil méfiant aux deux verres bien remplis qu'il posa sur la table.

— Tu as demandé quoi ? lui demanda-t-elle.

— Des simples.

Jana le regarda fixement.

— C'est bon, c'est bon, j'ai pris des doubles ! Désolé.

Jana accepta ses excuses. Elle but une gorgée et fit la grimace : c'était beaucoup trop sec pour elle.

Un peu plus tard, alors que Per avait à nouveau commandé deux verres, la conversation tourna à la dispute universitaire. Le sujet en était : moralité et éthique dans l'univers du droit. Après avoir évoqué différentes affaires très médiatisées et quelques avocats à la réputation douteuse, les deux procureurs s'attaquèrent au problème des magistrats non juristes.

— Au risque de me répéter, le système des magistrats non juristes devrait être entièrement revu, avança Per. Il faudrait pouvoir nommer des gens intéressés par le droit et la justice, plutôt que des politiciens.

— Tout à fait d'accord, dit Jana.

— Il faut des gens passionnés. Leurs votes sont décisifs après tout !

— C'est vrai !

— A Stockholm, deux adolescents ont fait appel parce qu'un des magistrats non juriste avait piqué un somme au cours de leur procès.

— J'ai entendu parler de cette histoire.

— C'est absurde ! s'exclama Per. Absurde et déplorable d'engager des frais pour un nouveau procès parce qu'un magistrat s'est endormi pendant l'audience ! On devrait lui prélever sur sa paye l'argent que ça a coûté. C'est quand même incroyable...

Il se tut et but une gorgée d'alcool. Puis il se pencha sur la table et fixa Jana avec des yeux graves. Jana lui rendit son regard.

— Quoi ? lui demanda-t-elle.

— Comment ça se passe, ton enquête sur le meurtre de Hans Juhlén ?

— Tu sais très bien que je n'ai rien le droit de te dire.

— Je sais. Mais comment ça se passe ?

— Ça ne se passe pas.

— Qu'est-ce que tu veux dire ?

— Tu m'as très bien entendue.

— Tu ne peux rien me dire ? De toi à moi ?

— Oublie.

— Ce ne serait pas une histoire un peu louche ? insista-t-il en remuant les sourcils. C'est toujours un peu louche quand de gros bonnets sont impliqués.

Jana leva les yeux au ciel et fit non de la tête.

— J'interprète ce silence comme un oui...

— Tu n'as pas le droit !

— Ah bon ? Santé au fait !

13

Mercredi 18 avril

Ce fut un dénommé John Hermansson qui découvrit l'enfant.

Agé de soixante-dix-huit ans et veuf depuis cinq ans, John vivait à Viddviken, un petit village côtier situé à cinq kilomètres d'Arkösund. Sa maison était bien trop grande pour lui et lui demandait beaucoup d'entretien, mais il y restait par amour de la nature et pour la beauté du cadre. Depuis la mort de sa femme, il dormait mal. Il se réveillait très tôt le matin et, plutôt que de traîner au lit, il se levait et partait faire une longue balade quel que soit le temps. Ce matin-là, il faisait plutôt frais. Il avait enfilé ses Wellington et son anorak avant de sortir. Le soleil venait de se lever et réchauffait l'herbe gelée du jardin. L'air était humide.

En franchissant son portail, John décida d'aller marcher sur la plage plutôt qu'en forêt, pour une fois. Il avait seulement quelques centaines de mètres à faire pour atteindre la baie de Bråviken. Il prit l'étroit chemin qui descendait jusqu'à la mer. Le gravier crissait sous ses pieds. Le chemin tournait à droite et débouchait sur la plage après les deux grands pins. La mer était lisse comme un miroir. D'habitude, elle était plutôt agitée, avec de hautes vagues. John inspira profondément et observa la buée qui sortait de sa bouche quand il expirait. Il était sur le point de rentrer quand il distingua quelque chose de bizarre sur la plage. Un objet argenté, qui brillait. Il s'en approcha et se pencha pour mieux voir. C'était un pistolet maculé de sang.

John se gratta la tête. Un peu plus loin, l'herbe était tachée de sang. Il aperçut alors une forme allongée sous un sapin. Un enfant. Allongé sur le ventre, la tête de côté, les yeux grands ouverts. Son bras gauche formait un angle bizarre avec son corps, et sa tête était tout ensanglantée.

John eut la nausée et s'efforça de respirer profondément. Ses jambes le lâchèrent et il dut s'asseoir sur une pierre. Impossible de se relever. Il resta là, les yeux rivés au cadavre, la main sur la bouche.

Il savait déjà que cette horrible scène resterait gravée dans sa mémoire.

Pour toujours.

L'alerte parvint à 6 h 02 à la police de Norrköping.

Une demi-heure plus tard, deux voitures de patrouille empruntaient le petit chemin qui menait à Viddviken. Cinq minutes après, une ambulance arrivait pour prendre en charge John Hermansson, toujours assis sur son rocher au bord de l'eau. Un livreur de journaux avait aperçu de loin le vieil homme et était venu lui demander si tout allait bien. John avait montré le cadavre du doigt et s'était mis à se balancer d'avant en arrière en marmonnant des trucs incompréhensibles.

Une autre voiture de police arriva peu après 7 heures.

Gunnar Öhrn en sortit en courant, suivi de Henrik Levin et de Mia Bolander. Anneli Lindgren marchait sur leurs talons avec le sac contenant les appareils nécessaires à l'analyse technique de la scène.

— On lui a tiré dessus, commenta Anneli en enfilant ses gants en latex.

Les yeux sans vie de l'enfant la regardaient fixement ; il avait les lèvres sèches et craquelées. Son sweat à capuche était sale et taché de sang. Sans un mot, elle sortit son téléphone et appela Björn Ahlmann, le médecin légiste.

Il décrocha dès la deuxième sonnerie.

— Oui ?

— J'ai du boulot pour toi.

La suite était prévisible. Grâce au flash info de l'agence TT, les journaux locaux et nationaux eurent vent en un temps record du cadavre d'enfant découvert sur une plage. L'officier de police de Norrköping chargé des relations avec la presse reçut bientôt les appels d'une dizaine de journalistes curieux d'en savoir plus. L'assassinat d'un mineur suscitait l'intérêt du pays tout entier. Au journal télé du matin, des experts en criminologie firent entendre leur opinion. Comme l'arme se trouvait non loin du corps, la plupart d'entre eux pensaient que l'enfant appartenait au milieu criminel, ce qui eut pour résultat de relancer le débat sur la violence des jeunes et ses conséquences.

Quand le téléphone sonna chez Jana Berzelius, elle dormait encore. Elle se leva et décida de prendre le temps d'une rapide douche pour se réveiller. Elle avait la gueule de bois. C'était la faute de Per. Ils avaient bu trois verres après le repas, beaucoup plus qu'elle ne pouvait encaisser. Sans compter la bouteille de vin en mangeant. Et presque pas d'eau pour diluer le tout. Elle aurait bien fait la grasse matinée mais, avec ce nouveau meurtre, pas question. Après la douche, elle avala un comprimé contre le mal de tête et s'accorda quelques secondes de répit sur son lit, les cheveux encore humides. Elle compta jusqu'à vingt, s'habilla, se brossa les dents. Puis elle dénicha un paquet de chewing-gums à la menthe poivrée. A présent, elle était prête pour la réunion au poste de police.

— Nous sommes là pour faire le point sur le cadavre d'enfant découvert à Viddviken ce matin.

Gunnar aimanta une photo sur le tableau blanc, avant de reprendre la parole :

— D'après Anneli, qui est toujours sur les lieux, la victime a été abattue par balle. Elle est morte entre 19 heures et 23 heures dimanche soir. Les traces relevées dans la végétation laissent penser qu'elle était en mouvement au moment du tir ; par ailleurs, les blessures indiqueraient qu'on l'a abattue par-derrière.

Gunnar avala une gorgée d'eau et s'éclaircit la gorge.

— Nous ne savons pas encore si la victime a subi d'autres blessures ou des sévices sexuels. L'autopsie nous le dira, le légiste a promis de rendre son rapport au plus vite. Demain, j'espère. Les vêtements de la victime ont été envoyés à la police scientifique.

Gunnar se leva.

— Nos équipes passent actuellement la zone au peigne fin mais on n'a pas encore trouvé d'empreintes de pas, ni aucune autre trace de l'auteur du crime. La seule chose dont nous sommes à peu près sûrs, c'est que la victime de Viddviken et le garçon de la vidéo de surveillance sont une seule et même personne.

— Et l'arme du crime ? demanda Henrik.

— Pour le moment, nous ne pouvons rien dire. Nous savons qu'il a été tué par balle. On a trouvé une arme à proximité du corps, peut-être l'arme du crime. En tout cas un Glock. Et justement Hans Juhlén a été tué...

— ... avec un Glock, acheva Henrik à sa place.

— Précisément. Le numéro de série ne donne rien, j'ai donc envoyé l'arme au labo pour faire analyser les balles du chargeur. Si ce sont les mêmes que celles que l'on a retrouvées dans le corps de Juhlén, nous aurons de bonnes raisons de penser que l'enfant est lié au meurtre de Juhlén. Pour être honnête, nous le soupçonnons d'être son assassin. Nous avons également prélevé ses empreintes digitales.

— Et ? demanda Mia.

— Elles correspondent à celles que l'on a relevées dans la maison de Juhlén, répondit Gunnar.

— Il est donc entré chez lui, réfléchit Mia à voix haute.

— Oui. Et donc j'aurais tendance à penser que...

— ... c'est lui le meurtrier, marmonna Jana.

Un frisson grimpa le long de sa colonne vertébrale. Elle se demanda pourquoi.

— ... le meurtrier, tout à fait, répéta Gunnar.

— C'est quoi ce délire, les gamins ne tuent pas des gens comme ça ! s'exclama Mia. Pas à Norrköping ou à Lindö. Ça me paraît très peu probable qu'il ait fait ça. Ou du moins qu'il l'ait fait seul.

— Tu as peut-être raison, répondit Gunnar. Mais pour le moment nous n'avons que cette piste.

— Et pour le mobile ? demanda Henrik. Vous croyez qu'un enfant enverrait des lettres de menace à un cadre de l'Office d'immigration ?

— C'est à nous de déterminer si cet enfant est ou non le meurtrier, rétorqua Gunnar d'une voix émue. Et nous devons aussi découvrir qui l'a tué.

— On connaît son identité ?

— Nous l'ignorons toujours. Nous ne savons pas non plus pourquoi il était à Viddviken, ni comment il y est arrivé. Le corps n'a pas été rejeté par la marée, en tout cas. Il était sur la plage mais dos à la mer quand on l'a tué, résuma Gunnar.

— Il fuyait quelqu'un, proposa Henrik.

— On dirait bien, acquiesça Gunnar.

— Pas de traces de pneus ? demanda Henrik.

— Pas à ma connaissance, répondit Gunnar.

— Il est donc arrivé par bateau. Avec son meurtrier, avança Henrik.

— On ne peut pas exclure aussi vite la possibilité qu'il soit arrivé par la terre, l'interrompit Gunnar.

— Des témoins ? demanda Mia.

— Aucun. On est en train d'interroger tous les gens qui habitent entre Viddviken et Arkösund.

— Mais enfin, on doit pouvoir découvrir son identité ! s'exclama Henrik.

Gunnar prit une profonde inspiration.

— Il ne figure sur aucun de nos registres. Mia, j'ai quand même besoin que tu vérifies qu'il ne s'agit pas d'un enfant porté disparu. Cherche du côté des signalements, les récents et les anciens. Imprime une photo du gamin, va interroger les services sociaux, les responsables d'écoles et de centres de loisirs.

Il soupira.

— On pourrait peut-être lancer un appel à témoins, suggéra-t-il.

— En alertant la presse ? demanda Henrik.

— Oui, mais je préférerais éviter. Ça donne à chaque fois lieu à un tel... comment dire ?... cirque.

Gunnar alla montrer le lieu du crime sur la carte.

— Voici l'endroit où le corps a été trouvé. On est à la recherche d'un bateau ou d'un véhicule qui serait passé par Viddviken entre 19 heures et 23 heures.

Il balaya le haut de la carte.

— Une équipe a été envoyée sur les lieux pour faire du porte-à-porte et une brigade canine ratisse les environs.

— Qu'est-ce qu'on fait de Kerstin ? intervint Jana. Sans nouvelles preuves, je ne peux pas la garder en détention au-delà de demain matin.

— Peut-être qu'elle connaît l'enfant ? lança Mia.

— On doit l'interroger sur la situation financière de son mari, ajouta Henrik.

— Ola, tu t'occupes de ses comptes ? Compte privé, compte d'épargne, compte de placement, tout ce que tu trouveras, énuméra Gunnar.

Ola fit oui de la tête.

— Henrik, va voir Kerstin. On n'en a pas encore fini avec elle, conclut Gunnar.

14

Elle avait eu mal. Elle s'y attendait, parce qu'elle avait entendu crier les autres à travers les murs. Mais elle ne s'était pas attendue à ce que ce soit aussi douloureux.

Un des adultes l'avait traînée dans un entrepôt sans fenêtres. Il lui avait attaché les mains dans le dos et lui avait fait baisser la tête. Il lui avait alors gravé son nouveau nom dans le cou avec un morceau de verre tranchant. Kèr. C'était comme ça qu'elle s'appellerait désormais. A tout jamais. Puis l'homme à l'horrible cicatrice lui avait fait son injection en lui murmurant que désormais elle ne craignait plus rien. Elle appartenait à une grande famille. Une famille de guerriers. Elle était Kèr. Une déesse. Elle était toute-puissante. Invincible. Immortelle.

Il l'avait laissée quelques jours dans l'entrepôt, les mains attachées dans le dos pour l'empêcher de toucher à sa blessure, le temps qu'elle cicatrise. Quand on l'avait enfin laissée sortir, elle était très faible, complètement glacée. Elle n'avait même plus faim, elle avait dépassé ce stade.

Elle tenta de voir son nom dans le miroir, mais en vain. Elle posa la main sur sa nuque, à l'endroit où les lettres étaient tracées. Sa peau scarifiée était encore sensible. Une croûte s'était formée, mais en la palpant, elle la fit saigner. Elle essaya d'arrêter le saignement en appuyant sur la plaie avec sa manche de pull. Elle ne réussit qu'à se tacher.

La petite fille regarda sa manche. Les taches étaient très visibles. Elle ouvrit le robinet pour les nettoyer, mais le résultat fut encore pire. La manche était maintenant tachée et trempée.

Elle s'appuya contre le mur et leva les yeux vers le plafond. La lampe ronde n'émettait qu'une faible lumière, son globe en verre était rempli de mouches mortes. Elle n'avait pas le droit de toucher à sa blessure. Ils le lui avaient bien dit.

Elle avait désobéi. On allait la punir.

La petite fille se laissa glisser à terre, dos au mur. La pause serait bientôt finie, elle ne pouvait pas rester plus longtemps dans les toilettes. Depuis combien de temps était-elle sur l'île ? Un mois ? Plusieurs mois ? Les arbres avaient perdu leurs feuilles. Elle avait bien aimé leurs feuilles dorées. Chez elle, elle n'avait jamais vu les arbres changer de couleur. Chaque fois qu'on les rassemblait au garde-à-vous dans la cour, pour la revue, elle avait envie de se rouler dans les feuilles. Mais il n'en était pas question. Elle n'avait que le droit de se battre. C'est tout. Contre Minos, qui était sec et nerveux. Et même contre Danilo bien qu'il soit plus grand et plus fort qu'elle, et qu'elle ne fasse pas le poids. Il essayait de ne pas la frapper trop fort, mais il n'avait pas le choix. Ceux qui faisaient semblant étaient roués de coups. Alors, Danilo cognait pour de bon. Au début, il avait voulu faire attention : un petit coup de poing, une légère claque. Mais l'homme à la cicatrice l'avait pris par les cheveux pour le soulever de terre, si violemment qu'il lui avait arraché quelques touffes.

Quand Danilo avait commencé à se battre pour de bon, elle s'était défendue de son mieux ; en ripostant à coups de pied et de poing. Mais Danilo lui avait fendu la lèvre, qui était restée enflée pendant trois jours durant. Sa lèvre allait à peine mieux quand il avait fallu reprendre les combats. Cette fois, on lui avait attribué comme adversaire un garçon d'un an plus jeune qu'elle. Comme il visait sa lèvre blessée, ça l'avait mise en rage et elle l'avait frappé si fort à l'oreille qu'il était tombé à terre. Elle l'avait alors roué de coups jusqu'à ce que l'homme à la cicatrice l'arrête. Il souriait. C'était la deuxième fois qu'elle le voyait sourire. Il avait ensuite montré ses yeux, sa gorge et son entrejambe. « Yeux, gorge, entrejambe », avait-il alors dit. Rien d'autre.

La petite fille entendit la cloche sonner. C'était l'heure de la leçon suivante.

Elle essora sa manche trempée du mieux qu'elle put. L'eau formait maintenant une petite flaque sur le sol. Elle prit du papier-toilette pour éponger. Puis elle se releva et jeta le papier mouillé dans la cuvette, avant de tirer la chasse d'eau.

Elle remonta sa manche pour cacher les taches de sang et sortit des toilettes.

15

Peter Ramstedt parut fortement agacé par l'appel de Henrik Levin. Il lui répéta deux fois, de sa voix de juriste, sèche et détachée, qu'il ne pouvait pas du tout se libérer pour un nouvel interrogatoire de sa cliente, encore moins à l'horaire indiqué par l'inspecteur en chef.

— Ma cliente tient à ce que je sois présent et je suis actuellement au tribunal, ce serait donc plus commode de reporter l'interrogatoire à ce soir ou à demain matin, avait-il dit.

— Non, avait répondu Henrik.

— Je vous demande pardon ?

— Non, avait répété Henrik d'un ton irrité. Nous ne nous verrons ni ce soir ni demain matin. Vous ne semblez pas en avoir conscience, mais je suis en pleine enquête criminelle et c'est maintenant que j'ai besoin de parler à Kerstin Juhlén.

Il y avait eu un temps de silence à l'autre bout du fil. Puis l'avocat avait repris, d'un ton extrêmement ferme :

— Vous ne semblez pas en avoir conscience, mais la présence de son représentant légal est absolument nécessaire.

— Dans ce cas, je vous attends à 11 heures, avait lancé Henrik avant de raccrocher.

L'avocat fit son entrée dans la salle d'interrogatoire à 10 h 58. Il était légèrement rouge et visiblement tendu. Il posa violemment sa mallette par terre et s'assit à côté de Kerstin. Il adressa un sourire arrogant à Henrik et rangea son portable dans la poche de sa veste rayée. Puis l'interrogatoire débuta.

Henrik commença par poser à Kerstin Juhlén des questions

générales sur les finances de son mari et elle lui répondit d'une voix posée. Mais quand il en vint aux détails, il constata qu'elle n'avait pas grand-chose à lui apprendre.

— Comme je vous l'ai déjà dit, je n'avais pas accès aux comptes de mon mari et n'avais aucune idée du montant qui figurait dessus.

La quasi-totalité du salaire de Hans allait sur leur compte joint, et les mensualités de leur prêt et autres frais fixes étaient prélevés sur ce compte. Mais c'était Hans qui gérait leurs finances, puisqu'ils vivaient de son salaire, et elle ignorait combien il avait sur son compte à lui.

— Il s'occupait de tout, conclut Kerstin.

— Vous diriez que vous étiez plutôt à l'aise d'un point de vue financier ? lui demanda Henrik.

— Oui, tout à fait.

— Mais votre mari n'aimait pas gaspiller l'argent.

— En effet.

— C'est pour ça qu'il refusait d'en donner à son frère ?

— Lasse vous a dit ça ? Que Hans ne lui donnait pas d'argent ?

La voix de Kerstin avait changé. Elle avait pris un ton plus aigu.

Henrik ne répondit rien. Il contempla le T-shirt rose qu'elle portait. L'élastique du col était détendu et un fil pendait à l'une des manches. Il faillit se pencher sur la table pour l'arracher. Comment faisait-elle pour ne pas voir qu'un fil pendait ? Ça sautait aux yeux !

— Hans lui en a donné, de l'argent. Même trop. Il aurait voulu l'aider, à cause du petit, mais Lasse perdait tout au jeu. Alors Hans en a eu marre et il a arrêté les virements. De toute façon, ce n'était pas l'enfant qui en profitait.

— D'après Lasse, c'est vous qui avez convaincu votre mari de cesser les virements, lui opposa Henrik.

— Non, il se trompe.

Kerstin porta son pouce à la bouche et se mit à en ronger la cuticule.

— Lasse n'a donc rien reçu de son frère ces derniers temps, reprit Henrik.

— Non, pas depuis un an.

Henrik resta songeur quelques instants, puis leva les yeux vers Kerstin.

— On va vérifier vos comptes, dit-il.

— Pourquoi ? demanda Kerstin, tout en continuant à ronger sa cuticule.

— Pour nous assurer que vous dites la vérité.

— Vous avez besoin d'un mandat, intervint Ramstedt en se penchant sur la table.

— On l'a, coupa Jana d'un ton sec en lui montrant un mandat dûment signé.

Ramstedt ricana en se renversant sur le dossier de sa chaise, puis posa une main sur l'épaule de Kerstin. Elle tourna la tête vers lui ; Henrik remarqua que sa paupière gauche tressautait nerveusement.

— Bien, reprit-il. J'ai une autre question très importante à vous poser. Un enfant a été trouvé mort ce matin. Je voudrais vous montrer des photos.

Henrik posa sur la table une photo du cadavre, et une autre provenant d'un arrêt sur image de l'enregistrement de la caméra de vidéosurveillance.

Kerstin leur jeta un coup d'œil rapide.

— Notre travail est d'arrêter la personne qui a tué votre mari et nous avons bien l'intention de le faire, déclara posément Henrik. Mais pour le moment nous n'avons qu'un suspect, et c'est vous. Si vous avez envie de rentrer chez vous, il est dans votre intérêt de nous dire si vous avez aperçu cet enfant à proximité de votre maison.

Kerstin prit quelques minutes pour réfléchir.

— C'est la première fois que je le vois, murmura-t-elle enfin. Je vous le jure, je ne l'ai jamais vu. Jamais.

— Vous en êtes sûre ?

— Certaine.

*
* *

Sa migraine s'était un peu calmée. Jana avala quand même un deuxième comprimé avec un grand verre d'eau, en laissant l'eau couler quelques instants pour qu'elle soit bien fraîche. Elle termina son verre, avant de le reposer à côté de l'évier. Elle avait du travail. Des mails à écrire et des appels à passer. Yvonne venait de lui confier trois nouvelles convocations à rédiger, alors qu'elle en avait déjà deux en attente de validation.

Torsten Granath entra dans la petite cuisine et ouvrit le placard pour prendre une tasse.

— Beaucoup de travail ? lui demanda Jana.

— C'est toujours le cas, non ?

Torsten pivota pour poser la tasse sur le plateau de la machine à café, mais si brusquement qu'elle lui échappa des mains.

Jana l'attrapa au vol.

— Bien joué ! s'exclama Torsten.

Jana lui rendit sa tasse sans répondre.

— C'est ce qu'on vous apprend dans les pensionnats pour riches ?

Jana garda le silence. Torsten était habitué à son caractère taciturne, aussi reposa-t-il sans s'offusquer la tasse sur le plateau de la machine, plus précautionneusement cette fois.

— Si je n'arrive même plus à me faire une tasse de café, je devrais peut-être songer à prendre ma retraite !

— Ou à ralentir un peu le rythme, suggéra Jana.

— Pas le temps ! Et l'affaire Juhlén ? Qu'est-ce que ça donne ?

— Je vais devoir relâcher l'épouse demain, répondit Jana. Je n'ai rien pour l'inculper de meurtre. C'est Ramstedt qui va être content.

— Ramstedt ! Pour lui, la loi, c'est du business...

— Et ses clientes font partie de sa rétribution.

Torsten sourit à Jana.

— Vous avez toute ma confiance, lui dit-il.

— Merci.

Jana savait qu'il était sincère. Il lui avait fait confiance dès le tout premier jour. Grâce aux excellentes références que constituaient ses stages, elle avait réussi à décrocher un poste de substitut du procureur, malgré une concurrence acharnée. Le fait qu'elle soit la fille de Karl Berzelius, lui-même ancien procureur général, avait pu aider. Karl Berzelius entretenait de très bons rapports avec les fonctionnaires des administrations publiques, et plus particulièrement avec ceux des tribunaux suédois.

Mais son diplôme, Jana l'avait obtenu sans l'aide de son père. Elle avait fini major de sa promotion à la faculté de droit d'Uppsala. Elle supposait que son père en avait éprouvé une certaine fierté, même s'il n'était pas venu assister à sa remise de diplôme. Seule sa mère, Margaretha, s'était déplacée. « Ton père te passe le bonjour et te félicite », lui avait-elle dit en lui tendant un bouquet d'œillets rouge sombre et en lui tapotant l'épaule.

Elle avait eu un petit sourire contrit, comme pour dire que Jana ne devait rien attendre de plus venant de lui.

Pourtant, elle avait accepté de suivre le chemin qu'il lui avait tracé. On lui répétait depuis son enfance qu'elle devait faire une belle carrière de procureure, comme papa. Elle s'était donc attendue à ce que ce papa vienne au moins la féliciter le jour de sa remise de diplôme. Apparemment c'était trop lui demander.

Jana se gratta la nuque et joignit les mains devant elle. Elle vit que Torsten lui souriait toujours et se demanda si son père l'avait contacté au sujet de la nouvelle enquête. Karl Berzelius était à la retraite depuis deux ans, mais ça ne l'empêchait pas de conserver un pied dans le milieu. Surtout pour les affaires que l'on confiait à sa fille. Deux fois par mois, il appelait Torsten pour lui demander comment elle s'en sortait. Torsten pouvait difficilement s'y opposer. Jana encore moins.

Karl était comme ça.

Plutôt dominateur.

Et autoritaire.

Le sourire de Torsten disparut. Il prit sa tasse et but une première gorgée, se brûlant les lèvres. Il grimaça et jura.

— Bon, il faut que j'y aille. J'ai rendez-vous à 16 heures chez le véto. Ma femme s'inquiète pour Ludde. Merci pour la tasse, ça fera toujours ça de moins à racheter.

Il ponctua sa phrase d'un clin d'œil et quitta la pièce.

Jana le regarda partir, debout près du comptoir en granit.

— Je vous en prie, répondit-elle doucement.

Le relevé bancaire de Juhlén comportait cinquante-six pages. Le banquier s'était montré très coopératif et Ola Söderström l'avait poliment remercié de sa diligence.

Il feuilleta rapidement les pages du compte privé de Hans Juhlén. Tous les 25 du mois, un virement de soixante-quatorze mille couronnes apparaissait, en provenance de l'Office d'immigration. Il laissa échapper un sifflement admiratif. Chouette salaire. Rien à voir avec ses trente-trois mille par mois. Par ailleurs, sur les dix derniers mois, la quasi-totalité du salaire, moins cinq cents couronnes, était transférée sur le compte joint des Juhlén. Jusque-là, rien d'anormal. Mais en regardant le compte joint de plus près, Ola remarqua quelque chose qui le fit tiquer. Chaque mois, à la même date, quarante mille couronnes étaient retirées depuis une agence, toujours la même.

Le 28, à l'agence de Hageby, située 8 rue Lidaleden.

Henrik Levin était en train de quitter le commissariat quand Ola l'appela pour le mettre au courant à propos des sommes d'argent retirées du compte joint des Juhlén. Il était dans l'ascenseur, son portable captait mal, il n'entendait quasiment rien. Il s'appuya contre la paroi gris foncé et inclina la tête pour positionner l'appareil vers le haut. Comme ça ne changeait rien, il essaya de se rapprocher des portes de l'ascenseur. Ce n'était pas beaucoup mieux. Heureusement, l'ascenseur arrivait à destination, les portes s'ouvrirent, la voix d'Ola devint claire.

— Quarante mille couronnes tous les mois, à date fixe depuis dix mois ? répéta-t-il en sortant de l'ascenseur.

— C'est bien ça, répondit Ola. La question est de savoir à quoi a bien pu servir cet argent. A payer un maître chanteur, peut-être ?

— A nous de tirer ça au clair, répondit Henrik.

Il raccrocha et se dirigea vers la sortie, tout en appelant Mia pour lui proposer de l'accompagner dans une banque de Hageby.

— Il a versé quarante mille couronnes par mois à un maître chanteur, c'est dingue ! s'exclama-t-elle.

— Tu viens avec moi ou pas ? demanda Henrik.

— Je n'ai pas terminé la tâche que m'a confiée Gunnar, lui répondit-elle.

Elle lui rappela qu'il s'agissait de vérifier les avis de recherche d'enfants.

Du côté des services sociaux, ça n'avait rien donné. Parmi les résidents du foyer de réfugiés, personne ne connaissait l'enfant retrouvé mort. Pas plus que parmi les professeurs de collège. Ils n'avaient donc toujours rien pour l'identifier. Si ça continuait comme ça, elle allait devoir étendre sa recherche aux municipalités voisines.

— Cet enfant n'avait peut-être pas de papiers, conclut-elle. Il n'est pas impossible qu'il soit entré clandestinement sur le territoire suédois.

Henrik sortit du commissariat, s'installa dans sa voiture et démarra, le portable à l'oreille — en se félicitant que la loi suédoise autorise encore le téléphone au volant.

— Ou alors ses parents ne se sont pas encore rendu compte qu'il a disparu, poursuivit Mia. Peut-être qu'ils ne lisent pas les journaux et qu'ils pensent que leur fils est chez un ami ou chez un proche.

— Cet enfant n'a pas plus de neuf ans, fit remarquer Henrik. Si un de mes enfants était chez un ami, je le saurais.

Pas toi ? demanda-t-il en s'arrêtant à un feu rouge. Et si je le perdais de vue, je préviendrais aussitôt la police.

Une mère traversa devant lui, accompagnée de deux enfants qui sautaient d'une bande blanche à l'autre pour éviter de toucher le gris de l'asphalte, les pompons de leurs bonnets bleus se balançant en cadence.

— Bien sûr que si, mais tout le monde ne réagit pas de la même manière.

— Non, tu as raison.

— J'ai encore l'espoir de tomber sur un avis de recherche.

— Elargis ta recherche, tu trouveras peut-être l'établissement où il était scolarisé.

Henrik raccrocha et posa son téléphone dans l'emplacement qui lui était réservé, à côté du levier de vitesse. Il regarda par la fenêtre. La mère et ses enfants disparurent à l'angle de la rue.

Il caressa distraitement son volant, tout en soupirant. Il pensait à l'enfant retrouvé mort. Il était d'accord avec Mia, c'était bizarre que personne n'ait encore signalé sa disparition. Mais ce qu'il y avait de plus troublant, c'était la présence de ses empreintes chez les Juhlén. Etait-il possible que le meurtre soit lié à une histoire de pédophilie ? Que le garçon ait voulu se venger en tuant l'homme qui avait abusé de lui ? L'idée n'était pas complètement absurde, mais elle était dérangeante et il préféra la chasser de son esprit.

La circulation était dense sur la Kungsgatan et Henrik dut ralentir à hauteur de la Skvallertorget, en direction du parc. Il prit la troisième sortie au rond-point et déboucha sur la Södra Promenaden. Sur la E22, il put enfin rouler normalement et, au bout de quelques kilomètres, il prit la sortie en direction de Mirum Galleria.

Il se gara dans l'immense parking désert. Ses pas résonnèrent entre les murs de béton quand il le traversa.

Il entra dans l'agence de la Swedbank dix minutes avant la fermeture. Trois clients munis de leur ticket de passage attendaient d'être appelés au guichet. Il n'y avait qu'un seul guichet ouvert, tenu par un jeune banquier aux cheveux plaqués en arrière.

Henrik montra son mandat. Le jeune homme lui promit de l'aider dès qu'ils auraient fermé, d'ici une dizaine de minutes.

Henrik s'installa dans un fauteuil ovale, tandis que résonnait un jingle publicitaire suivi d'une voix invitant les consommateurs à profiter des soldes du magasin H&M situé au deuxième étage du complexe. Il observa avec amusement le léger mouvement de foule vers l'étage qui s'ensuivit.

— Bonsoir, inspecteur, suivez-moi, je vous prie.

Le banquier fit signe à Henrik de passer avec lui derrière le comptoir et l'entraîna dans une petite salle de conférences où il le fit asseoir devant une longue table.

La directrice de l'agence, une petite femme d'une cinquantaine d'années vêtue d'un chemisier fleuri, ne tarda pas à les rejoindre.

Henrik expliqua la raison de sa présence.

— Merci d'être venu en personne, répondit la directrice. Vous devez savoir que nous sommes soumis aux règles de la confidentialité bancaire. Je l'ai déjà dit à votre collègue, précisa la directrice.

— Ola ?

— C'est ça, Ola. Nous lui avons donné tous les détails dont nous disposions sur le compte des Juhlén.

— Je sais, c'est d'ailleurs ce qui nous a permis de nous rendre compte que Hans Juhlén retirait chaque mois quarante mille couronnes dans votre agence. Il est très important pour nous de savoir à quoi il destinait cet argent.

— Nous ne posons pas ce genre de questions à nos clients. Même pour des sommes importantes. Nous demandons simplement à être prévenus à l'avance pour tout retrait en liquide de plus de quinze mille couronnes.

— Je comprends. Donc, Hans Juhlén vous prévenait tous les mois de ce retrait ? demanda Henrik.

— Non, ce n'était pas lui qui nous appelait, répondit son interlocutrice.

— Ah bon ? Qui alors ?

— Sa femme, Kerstin Juhlén.

16

Gunnar Öhrn écoutait la radio tout en conduisant. Après une émission sur un organisme de bienfaisance suédois, le journaliste avait promis aux auditeurs « un tube mythique », que Gunnar reconnut aussitôt.

— Bruce Springsteen. Oh yeah ! s'exclama-t-il en pianotant en rythme sur le volant.

Il monta le son et pianota encore plus fort sur le refrain.

Il jeta un coup d'œil à Anneli Lindgren, assise à côté de lui sur le siège passager, pour voir si elle était impressionnée par son solo de batterie sur le volant. Raté. Elle avait les yeux fermés.

Il était 15 h 30. Elle venait de passer huit heures à travailler sur la scène de crime de Viddviken. Quand Gunnar était arrivé, il l'avait trouvée en cuissardes de pêche avec de l'eau jusqu'à la taille. Elle était revenue sur le sable en l'apercevant.

— Qu'est-ce que ça donne ? lui avait demandé Gunnar.

— J'ai fait des prélèvements d'eau de mer, lui avait répondu Anneli en défaisant les bretelles accrochées à ses bottes. La zone a été quadrillée. On ne trouvera rien du côté des empreintes de pas, beaucoup trop de gens passent par là.

— Vous avez dragué la baie ?

— Deux fois, mais on n'a rien trouvé.

— Et la balle, vous l'avez trouvée ?

— Oui. Et aussi autre chose. C'est très intéressant. Suis-moi, je vais te montrer.

Gunnar avait grimpé avec elle jusqu'à un petit chemin de

gravier qu'ils avaient suivi sur quelques mètres. Un peu plus loin, ils l'avaient quitté pour s'arrêter sur un talus herbeux. Anneli avait alors écarté quelques branches et Gunnar s'était baissé pour voir ce qu'elle lui montrait. Un sourire avait immédiatement éclairé son visage.

Des traces de pneus.

Bien profondes.

Assise sur le siège passager près de Gunnar qui conduisait, Anneli demeurait silencieuse. Elle ne semblait pas apprécier Bruce Springsteen plus que ça.

Gunnar baissa aussitôt le volume de la radio.

— Fatiguée ? lui demanda-t-il.

— Oui.

— J'ai convoqué tout le monde à 16 heures pour un briefing, ça va aller ?

— Mais oui.

— Je peux te déposer après.

— C'est gentil, mais il faut que je ramène la voiture à la maison. Adam a son entraînement de foot à 20 heures. Tu avais oublié ?

— Ah oui, c'est vrai qu'on est mercredi !

Gunnar s'accouda contre la vitre et posa le menton dans sa main.

— Tu ne veux pas que je l'emmène ? Si ça ne t'embête pas, bien sûr. On pourrait y aller tous ensemble, proposa-t-il.

— Si tu veux… très bonne idée, fit Anneli en se massant le contour des yeux.

— Oh non, soupira Gunnar en se tapant le front.

— Qu'est-ce qu'il y a ? lui demanda Anneli.

— J'ai encore oublié le carton au grenier.

— Ce n'est pas grave.

— C'est le dernier carton qui reste avec des affaires à toi.

— Il a déjà passé pas mal de temps au grenier, un peu plus ou un peu moins…

— Bon, ce soir, je le mets devant la porte d'entrée. Comme ça je ne l'oublierai pas demain.

— Bonne idée.

— N'est-ce pas ?

Le silence s'installa entre eux pendant quelques secondes.

— C'est vraiment bien que tu viennes ce soir. Ça va faire plaisir à Adam, reprit Anneli.

— Je sais, fit Gunnar.

— Ça me fait plaisir à moi aussi.

— Je sais.

— Pas à toi ?

— Anneli, arrête. Ça ne sert à rien.

— Pourquoi ?

— Parce que.

— Tu as rencontré quelqu'un ?

— Non, mais on doit s'en tenir à ce qu'on a décidé.

— A ce que *tu* as décidé.

— A ce que j'ai décidé, c'est vrai. Ne tente rien, s'il te plaît. J'ai vraiment besoin qu'on en reste là pour le moment. Je trouve qu'on s'en sort bien, tous les deux. Qu'on est sur la même longueur d'onde.

— Sur *ta* longueur d'onde.

— Qu'est-ce que tu veux dire ?

— Rien.

— Je voulais simplement être sympa et vous accompagner, toi et Adam.

— Tu n'as pas besoin de nous accompagner. On s'en sort très bien sans toi.

— Bon, on oublie alors.

— C'est ça, on oublie.

— Très bien.

— Très bien.

Gunnar marmonna quelque chose et remonta le volume. Trop tard. Les derniers accords de la chanson de Springsteen résonnaient déjà.

*
* *

Anneli suivait Gunnar dans le couloir à bonne distance, les lèvres serrées, les yeux rivés à son dos. Elle savait qu'il sentait le poids de son regard et prenait un malin plaisir à en rajouter. Juste comme ça, histoire de.

Gunnar s'arrêta quelques minutes dans son bureau. Elle poursuivit en direction de la salle de conférences.

En passant devant les casiers de courrier, elle remarqua qu'un fax du laboratoire de la police scientifique, le SKL, dépassait de celui de Gunnar. Elle n'y toucha pas. Il n'avait pas besoin d'elle pour remarquer ce fax. Elle conserva une mine renfrognée jusqu'à la salle de conférences. Mais aussitôt la porte franchie, elle changea d'attitude et s'efforça d'oublier ses problèmes personnels. Anneli et Gunnar avaient fait le choix de ne parler de leur relation à personne, aussi ne s'étendaient-ils pas sur leurs états d'âme. Ils étaient déjà en couple quand elle était entrée dans l'unité de la police judiciaire de Norrköping, dont Gunnar était le responsable. Quand l'annonce d'un poste vacant de technicien en identification criminelle avait circulé sur l'intranet, Anneli avait candidaté comme tout le monde. Elle avait envoyé son CV, en mettant en avant son expérience au SKL de Linköping. Le fait que ce CV soit destiné à atterrir sur le bureau de son compagnon ne lui avait posé aucun problème.

Pour Gunnar, en revanche, ça n'allait pas de soi d'embaucher sa compagne, même si elle était compétente. Aussi avait-il dans un premier temps écarté la candidature d'Anneli. Mais comme elle était nettement au-dessus des autres candidats, il avait fini par la recruter. Le fait que personne ne soit au courant de leur relation lui avait facilité la tâche. Ensuite, ils avaient décidé de garder leur secret.

Mais la chose avait fini par s'éventer et des bruits de couloir avaient circulé à propos d'Anneli et du poste qu'elle aurait obtenu en couchant avec le chef. Peu importait qu'elle ait un véritable don pour repérer sur une scène de crime la moindre branche brisée ou la plus légère trace de pneu : elle sortait avec le chef, donc elle était arrivée là par piston.

Ce que la plupart ignoraient — sans doute ne s'étaient-ils pas intéressés d'assez près à la chose —, c'était qu'Anneli et Gunnar entretenaient une relation intermittente. Ils avaient essayé de vivre ensemble, pour leur fils, mais le mois dernier, quand il avait eu dix ans, ils avaient décidé de se séparer. Leur histoire ressemblait à un parcours de montagnes russes : en tout, ils avaient emménagé sept fois ensemble. Le dernier épisode de leur vie commune avait duré dix mois. Puis Gunnar avait annoncé à Anneli qu'il avait besoin d'une pause.

Anneli repoussa toutes les pensées qui se rapportaient à son ex-compagnon et salua Mia et Ola, déjà installés autour de la table.

Mia commença sans attendre.

— Un témoin a vu une camionnette blanche à Viddviken, déclara-t-elle.

Anneli allait répondre quand Gunnar entra, le fax du SKL à la main.

— Ils ont identifié les empreintes digitales sur les lettres de menace, annonça-t-il, une pointe d'excitation dans la voix. Où est Henrik ?

— Avec Kerstin, répondit Ola. Elle a menti sur les questions d'argent.

— Elle n'a pas menti que là-dessus. Il faut absolument que je parle à Henrik !

Quand Peter Ramstedt poussa la porte de la salle d'interrogatoire pour la deuxième fois de la journée, il était écarlate.

Il jeta sa mallette sur la table, en sortit un calepin et un stylo, puis la posa à terre. Il déboutonna sa veste des deux mains et repoussa les pans vers l'arrière d'un geste théâtral, comme s'il portait une cape, avant de s'asseoir. Puis il croisa les bras et se mit à actionner nerveusement le ressort de son stylo. Clic. Clic.

Henrik Levin eut un petit sourire en coin. Il avait en main un atout majeur. Les relevés fournis par la banque étaient d'une importance capitale, mais l'appel de Gunnar l'avait aidé à comprendre le fin mot de l'histoire.

Face à lui, Kerstin Juhlén était assise tout au bord de sa chaise, les épaules courbées ; ses sandales en plastique jaune dépassaient de part et d'autre de la table.

— Je voulais savoir... Quand vous faites des courses, vous payez en liquide ou par carte ? lui demanda-t-il.

Kerstin leva les yeux vers lui.

— Par carte, répondit-elle.

— Vous ne payez jamais en liquide ?

— Non.

— Jamais ?

— A l'occasion.

— C'est-à-dire ?

— Je ne sais pas. Une fois par mois ?

— Et d'où vous vient le liquide que vous utilisez ?

Ramstedt continuait à faire cliqueter son stylo.

Henrik eut une envie folle de le lui arracher des mains, de le casser et d'éclabousser d'encre sa jolie cravate à rayures rouges. Cet avocat lui tapait sur les nerfs.

Kerstin coupa court à ses pensées.

— Eh bien, je le retire à un distributeur.

— Lequel ?

— Celui d'Ingelsta, à côté du café.

— Vous allez toujours à celui-là ?

— Oui.

— Combien d'argent retirez-vous ?

— Cinq cents couronnes.

— Vous ne retirez jamais à la banque ?

— Non, jamais.

Kerstin porta son petit doigt à ses lèvres et se mit à grignoter le bout de son ongle.

— Vous n'êtes jamais entrée dans une banque ?

— Si, bien sûr.

— A quand remonte votre dernière visite à une banque ?

— A un an peut-être.

— Qu'alliez-vous y faire ?

— Ça fait peut-être plus longtemps, je ne me souviens plus.

— Vous n'êtes pas retournée dans une banque depuis ?

Un grand silence lui répondit.

Henrik reposa sa question :

— Vous n'êtes pas retournée dans une banque depuis ?

— Non.

— Bizarre, dit-il. Nous avons deux témoins qui vous ont vue dans une agence de Hageby.

Ramstedt lâcha immédiatement son stylo.

Pendant quelques instants, le silence se fit de nouveau.

Henrik pouvait même entendre le bruit de sa respiration.

— Je n'ai jamais mis les pieds là-bas, répondit Kerstin d'un ton angoissé.

Henrik se leva et marcha vers un coin de la pièce. Il s'arrêta sous une caméra accrochée au plafond et la montra du doigt.

— Toutes les banques ont des caméras comme ça, qui filment les allées et venues de leurs clients.

— Une petite seconde, j'ai besoin de m'entretenir avec ma cliente, l'interrompit Ramstedt en se levant à son tour.

Henrik fit comme s'il ne l'avait pas entendu.

Il revint à la table et regarda Kerstin droit dans les yeux.

— Je vais reformuler ma question. Vous êtes-vous rendue dans une banque de Hageby ?

Ramstedt posa précipitamment sa main sur l'épaule de Kerstin, comme pour l'empêcher de répondre.

Mais elle répondit quand même.

— C'est possible.

Henrik se rassit.

— Pour quoi faire ?

— Pour retirer de l'argent.

Ramstedt lâcha l'épaule de Kerstin, soupira et se rassit à son tour.

— Combien d'argent ?

— Quelques milliers. Deux mille, peut-être.

— Vous mentez. Vous retiriez quarante mille couronnes du compte joint que vous aviez avec votre mari, tous les mois depuis bientôt un an.

— Ah oui ?

— Au risque de me répéter, j'ai deux témoins, Kerstin.

— Vous n'avez pas à lui répondre, la pressa Ramstedt.

Mais Kerstin l'ignora de nouveau.

— Vous devez avoir raison alors, consentit-elle calmement.

Cette fois, l'avocat perdit son sang-froid et lança son stylo à travers la pièce.

Le stylo alla s'écraser sur la porte avant de tomber par terre. Henrik contempla Ramstedt d'un air vaguement amusé et reprit posément son interrogatoire.

— A quoi vous servait l'argent ?

— A m'acheter des vêtements.

— Des vêtements ?

— Oui.

— Vous avez dépensé quarante mille couronnes par mois en vêtements ?

— Oui.

— Je ne voudrais pas être grossier, mais il me semble que si c'était le cas vous ne porteriez pas un T-shirt et des sandales en plastique.

Kerstin rangea précipitamment ses pieds sous la table.

— Cela fait également dix mois que vous recevez des lettres de menace, ajouta Henrik.

— Je ne suis pas au courant.

— Je pense que si.

— Non, vraiment, je vous jure. C'est vous qui m'avez appris l'existence de ces lettres.

— Vous n'avez jamais vu les lettres ? Vous ne les avez jamais touchées ?

— Non, non, non ! Vraiment pas.

— Une fois de plus, vous mentez. Nous avons fait analyser ces lettres et y avons trouvé vos empreintes digitales.

— Ah oui ?

— Vos empreintes digitales.

Kerstin balaya nerveusement la pièce du regard.

— Vous voulez savoir ce que je pense ? Je ne pense pas que vous ayez acheté des vêtements avec cet argent. Je pense que vous l'avez retiré pour le remettre à l'auteur de ces lettres de menace. Il y en a dix, et vous avez retiré dix fois la même somme, reprit Henrik.

— Non... Pas du tout...

— Vous me décevez beaucoup, Kerstin. Dites-moi la vérité maintenant.

Ramstedt se leva, lissa sa veste et alla ramasser son stylo. En passant derrière Henrik, il essaya de faire signe à Kerstin de ne rien dire. De s'arrêter là. Mais il était trop tard.

Elle déglutit.

Et commença à raconter son histoire.

Tout. Depuis le début.

Henrik demeura seul quelques minutes dans la pièce où s'était déroulé l'interrogatoire, les yeux dans le vide. Il réfléchissait à ce qui venait de se dire, tout en repassant la séquence dans sa tête. Il revit trembler la lèvre de Kerstin.

Il la revit essuyer les larmes qui coulaient sur ses joues.

Il la revit raconter ce que son mari avait fait.

— Quand je l'ai épousé, je croyais le connaître, mais je me trompais, avait-elle commencé, debout à côté de la fenêtre, le regard au loin. J'ai découvert plus tard que... Il n'était pas très présent... Il était parfois bizarre. Je savais qu'il y avait un problème. Je l'ai compris le jour où il m'a demandé de me mettre un oreiller sur la tête. Il disait que ça lui donnait envie de vomir de voir mon visage.

Elle s'était mise à sangloter.

— C'était tout au début, nous venions de nous marier. Il avait un comportement vraiment étrange... Parfois, je me réveillais au milieu de la nuit et je le trouvais en train de fixer mes seins, et puis il me criait que je n'étais qu'une grosse conne et il me mettait son... son...

Elle s'était essuyé le nez sur sa manche, incapable de prononcer le mot.

— Je n'arrivais pas à respirer, tellement il me l'enfonçait loin dans la bouche ! Quand il avait terminé, il me disait que j'étais dégoûtante, qu'il devait se laver tout de suite. Que je l'avais souillé, tellement j'étais dégoûtante et moche.

Là, Kerstin avait éclaté en sanglots, puis elle avait fini par se calmer et par reprendre son récit.

— Il ne voulait jamais dormir avec moi. Je pensais que ça s'arrangerait, qu'un jour tout irait mieux, que son travail lui en demandait trop, qu'il était vraiment à plaindre. Mais il a commencé à coucher avec d'autres femmes et avec des filles... Il a commencé à... Je pense qu'elles avaient peur, qu'il les terrifiait. Je ne comprends pas comment il a pu...

Elle s'était mise à pleurer de nouveau, la bouche grande ouverte.

— Il m'a raconté une fois qu'une des femmes avait hurlé quand il l'avait violée. Par terre. Qu'il avait vu la panique dans ses yeux quand il l'avait pénétrée. Qu'il avait rigolé quand son anus s'était mis à saigner. Et puis, il... elle saignait... alors il a... dans sa bouche...

Kerstin avait enfoui son visage dans ses mains et s'était effondrée par terre.

— Mon Dieu...

Henrik entendait encore ses pleurs déchirants.

Il demeura encore un instant à contempler la pâle lumière

grise par la fenêtre. Puis il se leva. Dans une demi-heure, il devait se trouver dans la salle de conférences avec toute l'équipe.

Ça lui laissait une demi-heure pour se reprendre.

Henrik Levin grimpa lentement l'escalier du commissariat, puis traversa le long couloir désert du troisième étage en direction de la salle de conférences. Il ne jeta pas un regard aux casiers de courrier ni aux tableaux, ne daigna pas regarder dans les bureaux aux portes entrouvertes. Il gardait les yeux rivés à terre, à quelques mètres devant lui.

Gunnar Öhrn remarqua aussitôt à quel point il avait l'air fatigué et lui demanda s'il voulait repousser la réunion d'une heure. Henrik refusa et insista pour livrer à son équipe les moments forts de l'interrogatoire de Kerstin. Il prit position devant la table.

— Les lettres de menace étaient bien destinées à Hans Juhlén, commença-t-il. Il abusait sexuellement des femmes qui déposaient une demande d'asile, en leur faisant miroiter la possibilité d'obtenir un permis de séjour permanent. Qui n'arrivait jamais. Une jeune femme qu'il avait particulièrement brutalisée a mis son frère au courant. Kerstin a aussitôt compris que la première lettre de menace était de la main de ce frère. Elle l'a compris parce que Hans Juhlén avait l'habitude de se vanter de ces « conquêtes » auprès d'elle. De se moquer de la naïveté de ces filles. De raconter qu'elles pleuraient quand il les violait.

Anneli Lindgren s'agitait sur sa chaise. Cette conversation la mettait mal à l'aise.

— Kerstin s'est arrangée pour que son mari ne voie jamais ces lettres. Elle avait envisagé de mettre la police au courant des agissements de son mari, mais elle a eu peur de tout perdre et de se retrouver sans moyen de subsistance s'il allait en prison. Elle a donc décidé de cacher les lettres et de payer. D'acheter le silence du frère et de la sœur. Même si son mari la maltraitait, elle avait besoin de lui.

— Elle a protégé un mari qui la maltraitait ? intervint Mia.

— Oui. Hans Juhlén était vraiment un salaud. Il la maltraitait depuis vingt ans, depuis qu'il avait appris qu'elle était stérile. Il ne cessait de lui répéter qu'elle avait fichu leur vie en l'air. Il l'écrasait.

— Et elle s'est laissé faire ?

— Oui.

— Et il n'a pas remarqué ce gros retrait d'argent effectué tous les mois depuis leur compte joint ? demanda Gunnar.

— Bien sûr que si ! Et il a demandé à sa femme de quoi il s'agissait. Elle lui a raconté que c'était pour payer des achats pour la maison, des factures, des réparations... Il ne l'a pas crue, il s'est énervé, ils se sont disputés et il l'a frappée. Mais elle a maintenu sa version, et finalement il a laissé tomber. Il se fichait de l'argent. Tout comme il se fichait de sa femme.

— On sait qui est l'auteur des lettres de menace ? demanda Mia.

— Yusef Abrham, un Ethiopien, répondit Henrik. Il partage un appartement à Hageby avec sa sœur. C'est pour ça que Kerstin allait retirer de l'argent dans ce quartier. Nous irons l'interroger dès que la réunion sera terminée.

Il montra du doigt une chaise vide.

— Je peux...

— Bien sûr, assieds-toi, lui répondit Gunnar.

Il était habitué à l'extrême politesse de Henrik, mais ne put s'empêcher d'ajouter qu'il n'avait pas besoin de demander.

— Il a raison, tu t'assieds où et quand tu veux ! renchérit Mia.

Henrik tira la chaise et s'assit. Puis il ouvrit une bouteille d'eau gazeuse et s'en versa dans un gobelet. Les bulles lui chatouillèrent le palais.

— Je peux ? fit Mia en tendant le bras vers la bouteille.

Henrik fit signe que oui de la tête et Mia but au goulot.

Jana Berzelius, assise à un bout de la table, n'avait encore rien dit.

Elle croisa les jambes et prit la parole :

— Kerstin avait autre chose à avouer ?

Henrik secoua la tête.

— Donc nous n'avons rien pour l'inculper et je ne peux pas la garder plus longtemps en garde à vue, conclut-elle.

— Vu la manière dont son mari la traitait, elle avait plutôt de bonnes raisons de vouloir le tuer, intervint Mia. On peut imaginer qu'ils se sont à nouveau disputés, qu'elle a sorti un pistolet et qu'elle l'a tué.

— Pourquoi aurait-elle eu un pistolet ? demanda Henrik. Et pourquoi l'aurait-elle donné à un enfant après avoir abattu son mari ? Et pourquoi cet enfant serait sorti par la fenêtre ?

— Je ne sais pas, rétorqua Mia d'un ton agacé. Tu as une meilleure idée, peut-être ?

Henrik lui jeta un regard las.

— Bon, tout le monde baisse d'un ton, déclara Gunnar. Jana a raison, on ne peut pas garder Kerstin.

— Et Lasse Johansson ? demanda Jana.

— Il ne nous intéresse pas. Son alibi a été confirmé par plusieurs personnes.

— Donc, pour le moment on n'a que l'enfant et Yusef...

— Et l'ordinateur de Hans Juhlén.

— En effet, intervint Ola Söderström en s'animant. Mais c'est long. Je suis en train d'explorer le disque dur. Quelqu'un a cherché à tout effacer.

— Tu ne peux pas récupérer les fichiers ? demanda Mia.

— En théorie, si. C'est même plutôt facile de récupérer des fichiers et des cookies. Le problème c'est que là, ils ont été soumis à une impulsion électromagnétique.

Des regards interrogateurs se tournèrent vers lui.

— Un truc qui détruit tout. Certaines boîtes offrent ce service.

— S'il a effacé ce qu'il avait sur son disque dur, c'est qu'il avait des choses à cacher, conclut Henrik.

— Peut-être. Je vais voir ce que je peux récupérer.

17

— Je t'avais dit que ce serait forcément glauque, lança Per Åström à Jana Berzelius avec un grand sourire.

Ils s'étaient croisés dans un couloir et avaient décidé de dédaigner la machine à café. Ils avaient trouvé à deux pas une boulangerie qui faisait salon de thé et, coup de chance, il n'y avait même pas de queue. Jana avait hésité à prendre un gros sandwich au pain au levain, jambon et cheddar. Ils avaient fini par commander un café avec des scones à la confiture de cerises et s'étaient installés à une table en vitrine.

La décoration, scandinave et moderne, donnait à la salle un air de *lounge* d'hôtel. Des chaises de cuir noir entouraient des tables ovales en chêne. Des fauteuils à haut dossier étaient installés face à face dans les coins. Des lampes de différentes tailles, aux abat-jour noirs et rouges, pendaient du plafond. Une bonne odeur de pain frais flottait dans l'air.

— Je regrette de t'avoir parlé de cette enquête, soupira Jana.

Elle lui avait raconté sous le sceau du secret les horreurs commises par Hans Juhlén.

— Pas moi, répondit Per avec un grand sourire. Je trouve ça fascinant. Tu imagines ce que ça va être quand les journaux vont apprendre que le patron de l'Office d'immigration abusait des pauvres femmes qui demandaient l'asile ?

— C'est sûr que, si tu le cries sur les toits, ils ne vont pas mettre longtemps à l'apprendre.

— Pardon.

— Ce n'est pas une enquête facile.

— Tu veux bien m'en dire plus ?

— Si tu me promets de garder ça pour toi, prévint Jana en fixant Per d'un regard insistant. Alors ?

— Je te le promets.

— Bon. Ecoute ça. Hans Juhlén a été abattu par balle. Chez lui, la police a trouvé les empreintes digitales d'un enfant. Ce même enfant a depuis été retrouvé mort, abattu par le même pistolet que celui qui a servi à tuer Hans Juhlén. Ensuite, il y a l'histoire des filles...

— Le volet glauque...

— Appelle-le comme tu veux. Tu y comprends quelque chose, toi ?

— Non.

— OK, merci.

— Je t'en prie.

Jana porta sa tasse à ses lèvres. Elle étudia Per, sa chemise à carreaux rehaussée d'une doublure bleu foncé et sa veste accordée à son pantalon. Elle le trouva particulièrement bien habillé. Elle l'avait toujours connu célibataire. Il avait eu des relations suivies par le passé, mais ne se voyait pas vivre de nouveau en couple. « Le plus terrible, c'est de souffrir de la solitude quand on est deux », lui avait-il confié quelques années plus tôt.

Jana savait qu'il était très occupé par son travail et par son engagement auprès des jeunes. Elle ne l'avait jamais encouragé à prendre un peu plus de temps pour lui. Elle ne se mêlait pas de la vie des autres. Pas même de celle de Per.

Il ne s'était jamais rien passé entre eux, même si ça aurait pu. Pour Jana, Per était un ami et un collègue. Pas un compagnon ou un amant potentiel.

— J'ai besoin de ton aide, lui dit-elle en reposant sa tasse.

— Mais je ne comprends rien à cette histoire, se défendit Per.

— Je ne te parle pas de l'enquête. J'ai besoin d'échanger un jour d'astreinte.

— Pourquoi ?

— J'ai un dîner avec mes parents mardi prochain, pour le 1er mai.

Per pencha la tête et siffla.

— Super. C'est super.

— Je t'offre une bonne bouteille en échange. Tu préfères du rouge ou du blanc ?

— Rien de tout ça. Par contre, je veux que tu m'en dises plus sur ce pourri de Hans. Je veux des détails croustillants. J'envisage de vendre l'affaire aux journaux. Je suis sûr que je pourrais en tirer un paquet de fric !

— Tu es désespérant..., soupira Jana.

Elle se força à sourire et mordit dans son scone.

Makda Abrham les vit arriver depuis la fenêtre de la cuisine. Son appartement était situé au rez-de-chaussée. Elle devina aussitôt que c'était pour l'homme de l'Office d'immigration. Ça devait arriver. Elle avait toujours su qu'il lui faudrait un jour raconter ce qu'il lui faisait subir.

La peur au ventre, elle alla leur ouvrir. Elle arrivait tout juste à respirer et dut s'appuyer au mur. Elle entendit à peine les noms des policiers et ne jeta même pas un regard aux cartes qu'ils lui montrèrent.

— Nous venons voir Yusef Abrham, annonça Henrik en rangeant sa carte.

Il étudia la femme qu'il avait devant lui. Jeune, peut-être la vingtaine, des yeux noirs, un visage fin, des cheveux longs, un bracelet en tissu et un pull décolleté.

— Pourquoi ? lui demanda-t-elle.

— Est-il présent ? demanda Henrik.

— Moi... sœur. Pourquoi ?

Makda ne comprenait plus rien. Pourquoi voulaient-ils parler à Yusef, et pas à elle ?

Elle cala ses cheveux noirs derrière ses oreilles, découvrant un lobe orné d'une rangée de perles.

— Nous souhaiterions lui poser des questions à propos d'un certain Hans Juhlén.

Hans Juhlén. C'était donc bien de lui qu'il s'agissait.

De cet homme immonde qu'elle haïssait plus que tout.

— Yusef ? Police ! cria Makda.

Elle se décala pour laisser entrer Henrik et Mia, puis avança en direction d'une porte fermée située à gauche de l'entrée et frappa timidement.

Henrik et Mia s'arrêtèrent dans l'entrée.

Un tapis traditionnel suédois couvrait le sol. Un porte-chapeaux peint en jaune était fixé à un mur, mais rien n'y était accroché. Il y avait par terre trois paires de chaussures, dont des baskets blanches qui semblaient toutes neuves — des baskets de marque, plutôt chères. En dehors de ça, l'entrée était vide : ni tiroirs ni tableaux, rien pour s'asseoir.

Makda frappa à nouveau à la porte et ajouta quelque chose en une langue qui ressemblait à de l'arabe. Puis elle se retourna vers eux et leur adressa un sourire crispé, avant de se retourner pour frapper de nouveau.

Voyant qu'elle semblait inquiète de ne pas obtenir de réponse, Henrik et Mia décidèrent d'intervenir. Ils avancèrent dans le couloir et se placèrent devant la porte. De là, ils avaient une vue sur la cuisine, dont une porte donnait sur l'extérieur. Le cendrier posé sur la gazinière débordait de mégots. Face à la cuisine se trouvaient une salle de bains, une chambre et un salon. Le tout était à peine meublé.

— Yusef, ouvrez cette porte, appela Henrik. Nous voulons simplement vous parler.

Il tambourina à la porte. Rien ne bougea.

— Ouvrez la porte ! cria-t-il en tambourinant à nouveau, plus fort.

Il entendit alors un bruit venant de l'intérieur de la pièce.

— C'était quoi ? On aurait dit une fenêtre qu'on..., commença Mia, alertée par le bruit.

Au même instant, elle aperçut un homme vêtu de noir qui s'enfuyait pieds nus dans le jardin.

— Merde ! cria-t-elle en se précipitant dans la cuisine.

Henrik courut à sa suite.

Une fois dehors, Mia vit l'homme se frayer un chemin à travers des buissons. Puis il disparut de sa vue.

— Arrêtez-vous !

Elle traversa à son tour les buissons, juste à temps pour le voir couper par un terrain de jeux. En quelques enjambées, il avait traversé le bac à sable et franchi la clôture derrière les balançoires. Mia le talonnait. Elle lui cria à nouveau de s'arrêter. Elle sauta par-dessus la barrière et poursuivit sa cible qui remontait maintenant une étroite piste cyclable. Seuls quelques mètres les séparaient. Il n'allait pas lui échapper. Personne ne pouvait la battre à la course.

Personne.

Elle accéléra et parvint à rattraper le fuyard alors qu'il atteignait le bout de la piste. Elle le fit tomber d'un croche-pied bien placé et ils roulèrent dans l'herbe humide. Elle en profita pour lui saisir le bras gauche et le bloquer avec une clé. Puis elle reprit son souffle.

Henrik la rejoignit au pas de course, menotta l'homme, le fit se relever, et lui montra sa carte avant de l'amener à la voiture.

Makda avait couru à la suite du trio, mais elle s'était arrêtée au terrain de jeux. Quand elle vit arriver son frère menotté et encadré par les deux policiers, elle plaqua les mains sur sa bouche en secouant la tête. Puis elle avança jusqu'à lui et lui hurla quelque chose dans leur langue, tout en le saisissant par la nuque.

Mia l'écarta de lui.

— Nous avons besoin de l'interroger, lui dit-elle d'une voix calme en l'attirant vers les balançoires. On l'emmène avec nous au commissariat, mais il ne faut pas vous inquiéter.

Elle s'interrompit et posa ses deux mains sur les épaules de Makda, en la regardant droit dans les yeux.

— Ecoutez-moi. Ne vous inquiétez pas. Nous allons revenir pour vous interroger. Pour savoir ce qui s'est passé. Ce qu'on vous a fait. Nous allons vous envoyer quelqu'un qui parle votre langue.

Makda ne comprenait pas ce que la femme lui disait, mais elle lut dans ses yeux qu'elle était animée de bonnes intentions. Elle acquiesça. Mia sourit et la laissa seule sur le terrain de jeux. Makda, qui ne savait pas quoi faire, resta là.

Seule avec son angoisse.

Complètement perdue.

Henrik tombait de sommeil et ne cessait de bâiller. Il pensait à Yusef Abrham. Ce type de vingt-cinq ans les avait roulés dans la farine pendant une bonne partie de l'interrogatoire. A peine arrivé au poste de police, il avait expliqué dans un anglais approximatif qu'il ne parlait pas le suédois. Ils avaient donc bataillé pendant quarante minutes pour obtenir un interprète. Une fois celui-ci arrivé, Yusef avait prétendu souffrir d'une angine et avoir du mal à parler. Mia avait perdu son calme. Elle avait jeté les lettres de menace sur la table et s'était lancée dans une longue tirade ponctuée de jurons, que l'interprète avait traduit à Yusef sur le même ton agressif. Celui-ci avait écouté en silence, tout en fixant Mia d'un air méprisant.

Puis il avait soupiré et s'était mis à parler de Hans Juhlén. Il avait raconté comment celui-ci avait abusé de sa sœur. Un soir de janvier, il était venu chez eux et avait demandé à entrer en prétextant vouloir lui parler de son titre de séjour.

— Elle était seule, elle a refusé de le laisser entrer, mais il a réussi à pousser la porte et il l'a violée dans le couloir, avait expliqué Yusef. Quand je suis arrivé, je l'ai trouvée dans sa chambre, désespérée, en état de choc. Je voulais dénoncer cet homme, mais elle m'a fait promettre de ne rien dire à personne.

Il avait levé les yeux au ciel en ajoutant que, dans l'espoir naïf d'obtenir un titre de séjour, sa sœur avait continué d'ouvrir la porte à Hans Juhlén chaque fois qu'il sonnait.

Yusef n'avait parlé à personne de leurs rendez-vous secrets, mais avait soupçonné Juhlén de mentir quant au titre de séjour.

Trois mois plus tard, sa sœur n'ayant toujours pas reçu de réponse positive de l'Office d'immigration, Yusef avait décidé de faire chanter Juhlén. Il s'était donc caché pour photographier Hans avec sa sœur. Le même jour, il avait envoyé sa première lettre de menace. Quelques semaines plus tard, Kerstin, la femme de Juhlén, l'avait contacté. Elle l'avait supplié de les laisser tranquilles, mais Yusef n'avait rien voulu entendre.

— Puisque Hans Juhlén abusait de ma sœur, je pouvais moi aussi abuser de lui. J'ai dit à Mme Juhlén que je balancerais tout aux médias si elle refusait de payer. J'étais prêt à envoyer les photos aux journaux !

Kerstin avait compris qu'il était sérieux et était revenue dès le lendemain avec l'argent.

Makda n'était au courant de rien ; il avait gardé tout l'argent pour lui.

— Elle ne savait pas pour le chantage. Et si elle voulait continuer à coucher avec lui, ça ne me regardait pas, avait-il lâché.

— Vous ne parlez pas suédois, avait fait remarquer Henrik. Qui vous a aidé à écrire vos lettres de menace ?

— Personne.

— Vous parlez donc le suédois ?

Yusef avait eu un petit sourire suffisant et avait ensuite répondu à toutes leurs questions dans un excellent suédois.

Il vivait en Suède depuis un an et demi et avait appris la langue assez facilement. Il était né et avait grandi en Erythrée, mais avait dû s'enfuir à cause de la guerre civile en Ethiopie.

— On a eu de la chance, avait-il commenté. On a réussi

à arriver à bon port. On a survécu au voyage. On n'a pas fini dans un container fantôme, avait-il conclu.

— Un container fantôme ? C'est-à-dire ? avait demandé Henrik.

— Un container qui disparaît. Les clandestins utilisent souvent les containers comme moyen de transport. Mais beaucoup meurent en chemin. Parfois, aucun n'en réchappe. Comme en Afghanistan, en Irlande, en Thaïlande. Même ici, en Suède.

— Il y a des gens qui arrivent en Suède par containers ?

— Oui.

— Vous en êtes sûr ?

— Oui.

— C'est bizarre, avait murmuré Mia. On devrait être au courant, si c'était le cas.

— Vous n'êtes pas au courant de tout.

— Revenons-en aux lettres de menace, avait dit Henrik.

— Vous en avez parlé à quelqu'un ?

Yusef avait fait non de la tête.

— Vous savez que vous êtes coupable d'un crime ? lui avait dit Mia.

— J'ai juste envoyé des lettres, ce n'est pas si grave que ça.

— Vous avez envoyé des lettres de menace. C'est un crime grave en Suède. Vous risquez la prison.

— Je ne regrette rien.

Yusef ne s'était pas débattu quand les agents de police l'avaient escorté jusqu'à une cellule de garde à vue. Il les avait suivis calmement. Comme s'il se sentait soulagé d'un fardeau.

Assis dans le noir, Ola Söderström vérifiait les dossiers de l'ordinateur de Hans Juhlén. Seul son écran émettait une faible lueur. Le bruit étouffé de l'ascenseur encore en service lui parvenait confusément. Le disque dur qu'il fouillait avait émis un bourdonnement inquiétant quand il l'avait forcé pour récupérer les fichiers supprimés, mais il était désormais silencieux. On n'entendait plus que la soufflerie du chauffage.

Ce disque dur cachait forcément quelque chose d'intéressant. Il fallait simplement savoir où chercher. Les ordinateurs pouvaient se révéler de vrais labyrinthes et une seule exploration suffisait rarement. Dans certains cas, un logiciel spécialisé pouvait même s'avérer nécessaire.

Ola commença par consulter dans les fichiers temporaires qui recensaient les derniers sites parcourus par Hans Juhlén. Il vit aussitôt s'afficher les gros titres des journaux nationaux. Il alla voir les articles qui parlaient de l'Office d'immigration : la plupart décrivaient les contrats illégaux que l'Office avait passés avec des propriétaires. Les journalistes rappelaient qu'un acte officiel était par définition accessible à tous, même si les responsables de l'Office semblaient visiblement l'ignorer ; l'un d'entre eux avait enquêté plus spécifiquement sur les procédures d'appel d'offres, dont Juhlén était responsable. Les critiques étaient véhémentes et tous se demandaient pourquoi l'Office mettait autant de temps à changer ses procédures d'acquisition de logements. Hans Juhlén était cité : il expliquait qu'un appel d'offres était une procédure complexe, rappelant qu'il était question d'acheter des « logements, pas des photocopieuses ».

Il devait vraiment être sous pression, se dit Ola en continuant à fouiller dans les fichiers temporaires. Il recensa quatre sites de bateaux, un de containers de transport, et toute une série de sites pornographiques dont la plupart mettaient en scène des femmes noires.

Ola se redressa et ouvrit un nouveau dossier, intitulé « Statistiques 2012 ». Il tomba sur un diagramme comparatif montrant l'évolution du nombre de réfugiés entre 2011 et 2012. Un tableau reprenait les quinze pays d'où étaient issus les réfugiés. Au cours des premiers mois, la plupart des titres de séjour avaient été accordés à des réfugiés somaliens. Puis à des réfugiés afghans et serbes.

Ola examina ensuite un dossier contenant des documents d'information et des formulaires. Il étudia des rapports sur les thèmes du sport et des migrations, du fonds européen pour les réfugiés, de l'immigration liée à l'emploi. Il y avait aussi des dossiers entiers de discours, pour diverses conférences, et d'autres rassemblant les dernières instructions gouvernementales destinées à l'Office — rapports, fiches d'information, textes de loi. Trois dossiers n'avaient pas de nom, et ce fut dans l'un d'eux qu'Ola découvrit un document sans intitulé.

Il s'agissait d'un fichier supprimé dimanche passé à 18 h 35. Il cliqua dessus pour l'ouvrir. La page qui s'afficha se révéla être une énigme : rien d'autre que des suites de lettres majuscules et de chiffres, sur dix lignes.

VPXO410009
CPCU106130
BXCU820339
TCIU450648
GVTU800041
HELU200020
CCGU205644
DNCU080592
CTXU501102
CXUO241177

Ola Söderström se demanda ce que ça pouvait bien vouloir dire.

Il copia la première ligne et la colla dans la barre de recherche de Google, sans aucun résultat. Il fit de même avec les autres, sans plus de résultat. Il essaya avec les lettres seules, mais là encore, il se heurta à une impasse. Il s'agissait peut-être d'un code... Il creusa de ce côté-là. Ça pouvait représenter des noms. Ou les premiers chiffres d'un numéro de carte d'identité, soit l'année, le mois, la date. Des dates d'anniversaire. Mais aucune de ces idées ne le mena nulle part.

Il passa le reste de la nuit à tenter de résoudre le mystère. En vain.

18

La sueur gouttait de ses sourcils.

La petite fille n'y prêta pas attention et continua à se battre.

Poing droit, esquive, poing gauche, coup de pied, coup de pied, coup de pied. L'homme à l'horrible cicatrice montra ses yeux, sa gorge et son entrejambe.

— Yeux, gorge, entrejambe ! cria-t-il.

— Yeux, gorge, entrejambe ! répéta-t-elle en hurlant.

Poing droit, esquive, point gauche, coup de pied, coup de pied, COUP DE PIED !

— Attaque-surprise !

Elle se figea. L'homme disparut de son champ de vision.

Non, pas une attaque-surprise ! Elle détestait ça. Elle aimait plutôt bien le combat rapproché, où elle n'était pas mauvaise. Elle avait un bon instinct et ses réflexes s'affinaient. Surtout avec un couteau. Elle savait comment répartir son poids pour placer la lame le plus près possible de la gorge de son attaquant. Tout était une question d'équilibre : une fois son adversaire déstabilisé, elle l'amenait à terre, en l'arrosant de coups de pied dans les genoux s'il le fallait. Si ça ne suffisait pas, s'il lui résistait, elle lui balançait des coups de coude ou de genou dans la tête.

Contre Danilo, ou Hadès pour l'appeler par le nom gravé sur sa nuque, elle n'utilisait que des directs, et ne refermait son poing qu'au tout dernier moment, juste avant d'atteindre sa gorge par exemple. Elle attendait qu'il se plie en deux de douleur pour lui prendre la tête à deux mains et lui mettre des coups de genou dans le visage jusqu'à ce qu'il tombe. Mais Hadès se montrait plus malin qu'elle et il était souvent le premier à l'amener à terre. Il s'asseyait alors sur elle et essayait de l'étrangler. Parfois, elle perdait connaissance, mais ça faisait partie de l'entraînement. Il fallait qu'elle apprenne à ne jamais abandonner, même au bord de l'évanouissement.

Elle avait gagné du muscle et se retrouvait beaucoup plus rarement dans cette position, dont elle réussissait désormais à se sortir. Il lui suffisait de donner un bon coup de pied dans le dos ou dans les reins de Hadès pour échapper à son étreinte. Et ensuite, si elle parvenait à lui envoyer un ou deux coups bien placés en plein visage, elle pouvait même gagner.

Les coups de pied étaient très importants en combat rapproché. Elle s'était entraînée à les lancer en engageant sa hanche, de manière à gagner en puissance. Des mouvements tournants comme ceux-là exigeaient un bon équilibre, aussi les avait-elle répétés en essayant de stabiliser son centre de gravité. Elle savait qu'il en allait de sa vie : elle devait maîtriser ces techniques à la perfection. La nuit, avant de s'endormir, elle se les répétait dans sa tête. Passe ta jambe arrière devant, monte ton genou, pivote et frappe.

Elle aimait bien les exercices d'endurance. A force de ramper nue dans la neige, elle ne ressentait plus la morsure du froid. Elle aimait bien aussi la course et le fractionné dans les collines. Mais elle détestait les attaques-surprises. Parce qu'on ne savait pas quand arriverait l'adversaire. Elle s'était pourtant longuement entraînée, à attaquer, à se défendre, debout, assise, allongée, contre des attaquants armés, contre plusieurs agresseurs, dans le noir, dans un espace réduit, dans des situations angoissantes. Mais elle supportait mal l'attente angoissée des attaques-surprises.

Elle fixa son regard sur un point de la surface du mur et ouvrit grand ses oreilles. Il lui faudrait certainement rester immobile un certain temps. Ça faisait partie de l'exercice. Une fois, elle avait dû attendre l'attaque sept heures d'affilée, sans manger et sans boire. Elle avait été prise de tremblements, sans doute à cause de la déshydratation, mais elle avait tenu bon. Petit à petit, ses émotions l'avaient désertée. La douleur avait reflué. Après tout, elle était Kèr. La déesse de la Mort. Une déesse était immortelle.

Elle entendit soudain un bruit de gravier qu'on écrase. Comme si quelqu'un approchait lentement. C'était ça. Quelqu'un approchait. Par-derrière.

Elle banda ses muscles et se retourna d'un bond en rugissant. L'homme à la cicatrice était tout près, et elle le vit lancer son couteau d'un geste rapide. Elle leva la main et saisit l'arme au vol, serrant ses doigts autour du manche. Elle croisa le regard de l'homme, le vit s'accroupir, puis bondir. Elle se pencha en avant, baissa la tête et se couvrit le visage de ses mains. Elle mit toutes ses forces dans le coup de pied qu'elle lui lança. Et il atteignit sa cible.

L'homme s'effondra comme une masse. Elle se rua sur lui, posa un pied sur son torse et appuya le couteau tout contre son visage. Un feu couvait dans ses yeux sombres. Elle releva le couteau et le jeta à terre. Il atterrit à deux centimètres de la tête de l'homme.

— C'est bien, fit-il en lui lançant un regard encourageant.

Il attendait la suite. Elle savait quoi.

Elle prit une grande inspiration. Ce n'était pas facile de lui donner ce nom…

— Merci, Papa ! murmura-t-elle.

19

Jeudi 19 avril

Ses baskets martelaient l'asphalte. Jana Berzelius prit la direction de Järnbrogatan et quitta le bitume de la route pour emprunter le chemin de gravier qui longeait la rive. Elle avait fait ses étirements chez elle, puis elle était sortie pour un jogging. Elle n'était pas encore suffisamment échauffée et sentait le froid transpercer son legging noir. Elle était peu couverte, mais elle savait qu'elle se mettrait à transpirer au bout d'un kilomètre.

Elle adorait courir. Même l'hiver. Elle n'avait pas peur de la neige, ni du vent glacé. Elle suivait toujours le même circuit, par Sandgatan jusqu'au parc municipal, puis jusqu'à Himmelstalund, avant de rebrousser chemin. Elle préférait les paysages urbains aux collines. Elle n'était pas de ceux qui perdent du temps à prendre d'abord la voiture pour aller courir en dehors de la ville, sur un chemin prévu à cet effet.

Elle n'était pas non plus du genre à fréquenter un club de gym. Pas question de suivre un cours d'aérobic. Elle préférait la solitude, la course était donc pour elle l'exercice idéal.

Pour la musculation, elle avait son propre matériel dans son appartement. Après le jogging, quand elle rentrait, elle enchaînait avec une série de pompes et d'abdos, puis, avant de prendre sa douche, elle se hissait sur la barre de traction, menton juste au-dessus de la barre. Elle restait ainsi, immobile, le corps tendu, et comptait jusqu'à vingt avant de lâcher, épuisée.

Il était 6 h 57 ce jour-là quand elle lâcha la barre. La matinée ne faisait que commencer. Jana contrôla son pouls et attendit qu'il ralentisse pour ôter ses vêtements.

Elle prit une douche de vingt minutes, puis sortit de son armoire des sous-vêtements coordonnés et un chemisier transparent qui allait avec son pantalon et sa veste bleu marine.

Elle fit frire quatre tranches de bacon, deux œufs, et prit son petit déjeuner en suivant le journal télévisé du matin. Après le long reportage d'un correspondant à l'étranger, le présentateur en vint au garçon retrouvé mort près de Norrköping, en soulignant qu'il n'était toujours pas identifié malgré une enquête approfondie. La photo de Hans Juhlén, tout sourire, apparut à l'écran et le journaliste évoqua un possible lien entre les deux victimes, ajoutant que la réponse serait probablement apportée lors de la conférence de presse que les autorités de police du comté tiendraient à 9 heures, ce matin même.

Vint ensuite le bulletin météo, qui annonçait une nouvelle tempête en mer du Nord. La jeune présentatrice — sourire aux lèvres et élocution parfaite — mit les téléspectateurs en garde contre d'importantes chutes de neige dans le centre de la Suède. Le mois d'avril avait déjà battu des records d'enneigement, mais apparemment ça n'était pas fini. Jana éteignit la télé. Elle se maquilla légèrement, se brossa les dents et se coiffa. Après avoir vérifié le résultat dans le miroir, elle appliqua une seconde couche de mascara sur ses cils. Puis elle prit sa veste sur son bras et se rendit au garage.

En raison de l'épaisse brume matinale, elle mit cinquante-cinq minutes, au lieu des quarante habituelles, pour atteindre le centre de police scientifique de Linköping. Sur l'autoroute, les voitures avançaient au ralenti et elle dut se concentrer pour rester du bon côté du marquage au sol. A l'approche de Norsholm, la brume se dissipa quelque peu. A la sortie de Linköping Nord, la visibilité était redevenue normale.

Jana prit l'entrée principale, puis se dirigea vers le bureau de Björn Ahlmann, le médecin légiste.

Il restait encore quinze minutes avant l'heure du rendez-vous, mais l'inspecteur en chef Henrik Levin et le lieutenant Mia Bolander étaient déjà là, assis dans les fauteuils réservés aux visiteurs. Les murs étaient couverts de longues étagères en bouleau chargées d'ouvrages médicaux, les fenêtres ornées de rideaux verts imprimés d'hirondelles blanches. Au-dessus du bureau, en bouleau clair lui aussi, il y avait un tableau d'affichage avec des numéros de téléphone et des photos de vacances.

Lorsqu'il était étudiant en médecine à l'université de Linköping, Björn Ahlmann avait voulu se spécialiser en neurologie mais, au fil de ses études, il s'était intéressé à la médecine légale et avait fini par embrasser cette voie. C'était un travail éprouvant et généralement solitaire, mais il n'avait jamais regretté ce choix. La qualité de ses analyses et l'expertise de ses avis valaient à Björn une bonne réputation. Il avait conscience que ses conclusions pouvaient changer le cours d'une vie et que les résultats de ses autopsies étaient d'une importance capitale dans les procédures judiciaires. Il était le plus qualifié du service, mais ne se considérait pas comme un expert infaillible. Il préférait se définir comme un « professionnel scrupuleux ».

Lorsque Jana Berzelius entra dans la pièce, Björn Ahlmann se leva de son fauteuil ergonomique pour la saluer d'une poignée de main énergique.

Jana salua ensuite d'un signe de tête les deux officiers de police.

— J'ai tenu ma promesse, dit Björn. Nous attendons encore quelques résultats de prélèvements, mais mon rapport est prêt. J'aimerais vous emmener voir le corps, il y a quelque chose que je voudrais vous montrer.

Ils prirent ensemble l'ascenseur menant au sous-sol, puis empruntèrent un long couloir. L'un des néons du plafonnier ne cessait de clignoter.

Björn déverrouilla la porte coupe-feu de la salle d'autopsie et alluma la lumière. Chemin faisant, il avait discuté avec Henrik de ses petits-enfants, âgés de dix et treize ans, qui pratiquaient plusieurs activités sportives, dont la natation et le football. Il avait fièrement raconté qu'ils participaient le week-end à des compétitions, à Mjölby et Motala, et que c'était lui qui les accompagnait.

Trop occupées à s'éviter du regard, Jana et Mia ne l'avaient écouté que d'une oreille distraite.

Arrivée dans la salle, Mia se tint comme d'habitude à distance respectueuse de la table d'autopsie, tandis que Jana et Henrik vinrent se placer tout près.

Björn se lava soigneusement les mains et enfila des gants en latex, puis il souleva le drap blanc. Le corps nu n'occupait que les deux tiers de la table. Le petit garçon avait les yeux fermés, son visage était pâle et crispé. Il avait le nez fin, des sourcils noirs. Sa tête avait été rasée, de façon à rendre clairement visible le trou sur son front. La balle était bien sortie par là, on lui avait donc tiré dessus par-derrière.

Jana eut un mouvement de recul en voyant les nombreuses ecchymoses qui couvraient les bras et les jambes du garçon.

Henrik aussi.

— Est-ce que ces bleus sont dus à sa chute ? demanda Henrik.

Björn secoua la tête.

— Oui et non. Ceux-là sont dus à la chute en effet, répondit Björn en indiquant de larges zones sombres sur le côté de la cuisse et de la hanche. Et ici, il y a aussi des blessures internes, qui ont saigné à des profondeurs variables.

Björn montra du doigt les bras musclés du garçon.

— Mais la plupart des ecchymoses sont plus anciennes : elles datent d'avant sa mort. Il a apparemment subi des violences. J'ai relevé des coups au niveau de la tête, de la gorge et autour des parties génitales. Et sur ses jambes, devrais-je ajouter. Je dirais que ces blessures ont été infligées par des coups de pied et d'autres coups, peut-être portés à l'aide d'un objet — quelque chose de dur.

— Quel genre d'objet ? demanda Henrik.

— Un tube métallique, ou des chaussures à bout rigide. Difficile à déterminer. Je vais devoir attendre les résultats des analyses de tissu cellulaire.

Henrik hocha lentement la tête.

— Et tu dis qu'il a subi des maltraitances régulièrement ?

— Oui, il présente plusieurs cicatrices anciennes et des traces d'hémorragies internes. Il a reçu des coups. Et plutôt violents.

Henrik acquiesça en silence.

— Il n'y a aucun signe d'abus sexuel, pas de présence de sperme, ni de rougeur autour de l'anus, continua Björn. Pas de trace de strangulation non plus. Il est mort d'une balle dans la tête. La balle est en cours d'analyse.

— Quelle arme ?

— Je ne peux pas encore le dire.

— Quand recevrez-vous les résultats des analyses balistiques et des prélèvements de tissus ?

— Demain, ou peut-être après-demain.

— L'âge de ce garçon ?

— Neuf ou dix ans. Difficile d'être plus précis.

— Rien d'autre ? demanda Henrik.

Björn s'éclaircit la voix et se dirigea vers l'extrémité de la table d'autopsie, près de la tête du petit garçon.

— J'ai découvert dans son sang des traces de drogue. Il était sous l'emprise d'un stupéfiant. Et même d'une dose assez massive.

— De quelle drogue s'agit-il ?

— D'héroïne. Il se l'injectait dans le bras, ou quelqu'un la lui injectait. Regardez.

Björn leur montra la peau qui suppurait à la pliure du bras du garçon, puis retourna le bras pour leur présenter une large zone enflammée.

— C'est une infection. Il a probablement raté sa veine, et la solution a fini dans les tissus externes et non dans son sang.

La peau du bras était rouge, enflée et couverte de petites plaies.

— Si vous appuyez ici, on dirait que... comment expliquer cela ? C'est mou comme de l'argile, et ça signifie que le bras est plein de pus. Une injection mal faite peut provoquer de graves infections. J'ai vu des cas épouvantables, où des membres avaient tout simplement pourri. Il n'est pas rare de voir des trous se creuser directement dans les os, ou de constater des septicémies, des empoisonnements du sang. Parfois les veines sont complètement broyées, en particulier à l'aine. Dans les cas les plus graves, il faut parfois en arriver à l'amputation.

— Alors, ce gamin de neuf ou dix ans était un toxicomane ? demanda Henrik.

— Oui.

— Un dealer ?

— J'en sais rien.

— Un coursier, peut-être ?

— Ça se pourrait.

Björn haussa les épaules.

— Maintenant, regardez... Voici ce que je voulais vous montrer.

Il tourna la tête du garçon sur le côté, pour exposer sa nuque.

Des lettres avaient été gravées dans la peau de l'enfant, sans doute au moyen d'un objet tranchant.

Jana dut s'agripper des deux mains à la table pour ne pas tomber. Le sol s'était mis à tanguer sous ses pieds.

— Ça va ? demanda Henrik.

— Oui, ça va, mentit-elle sans parvenir à détacher son regard de la nuque de l'enfant.

Elle lut à nouveau le nom formé par les lettres.

Thanatos.

Le dieu de la Mort.

20

Gunnar Öhrn était en train de parcourir l'édition en ligne du journal local. Il renversa la tête en arrière et consulta les pages sportives. Il lisait toujours la page des sports avant celle des informations. Les pages financières avant celles consacrées à la politique. Les pages dédiées aux arts avant celle de la section automobiles. Quant aux blogs et aux pages familiales, il ne les ouvrait jamais.

Depuis un mois qu'il ne vivait plus avec Anneli, il avait mis en place une routine qui lui convenait parfaitement. Il se levait à 6 h 30, prenait son petit déjeuner, puis se rendait en voiture au poste de police. Il était en général de retour chez lui vers 18 heures, mangeait quelque chose, puis ressortait faire des courses quand son fils n'était pas avec lui. Vers 20 heures, il rentrait à son appartement de Skolgatan et passait la soirée à lire ou à travailler sur son ordinateur jusqu'à minuit. Si le temps le permettait, il lui arrivait de sortir faire une heure de marche, mais cela restait exceptionnel. Pas comme avec Anneli, qui l'obligeait à courir tous les soirs. A présent qu'il était seul, il pouvait marcher tranquillement.

Il délaissa les pages sportives et cliqua sur les nouvelles locales. Un trompettiste de quinze ans venait de recevoir une bourse d'études de deux mille couronnes. Les yeux de Gunnar s'arrêtèrent sur la photo du jeune musicien. Affublé d'un appareil dentaire, le jeune garçon affichait un large sourire. Il lui rappela Adam.

Adam venait dîner chez lui deux fois par semaine, quand son

entraînement sportif le lui permettait. Ils sortaient manger une pizza et allaient parfois ensuite au cinéma. Gunnar avait envisagé de devenir entraîneur adjoint dans le club de foot de son fils, mais il avait raté la présaison. *Peut-être l'année prochaine*, se dit-il tout en regardant une photo de lui prise lors de la conférence de presse du matin, qui venait d'apparaître à l'écran.

Cette conférence avait attiré une horde de journalistes — de presse, de radio et de télévision. Ils étaient si nombreux qu'on avait dû au dernier moment transférer tout le monde dans la plus grande salle du commissariat, laquelle s'était vite retrouvée pleine à craquer. Gunnar Öhrn et Carin Radler, la commissaire de police du comté, avaient tout d'abord souhaité la bienvenue à tout le monde, avant de céder la place à la chargée de communication, Sara Arvidsson, qui avait décrit le meurtre de Hans Juhlén, mais passé sous silence celui du garçon. Elle avait également insisté sur le fait que Kerstin Juhlén avait été relâchée, mais qu'elle se tenait à la disposition des policiers pour collaborer à l'enquête. Ç'avait été une sacrée conférence. Brève, intense, mais néanmoins indispensable, selon la commissaire du comté. D'après elle, mieux valait rassembler les journalistes et leur lâcher quelques tuyaux plutôt que de les laisser spéculer sauvagement.

Sara Arvidsson avait répondu à la plupart des questions par un laconique « Pas de commentaire ». Les journalistes auraient voulu des informations à propos de l'enfant, mais ils avaient dû s'en passer.

Gunnar ouvrit un autre site d'info où il trouva là aussi une photo de lui. De profil. Sur un troisième on ne voyait que la moitié de son corps, car le photographe s'était concentré sur Sara.

— Une bonne chose, marmonna-t-il en fermant la page Internet.

Gunnar n'aimait pas donner des conférences de presse sur les enquêtes en cours. Il y avait toujours un risque que quelqu'un en dise trop. De plus, les journalistes d'investigation avaient le chic pour poser des questions pièges et lancer de fausses affirmations — qui se transformaient plus tard en vérités absolues sous la plume de leurs confrères. Ce n'était pas très agréable de se réfugier derrière le traditionnel « pas de commentaire ». Mais c'était nécessaire. Gunnar espérait sincèrement que les séries de lettres et de chiffres qu'Ola Söderström lui avait montrées ce matin les mettraient sur une piste.

La prochaine réunion d'équipe était à midi. Gunnar jeta un œil à la montre en argent qu'il portait au poignet. Encore une heure à attendre. Il décida d'aller grignoter quelque chose à la cafétéria.

Jana déverrouilla sa porte avec des mains tremblantes.

Une fois à l'intérieur de son appartement, elle se débarrassa de ses chaussures et se laissa glisser au sol, le dos contre le battant. Elle resta assise ainsi pendant un moment. Pour tenter de retrouver son souffle.

Les derniers événements étaient comme nimbés de brume. Elle s'était excusée en prétextant un rendez-vous urgent avec un client, puis avait précipitamment quitté le centre de médecine légale. Elle se souvenait à peine du trajet pour rentrer chez elle. Elle avait dû rouler vite, parce qu'elle avait évité de justesse une voiture sur l'autoroute. Elle était incapable de se rappeler où elle s'était garée en arrivant, ni comment elle était arrivée jusqu'à son étage.

Elle se releva lentement et se dirigea vers la salle de bains. En franchissant le seuil, elle eut un vertige et trébucha, mais se rattrapa *in extremis* au lavabo. En tremblant de tout son corps, elle chercha son miroir de poche dans le placard. Agacée de ne pas le trouver, elle vida le contenu d'un tiroir au sol. Une bouteille de parfum éclata par terre et ses effluves sucrés se répandirent dans la pièce. Le miroir n'était pas là-dedans, en tout cas. Jana ouvrit un autre tiroir et se mit à fourrager fébrilement à l'intérieur, mais toujours pas de miroir. Elle s'interrompit un instant et s'efforça de réfléchir. Son sac à main ! Il était dans son sac à main. Elle retourna dans l'entrée et ouvrit sa penderie. Là, tout au fond de son sac bleu sombre, se trouvait le petit miroir rond.

Jana le prit et se rua dans la salle de bains. Debout devant le miroir mural, elle hésita un instant. Son cœur battait violemment dans sa poitrine, elle tremblait de tous ses membres. Puis elle se décida, écarta ses cheveux, leva le petit miroir à hauteur de sa nuque et retint son souffle.

Elle ferma les yeux et compta jusqu'à dix. Lorsqu'elle rouvrit les paupières, elle vit les lettres dans le miroir.

K-E-R.

Kèr.

— C'est le dieu de la Mort, dit Mia.

— Quoi ? fit Henrik.

— « Thanatos » est le dieu de la Mort.

Mia fit un zoom sur l'article de l'encyclopédie numérique.

Ils avaient quitté Linköping et se hâtaient de rentrer à Norrköping. Le rendez-vous avec Björn Ahlmann avait duré plus longtemps que prévu, et maintenant ils devaient se dépêcher pour être à l'heure à la réunion de midi.

Assise sur le siège passager, Mia lut à voix haute.

— Ecoute ça. « Thanatos est le dieu de la Mort, dans la mythologie grecque. Il était extrêmement rapide et puissant. Quand il pointait sa torche vers le sol, cela signifiait que quelqu'un allait mourir. Mais si la torche était levée vers le ciel, c'était signe qu'il y avait encore de l'espoir. »

— Tu crois à tout ça ?

— Non. Mais le gamin avait ce nom sur sa nuque, ça doit bien vouloir dire quelque chose.

— C'était peut-être juste son surnom.

— Ou pas.

— En tout cas, il n'a pas pu inscrire ce nom tout seul.

— Peut-être que si, avec un miroir.

— Non, il n'aurait jamais pu obtenir des lettres aussi bien tracées...

— Mais qui irait écrire le nom d'un dieu sur la nuque d'un enfant ?

— J'en sais rien.

— Un salopard de cinglé.

— Ou un copain. Il appartenait peut-être à un gang ?

Mia effaça le nom et entra un nouveau mot dans le moteur de recherche.

Henrik mit son clignotant et changea de voie. Ils roulaient à cent dix kilomètres à l'heure. Un panneau leur indiqua que la sortie pour Norrköping Sud n'était plus qu'à dix kilomètres. Mia était toujours absorbée par son réseau Internet mobile, et Henrik laissa ses pensées divaguer, du jeune garçon assassiné à Jana Berzelius. Pendant l'autopsie, elle s'était soudainement excusée et avait quitté la pièce. Henrik trouvait plutôt étrange ce départ précipité. D'habitude, elle s'attardait pour poser des questions ou remettre en cause les conclusions de Björn Ahlmann. Aujourd'hui, elle avait à peine ouvert la bouche pendant qu'ils examinaient le corps du gamin.

Il fronça un sourcil. Elle avait sûrement été bouleversée par le spectacle de cet enfant sur une table d'autopsie. Elle avait même pâli en voyant les lettres gravées sur sa nuque. Sur le moment, il avait trouvé ça bizarre. Mais au fond, maintenant qu'il y réfléchissait, c'était normal. Ça prouvait qu'elle était un être humain, après tout.

Quand il pénétra dans la salle de conférences, trente secondes avant le début de la réunion, Jana était déjà là, calme et concentrée, comme toujours.

Assise près d'elle, Anneli était plongée dans la lecture du journal local.

Ola et Gunnar discutaient à voix basse, penchés l'un vers l'autre.

Mia se laissa tomber sur sa chaise habituelle et allongea le bras pour attraper le thermos de café posé sur la table.

Henrik prit place à côté de Jana.

Gunnar se leva de sa chaise.

— OK. Maintenant que tout le monde est là, on peut y aller. Nous allons commencer tout de suite avec Henrik et Mia. Qu'est-ce que vous avez appris de nouveau chez le légiste ?

Henrik hocha la tête, posa les mains sur la table et se pencha en avant.

— Björn a confirmé ce que nous savions déjà. Le garçon a été abattu par-derrière. Par ailleurs, il portait des traces de coups anciens, ce qui indiquerait qu'il subissait des maltraitances. Il était de plus sous héroïne.

— Quel âge avait-il ? demanda Gunnar.

— Pas plus de neuf ou dix ans, mais il était déjà toxico. Ses bras étaient couverts de plaies et d'infections.

— C'est vraiment pitoyable.

— Ce n'est pas courant de trouver un toxico de cet âge, déclara Gunnar.

— L'héroïne est une drogue extrêmement addictive, commenta Ola en se grattant la tête à travers sa casquette blanche. Une fois qu'on commence, on ne peut plus s'arrêter. Quel que soit l'âge.

— Il n'empêche que ce n'est pas courant de trouver un toxico de cet âge, insista Gunnar.

— S'il était toxico, il s'était peut-être introduit chez Hans Juhlén pour voler de l'argent, proposa Mia.

— C'est une hypothèse, répondit Gunnar. Nous devons d'abord savoir qui était ce garçon, s'il était dans un gang, s'il dealait en plus de consommer, à qui il achetait sa came et à qui il la vendait, etc.

Il se leva pour marcher jusqu'à la fenêtre.

— Nous devons parler à tous les héroïnomanes répertoriés par nos services, tous les anciens dealers qu'on connaît, ajouta-t-il.

— Le trafic de drogue, ça se passe le plus souvent dans les

quartiers défavorisés, déclara Mia tout en caressant machinalement la table du plat de la main.

— Le problème de la drogue touche toutes les classes sociales, fit remarquer Henrik.

— Mais dans les quartiers riches, ça se fait plus discrètement, dit Mia.

— Qu'est-ce qui peut pousser des enfants à vendre de la drogue ? demanda Henrik.

— L'argent, bien sûr, répondit Mia. S'il y avait des jobs d'été pour tous les adolescents, ils n'auraient pas besoin de dealer.

— Tu prétends qu'ils se mettent à vendre de la drogue parce qu'on ne leur donne pas de jobs d'été ? demanda Jana.

C'était la première fois qu'elle ouvrait la bouche depuis le début de la réunion. Elle se pencha au-dessus de la table pour fixer Mia.

— Permets-moi de sourire, ajouta-t-elle. Un boulot, il faut le chercher, pour le trouver. Il ne faut pas attendre qu'on vous l'apporte sur un plateau.

Mia serra les dents et croisa à nouveau les bras sur sa poitrine. Cette procureure pouvait bien aller au diable.

— Nous parlons d'un gamin de dix ans, fit remarquer Henrik. Il n'était donc pas en âge de prendre un job d'été pour ne pas dealer.

Mia lui lança un regard reconnaissant.

— Quelqu'un aurait-il pu forcer le gamin à le faire ? demanda Ola.

— A vendre de la drogue ? C'est très probable, répondit Henrik.

Gunnar tira sa chaise, mais ne s'y installa pas.

— Evitons de spéculer et concentrons-nous sur quelque chose d'autre, dit-il. Les traces de pneus relevées près des lieux du crime à Viddviken sont celles d'un pneu Goodyear. Marathon 8. On en est où, à propos de la fourgonnette blanche ?

— J'ai parlé à Gabriel, répondit Mia. D'après un témoin, il s'agirait d'une Opel.

— Quel modèle ?
— Il ne savait pas.
— Mais comment savait-il que c'était une Opel, alors ?
— J'imagine qu'il a reconnu la marque.
— Mais pas le modèle ?
— Non, je te dis.
— Quelle taille ?
— Il a dit que c'était une petite fourgonnette.
— Comment s'appelle-t-il, ce témoin ?
— Erik Nordlund.
— Et il vit où ?
— A Jonsberg. Il était en train de débroussailler son jardin quand il a vu cette fourgonnette passer devant chez lui. Elle roulait vite, c'est pour ça qu'il s'en souvient. Il habite près d'Arkösund Road, à quelques kilomètres de la bifurcation vers Viddviken.

— Demande-lui de venir ici, et tout de suite. Imprimez des photos de tous les modèles d'Opel et montrez-les-lui. Nous devons retrouver cette fourgonnette. Même si elle n'est pas liée au meurtre, le conducteur a peut-être remarqué quelque chose d'important pour nous.

Gunnar se mit à faire les cent pas devant la carte affichée au mur, puis il prit un marqueur rouge et écrivit sur le tableau blanc « Opel ».

L'enquête ne menait toujours nulle part et cela devenait extrêmement frustrant. Gunnar s'assit et tâcha de se calmer.

— Tu as dit que la fourgonnette roulait vite, dit Henrik à Mia.

— Oui, d'après le témoin, répondit Mia.

— Est-ce qu'il y a des radars de vitesse sur Arkösund Road ? demanda Henrik.

— Ouaip.

— Elle a pu être flashée, cette camionnette, non ?

— Très juste, dit Gunnar. Bien joué, Henrik. Il faut vérifier ça auprès de la Sécurité routière de Kiruna. Ils devraient pouvoir nous dire si leurs radars ont enregistré des excès de vitesse ce soir-là.

Ola leva un doigt.

— Je m'en charge, dit-il. Mais avez-vous abandonné l'hypothèse de l'arrivée du garçon par bateau ?

— Non, mais personne n'a vu ni entendu de bateau dans cette zone, à cette heure. Alors, on va d'abord se concentrer sur la fourgonnette.

Gunnar hocha la tête en direction d'Ola.

— OK, à toi de jouer.

— Bien reçu.

Ola pianota sur le clavier de l'ordinateur et ouvrit le document qui contenait les séries de lettres et de chiffres : il alluma le projecteur, mais rien ne s'afficha sur l'écran.

— Allons bon, qu'est-ce qui se passe ? maugréa-t-il en se levant de sa chaise. C'est l'ampoule ou quoi ?

Il rajusta sa casquette et grimpa sur la table de conférence pour atteindre l'appareil suspendu au plafond.

Jana jeta un coup d'œil distrait à Ola qui se hissait sur la pointe des pieds. Elle se concentrait pour respirer calmement. Depuis qu'elle était partie de chez elle, elle luttait pour conserver son sang-froid. Son calme n'était qu'apparent, elle avait du mal à contrôler ses nerfs. D'un geste lent, elle tendit la main pour atteindre le thermos de café posé devant Mia.

Ola était toujours occupé à triturer l'appareil au plafond et les autres membres du groupe étaient plongés dans leurs pensées. Jana se servit du café et en but une gorgée.

Puis, brusquement, Ola rompit le silence :

— Ça y est. Ça devrait marcher, maintenant.

Il redescendit de la table et appuya sur le bouton d'allumage de l'ordinateur qui s'était mis en veille.

En voyant les combinaisons de lettres et de chiffres apparaître à l'écran, Jana eut un coup au cœur. Ses oreilles commencèrent à bourdonner ; la pièce tangua. Elle reconnut immédiatement la première ligne. Elle l'avait déjà vue. Dans ce rêve qui la hantait depuis toujours.

VPXO410009.

— J'ai trouvé ces combinaisons dans l'ordinateur de Hans Juhlén. J'ai passé en revue les répertoires, les dossiers et les fichiers de son disque dur. Ce document est le seul qui soit digne d'intérêt pour nous. Hans Juhlén a utilisé ces combinaisons à plusieurs reprises. C'était donc important pour lui. Malheureusement, je ne vois pas du tout à quoi peuvent correspondre ces combinaisons de chiffres et de lettres. Quelqu'un ici aurait une idée ?

Tous secouèrent la tête. Sauf Jana.

— J'ai cherché sur le Net, continua Ola, mais je n'ai rien trouvé.

Il se gratta à nouveau la tête à travers sa casquette.

— Peut-être que sa secrétaire saura de quoi il s'agit ? Ou sa femme ?

— Henrik, vérifie ça avec Lena, ordonna Gunnar. Mia, tu peux demander à Kerstin ? Et vérifie aussi si Yusef est au courant de quelque chose. Il faut interroger tout le monde. N'est-ce pas, Jana ? ajouta Gunnar.

Jana sursauta.

— Pardon ?

— J'ai dit qu'il fallait interroger l'entourage de Juhlén. Tu en penses quoi ?

Elle se força à sourire.

— Je suis d'accord, répondit-elle. Il faut chercher de tous les côtés.

21

Le métal du canon était glacé dans sa main.

La fillette déglutit et regarda l'homme à l'horrible cicatrice qui se tenait devant elle.

Il l'avait emmenée dans la cave qui servait d'habitude de cellule d'isolement. On y mettait ceux qui avaient échoué à l'entraînement ou désobéi à un ordre, ceux qui n'avaient pas mangé tout leur repas, ou qui n'avaient pas été assez endurants à la course. Et parfois, les adultes choisissaient un ou deux enfants et les y emmenaient sans raison, juste comme ça.

Elle-même y avait séjourné à deux reprises. La première fois parce qu'elle n'avait pas bien compris les règles et était allée aux toilettes sans permission. Elle avait été enfermée trois jours dans cette pièce, sans lumière, en faisant ses besoins à même le sol. La puanteur était la même que celle qui régnait dans le container où elle avait voyagé avec ses parents. Cette puanteur, c'était tout ce dont elle se souvenait. L'image de ses parents s'effaçait peu à peu de son esprit, à mesure que les jours passaient. Pour ne pas les oublier, elle avait gravé leurs visages sur le mur, tout près de son lit, en se servant d'une pierre. Pour que personne ne puisse les voir, elle l'avait fait sur la zone cachée derrière une petite commode. Tous les soirs, elle tirait la commode pour souhaiter bonne nuit à ses parents.

La seconde fois où la petite fille avait été placée de force dans la cellule d'isolement, c'était lorsqu'elle avait tripoté la marque sur sa nuque. L'homme à l'horrible cicatrice avait découvert les taches de sang sur la manche de son pull et l'avait traînée par les cheveux à travers la cour. Cinq jours, c'était le temps qu'avait duré son enfermement, cette fois-là. Le premier jour, elle avait dormi la majeure partie du temps. Le second, elle avait songé à s'enfuir. Le troisième, elle s'était entraînée aux coups de pied et à l'attaque au couteau — avec un morceau de bois trouvé par terre en guise de couteau. Les quatrième et cinquième jours, elle avait exploré la pièce à tâtons et s'était amusée à la mémoriser, étudiant sa configuration et le moindre objet qu'elle y découvrait. Il y avait un vieil établi qui s'étirait le long d'un des murs, couvert de pots de peinture et de boîtes en plastique. Sur le second mur, elle avait senti deux étagères, chargées de boîtes en carton et de journaux. Un vélo rouillé était appuyé contre le mur sous l'escalier, à côté d'une valise. Une porte démontée était posée contre la rampe de l'escalier, près d'un tabouret. Il lui avait semblé que tout se trouvait à la même place que la première fois qu'elle avait séjourné là.

— C'est le moment, annonça l'homme à la cicatrice. Le moment de me prouver que tu es digne d'être ma fille. La cible n'est pas une cible habituelle.

L'homme adressa un signe de tête à la femme qui se tenait contre le mur, en haut de l'escalier. Celle-ci ouvrit la porte et fit entrer Minos. Il descendit lentement les marches et tâcha d'habituer ses yeux à l'obscurité.

— Voici ta cible, dit l'homme à la petite fille.

Quand Minos entendit ces paroles, il s'arrêta net dans l'escalier et oublia tout ce qu'il avait appris. Pris de panique, il se précipita vers le haut des marches pour retourner vers la porte. Mais la femme sortit son arme et l'en menaça pour l'obliger à redescendre.

Minos supplia.

Il se jeta en pleurant aux pieds de l'homme.

L'homme le repoussa du pied.

— Tu es un perdant. Si tu avais obéi, tu serais à la place de Kèr. Seuls les plus forts survivent, et elle en fait partie.

Minos roula des yeux terrifiés, ses genoux flageolèrent.

L'homme s'avança vers la fillette et l'attrapa par les cheveux pour tirer sa tête en arrière. Il tira fort, pour montrer qu'il ne plaisantait pas, et la regarda droit dans les yeux.

— Bientôt, il fera complètement noir. Tu n'y verras plus rien et tu devras utiliser tes autres sens. Tu comprends ?

La fillette comprenait. Son cœur se mit à battre très fort.

— Fais en sorte que je puisse être fier de toi ! chuchota l'homme avant de s'éloigner.

L'escalier craqua lorsque l'homme et la femme quittèrent la cave. Dès que la porte se referma, la petite fille serra l'arme dans sa main et la pointa.

L'obscurité l'enveloppait. Elle n'aimait pas cela et sa respiration s'accéléra. Elle avait envie de hurler. Son cœur cognait violemment dans sa poitrine.

Soudain, elle entendit Minos trébucher contre le vélo et supposa qu'il avait rampé sous l'escalier. Elle fit un effort pour se concentrer et contrôler sa respiration. Elle allait réussir cette épreuve, vaincre l'obscurité. Elle inspira doucement par le nez, pencha la tête de côté et tendit l'oreille. Tout était silencieux.

Elle fit un pas en avant, s'arrêta et tendit à nouveau l'oreille. Puis un autre pas, et encore un autre. Dans trois pas environ, elle arriverait à l'escalier qu'elle devait contourner pour atteindre la zone où se trouvait Minos.

Elle tendit la main pour trouver la rampe à tâtons, en comptant mentalement ses pas. Un, deux, trois. Voilà, elle sentait à présent la rampe craquelée sous sa paume. Après encore trois pas, elle la lâcha et continua d'avancer à l'aveuglette. Au pas suivant, elle heurta du pied la valise placée devant le vélo, et le bruit la fit sursauter. Au même instant, elle entendit Minos ramper. Il était tout près. Elle braqua l'arme en direction du bruit qui se déplaçait vers la gauche. Puis elle n'entendit plus rien. Où était Minos ? Avait-il atteint l'établi ? Ou les étagères ?

Elle resta là, immobile et silencieuse, guettant un souffle ou un mouvement. Mais pendant ce qui lui sembla une éternité, elle n'entendit qu'un silence épais qui semblait vibrer autour d'elle.

Elle eut soudain peur. Et si Minos était derrière elle ?

Elle fit aussitôt volte-face et se mit à suer à grosses gouttes. Ses mains transpiraient sur la crosse de son arme. Elle devait agir. Elle ne pouvait pas se contenter de rester là, à attendre que Minos attaque.

Elle avança prudemment sur le sol de terre battue.

Puis elle se figea de nouveau, prise d'hésitation. Un pas de plus, puis un autre, encore. Elle se tourna vers la droite, puis vers la gauche, l'arme toujours pointée, tous les sens en éveil.

En tendant la main devant elle, elle rencontra la surface dure de la table de l'établi. Elle savait qu'il mesurait environ deux mètres de long et le longea à tâtons. Arrivée au bout, elle s'arrêta.

C'est à ce moment qu'elle l'entendit.

La respiration.

Le signal qu'elle attendait.

D'instinct, elle braqua l'arme dans la direction d'où venait le son, mais elle reçut un coup sur le bras qui la déséquilibra. Un second coup, plus violent, l'atteignit à la tête. Elle leva instinctivement les mains pour protéger son visage.

Surtout, elle ne devait pas lâcher le pistolet.

Minos était tout près, dangereusement près. Il frappa encore, avec une rage terrifiante. Elle se concentra pour retrouver ses appuis et projeta son poing en avant, dans l'obscurité. Minos poussa un grognement. Elle l'avait touché !

Elle frappa une deuxième fois. Avec l'arme, pour le coup. Puis une troisième. Et là, elle entendit un craquement d'os, puis le bruit sourd d'un corps qui s'effondre.

Empoignant son arme à deux mains, elle la braqua vers le sol.

Minos geignait. Sa voix déchirait la nuit comme une lame.

Une sensation de calme envahit la petite fille. Elle se sentait forte, plus présente au monde que jamais. Elle n'avait plus peur.

— Ne fais pas ça, supplia Minos. S'il te plaît, ne fais pas ça. Je suis ton ami.

— Kèr n'a pas d'amis, répondit-elle avant de tirer.

22

Quand Erik Nordlund poussa la porte d'entrée du poste de police, il espérait que l'entrevue ne durerait pas plus d'une dizaine de minutes.

A la réception, il commença à déchanter un peu. Il y avait beaucoup de monde. Surtout des gens qui venaient pour des demandes de passeport, apparemment. Mais il dut faire la queue.

Quand il se trouva enfin devant la femme en uniforme derrière le bureau d'accueil, elle nota son nom, décrocha un téléphone et annonça son arrivée à Henrik Levin.

Une minute plus tard, celui-ci le rejoignait.

— Inspecteur Henrik Levin, récita Levin. Merci d'être venu.

Ils se serrèrent la main, prirent l'ascenseur jusqu'au troisième étage, puis traversèrent le couloir menant au bureau de Henrik.

— Un café ?

— Oui, merci, c'est gentil.

— Du lait, du sucre ?

— Du sucre.

— Attendez-moi ici, je reviens tout de suite.

Erik s'assit et jeta un œil aux bureaux en *open space* qui se trouvaient de l'autre côté de la cloison de verre. Une dizaine de policiers s'activaient à leur poste de travail. Les téléphones sonnaient, les conversations allaient bon train, les photocopieurs bourdonnaient, les claviers cliquetaient. Erik n'arrivait absolument pas à comprendre qu'on puisse rester toute la journée derrière un bureau. Il ressentit soudain le besoin pressant de filer au plus vite et de retourner à ses travaux forestiers.

Il se demanda s'il devait ôter sa veste, puis décida de la garder. L'entretien ne durerait pas longtemps. Il lui suffirait de raconter au policier ce qu'il avait vu. Ce serait bref.

A travers la vitre, il vit l'inspecteur revenir avec deux tasses de café. Lorsqu'il entra dans la pièce, un dessin scotché au mur se souleva sous l'effet du courant d'air. C'était un fantôme vert, dessiné par un enfant. Les pensées d'Erik allèrent immédiatement à ses trois petits-enfants, qui lui envoyaient toutes les semaines des dessins, pliés dans des enveloppes toujours trop petites. La plupart du temps, ils dessinaient des soleils, des arbres, des fleurs ou des bateaux. Ou des voitures. Mais jamais des fantômes.

Erik saisit la tasse que Henrik lui offrait et avala aussitôt un peu de café. Le liquide chaud lui brûla la gorge.

Henrik Levin s'assit et prit un bloc-notes. Sa première question concernait la profession d'Erik, et la discussion porta d'abord sur l'abattage des arbres.

— La plupart des arbres ont une trajectoire de chute naturelle, expliqua Erik en reposant sa tasse et en appuyant son propos par de grands gestes. Et l'orientation de la chute dépend de l'inclinaison de l'arbre, de la taille et de la forme de ses branches, ainsi que de la direction du vent. S'il y a beaucoup de neige et de glace accumulées sur la cime, ça peut peser très lourd et ça devient difficile de savoir de quel côté l'arbre va tomber. Et cet hiver a été terriblement froid.

Henrik opina du chef. L'hiver avait été exceptionnellement froid. On avait frôlé les records de chute de neige dans de nombreuses régions du pays.

Erik continua, enthousiaste :

— Les bases pour abattre un arbre en toute sécurité, c'est l'épaisseur de la patte de retenue, le morceau entre votre cale avant et votre entaille arrière. C'est ce qu'on appelle la charnière, et si votre charnière est trop large, la chute sera lourde et maladroite. Mais si la charnière est trop étroite, ce sera encore pire, car le tronc risque d'éclater et l'arbre s'effondrera de manière incontrôlée. On peut vraiment se blesser si ce n'est pas fait convenablement. Faut pas plaisanter avec la nature ! Sinon, boum !

Erik fit claquer ses mains.

— On peut finir sous le tronc d'un arbre, la jambe cassée, voire pire. Un de mes collègues a été assommé par une branche de bouleau. Il a fallu plusieurs minutes pour le ranimer.

Erik prit la tasse et but une nouvelle gorgée de café.

Henrik dirigea alors la conversation vers ce qui lui importait.

— Vous avez vu une fourgonnette ?

— Oui.

— Dimanche ?

— Oui, vers 19 heures.

— Vous en êtes sûr ? Certain de l'horaire, également ?

— Ouaip.

— D'après les agents qui vous ont rendu visite hier, vous avez dit que c'était une Opel. Est-ce correct ?

— Ouais, j'ai dit ça.

— Et vous êtes vraiment certain que c'était une Opel ?

— Absolument. J'en avais une. Regardez !

Erik décrocha un trousseau de clés de sa ceinture et montra un porte-clés métallique auquel pendait un logo Opel.

— Opel. Et aujourd'hui, j'ai ça.

Erik montra le logo Volvo, lui aussi accroché au trousseau.

Henrik hocha la tête.

— Où l'avez-vous vue, cette Opel ?

— Sur la route qui passe devant ma maison. Elle allait très vite.

— Si je vous montre une carte, pourrez-vous m'indiquer exactement l'endroit où vous avez vu la fourgonnette et la direction dans laquelle elle roulait ?

— Bien sûr.

Henrik Levin sortit quelques instants et revint avec une carte, qu'il déplia sur le bureau.

Erik saisit le marqueur que lui tendait Henrik, chercha sa maison sur la carte et dessina une croix rouge et une flèche.

— C'est là que je l'ai vue. Juste ici. Et elle se dirigeait vers la côte.

— Merci. Avez-vous pu apercevoir le conducteur ?

— Non. J'étais aveuglé par les phares. Je n'ai rien vu, à part la couleur de la fourgonnette.

— Et la plaque d'immatriculation ?

— Je ne l'ai pas vue non plus.

— Avez-vous remarqué d'autres véhicules ?

— Non. D'habitude, à cette heure tardive, la route est déserte. A part quelques camions.

Henrik se tut. Cet homme semblait crédible. Il portait une tenue de travail rouge et, par-dessus sa veste, un gilet fluorescent orange. Il replia la carte et attrapa la pile de photos de fourgonnettes Opel qu'ils avaient imprimées.

— Je sais que vous ne vous souvenez pas du modèle, mais j'aimerais que vous regardiez ces photos pour voir si l'une d'entre elles vous rappelle la fourgonnette de dimanche.

— Mais je n'ai pas vu le...

— Je sais, mais regardez quand même les photos. Prenez votre temps. Prenez tout le temps qu'il faut.

Erik soupira. Il défit la fermeture Eclair de sa veste, qu'il ôta et accrocha sur le dossier de sa chaise.

Le bref entretien allait durer plus longtemps que prévu.

Jana Berzelius avait la nausée. Elle reposa sa tête entre ses mains et tâcha de rassembler ses idées. Elle tremblait.

Le nom gravé sur la nuque du petit garçon l'avait terriblement bouleversée. Elle croyait savoir ce qu'il signifiait.

Mais elle avait du mal à y croire...

Elle alla s'asseoir au bord de son lit. La chambre avait soudain l'air petite. Rétrécie. Etouffante.

Elle s'efforça à nouveau de rassembler ses pensées, mais se rendit compte qu'elle était en état de paralysie mentale. Son cerveau refusait de fonctionner. Elle se dirigea tant bien que mal vers la cuisine. Ses mains tremblaient toujours autant. Le verre d'eau qu'elle but n'améliora pas les choses. Elle ouvrit machinalement le frigo, mais le referma aussitôt. La nausée était si forte qu'elle préférait ne pas manger. Mieux valait s'en tenir au café. Elle alluma la machine à expressos.

Une fois son café servi, elle emporta sa tasse avec elle dans sa chambre et s'installa de nouveau sur le lit. Elle posa la tasse sur la table de chevet dont elle ouvrit le petit tiroir pour y prendre un carnet noir. Elle se mit à le feuilleter, parcourant les images et symboles qui peuplaient ses rêves. Des flèches, des cercles et des lettres de l'alphabet bien alignées. La plupart des pages étaient recouvertes de notes. De temps en temps, un dessin. Certains étaient datés. La toute première date, notée sous un croquis de visage, indiquait le 22 septembre 1986. Jana avait alors neuf ans et, pour des raisons thérapeutiques, on l'avait encouragée à prendre des notes sur les rêves récurrents qui la hantaient. Karl et Margaretha Berzelius, ses parents, avaient en effet tenu à l'emmener chez un psy. Ils trouvaient ses rêves bizarres — et encore plus bizarre l'importance qu'elle leur accordait. Pour eux, elle traversait ce qu'ils appelaient une « phase difficile » et le psy était censé l'aider.

Mais il ne l'avait pas vraiment aidée.

Les rêves la perturbaient au point qu'elle redoutait le sommeil. Elle ne supportait plus l'angoisse qu'ils généraient, elle avait l'impression d'étouffer, elle était au bord de la dépression. Quand ses parents venaient lui souhaiter bonne nuit, elle faisait mine de s'endormir mais, dès qu'ils quittaient sa chambre, elle ouvrait les yeux et luttait pour rester éveillée toute la nuit. Elle aimait jouer à des petits jeux dans le noir et faisait galoper ses doigts, tassant la garniture de la couette en petits obstacles par-dessus lesquels ils devaient sauter.

Il lui arrivait aussi de se lever pour aller s'asseoir dans le renfoncement de la fenêtre donnant sur le jardin. Ou bien elle se cachait sous son lit et se recroquevillait pour prendre le moins de place possible. Le psychologue lui avait dit que les rêves finiraient par disparaître.

Mais ils n'avaient pas disparu.

Ils n'avaient fait qu'empirer.

Au bout de quelque temps, comme elle continuait à se plaindre et à être réveillée par des cauchemars, Karl Berzelius avait commencé à perdre patience. Le sommeil était un besoin essentiel. Il fallait qu'elle dorme.

Il l'avait emmenée en consultation à l'hôpital. Là, un soi-disant grand spécialiste lui avait prescrit des somnifères.

Malheureusement, l'effet des somnifères était bref et les effets secondaires importants. Jana avait perdu l'appétit et ses facultés de concentration. Elle s'était plusieurs fois endormie en classe et son institutrice avait convoqué sa mère pour lui faire part de ses inquiétudes : non seulement leur enfant dormait à l'école, mais elle semblait absente et n'écoutait plus rien. Karl et Margaretha voulaient que leur fille fasse des études. Ils avaient supprimé les somnifères.

Comme Jana ne voulait plus retourner à l'hôpital, elle avait menti à ses parents en prétendant que les rêves avaient cessé. Elle avait même réussi à tromper le psychologue. Chaque soir, elle s'entraînait à sourire devant le miroir. Elle masquait sa personnalité en copiant les attitudes des autres, leur langage corporel et leurs expressions. Elle était devenue « sociable ».

Satisfait de cette amélioration, Karl Berzelius lui avait tapoté la tête en la félicitant. Il ne l'avait plus jamais emmenée consulter un psy.

Mais elle avait continué à rêver.

Toutes les nuits.

Les clés tintèrent contre la boîte aux lettres quand Mia l'ouvrit. Elle prit la pile de courrier et la passa rapidement en revue. Rien que des factures. Mia soupira et referma la boîte, puis grimpa rapidement l'escalier jusqu'à son appartement, au deuxième étage. Ses pas résonnèrent dans la cage d'escalier. Sa porte grinça. Dans l'entrée, elle ouvrit le tiroir où elle rangeait le courrier, et les factures du jour allèrent rejoindre celles qui s'empilaient déjà, pas même ouvertes. Puis elle verrouilla sa porte, ôta ses bottes, et jeta sa veste par terre.

Il était 19 heures. Elle avait rendez-vous dans une heure chez Harry.

Elle fila directement dans sa chambre où elle se déshabilla. Elle choisit une robe qu'elle s'était achetée pendant les soldes de Noël, trois ans plus tôt.

Ça fera l'affaire, se dit-elle.

Elle alla dans la cuisine et ouvrit le réfrigérateur. Là, elle constata, la mine sombre, qu'il ne restait plus rien à boire. Elle regarda à nouveau sa montre. La boutique d'alcools était fermée. Et merde !

Refrénant l'envie impulsive d'aller au supermarché, pour acheter au moins une bière, elle alla fouiller sous l'évier, là où elle rangeait les produits d'entretien, puis dans le placard des tasses et des soucoupes. Elle alla même jusqu'à ouvrir le micro-ondes. Finalement, dans un autre placard, bien cachée derrière une miche de pain enveloppée dans un sac plastique, elle trouva une canette de Carlsberg. Elle était périmée, mais d'une semaine seulement. Tant pis, vu la pénurie, ça irait. Elle ouvrit la canette et but une longue rasade, en couvrant bien l'embouchure de sa bouche pour empêcher la mousse de couler à terre. Ça sentait l'aigre, avec un je ne sais quoi de cartonné.

Elle fit la grimace, s'essuya la bouche du revers du bras et se rendit dans la salle de bains. Elle rassembla ses cheveux en queue-de-cheval, prit une autre gorgée de bière, et décida de se maquiller. Deux tons de bleu sur les paupières et du mascara. Elle appliqua ensuite une bonne dose de poudre compacte sur ses pommettes, qu'elle ramassa au fond du boîtier presque vide avec une brosse rouge aux poils raides. Ça lui affinait le visage, c'était parfait.

Elle alla ensuite au salon, en emportant sa canette. Il lui restait encore quarante minutes à attendre.

Soudain, elle songea à l'argent. On n'était que le 19 et elle ne serait payée que dans une semaine. Hier, il lui restait sept cents couronnes sur son compte. Mais ça, c'était avant qu'elle sorte.

Combien avait-elle dépensé durant la soirée ? Deux cents ?

Elle avait pris deux bières et un kebab.

Trois cents ?

Elle s'installa sur le canapé, termina tranquillement sa bière et reposa la canette vide. Elle alla ensuite chercher des chaussures dans l'entrée, enfila sa veste et sortit.

Dehors, le vent froid mordit ses jambes nues. Il faisait nuit. Elle traversa à pied le bloc d'immeubles. Elle aurait pu prendre le tram, mais marcher lui faisait économiser deux cents couronnes. Depuis Sandbyhov, là où elle habitait, jusqu'au centre, elle en avait environ pour quinze minutes.

Son estomac se mit à gargouiller lorsqu'elle passa devant le Golden Grillbar. L'odeur de friture vint chatouiller ses narines et les inscriptions sur l'enseigne extérieure lui firent de l'œil. « Steak haché, sandwich à la saucisse géante, assiette de frites... »

Elle traversa les doubles voies du tram. A l'angle de Breda Vägen et de Haga Gatan, elle trouva un distributeur de billets. Elle vérifia le solde de son compte et constata qu'il ne lui restait que trois cent cinquante couronnes. Elle avait dépensé hier plus qu'elle ne croyait. Ce soir, elle allait devoir faire attention. Juste une bière. Deux au maximum. Pour qu'il lui reste un peu d'argent pour demain.

Sinon, je vais devoir emprunter de l'argent à quelqu'un, se dit-elle. *Comme d'habitude.*

Elle froissa dans sa main le reçu de son retrait qu'elle jeta par terre, et reprit sa marche en direction du centre.

***

Le carnet contenait deux cents pages. Mais il ne s'agissait que du premier. Dans le tiroir de sa table de chevet, il y en avait vingt-six autres. Pour vingt-six années de rêve, un par an. Jana alla à la dernière page, où figurait un dessin. C'était un couteau, dont la lame était teintée de rouge.

Jana referma le carnet et regarda distraitement par la fenêtre. Puis elle le rouvrit, à la page où elle avait noté une combinaison de lettres et de chiffres.

VPXO410009.

La combinaison qu'Ola Söderström avait montrée tout à l'heure à l'équipe.

Le carnet à la main, Jana se leva et alla dans la pièce qui lui servait de bureau. Là, elle déverrouilla une porte qui ouvrait sur un petit débarras — le sanctuaire où elle avait rassemblé les éléments épars de son passé.

Elle alluma les lampes du plafonnier et resta plantée au milieu de la petite pièce de dix mètres carrés, tout en scrutant les murs. Deux d'entre eux servaient de tableaux d'affichage et étaient entièrement recouverts d'images, de photos et de croquis. Sur le troisième mur, au-dessus d'un petit bureau et d'une chaise, était accroché un tableau blanc couvert de notes griffonnées au stylo. Un coffre était posé au sol. Entièrement dépourvue de fenêtres, la pièce n'était éclairée que par les LED du plafonnier.

Jana n'avait jamais montré cet endroit à personne ; ses parents l'auraient fait interner s'ils l'avaient vu. Personne ne pouvait comprendre, pas même Per. Elle n'avait jamais soufflé mot à quiconque de ses recherches. Ça ne regardait qu'elle. Tout ce qu'elle avait rassemblé ici concernait sa vie d'avant. Sa vie d'enfant. Un autre monde.

Fouiller son passé lui avait toujours procuré un étrange sentiment de satisfaction, semblable à celui qu'on éprouve à jouer à un jeu compliqué. Jusque-là, elle y avait joué seule. Aujourd'hui, un nouveau joueur venait de rejoindre la partie.

Pour la première fois, elle avait un partenaire. Cela semblait complètement absurde, irréel.

Jana posa le carnet de notes sur la table et s'approcha d'un des tableaux d'affichage pour observer les bouts de papier qui y étaient placardés. Tout en haut trônait une image de déesse provenant d'un livre qu'elle avait acheté chez un bouquiniste pour la modique somme de vingt couronnes, à Uppsala, quand elle était encore étudiante.

Dans cette vieille ville universitaire, elle avait pris l'habitude de fréquenter la bibliothèque publique en plus de celle de l'université. Mais son refuge préféré avait toujours été la bibliothèque du département Droit. Elle s'asseyait toujours à la même place, dans le coin de la salle Loccenius, dos à un rayonnage, une grande et étroite fenêtre à sa gauche. De là, elle avait vue sur toute la salle de lecture et sur les étudiants qui entraient et sortaient. Il n'y avait pas énormément de place sur le bureau et la lampe de lecture n'éclairait pas beaucoup, mais les livres de droit n'étaient pas très encombrants. Par contre, les ouvrages sur la mythologie grecque étaient lourds et volumineux.

Au fil des siècles, la bibliothèque universitaire principale avait acquis une belle collection. Jana avait trouvé des ouvrages traitant de la mythologie en général et des déesses en particulier. Elle s'était plus tard procuré les ouvrages les plus importants. Des titres tels que *La Déesse*, *La Grèce de l'imaginaire* et *Personnification dans la mythologie grecque* étaient devenus ses livres de chevet. Elle recopiait les passages qui l'intéressaient, photocopiait les illustrations importantes.

Et toutes ces heures de travail avaient un nom pour dénominateur commun.

Kèr.

Jana avait consacré la majeure partie de son temps libre à tenter de résoudre le mystère de l'étrange tatouage de sa nuque, mais elle n'avait abouti à rien. Tout ce qu'elle savait, c'est que « Kèr » désignait une déesse de l'Antiquité.

Elle avait trouvé cette explication dans une vieille encyclopédie. Elle balaya du regard les rangées de livres méticuleusement classés par tailles. A peu près au milieu, elle trouva l'encyclopédie qu'elle cherchait, la sortit de l'étagère et l'ouvrit à la page marquée d'un post-it jaune. Elle parcourut du doigt les lignes signalées d'une légère croix dans la marge. « Kères, était-il écrit. Mythologie grecque. Déesses de la Mort (ou plus précisément de la mort violente) dans la Grèce antique. Hésiode ne mentionne qu'une seule Kèr, fille de la Nuit et sœur de la Mort (Thanatos)... »

Jana interrompit brusquement sa lecture.

Thanatos !

Elle reposa le livre sur le bureau et attrapa une feuille punaisée sur un tableau d'affichage. Elle y avait marqué en en-tête : « Mythologie grecque — dieux de la Mort. » Suivait une liste d'une trentaine de noms, parmi lesquels figurait, dès la troisième ligne, le nom inscrit sur la nuque du petit garçon.

Thanatos.

Jana se sentit à nouveau prise de nausée.

Elle s'adossa à sa chaise et prit une grande inspiration.

Après un court instant, elle se releva et se dirigea vers l'autre tableau d'affichage. Une combinaison de chiffres et de lettres était inscrite sur une feuille blanche, à côté d'une photo de container de marchandises. Ce numéro, qu'elle avait vu en rêve, était pour elle associé à un container bleu. Elle ignorait pourquoi, mais ces deux éléments étaient liés dans son esprit. Elle avait essayé de retrouver le container en question sur Internet, sans résultat.

Cela faisait longtemps qu'elle n'était pas entrée dans sa pièce secrète. Elle avait cessé de fouiller son passé depuis quelques années, considérant que c'était sans espoir et qu'il valait mieux pour elle aller de l'avant. Mais à présent, depuis qu'elle avait vu ce petit garçon à la morgue, le passé revenait la hanter. Elle avait peut-être une chance de trouver les réponses aux questions qu'elle se posait. Cet enfant apportait à son puzzle une pièce importante. En voyant le nom gravé sur sa nuque, elle avait pris peur, mais maintenant, après coup, elle comprenait que ce nom pouvait l'aider à résoudre l'énigme de sa vie. La combinaison de chiffres et de lettres était également une pièce importante du puzzle. L'une de ces pièces, ou les deux, la mènerait peut-être à la vérité.

En tout cas, elle était plutôt déconcertée à l'idée que la police avait en sa possession ces éléments sur lesquels elle s'était si longtemps interrogée. Elle ne savait pas si elle devait se réjouir que la police enquête sur cette combinaison. Devait-elle se confier à l'équipe et parler de ses propres recherches ? Montrer ses croquis ? Le nom gravé sur sa nuque ? Non. Si on apprenait qu'elle était impliquée dans l'enquête pour des raisons personnelles, le dossier lui serait immédiatement retiré.

Jana alla se rasseoir. Elle ne savait que faire. Ses pensées tourbillonnaient. Elle devait laisser la police se charger de l'enquête. Mais elle ne pouvait se contenter de rester les bras croisés, à les regarder faire. Il lui fallait une réponse. C'était maintenant ou jamais.

Mais comment s'y prendre ? Quelle piste suivre ? Celle du petit garçon, ou celle de la combinaison ?

Elle se leva de sa chaise, referma le débarras à clé et alla dans sa chambre. Son café expresso l'attendait toujours sur la table de chevet, mais il était froid.

Elle se déshabilla, se mit au lit et éteignit la lumière.

Sa décision était prise.

23

Vendredi 20 avril

Gunnar Öhrn aperçut du coin de l'œil Mats Nylinder qui se précipitait vers lui. Il s'empressa d'accélérer le pas pour s'engouffrer dans le commissariat avant d'être rattrapé. Il était encore très tôt. Il n'y avait pas eu de vent cette nuit, mais il avait gelé et le givre avait laissé sur le pavé des motifs semblables à des flocons de neige. Des cristaux de glace s'étaient formés sur les fenêtres des bureaux, les branches nues qui dépassaient de la haie en contrebas étaient d'un blanc argenté.

Mats Nylinder était journaliste polyvalent pour le *Norrköpings Tidningar*, et Gunnar trouvait ses méthodes trop impétueuses et éprouvantes pour les nerfs. Il lui faisait penser à un petit rongeur, tenace et vorace. Son apparence évoquait toutefois davantage un dur à cuire appartenant à un gang de motards. Petit, les cheveux attachés en catogan, il portait un gilet de cuir marron. Un appareil photo pendait à son cou.

— Gunnar Öhrn ! Attendez ! Qu'avez-vous à dire sur les circonstances du meurtre de l'enfant ?

— Pas de commentaire, répondit sèchement Gunnar en pressant le pas.

— A-t-il été abusé sexuellement ?

— Pas de commentaire.

— Y a-t-il des témoins ?

Gunnar ne répondit pas et ouvrit la porte du commissariat.

— Que pensez-vous de la façon dont Hans Juhlén traitait les réfugiées ?

Gunnar s'arrêta, la main toujours sur la porte. Il se retourna.

— Que voulez-vous dire ?

— Il monnayait des relations sexuelles avec les réfugiées qui venaient déposer une demande d'asile.

— Ce n'est pas un élément que je souhaite commenter.

— Il y aura un scandale énorme lorsque ça se saura. Vous devez bien avoir un commentaire à faire là-dessus, non ?

— Mon boulot, c'est d'enquêter sur des crimes, pas de gérer les scandales, répondit Gunnar d'un ton autoritaire avant de disparaître à l'intérieur du bâtiment.

Gunnar monta l'escalier et alla droit à la cuisine, qui était déjà éclairée. Il se fit un café, récupéra sa tasse et poursuivit son chemin dans le couloir, en direction de son bureau.

Une pile de papiers l'attendait, en provenance du centre national de médecine légale.

— Tu as apporté le carton avec toi ?

La voix d'Anneli le fit sursauter. Elle était adossée au mur, une jambe croisée devant l'autre. Elle portait un pantalon chino beige, avec un haut et un cardigan blancs. Au poignet, elle arborait le bracelet d'or tressé qu'il lui avait offert pour son anniversaire.

— Non, je l'ai encore oublié. Mais tu peux passer le récupérer à la maison.

— Quand ça ?

Gunnar posa son café et entreprit de passer en revue les documents du labo.

— Je peux venir quand, pour le récupérer ? répéta Anneli.

— Le carton ? fit-il, sans quitter les documents des yeux.

— Oui.

— Quand tu veux. Quand ça t'arrange.

— Demain ?

— Non.

— Non ? Mais tu viens de dire que...

— Bon, d'accord... ou bien, je ne sais pas. Mais... tu sais ce que c'est, ça ?

Gunnar agita les documents devant le visage d'Anneli.

— Non.

— Ça, c'est une avancée dans notre enquête, je te le dis. Une sacrée avancée !

— Vous n'avez vraiment aucune idée de ce que peuvent signifier ces chiffres et ces lettres ? insista Mia, tout en agitant la liste des combinaisons sous le nez de Lena A. Wikström, la secrétaire de Juhlén.

— Non, je n'en ai aucune idée.

— Vous êtes sûre ?

— Je n'ai jamais vu ces chiffres de ma vie.

— Et les lettres ?

— Non, les lettres non plus. C'est une sorte de code, ou quoi ?

Mia ne répondit pas. Depuis plus de vingt minutes, elle essayait d'obtenir de Lena des explications au sujet de l'étrange suite de chiffres et de lettres trouvée dans l'ordinateur de Hans Juhlén. Elle remercia Lena de son aide, bien qu'elle ne lui ait été d'aucune aide, et quitta l'Office d'immigration.

Dans sa voiture, Mia songea de nouveau à la secrétaire. Quand elle lui avait demandé comment elle allait, elle avait manipulé avec lenteur les documents éparpillés sur son bureau en répondant qu'elle était déprimée.

Elle lui avait en effet trouvé un air fatigué. Elle était pâle, avec des cernes bleu-violet sous les yeux. Pauvre femme. En tout cas, elle ne les aidait pas beaucoup dans l'enquête. Pas fichue de leur dire quoi que ce soit d'intéressant...

Sur le chemin du poste de police, au niveau de Ståthögavägen, Mia se retrouva coincée dans les embouteillages. Les voitures avançaient au pas et cela ne fit que l'irriter davantage. Mais ce qui la contrariait par-dessus tout, c'était qu'elle était fauchée. La soirée d'hier lui avait coûté plus que prévu. Elle avait tout payé. Deux bières pour un type qu'elle ne connaissait même pas. Un type marié, par-dessus le marché.

Du temps perdu. Perdu. Complètement.

Son portable émit soudain un son strident.

C'était Ola Söderström.

— Comment ça s'est passé ? demanda-t-il.

— Il ne s'est rien passé du tout. Elle ne savait rien au sujet des combinaisons.

— Bien !

— Oui, n'est-ce pas !

Mia se tut et pinça rêveusement sa lèvre supérieure.

— Ola, dit-elle enfin. Je me disais que peut-être... Tu as essayé de changer l'ordre des chiffres ?

— Non. Mais j'ai essayé de modifier les combinaisons en mettant d'abord les chiffres, et ensuite les lettres.

— Mais si tu inverses le tout, ça donne quoi ?

— Tu veux dire que je devrais essayer de rechercher 900014 au lieu de 410009 ?

— Je n'ai pas les combinaisons sous les yeux mais, oui, c'est ça.

— Attends...

Mia entendit Ola pianoter sur son clavier. Elle regarda derrière elle pour voir si elle pouvait passer sur la voie de gauche. Mais les voitures y roulaient aussi lentement que sur la sienne. Elle soupira bruyamment au moment où la voix d'Ola se faisait à nouveau entendre.

— Tout ce que j'obtiens, ce sont des pages sur ISO 900014, ce sont des normes internationales. Et un rapport de Harvard sur les rayons X.

— Et les autres combinaisons ? demanda Mia.

— Voyons voir, 106130 devient 031601. Non, c'est un code hexadécimal, et je ne pense pas que Juhlén s'intéressait au codage des couleurs en informatique.

— Non, moi non plus.

Mia tâcha d'évaluer la longueur de la file de voitures à l'arrêt. Elle était désespérément longue.

— Comment ça s'est passé avec la Sécurité routière et leurs radars ? demanda-t-elle.

— On attend toujours, répondit Ola. Tout dépend si le conducteur roulait au-dessus de la vitesse autorisée ou pas. S'il était en excès de vitesse, il y aura certainement une image de plaque d'immatriculation, qui sera reliée à un passeport ou à un permis de conduire. Si le conducteur était le propriétaire de la fourgonnette, on aura son identité. Sinon, on aura au moins le nom du propriétaire de la fourgonnette.

— Je vois... Il ne nous reste plus qu'à espérer que cette camionnette roulait trop vite, commenta Mia.

Elle se redressa sur le siège conducteur et posa une main sur le volant. La circulation reprenait.

— Oui. Les services de Sécurité routière sont en train de passer en revue tous leurs enregistrements. Nous devons donc attendre qu'ils aient l'information. Si information il y a, bien sûr.

— Seigneur, mais qu'est-ce que... !

— Qu'est-ce qu'il y a ?

— La circulation ! Je hais les embouteillages. Mais avance, bon sang !

Mia frappa du poing sur le volant et fit de grands gestes en direction du conducteur qui la précédait, dont la voiture venait de caler.

— Et sinon, t'es de bonne humeur, aujourd'hui ? demanda Ola.

— Ça ne te regarde pas.

Mia regretta aussitôt sa dureté.

— OK..., fit Ola. Ça ne me regarde pas, mais ça t'intéressera peut-être de savoir qu'on a eu une réponse du labo de la police ?

Ola était vexé. Mia ne répondit pas et le laissa poursuivre.

— Le gamin s'est fait tirer dessus avec un Sig Sauer calibre 22 dont les balles ne sont pas répertoriées dans notre base de données, ce qui signifie qu'il n'a jamais été signalé pour une activité criminelle. Sur le Glock qu'on a trouvé près de lui, il n'y avait que ses empreintes. Tout semble indiquer que c'est bien lui qui a tiré sur Hans Juhlén. A part ça, je dois y aller. A plus tard.

Et sur ce, Ola raccrocha.

Elle resta seule avec sa mauvaise humeur. Sale matinée, vraiment...

24

Au début, ils étaient sept. A présent, il ne restait plus que Hadès et elle. Elle avait abattu Minos, et Hadès avait tué son adversaire dans la cave. Un autre garçon avait reçu un coup de couteau entre les côtes pendant l'entraînement et il était mort quelques jours plus tard, des suites de ses blessures. Une fille avait tenté de s'évader, les adultes l'avaient enfermée à la cave et, lorsqu'ils avaient ouvert la porte pour la libérer, elle était morte de faim. « Une mauviette », avait dit Papa.

Ester avait disparu dès leur arrivée à la ferme. Mais c'était sa faute. Si seulement elle avait écouté Papa, si elle avait fait ce qu'il demandait, elle serait certainement encore avec eux. Encore en vie.

D'une main, la fillette caressa sa tête. Elle n'avait plus de cheveux. Les entraîneurs l'avaient rasée. Pour qu'elle se forge une identité plus forte et bien à elle, avaient-ils dit. Hadès aussi arborait une tête rasée et il frottait d'avant en arrière le sommet nu de son crâne. Ils étaient tous deux assis au milieu de la pièce, sur le sol de pierre, et s'étudiaient mutuellement du regard. Aucun d'eux ne parlait, mais Hadès lui sourit lorsqu'elle croisa son regard.

Le printemps était arrivé et des rayons de soleil se frayaient un passage à travers les fentes entre les planches du mur. On leur avait donné de nouveaux vêtements, mais la fillette avait enfilé les siens sans même les regarder. Ce qui l'intéressait, c'étaient les armes. Elle avait hâte de poser les mains sur celles que les adultes avaient posées au sol devant eux. La lame aiguisée d'un couteau luisait de temps à autre, réfléchissant la lumière vive venue du dehors. A côté du couteau, il y avait un pistolet. La fillette ne l'avait jamais vu si rutilant auparavant. Hadès avait fait du bon boulot. Il devait l'avoir lustré pendant des heures.

Pendant un temps, il s'était beaucoup intéressé à la technologie. A la décharge, il avait trouvé plein de machines cassées, qu'il avait essayé de réparer. Il rêvait de trouver un téléphone. Mais il n'avait pas eu cette chance.

Elle le savait, parce qu'elle l'avait aidé à fouiller parmi les détritus.

Les pensées de la fillette furent interrompues par la porte qui s'ouvrait. Papa entra, suivi de près par l'entraîneuse et un autre homme qu'ils ne connaissaient pas. Papa s'arrêta devant eux, se pencha et examina leurs têtes rasées. Puis, avec sur le visage un air qui ressemblait à de la satisfaction, il se redressa et ordonna à la fillette et au garçon d'en faire autant.

— Bien, dit-il ensuite. C'est le moment. Vous partez en mission à Stockholm.

25

Jana Berzelius avait arrêté sa voiture sur les quais, en laissant tourner le moteur.

Elle avait passé plusieurs heures à préparer son plan. Armée d'un stylo et d'une feuille, elle avait envisagé et écarté différentes méthodes, jusqu'à les réduire à une sélection de scénarios acceptables. Finalement, elle avait décidé de mener sa propre enquête, mais en respectant certaines conditions. Elle devait s'arranger pour qu'on ne puisse pas remonter jusqu'à elle, se méfier du téléphone et des mails, se montrer d'une extrême prudence en toutes circonstances. Ne jamais agir sur une impulsion. Si l'on apprenait qu'elle menait une enquête parallèle à celle de la police, non seulement elle serait suspendue, mais on enquêterait sur son passé. Et sur son nom — Kèr. Sa carrière serait fichue.

Elle avait tout d'abord songé à commencer par le petit garçon. Les lettres gravées sur sa nuque avaient une raison d'être ; son nom avait la même origine et la même connotation que le sien — la mort. Puis, au fil de la journée, elle en était venue à penser qu'il valait mieux commencer par la suite de chiffres et de lettres qu'Ola Söderström avait trouvée dans un dossier effacé de l'ordinateur de Juhlén. Le fait qu'elle ait associé, en rêve, cette combinaison avec un container de bateau ne pouvait pas être une coïncidence. Elle avait donc pris la décision de se rendre sur les docks.

Mais, sur les docks, on ne passait pas facilement inaperçu. Elle s'était donc préparée à justifier sa présence si quelqu'un la reconnaissait. Elle dirait qu'elle voulait faire avancer l'enquête. En tant que procureure en charge de l'affaire, elle avait parfaitement le droit de tenter d'accélérer le mouvement.

Elle demeura encore un moment immobile sur son siège de cuir, pour prendre le temps de repasser le scénario dans sa tête.

Elle tira de sa poche la liste des combinaisons et l'examina, tout en se demandant comment justifier l'intérêt qu'elle leur portait auprès des personnes qu'elle interrogerait. Il lui faudrait peser soigneusement ses mots. Ne pas trop en dire. Au bout d'une minute, elle replia la feuille et la remit dans sa poche. Puis elle sortit de la voiture.

Le grand hall de la capitainerie était plongé dans le noir et les portes étaient closes. La pancarte des horaires d'ouverture lui apprit qu'il était fermé depuis une heure.

Elle recula d'un pas et jeta un coup d'œil aux fenêtres du bureau, qui ressemblaient à des trous noirs vides dans la façade jaune du bâtiment. Un vent glacé la fit frissonner, elle sortit ses gants en cuir de ses poches.

Elle longea le terminal, où elle se rendit compte que le travail avait cessé, également.

L'eau sombre et tumultueuse venait se briser contre le quai bétonné. Deux immenses grues surplombaient un cargo. Un peu plus loin se trouvaient deux autres bateaux. Des camions étaient garés dans une aire clôturée, et de larges lots de bois de construction avaient été empilés près du mur d'un hangar. Les projecteurs dessinaient de longues ombres sur les entrepôts et sur l'asphalte.

Jana était sur le point de retourner à sa voiture lorsqu'elle aperçut un cabanon encore éclairé, tout au bout des docks. Malgré ses gants, elle avait de nouveau les mains gelées et elle les enfonça dans les poches de son imperméable, tout en s'approchant résolument du cabanon. Ses talons claquaient contre le sol de béton. Le bruit de ses pas se mêlait à la rumeur de la circulation du port, derrière elle. Elle lança un regard aux entrepôts que la lumière des projecteurs n'atteignait pas et se sentit brusquement seule et sans défense.

Le cabanon était proche, à présent. Jana ralentit le pas. Elle espérait vraiment qu'il y aurait quelqu'un. N'importe qui, pourvu qu'elle puisse lui poser les questions qu'elle avait préparées. Elle n'était plus qu'à quelques pas lorsqu'elle entendit de la musique.

Jana leva une main et frappa à la porte. Son gant assourdissait le bruit des coups et elle toqua à nouveau, plus fort. Personne ne répondit. Elle se hissa sur la pointe des pieds pour regarder par la fenêtre, mais ne distingua aucun mouvement dans le cabanon. Elle se décida donc à ouvrir la porte pour jeter un œil à l'intérieur.

Une machine à café bouillonnait, posée sur un banc. Deux chaises pliantes étaient disposées devant une table. Un vieux tapis recouvrait le sol et une puissante ampoule pendait au plafond. Mais il n'y avait personne.

Un bruit soudain la fit sursauter. Elle se retourna et tâcha d'en localiser la provenance. C'est alors qu'elle vit que les grandes portes du hangar voisin étaient remontées.

— Il y a quelqu'un ? appela-t-elle.

Pas de réponse.

— Il y a quelqu'un ?

Elle referma la porte du cabanon et se dirigea vers le hangar. Elle s'arrêta un instant à l'entrée. Le froid était mordant dans le vaste bâtiment visiblement destiné à entreposer de petites grues et diverses autres machines. Des outils de toutes tailles jonchaient le sol, les étagères murales étaient couvertes de pièces de rechange telles que des pneus et des batteries de camion. Des câbles pendaient du plafond et tout au fond il y avait un pont élévateur pour réparer les véhicules. A droite s'ouvrait une sorte de pièce attenante, étroite comme un couloir, qui menait à une porte en acier gris.

Jana aperçut un homme accroupi qui lui tournait le dos, occupé à réparer un camion. Elle toqua contre la paroi métallique près de l'entrée pour signaler sa présence, mais l'homme ne réagit pas.

— Excusez-moi !

L'homme perdit l'équilibre et dut poser une main au sol pour ne pas tomber.

— Bon Dieu, vous m'avez fichu une de ces trouilles ! s'exclama-t-il.

— Désolée. Mais je dois parler à un responsable, dit Jana.

— Le patron est rentré chez lui.

Jana s'avança dans la grande salle et sortit une main de sa poche pour le saluer.

— Je suis Jana Berzelius.

— Thomas Rydberg. Mais désolé, il ne vaut mieux pas que je vous serre la main.

Thomas se releva et lui montra ses mains pleines de cambouis.

Jana hocha la tête, remit son gant et observa l'homme qui se tenait devant elle. Il était bien bâti, avec des yeux sombres et un menton large. Un bonnet de laine gris couvrait le haut de son crâne et, sous sa veste, on apercevait la paire de bretelles qui retenaient son pantalon. Jana estima qu'il devait approcher de l'âge de la retraite. Il s'essuya les doigts sur un chiffon crasseux qui dépassait de sa poche de pantalon.

— Peut-être pourriez-vous m'aider ? demanda-t-elle.

— A quel sujet ?

— J'enquête sur un meurtre.

— Ce n'est pas à la police de faire ça ? Vous n'avez pas l'air d'un officier de police.

Jana soupira.

Pas moyen de s'en tenir à son plan initial. Elle allait devoir en dire plus que prévu.

— Je suis procureure et j'enquête sur le meurtre de Hans Juhlén.

Thomas cessa de s'essuyer les mains.

Jana continua.

— Nous avons découvert une combinaison de chiffres et

de lettres que nous ne parvenons pas à comprendre, expliqua-t-elle tout en dépliant la feuille sur laquelle était inscrite la combinaison. Et j'ai de bonnes raisons de croire qu'il s'agit d'une sorte de code désignant des containers de bateau.

Thomas lui prit le papier des mains.

— Faites voir...

En lisant la combinaison, il changea brusquement d'expression, replia aussitôt la feuille et la rendit à Jana.

— Je n'ai aucune idée de ce que ça signifie.

— Vous en êtes sûr ?

— Oui.

Il fit un pas en arrière. Puis un autre.

— Il me semble bien pourtant que ces combinaisons pourraient être des numéros de containers, insista Jana.

— Aucune idée. Je ne peux pas vous aider.

Thomas jeta un coup d'œil de côté, fixa rapidement la porte en acier, puis regarda à nouveau Jana.

— Savez-vous qui pourrait m'aider ?

Thomas secoua la tête. Il fit un nouveau pas en arrière, puis deux, puis trois...

Jana comprit soudain ce qu'il avait en tête.

— Attendez ! s'écria-t-elle.

Mais Thomas avait déjà tourné les talons et s'était mis à courir vers une petite porte.

— Attendez ! cria encore Jana, tout en se lançant à sa poursuite.

Voyant qu'elle cherchait à le rattraper, il prit les outils qui lui tombaient sous la main et les lui lança, en guise d'avertissement. Mais aucun ne l'atteignit et elle continua à courir. Thomas tentait à présent d'ouvrir la porte, mais elle refusa de céder. Elle était fermée à clé. Paniqué, il tira plus fort sur la poignée et se jeta de tout son poids contre le battant. En vain. Il était coincé.

Jana, qui l'avait rejoint, s'arrêta à quelques mètres derrière lui. Il était immobile, à présent. Il haletait et cherchait du regard une autre issue. Mais il n'y en avait aucune.

Ayant aperçu au sol une grosse clé à molette, à portée de sa main, il se baissa rapidement pour la ramasser. Il se tourna vers Jana et brandit l'outil dans sa direction. Mais elle ne bougea pas d'un pouce.

— Je ne sais rien du tout, hurla-t-il. Sortez d'ici !

Il brandit de nouveau la clé à molette pour montrer qu'il ne plaisantait pas. Qu'il était prêt à passer à l'acte s'il le fallait.

Jana comprit qu'elle n'avait pas le choix. Mieux valait partir. La situation avait suffisamment dégénéré. Elle recula d'un pas, d'un autre. Thomas la fixait avec un sourire étrangement satisfait, comme si... Elle comprit au moment où elle se heurta au mur derrière elle.

Thomas était déjà là, devant elle.

Tout près.

A présent, c'était elle qui était prise au piège.

— Attendez, dit-elle. Je vais vous expliquer.

— Trop tard, dit Thomas. Désolé.

Et soudain, quelque chose changea en elle. Un sentiment de calme l'envahit. Elle regarda son agresseur droit dans les yeux. Elle se concentra. Elle remua les doigts de sa main droite.

Thomas respirait fort, en soufflant bruyamment par le nez. Puis, brusquement, il poussa un rugissement et balança un coup dans sa direction, mais elle l'esquiva et il la manqua. Il frappa à nouveau, mais elle sauta agilement sur le côté. Il raffermit sa prise sur la clé à molette et banda ses muscles. Elle fit alors un rapide pas en avant, leva le poing et frappa, d'instinct.

Œil, gorge, entrejambe.

Jambe arrière lancée en avant, pivot, coup de pied.

Elle l'atteignit en plein front.

Il s'effondra au sol et resta étendu à ses pieds.

Sans vie.

Elle prit brutalement conscience de ce qui venait de se passer. L'adrénaline se mua en horreur. Elle plaqua ses mains sur sa bouche et recula d'un pas. *Qu'est-ce que j'ai fait ?* Elle ôta les mains de sa bouche et vit qu'elles tremblaient. *Comment ai-je pu...* ? Et si quelqu'un l'avait vue ? Elle regarda alentour à deux reprises pour s'assurer qu'il n'y avait personne. Non. Le hangar était vide. Mais que faire, à présent ?

Une vibration se fit entendre sous les vêtements de l'homme, qui se changea peu à peu en une sonnerie tonitruante.

Jana se baissa et tâta l'une de ses poches, mais elle était vide. Elle poussa le corps sur le côté pour atteindre l'autre poche, dans laquelle elle trouva un téléphone portable. « Appel manqué », affichait l'écran. Il s'agissait d'un numéro caché.

Elle décida d'emporter le téléphone. Elle jeta un rapide coup d'œil au corps inanimé sur le sol, ôta ses gants, se détourna et partit.

Elle fila vers sa voiture, profitant des ombres noires qui protégeaient sa fuite. Heureusement, les docks étaient aussi déserts que tout à l'heure.

Une fois à l'abri dans l'habitacle, elle ouvrit le téléphone de Thomas et vérifia la liste des appels reçus. « Numéro inconnu » à plusieurs reprises. Il y avait aussi deux numéros qu'elle recopia rapidement sur un ticket de parking. Dans la liste des appels sortants, il y avait des numéros enregistrés, associés à des noms, qu'elle nota également. Jusque-là, rien d'anormal.

C'est en passant en revue la liste des textos qu'elle trouva quelque chose qui retint son attention. Un des messages disait « Liv. mar. 1 ». C'était tout.

Elle demeura songeuse un instant, à contempler le message, puis le recopia, avec la date à laquelle il avait été émis. Sachant qu'un portable actif pouvait être suivi à la trace, elle ôta rapidement la carte SIM de l'appareil et le rangea dans sa boîte à gants.

Elle prit une grande inspiration et reposa sa tête sur l'appui-tête.

Elle venait de tuer un homme. Elle aurait dû être en état de choc.

Mais elle ne ressentait rien.

Et cela lui fit peur.

26

Samedi 21 avril

Les enfants avaient l'habitude de se lever à 6 heures, et ils ne dérogèrent pas à la règle ce samedi-là.

Henrik Levin s'étira et bâilla à s'en décrocher la mâchoire. Il se tourna vers Emma. Elle dormait encore. Les enfants faisaient un sacré boucan à l'étage et Henrik décida de s'occuper de leur petit déjeuner. Il jeta un coup d'œil à son portable, mais aucun message n'était arrivé durant la nuit.

Confortablement emmitouflé dans son peignoir molletonné, il grimpa l'escalier jusqu'à la chambre des enfants. Felix avait renversé sa boîte de Lego sur le sol et afficha un sourire joyeux en voyant son père apparaître dans l'encadrement de la porte. Assise sur son lit, Vilma frottait ses yeux encore ensommeillés.

— Bon alors, on prend le petit déjeuner ? Qu'est-ce que vous en dites ?

Vilma et Felix s'élancèrent dans l'escalier en poussant des cris de joie et se précipitèrent dans la cuisine. Henrik les suivit. Il ferma la porte pour étouffer le bruit, disposa sur la table le pain, le beurre, des tranches de jambon, du jus de fruits, du lait et des yaourts. Vilma ouvrit un placard et attrapa le paquet de céréales multicolores.

Une fois n'étant pas coutume, Henrik se fit bouillir deux œufs et profita des huit minutes du temps de cuisson pour beurrer des tartines pour les enfants, y ajoutant du jambon, selon leur envie. Felix réussit la prouesse de renverser le paquet de céréales, transformant la table de cuisine en buffet d'anneaux fruités à volonté.

Henrik soupira. En sortant l'aspirateur, il risquait de réveiller Emma, qui méritait bien une grasse matinée, pour une fois. Mais il ne pouvait pas laisser la cuisine ressembler à un champ de bataille.

Il vida l'eau bouillante de la casserole et mit les œufs sous l'eau pour les refroidir. Puis il entreprit de ramasser à la main les anneaux de céréales. Malheureusement, il en écrasa quelques-uns sous la table. Il allait y avoir des miettes dans le tapis en jonc. Henrik détestait les miettes. Laisser des miettes dans une cuisine relevait du péché capital. Une cuisine devait être propre. Si possible étincelante.

Il regarda par la fenêtre. Aujourd'hui, il aurait bien aimé trouver le temps de faire un jogging. S'il assurait le petit déjeuner des enfants, s'il supervisait leur toilette et leur habillage, Emma serait de bonne humeur et lui accorderait sûrement une demi-heure de jogging.

Felix fit tomber quelques céréales de la table et le rire joyeux de Vilma l'encouragea à recommencer. Il poussa par terre un anneau vert, puis un orange. De l'index, il donna une chiquenaude dans un troisième flocon qui alla atterrir dans le pot de fleurs. Vilma éclata de rire et Felix recommença avec un autre flocon. Et encore un autre.

— Arrête, ça suffit, s'énerva Henrik.

— Bon d'accord, dit Vilma.

— Bon d'accord, répéta Felix.

— Arrête de m'imiter, dit Vilma.

— Arrête de m'imiter, répéta encore Felix.

— T'es débile.

— C'est celui qui dit qui est.

— Arrêtez ça tout de suite, dit Henrik.

— C'est lui, protesta Vilma.

— C'est elle, renchérit Felix.

— Arrêtez ça !

— Arrête toi-même.

— Ça suffit !

— Ça suffit !

— C'est bon, ça suffit maintenant.

Henrik allait ramasser les œufs dans l'eau froide lorsqu'il entendit son portable sonner.

— Bonjour ! Désolé d'appeler si tôt, dit Gunnar Öhrn d'une voix claire.

— Ça ne fait rien, mentit Henrik.

— On a reçu l'appel d'un témoin qui a vu Hans Juhlén quelques jours avant sa mort. Il faut l'interroger. Tu peux venir ?

— Mia ne peut pas s'en charger ?

— Elle ne répond pas.

Henrik regarda Felix et Vilma.

Il soupira.

— J'arrive.

Le pain avait moisi. Mia regarda la moisissure verte qui s'étirait comme une toile sur la miche. Elle la jeta à la poubelle, tout en se demandant ce qu'elle allait bien pouvoir prendre pour son petit déjeuner. Elle n'avait envie de parler à personne. Elle avait envie de manger. Le frigo n'avait pas grand-chose à offrir, le congélateur encore moins. Ses placards étaient vides depuis longtemps, il ne lui restait qu'un paquet de *fusilli*. Elle prit une casserole, mesura un litre d'eau et y jeta deux poignées de pâtes torsadées. « Temps de cuisson : 12 min », était-il indiqué sur le paquet. Beaucoup trop long. Elle programma le minuteur sur dix minutes. Elle préférait les pâtes *al dente*, de toute façon.

Elle alla dans le salon et s'affala sur le canapé. La télécommande à la main, elle passa d'une chaîne à l'autre. Il y avait plusieurs rediffusions de la semaine précédente. *Mercredi au jardin*, *Une année de vie sauvage*, *Spin City*, *Gardes-Frontières*.

Rien que des émissions pourries.

Mia soupira et jeta la télécommande de côté. Ce qu'il lui fallait, c'était une bonne chaîne de cinéma. Mais pour regarder un film, il lui aurait fallu une télé neuve. Avec une bonne image. Un écran plasma. LCD. Avec la 3D. Henrik en avait acheté un de 50 pouces et elle en avait pâli d'envie. Un de ses amis avait également acheté un énorme machin tout plat. Tout le monde en avait un. Sauf elle.

Dehors, la grisaille ne permettait pas de déterminer franchement s'il faisait jour, même si l'aube s'était déjà levée depuis plusieurs heures. Mia était rentrée vers 4 heures du matin et s'était endormie tout habillée. Quand elle s'était réveillée, elle tenait son portable à la main et la batterie était à plat.

Elle avait passé une bonne soirée, une des meilleures depuis longtemps. Elle avait rencontré un homme sympa et généreux. Mais elle avait refusé d'aller chez lui. A présent, elle le regrettait. Chez ce type, elle aurait sans doute eu droit à un petit déjeuner décent, avec un jus de fruits frais. Ensuite, ils auraient pu s'allonger, étroitement enlacés, devant une télévision grand écran. Parce que, évidemment, il en aurait eu une. Ç'aurait été mieux que de rester assise toute seule, les yeux rivés sur une vieille télé.

Elle envisagea d'aller se renseigner sur les prix des télés neuves au centre commercial Ingelsta. Il lui restait deux couronnes sur son compte. Au moins, elle n'était pas encore dans le rouge. Et elle n'était pas obligée d'acheter aujourd'hui. Elle pouvait juste aller voir ce qu'ils proposaient.

Le minuteur sonna dans la cuisine. Mia y retourna et retira la casserole de la plaque. *Je vais juste aller jeter un coup d'œil,* se dit-elle.

Juste un coup d'œil.

Pas d'achat.

Jana Berzelius prit une très longue douche et l'eau tiède acheva de la débarrasser des tensions de la veille. Elle avait à peine dormi. Elle s'était levée à l'aube pour courir ses quinze kilomètres réglementaires. A une allure soutenue. Un peu trop soutenue. Comme si elle essayait de fuir ce qui s'était passé. Mais elle n'avait pas réussi. Elle revoyait sans cesse l'homme qu'elle avait tué. Ou plutôt son cadavre. Pendant le dernier kilomètre, elle avait couru si vite que son nez s'était mis à saigner. Et malgré le sang qui gouttait sur son coupe-vent, elle avait fait un sprint sur les cent derniers mètres. De retour dans son appartement, elle s'était sentie étrangement en forme et avait effectué vingt-trois tractions sur la barre, battant ainsi son record personnel.

Encore maintenant, elle pensait à Thomas Rydberg. Il avait paniqué dès qu'elle lui avait montré la combinaison de chiffres et de lettres. Pourquoi ?

Elle repensa à la manière dont elle s'était défendue quand il avait voulu l'attaquer. Elle avait agi d'instinct, posément, calmement, pile au bon moment, sans rien avoir prémédité — comme quelqu'un qui a une grande expérience du combat. Elle avait porté ses coups avec une précision redoutable. Et le plus incroyable, c'était que cette violence lui avait fait du bien.

Qui suis-je ? se demanda-t-elle.

Karl Berzelius était dans son bureau, debout devant la fenêtre, le téléphone en main. L'écran s'était éteint de lui-même depuis longtemps. La voix à l'autre bout du fil s'était tue. Sa chemise blanche était boutonnée jusqu'au col et rentrée dans son impeccable pantalon. Ses épais cheveux gris étaient soigneusement lissés en arrière.

Dehors, les rayons du soleil perçaient à travers les lourds nuages. La lumière, pareille à celle des projecteurs d'une scène, semblait se concentrer sur un point unique — un arbre bourgeonnant.

Mais Karl ne voyait pas le soleil. Il ne voyait pas l'arbre. Il avait les yeux fermés. Lorsqu'il les rouvrit lentement, les rayons du soleil avaient disparu derrière la grisaille des nuages.

Il voulut bouger, mais en fut incapable. C'était comme si

le parquet était de glace et que ses pieds y avaient gelé. Il était prisonnier de ses pensées. Il songeait à sa conversation téléphonique avec Torsten Granath, le procureur général.

— C'est une enquête difficile, avait dit Torsten, avec le bruit du moteur de sa voiture en fond sonore.

— Je comprends, avait répondu Karl.

— Elle va y arriver.

— Pourquoi n'y arriverait-elle pas ?

— Ça a pris une nouvelle tournure.

— Ah oui ?

— Le gamin...

— J'ai lu des choses à son sujet, oui... Continue.

— Jana t'en a parlé ?

— Elle ne me dit jamais rien, tu sais bien.

— Je sais.

Torsten lui avait parlé de l'endroit où l'on avait retrouvé le corps du garçon. Il avait décrit le bras bizarrement tordu, le pistolet, et tout ce que contenait le rapport de police. Puis il avait marqué un temps de pause et avait repris, d'une voix légèrement altérée :

— Ce qui est étrange, c'est que toutes les preuves l'accablent.

Le bruit de fond était devenu plus fort et Karl avait dû se concentrer et presser plus fort le téléphone contre son oreille pour entendre la suite.

— Il semblerait que ce soit lui le coupable. Celui qui a tué Hans Juhlén.

— Qu'en penses-tu ?

— Je n'en pense rien. Mais le plus étrange, c'est qu'il a un truc gravé sur sa nuque. Un nom, le nom d'un dieu, le dieu de la Mort.

Karl avait senti son cœur s'emballer. Il avait eu du mal à respirer, tout à coup. La pièce avait rapetissé, le sol avait vacillé sous ses pieds. Les paroles de Torsten s'étaient mises à résonner en écho, comme un cri lancé dans un tunnel.

Un nom.

Sur sa nuque.

— Sur sa nuque..., avait-il répété d'une voix qu'il avait à peine reconnue tant elle était froide et distante.

Puis il s'était tu et il avait raccroché. Karl n'avait encore jamais raccroché au milieu d'une conversation. Mais jamais non plus il n'avait eu à ce point l'impression de suffoquer. *J'ai besoin d'air*, se dit-il en défaisant le premier bouton de sa chemise. Il voulut défaire le second, mais ça résistait et il tira si fort qu'il l'arracha. Il inspira profondément, comme s'il avait retenu sa respiration jusque-là.

Ses pensées tourbillonnaient dans son esprit. Il voyait l'image d'une nuque à la peau claire, avec des cheveux noirs. Il voyait des lettres sur cette nuque.

Pas sur la nuque du petit garçon.

Sur celle d'une petite fille.

Sa fille.

L'enfant avait neuf ans et elle était très perturbée. Lors de sa première nuit chez eux, elle n'avait pas dormi et au petit déjeuner elle s'était plainte de rêves qui ne pouvaient être que le produit d'une imagination malade. Comme il essayait de la calmer et qu'elle insistait pour en parler, il avait agrippé son bras menu et exigé qu'elle se taise. Elle s'était tue. Mais il l'avait tout de même attrapée par la nuque, d'une poigne ferme, pour l'obliger à aller dans sa chambre. C'est là qu'il avait senti sous ses doigts l'irrégularité de la peau. Il avait écarté ses cheveux pour voir ce que c'était. La vue de ces trois lettres était une chose qu'il n'oublierait jamais. Il avait dégluti. Il s'était senti au bord du malaise.

Comme en ce moment.

Il ferma les yeux.

Pour la débarrasser de cette marque infamante, il s'était renseigné auprès de cliniques esthétiques, puis auprès de salons de tatouage. Partout on lui avait répondu que cela dépendait de la cicatrice. Mais Karl n'avait pas osé la montrer. Il n'avait pas osé dire qu'il s'agissait d'un nom gravé sur la peau d'une enfant. Et encore moins de *son* enfant. Qu'allaient penser les gens ?

Karl ouvrit les yeux.

Il s'était finalement résigné à laisser ces lettres sur la nuque de la fillette. Mais il lui avait fait promettre de ne jamais les montrer à quiconque et avait ordonné à Margaretha d'acheter des pansements et des polos à col montant. La petite devait garder les cheveux longs et toujours détachés. Après cela, ils n'en avaient plus jamais reparlé. C'était fini. Les choses étaient réglées. Et c'était tout.

Et maintenant il y avait ce garçon, avec un nom gravé sur la nuque.

Devait-il en parler à Jana ? Mais que lui dire ? Ils avaient déjà réglé cela entre eux. Classé l'affaire. Il n'y avait plus rien à ajouter. C'était elle que cela regardait. Pas lui.

Son cœur battait toujours très fort.

Le téléphone vibra dans sa main et le nom de Torsten s'afficha sur l'écran. Karl ne répondit pas.

Il serra le téléphone dans son poing et le laissa sonner.

Nils Storhed se tenait sur le pont du port, sa chienne Phalène dans les bras. En s'approchant de lui, Henrik Levin songea qu'il ressemblait à un Ecossais, avec son béret tartan, ses chaussures à lacets et son pardessus vert foncé.

— On dirait qu'il vient tout droit d'Ecosse, dit Gunnar, qui marchait à ses côtés.

— Tu lis dans mes pensées, répondit Henrik en souriant.

Le pont du port, lourde construction en béton jetée au-dessus de la rivière, reliait Jungfrugatan à Östra Promenaden. Il y avait toujours beaucoup de circulation sur la route du pont et ce samedi-là ne faisait pas exception : d'interminables files d'automobiles s'étendaient à perte de vue. On entendait en alternance le bruit du trafic et les cris des mouettes.

Appuyé à la rambarde, Nils Storhed tournait le dos au bâtiment ovale du club d'aviron et à l'agitation de la ville.

Les docks s'étendaient devant lui et, sur sa gauche, la haute centrale thermique se découpait sur le ciel gris.

La chienne haletait bruyamment dans les bras de son maître. Le manteau de ce dernier était couvert des poils blancs qu'elle perdait en abondance.

— Il est fatigué, votre chien ? demanda Gunnar, après avoir fait les présentations en bonne et due forme.

— Non, elle est gelée, répondit Nils. Ses petites pattes n'aiment pas l'hiver.

Il enchaîna, sans laisser à Henrik ou à Gunnar le temps de répondre.

— Oui, bon, je suis désolé. Je sais que j'aurais dû vous téléphoner plus tôt.

— Oui, c'est vrai..., commenta Gunnar.

— Je ne pensais pas que c'était important, mais maintenant je me rends compte que si. Et, oui, ma femme m'a harcelé toute la semaine pour que je vous appelle, mais entre les réunions par-ci, les dîners par-là... Bref, je n'ai pas trouvé le temps. Mais ce matin, je me suis ressaisi. Et puis j'ai envie d'avoir la paix chez moi, si vous voyez ce que je veux dire..., avait ajouté Nils avec un clin d'œil.

— OK, donc..., dit Gunnar.

— Oui, donc, je vous ai téléphoné et je vous ai dit ce qu'il en était.

— Vous avez vu Hans Juhlén ? demanda Gunnar.

— En personne.

— Où l'avez-vous vu ? demanda Henrik.

— Là-bas.

Nils pointa du doigt la zone des docks.

— Sur les docks ? Là-bas ? demanda Gunnar.

— Oh oui, je l'ai vu jeudi dernier, il y a un peu plus d'une semaine.

— Et vous êtes certain que c'était lui ? insista Gunnar.

— Oui, j'en suis certain. J'ai bien connu ses parents. Son père et moi, nous étions dans la même classe.

Il soupira.

— C'était le bon vieux temps.

— OK, mais pouvez-vous nous indiquer l'endroit exact où vous l'avez vu ? demanda Gunnar.

— Bien sûr, suivez-moi.

Nils posa la chienne par terre et épousseta son pardessus pour le débarrasser de ses poils.

Gunnar et Henrik traversèrent avec lui le pont en direction du parking des docks.

— J'ai du mal à croire qu'il est mort, commenta Nils. Je veux dire, qui pourrait faire une chose aussi horrible ?

— C'est ce que nous essayons de découvrir, dit Gunnar.

— C'est bien. Très bien. Oui, j'espère pouvoir vous aider.

Il leur fit lentement traverser le parking et les mena jusqu'au bâtiment principal, de couleur jaune. Ils s'arrêtèrent devant les portes closes.

— Il marchait ici. Tout seul. Il était en colère.

— En colère ?

— Oui, il avait l'air très en colère.

Gunnar et Henrik échangèrent un regard.

— Vous n'avez vu personne d'autre à proximité ?

— Non.

— Avez-vous entendu du bruit ? Des voix ?

— Non, pas que je me souvienne.

— Avait-il quelque chose dans les mains ?

— Non, je ne crois pas.

Henrik leva les yeux vers le bâtiment principal. Les fenêtres des bureaux n'étaient pas éclairées.

— Quelle heure était-il ? demanda-t-il.

— Eh bien, c'était au milieu de la journée, vers 15 heures, je dirais. D'habitude, c'est à cette heure qu'on la sort pour sa promenade.

Nils regarda sa chienne et sourit.

— C'est ce qu'on fait, d'habitude, pas vrai ma vieille ? Oh oui. On fait ça d'habitude. Pas vrai ?

Gunnar enfonça les mains dans ses poches et haussa les épaules.

— Savez-vous si sa voiture était garée ici ?

— Aucune idée.

— Il faut qu'on essaye de joindre quelqu'un du bureau.

Henrik téléphona au centre de communication de la police et demanda au standardiste de le mettre immédiatement en relation avec le directeur du port de commerce de Norrköping.

— Est-ce qu'on jette un coup d'œil aux alentours, en attendant ? demanda Gunnar à voix haute, tout en hochant la tête en direction des grands hangars, un peu plus loin.

Henrik acquiesça d'un signe de tête.

Gunnar remercia Nils pour sa coopération et pour les informations importantes qu'il leur avait fournies.

Nils releva son béret.

— Ravi de vous avoir aidés. Mais je pourrais vous accompagner, si vous voulez. Je connais ce port comme ma poche, vous savez.

Il entreprit aussitôt de leur raconter l'histoire du port, avec force commentaires sur la vie des quais au bon vieux temps. Puis, tout en leur emboîtant le pas, il se lança dans un interminable monologue sur les matériaux de construction, les entrepôts où l'on stockait les marchandises pour les protéger des intempéries, les grues qu'on utilisait. Quand il entama le sujet des voies d'évitement du chemin de fer reliées à la voie principale, Gunnar l'incita poliment à changer de sujet.

— Vous dites que vous l'avez vu marcher ici ?

— Oui, il venait de là-bas, répondit Nils en indiquant les hangars qui étaient maintenant tout proches.

— Il n'était pas passé par les bureaux ?

— Je ne sais pas. J'ai dit que je l'avais vu à l'extérieur du bâtiment, pas à l'intérieur.

Le portable de Henrik sonna. C'était le poste, qui l'informait que le directeur était injoignable pour l'instant. On lui suggérait d'essayer de récupérer le numéro d'une personne de garde. Henrik acquiesça.

Gunnar partit en tête lorsqu'ils traversèrent la zone goudronnée, jetant un œil inquisiteur entre les hangars qu'il longeait.

Henrik le suivait. Nils marchait derrière lui, en traînant son chien qui haletait au bout de sa laisse.

Un peu plus loin, Gunnar aperçut un cabanon éclairé et partit seul dans cette direction. Il ouvrit la porte et inspecta l'intérieur. Des tables, des chaises pliantes, une machine à café, des placards et un vieux tapis par terre. La lampe du plafond était allumée et on entendait les nouvelles du matin à la radio.

Resté sur le quai, Henrik observait les alentours. Son regard tomba sur des containers alignés dans un dépôt.

— Vous le croiriez, vous, que ces machins font le tour du monde ? C'est incroyable, vraiment..., commenta Nils qui l'avait rejoint. On peut mettre tout ce qu'on veut, là-dedans. Du fer, des graviers, des déchets, des jouets...

Gunnar referma la porte du cabanon et remarqua que la porte coulissante du hangar voisin était ouverte. Il se dirigea vers celui-ci et regarda en direction du quai, où Nils s'était mis à gesticuler devant Henrik. Gunnar tenta d'attirer l'attention de son collègue, mais en vain. Henrik était complètement absorbé par les propos de Nils, qui continuait :

— ... et des machines, du bois de chauffe, des voitures, des vêtements...

Gunnar fit coulisser la grande porte et entra. Il examina rapidement le large espace. Des néons au plafond, des murs revêtus d'acier, des étagères de rangement, des placards contre le mur du fond, un mécanisme de levage, des camions d'un côté, des boîtes à outils par terre et...

Qu'est-ce que c'était que ça, là-bas ?

On aurait dit... un homme.

***

Henrik était toujours sur le quai, avec Nils qui ne cessait de parler. Impossible de le faire taire.

Comme pour exaucer ses prières, son portable se mit à sonner à nouveau. Levant une main, il fit un geste d'excuse en direction de Nils et répondit. Le poste avait réussi à trouver un numéro d'urgence et lui transmettait à présent l'appel. En attendant que quelqu'un réponde, Henrik en profita pour s'éloigner de Nils et se diriger vers le cabanon où Gunnar se tenait quelques instants plus tôt.

Henrik jeta un œil à l'intérieur, mais Gunnar n'était pas là. Et soudain, il l'entendit crier :

— Henrik ! Par ici !

Henrik s'élança aussitôt vers le hangar d'où venait le cri. Il trouva Gunnar penché sur la silhouette allongée d'un homme.

Ou plutôt d'un cadavre.

— Préviens les experts !

Henrik interrompit immédiatement son appel en attente pour appeler la police scientifique.

Après sa douche, Jana Berzelius se sentit renaître.

Elle se fit une tasse de café, un bol de porridge et pressa quelques oranges. Elle avala son petit déjeuner en quinze minutes et parcourut sans grand intérêt le journal du matin, avant de se rendre dans son bureau. Là, elle alluma son ordinateur et ouvrit le cagibi secret. Elle y avait caché le téléphone de Thomas Rydberg et sa carte SIM, dans une boîte. Elle savait qu'elle devait s'en débarrasser au plus vite. La boîte contenait également le ticket de parking sur lequel elle avait recopié les numéros trouvés dans le portable. Elle prit le ticket et alla s'asseoir devant l'ordinateur.

Elle entra fébrilement le premier numéro de téléphone dans le moteur de recherche, et le résultat la renvoya à une entreprise qui vendait des pièces de rechange.

Le numéro suivant était celui d'un restaurant ouvert le midi. Puis il y eut celui d'un particulier et celui d'un inspecteur du port de commerce de Norrkö. Elle passa en revue tous les numéros que Rydberg avait appelés, mais ne trouva rien de significatif.

Elle s'intéressa ensuite au texto en abrégé, recopié lui aussi sur le ticket. « Liv. mar. 1. »

Quand on envoyait des messages cryptés, c'est que l'on avait quelque chose à cacher.

Le message avait été envoyé le 4 avril et devait probablement signifier « livraison mardi 1 ». Mais à quoi renvoyait le 1 ? Etait-ce une quantité ? Une date, peut-être ?

Jana jeta un œil à la date affichée sur l'écran de son ordinateur. On était le 21 avril, aujourd'hui. Dix jours avant le 1er mai. Dans le moteur de recherche, elle composa le numéro de téléphone auquel le texto était adressé. En moins d'une seconde, elle obtint une réponse. Le résultat la surprit. Comment était-ce possible ?

Elle relut le nom.

Office d'immigration.

27

Ils étaient assis en silence à l'arrière de la fourgonnette, secoués par les cahots. Le vacarme qui emplissait l'espace réduit de l'habitacle était assourdissant. La fillette s'était recroquevillée pour tenter d'amortir les chocs.

Assis à côté d'elle, Hadès avait une expression déterminée sur le visage. Ses yeux fixaient un point, droit devant lui.

La fillette somnolait lorsque l'homme qui conduisait leur annonça qu'ils étaient bientôt arrivés. Il leur dit qu'il faudrait faire vite. Ne pas perdre de temps. Revenir à la fourgonnette aussitôt leur mission accomplie.

Assise en face d'eux, la femme jouait distraitement avec son collier. C'était une fine chaîne dorée, avec un petit pendentif sur lequel était gravé un nom. La fillette ne pouvait pas s'arracher à la contemplation du collier. La femme le faisait glisser entre ses doigts, caressant au passage le pendentif brillant. La fillette essaya de lire ce qui y était écrit, mais elle avait du mal à distinguer les lettres entre les doigts de la femme. Elle reconnut un M. *Et un* A. *Puis un autre* M.

La fourgonnette s'arrêta brusquement.

Au même instant, la fillette aperçut les dernières lettres et les associa dans sa tête pour former un mot : MAMAN.

La femme lança un regard irrité à la fillette. Elle ne dit rien, mais la fillette comprit que c'était le moment.

Le moment de quitter la fourgonnette.

Et d'accomplir leur mission.

28

Le cordon qui délimitait la scène de crime vibrait dans le vent. Les curieux se pressaient tout autour pour tenter de voir ce qui se passait de l'autre côté. Toute la zone des docks était bouclée.

Anneli Lindgren était déjà à l'œuvre dans le hangar où l'on avait découvert le mort. Gunnar Öhrn avait appelé en renfort deux autres officiers de la police scientifique, dont l'un venait de Linköping. Cela faisait deux heures qu'ils travaillaient sur le corps.

Gunnar Öhrn attendait à l'extérieur avec Henrik, lequel était frigorifié, car en venant ici il n'avait pas pensé à prendre de quoi se couvrir la tête. Après tout, ils étaient seulement censés venir interroger un témoin. Mais maintenant qu'ils avaient un nouveau cadavre sur les bras, leur mission s'éternisait.

— J'ai terminé, cria Anneli Lindgren en leur faisant signe de revenir dans le hangar. D'après ce que je peux constater, il est mort ici, après avoir reçu de violents coups à la gorge et à la tête. Je vais laisser Björn Ahlmann prendre le relais.

Elle ôta ses gants et regarda Gunnar droit dans les yeux.

— C'est le troisième, dit-elle.

— Je sais. JE SAIS. Tu penses que ce crime est lié aux deux autres ?

— Je n'en sais rien. Tout ce que je peux dire, c'est que le mode opératoire est différent. Hans Juhlén et le gamin ont été abattus par balle. Cet homme est mort d'un violent coup à la tête. Il porte aussi des traces de contusion au cou.

— Le gamin aussi présentait des traces de contusion au cou.

— Oui mais, hormis ce détail, il n'y a aucun point commun. Malheureusement.

Anneli sortit son appareil photo.

— Je vais prendre quelques clichés de la scène, dit-elle.

Henrik acquiesça, tout en contemplant le cadavre.

— Il avait dans les soixante ans, dit-il à Gunnar.

— Nous avons demandé au responsable du personnel de venir l'identifier, répondit Gunnar.

— Maintenant ? demanda Henrik.

— A 16 heures. On fera une réunion juste après. Je dois joindre Ola. Quant à Mia, j'ai essayé de l'appeler plusieurs fois, elle ne répond pas.

Les épaules de Henrik s'affaissèrent.

Son samedi était foutu.

L'appareil lui avait coûté un peu moins de treize mille couronnes. A crédit et sans intérêts. Rien à payer les six premiers mois. Parfait.

Mia Bolander plia le reçu, sourit au vendeur qui la remerciait de sa visite et emporta sa télé 3D à écran de 50 pouces. Elle avait même eu droit à un pack spécial télévision numérique, qui à lui seul valait quatre-vingt-dix-neuf couronnes par mois. Le contrat était établi pour vingt-quatre mois. Ça valait le coup. A présent, elle avait enfin un écran plat dernier cri et toutes les chaînes cinéma.

Elle parvint tout juste à faire entrer le carton dans sa Fiat Punto lie-de-vin, en laissant le coffre entrouvert. Sur le chemin du retour, elle songea à inviter des amis à passer la soirée avec elle. Pour fêter ça. Puisqu'elle offrait l'hébergement et la télé, peut-être qu'elle pourrait les convaincre d'apporter à boire et à manger. Elle fouilla dans sa poche pour attraper son téléphone. Mais la poche où elle le rangeait d'habitude était vide. L'autre également.

De retour dans son appartement, elle retrouva son portable sous l'un des coussins de son lit défait. La batterie étant à plat, elle s'empressa de le brancher pour le rallumer. Elle allait appeler une amie quand l'appareil vibra dans sa main. C'était un appel de Gunnar Öhrn.

— Mia va bientôt arriver, annonça Gunnar Öhrn en s'adressant au petit groupe réuni autour de la table de conférence.

Henrik Levin arborait une expression lugubre. Il était de toute évidence affecté par la découverte de ce nouveau cadavre. Anneli Lindgren avait l'air fatiguée, elle aussi. Ola Söderström semblait par contre en forme et même étrangement excité. Il tambourinait doucement sur la table avec un stylo.

Seule Jana Berzelius semblait dans son état normal. Elle avait déjà sorti son calepin et son stylo, et attendait, prête à écrire, les yeux brillants. Elle avait comme toujours les cheveux lâchés et un brushing impeccable.

Gunnar commença par leur souhaiter la bienvenue et s'excusa de les mobiliser un samedi après-midi.

— Le sujet de cette réunion, c'est Thomas Rydberg, qui a été retrouvé assassiné aujourd'hui, à 8 h 30.

Il marqua une pause. Personne ne posa de question.

— C'est notre troisième meurtre en une semaine, conclut-il.

Il se tourna vers le tableau blanc où des photos des victimes étaient accrochées, et désigna l'une d'entre elles.

— Bien. Ici nous avons Hans Juhlén, abattu chez lui le 15 avril. Pas de signe d'effraction. Pas de témoins. Mais sur une caméra de surveillance, on voit ce garçon...

Le doigt de Gunnar s'éloigna du portrait pour montrer une image agrandie tirée d'un enregistrement de vidéosurveillance.

— ... lui-même retrouvé mort le 18 avril — c'est-à-dire mercredi — à Viddviken, abattu également, mais par une autre arme à feu. Tout porte à croire que c'est lui qui a tué Hans Juhlén. Nous ignorons par ailleurs son mobile.

Gunnar pointa une nouvelle photo du doigt.

— Et aujourd'hui, nous avons trouvé Thomas Rydberg. Il a été identifié par des membres du personnel des docks.

Soixante ans, marié, deux enfants adultes qui ont quitté le domicile familial. Il a travaillé toute sa vie sur les docks et habite à Svärtinge. Il avait un caractère quelque peu explosif : dans sa jeunesse, il a été condamné pour agression et menaces. C'était un alcoolique repenti. D'après nos experts, la mort a été causée par des coups violents. Son cadavre est resté là un petit moment, ce qui signifie que le meurtre a eu lieu hier, dans l'après-midi ou dans la soirée.

— Mais qu'est-ce qui nous dit que ce meurtre a un lien avec les deux premiers ? intervint Ola.

— Je n'ai pas dit qu'il y avait un lien, répondit Gunnar. Tout ce que nous avons pour établir un lien, c'est que Juhlén s'est rendu sur les docks quelques jours avant sa mort.

Gunnar regarda l'assemblée d'un air grave.

— Nous avons du pain sur la planche, c'est le moins que l'on puisse dire. Le garçon n'est toujours pas identifié et personne n'a signalé sa disparition. Nous avons vérifié auprès de l'Office d'immigration et interrogé toutes les écoles : personne ne sait qui il est. Il ne figure pas non plus dans la base de données des disparitions d'enfants. Nous allons devoir nous adresser à Interpol.

Anneli hocha lentement la tête.

— Il n'y a aucune similitude entre les meurtres : les méthodes employées sont différentes, dit-elle.

— Plusieurs meurtriers ? demanda Henrik.

— On le dirait bien.

— Nous avons donc sans doute plusieurs assassins dans la nature, soupira Gunnar. Et l'horloge continue de tourner.

Jana déglutit et baissa les yeux vers la table.

— La question est de savoir si le meurtre de Hans Juhlén est lié aux lettres de menace et à Yusef Abrham, reprit Gunnar. Quels pourraient être les liens entre Yusef et le petit garçon que nous appelons « Thanatos » ?

— Tu es en train de suggérer que le garçon aurait pu tuer Hans sur ordre de Yusef ? demanda Henrik.

— C'est une simple théorie. Mais le garçon et notre nouvelle victime, Thomas Rydberg, appartenaient peut-être à un réseau de trafic de drogue. La piste de la drogue, même si elle est mince, doit être envisagée.

— Nous avons trouvé des stupéfiants sur les lieux du dernier crime, renchérit Anneli. Cinq sachets de poudre blanche sur une étagère, sous un placard de rangement.

— De l'héroïne ? demanda Ola.

— C'est probable, répondit Gunnar. Nous avons envoyé les sachets au labo pour analyse.

— Le garçon était drogué à l'héroïne, fit remarquer Ola.

— Mais qu'est-ce que Hans Juhlén aurait à voir avec ça ? intervint Anneli. Il était mêlé à un trafic de drogue, en plus du reste ?

Un murmure parcourut l'équipe.

— Bon, intervint Gunnar. Je sais que ces derniers jours ont été difficiles pour tout le monde et qu'on a encore beaucoup de travail devant nous. Mais je vais vous demander le maximum. Je sais que vous en êtes capables. Je veux que vous trouviez tous les liens possibles entre les victimes. Je pense avant tout à Hans Juhlén et à Thomas Rydberg. Sont-ils nés dans la même ville ? Ont-ils fréquenté la même école ? Vérifiez qui étaient leurs proches, leurs amis, tout.

Gunnar écrivit le mot « Liens » sur le tableau blanc.

— Il faut aussi interroger tous les héroïnomanes répertoriés en ville. Tous nos contacts. Les dealers, les indics, les toxicomanes.

Il écrivit « HEROÏNE » sur le tableau.

— Ola, voici le numéro de portable de Thomas Rydberg.

Gunnar tendit à Ola un bout de papier.

— Débrouille-toi pour me trouver la liste de ses appels entrants et sortants. Vérifie aussi s'il avait un ordinateur et, si c'est le cas, fouille-le.

Il écrivit « Historique des appels » et souligna les mots. A plusieurs reprises.

Jana se figea. Le portable de Rydberg était toujours caché dans son appartement.

— Avez-vous trouvé quelque chose sur les lieux du crime ? demanda-t-elle d'un ton brusque.

— Non, rien à part l'héroïne, répondit Anneli.

— Rien d'autre ?

— Non, pas de traces ni d'empreintes.

— Et les caméras de surveillance ?

— Il n'y en avait pas.

En son for intérieur, Jana soupira de soulagement.

— Le département des stups va analyser l'héroïne et tenter de remonter jusqu'à un vendeur, reprit Gunnar. Henrik, tu peux suivre l'affaire ?

— Oui, je m'en occupe, répondit Henrik.

— Très bien.

La réunion dura encore trente minutes. Quand elle fut terminée, Jana sortit son agenda et fit mine de le feuilleter pour laisser à l'équipe le temps de quitter la salle de conférences. Quand tout le monde fut sorti, elle alla vers le tableau blanc et s'arrêta devant les photos des victimes pour les examiner en détail. Son regard s'attarda sur le garçon. Sa gorge était bleue. Il avait reçu des coups d'une extrême violence.

Instinctivement, Jana posa sa main sur sa gorge. Tout cela lui était familier, mais elle n'aurait pas su dire comment ni pourquoi.

— Tu as trouvé quelque chose ?

Jana sursauta en entendant la voix d'Ola Söderström.

Il entra par la porte restée ouverte et se dirigea vers la table.

— J'ai oublié mes notes, dit-il en tendant le bras vers une pile de papiers abandonnés sur la table.

Puis il s'approcha d'elle.

— C'est un peu flippant, tout ça, dit-il en hochant la tête vers les photos. Le fait qu'on n'ait aucune piste, je veux dire. La drogue, je n'y crois pas trop.

Jana hocha la tête.

Ola baissa les yeux vers ses notes.

— Et ces lettres, ces chiffres..., ajouta-t-il. Je n'arrive pas à en saisir le sens !

Jana ne répondit rien. Elle déglutit.

— As-tu la moindre idée de ce que ça pourrait bien signifier ?

Jana contempla la feuille qu'il lui montrait, en plissant les yeux, comme quelqu'un qui réfléchit.

— Non, fit-elle au bout de quelques instants. Je ne vois pas du tout.

— Ça doit pourtant vouloir dire quelque chose, insista Ola.

— Oui.

— Mais je n'arrive pas à les interpréter.

— Non.

— Ou alors, je m'y prends mal.

— Peut-être.

— C'est frustrant.

— Oui, je comprends.

Jana revint vers la table pour ramasser sa mallette et son agenda, puis elle se dirigea vers la porte.

— Un procureur n'a pas à s'enquiquiner avec ce genre de casse-tête, pas vrai ? lança Ola.

Elle ne répondit pas.

— On se voit plus tard, dit-elle en sortant de la salle à reculons.

Une fois dans le couloir, elle pressa le pas. Elle avait hâte de quitter le commissariat. Elle se sentait très mal à l'aise et cela lui déplaisait d'avoir menti à Ola. Mais elle n'avait pas le choix. Elle prit l'ascenseur pour descendre au garage, puis traversa le parking bétonné d'un pas vif pour rejoindre sa voiture. Son téléphone se mit à sonner au moment où elle s'asseyait derrière le volant. Quand elle vit s'afficher le numéro de ses parents, elle songea à ignorer l'appel. Mais à la sixième sonnerie, elle se décida à répondre.

— Jana, répondit-elle en prenant un ton enjoué.

— Jana, comment ça va ?

La voix de Margaretha Berzelius semblait un peu embarrassée.

— Très bien, maman.

Jana démarra la voiture.

— Est-ce que tu viens dîner le 1er mai ?

— Oui.

— C'est à 19 heures.

— Je sais.

Elle jeta un coup d'œil dans ses rétroviseurs extérieurs et fit marche arrière pour quitter sa place de parking.

— Je ferai un rôti.

— Parfait.

— Ton père aime ça.

— Oui.

— Il veut te parler.

Jana se sentit prise de court. C'était inhabituel. Elle arrêta la voiture et entendit son père se racler la gorge à l'autre bout du fil.

— Ta nouvelle enquête progresse ? demanda-t-il d'une voix grave.

— Doucement, répondit Jana. C'est une enquête compliquée.

Karl demeura silencieux.

Jana eut une bouffée d'angoisse. Si son père s'intéressait de si près à l'enquête, c'est qu'il avait entendu parler des lettres scarifiées sur la nuque du garçon. Elle pria pour qu'il n'aborde pas le sujet.

— Bon, d'accord, lâcha-t-il enfin. Bonne chance, alors.

— Merci, murmura-t-elle.

Après avoir raccroché, elle demeura un instant songeuse, le téléphone pressé contre le menton. Qu'avait-il voulu dire avec ce « Bonne chance » ? Qu'elle ne faisait pas du bon boulot ? Qu'elle n'était pas assez intelligente ? Qu'elle allait échouer ?

Elle soupira et reposa le téléphone sur le siège du passager. Perdue dans ses pensées, elle ne vit pas la petite voiture lie-de-vin qui entrait dans le garage et passait derrière elle.

Un crissement de pneus et un long coup de klaxon la rappelèrent à la réalité. Elle fit descendre sa vitre en appuyant sur le bouton de la portière et sortit la tête pour regarder derrière elle. C'était Mia Bolander, au volant de sa Fiat.

Elle avait l'air furieuse.

— On n'y voit donc rien dans ces grosses voitures ? siffla-t-elle.

— Oh si, la visibilité est parfaite, rétorqua Jana.

— Mais tu ne m'as pas vue arriver, ou quoi ?

— Si, mentit Jana, en souriant intérieurement.

Le visage de Mia s'assombrit.

— Dommage que tu n'aies pas reculé plus vite ! Tu aurais pu esquinter ma voiture.

Jana ne répondit rien.

— Jolie voiture..., poursuivit Mia d'un ton ironique. C'est ta voiture de fonction, je suppose.

— Non. C'est ma voiture personnelle.

— Tu dois être bien payée.

— Je gagne la même chose que les autres procureurs.

— Un paquet, on dirait !

— Ce n'est pas parce que j'ai une belle voiture que je gagne beaucoup d'argent. On me l'a peut-être offerte, qu'est-ce que tu en sais ?

Mia Bolander éclata de rire.

— Ouais, c'est ça !

— Au fait, tu arrives trop tard. La réunion est finie.

Mia serra les dents et démarra en trombe.

29

L'homme était allongé dans son lit, endormi, lorsqu'ils entrèrent par la fenêtre — Hadès en tête, suivi de près par la fillette. Ils se déplaçaient avec agilité et en silence. Comme des ombres. Comme on le leur avait appris. Ils se postèrent de chaque côté du grand lit et tendirent l'oreille. La nuit était silencieuse.

La fillette détacha précautionneusement le couteau sanglé dans son dos et s'en saisit d'une main ferme. Elle ne trembla pas. Elle n'hésita pas. Elle regarda Hadès. Il avait les pupilles et les narines dilatées. Il était prêt. Au signal convenu, elle avança d'un pas, grimpa sur le lit et, d'un geste précis, trancha la gorge de l'homme. Celui-ci eut un sursaut et poussa un petit grognement, étouffant et se débattant pour respirer.

Hadès resta immobile, observant posément les mouvements spasmodiques de l'homme, sa terreur, sans rien faire. L'homme ouvrit la bouche pour crier, mais aucun son n'en sortit. Ses yeux étaient exorbités. Il tendit une main désespérée, comme pour quêter de l'aide.

Mais Hadès se contenta de sourire d'un air narquois. Puis il leva son pistolet et vida son chargeur sur l'homme. Il n'était pas censé faire ça. Il devait juste surveiller. La protéger. Mais il avait tiré.

La fillette contempla l'homme. Une tache de sang s'élargissait graduellement sur le drap blanc. Le sang coulait de sa gorge béante, mais aussi des trous laissés par les balles.

Le regard sombre, Hadès respirait bruyamment.

La fillette savait qu'il avait enfreint les règles, mais elle lui sourit, malgré tout. Elle se sentait euphorique. Ils avaient réussi leur première mission. Ils appartenaient à quelque chose de plus grand qu'eux. Ils étaient devenus des instruments capables d'accomplir ce pour quoi on les avait si longtemps entraînés.

Enfin.

Ils sortirent ensemble par la fenêtre et reprirent le chemin de la fourgonnette. La femme les y attendait. Son visage n'exprimait aucune émotion. Aucune fierté. Elle les tira brutalement à l'arrière du véhicule et la petite fille s'effondra aussitôt au sol. Hadès vint s'asseoir en face d'elle, ses longues jambes étirées devant lui, les yeux rivés au plafond.

La femme ferma les portières et ordonna au conducteur de démarrer.

La fillette se pencha en avant et attrapa le couteau ensanglanté dans l'étui fixé à son dos. Elle replia ses genoux sous son menton et observa la lame de près. De son index, elle étala les traînées de sang le long de la surface brillante. Sa première mission avait été un succès.

Elle allait avoir sa récompense.

La poudre blanche.

30

Henrik Levin et Mia Bolander se garèrent devant la pizzéria. Ils avaient l'intention de dîner rapidement, puis de repartir au commissariat où ils en auraient probablement pour toute la soirée. Henrik commanda une salade et Mia une calzone.

— Tu crois que ça pourrait être un règlement de comptes ? demanda Mia.

— Oui, répondit Henrik. Après tout, rien que l'année dernière, deux personnes ont été blessées par balle à Klinga dans un affrontement entre gangs. Apparemment, c'était une lutte pour le monopole du trafic de drogue à Norrköping. Il y a eu un certain nombre de meurtres non résolus en Suède, une vingtaine, je crois. La plupart d'entre eux sont liés à des règlements de comptes entre gangs.

— Mais Hans Juhlén dans tout ça ? Il n'a pas le profil d'un chef de gang.

Elle ne laissa pas à Henrik le temps de répondre et poursuivit :

— Dans le cas de Juhlén, j'ai l'impression que nous avons plutôt affaire à un meurtre commandité par quelqu'un qui voulait se débarrasser de lui.

Mia prit une grosse bouchée de sa calzone.

— Je ne suis pas encore entièrement convaincu que c'est le gamin qui l'a tué, rétorqua Henrik.

— Qu'est-ce qu'il te faut comme preuve ? s'exclama Mia. Tout accuse cet enfant. Absolument tout.

Elle prit un air inspiré.

— Peut-être que tous les meurtres non résolus en Suède ont été commis par des enfants.

Henrik la contempla fixement.

— T'es une grande malade, marmonna-t-il. Des enfants meurtriers... Franchement...

Il se tut brusquement.

Mia haussa les épaules.

— Je disais ça comme ça. Bon, si tu permets, je voudrais manger tranquillement ma calzone... Alors on arrête cinq minutes de parler boulot.

Henrik se pencha par-dessus la table.

— Et comment fait-on pour pousser un enfant à tuer ? Pour le transformer en meurtrier ?

— Bonne question, répondit Mia.

Ils se remirent à manger et demeurèrent silencieux quelques instants.

— Et s'il n'y avait aucun lien entre ces trois meurtres ? proposa Henrik en s'essuyant la bouche avec une serviette.

— Arrête un peu, tu veux ?

Mia termina sa calzone, puis repoussa son assiette sur le côté.

— On y va ? dit-elle.

— Oui. Il faut juste payer d'abord.

— Ah oui, zut. J'ai oublié mon portefeuille chez moi. Tu peux m'avancer un peu d'argent ? demanda Mia avec un grand sourire enjôleur.

— Bien sûr, répondit Henrik en se levant de table.

Il était 10 heures du soir et Gunnar était épuisé. Assis dans son bureau, il ne cessait de tourner et de retourner dans sa tête les divers éléments de cette maudite enquête. Impossible de rassembler les pièces du puzzle, quel que soit l'angle sous lequel il examinait les meurtres et leurs possibles mobiles. Il y avait Juhlén et le garçon non identifié, puis Thomas Rydberg. Les lettres de chantage, les fichiers supprimés, les combinaisons de chiffres et de lettres. L'héroïne. Les lettres scarifiées sur la nuque du garçon.

Gunnar soupira. En enquêtant dans le quartier des docks, ils avaient trouvé un témoin ayant remarqué une voiture noire dans le parking, vers 17 heures, le jour du meurtre de Rydberg. Ce témoin avait d'abord affirmé qu'il s'agissait d'une BMW noire, un des grands modèles, et Gunnar avait aussitôt entrepris de lister les grands modèles de BMW. Le témoin s'était ensuite ravisé : après tout, la voiture était peut-être une Mercedes ou une Land Rover, il ne savait plus trop, et peut-être qu'elle n'était pas noire. Gunnar avait arrêté sa liste et décidé d'ignorer totalement cette information.

Il venait d'appeler Henrik Levin. Du côté des héroïnomanes connus de leurs services, rien. Personne ne connaissait Rydberg. L'entretien avec la femme de Rydberg n'avait rien donné non plus.

Gunnar soupira. Il avait quarante-deux messages non lus dans sa boîte mail et neuf messages vocaux sur son portable. Tous émanaient de journalistes qui voulaient l'interroger à propos de l'enquête. Ils voulaient des réponses. Mais il n'avait aucune réponse à leur apporter.

Il décida de rentrer chez lui. Il se voyait déjà affalé sur son canapé, avec une bonne bière fraîche. Tout seul, malheureusement, mais enfin, il fallait s'y faire.

Il se releva, éteignit la lumière de son bureau et se dirigea vers l'ascenseur. Il envisagea un instant d'appeler Anneli. Quand les portes s'ouvrirent sur le rez-de-chaussée, il avait son portable à la main. Il hésita. Mieux valait s'abstenir. Elle risquait de mal interpréter son geste, de penser qu'il cherchait un rapprochement. Non, non et non, il ne l'appellerait pas.

Il remit le téléphone dans sa poche, appuya sur le bouton jaune du troisième étage et retourna dans son bureau. Puisque personne ne l'attendait chez lui, il pouvait aussi bien se remettre au travail.

Une fois dans son bureau, il alluma la lumière et se mit à rédiger une lettre de demande d'assistance.

Adressée à Interpol.

31

Dimanche 22 avril

Jana Berzelius se réveilla dans son lit, étendue sur le dos, le poing droit crispé sur ses draps. Elle l'ouvrit lentement. Elle avait encore rêvé. Mais cette fois son rêve était légèrement différent. En quoi ? elle n'aurait pas su le dire.

Elle se leva lentement et se rendit dans la salle de bains. Un soudain frisson la parcourut tout entière. Elle s'immobilisa.

Dehors, le vent rugissait et la pluie battait contre la fenêtre. Elle se demanda quelle heure il était. Avec ce temps couvert, difficile de dire s'il faisait encore nuit ou si le jour se levait.

Elle retourna dans sa chambre et s'assit au bord du lit. Les couvertures gisaient au sol, en tas, comme d'habitude. Elle les ramassa machinalement, tout en essayant de se souvenir de ce dont elle avait rêvé.

Elle s'allongea et ferma les yeux. Des images lui revenaient peu à peu. Un visage. Un visage barré d'une cicatrice. Une voix qui lui hurlait des ordres. Un homme. Il la tenait d'une main ferme. Il la frappait. A coups de pied. Hurlait à nouveau. Il lui serrait le cou si fort qu'elle n'arrivait plus à respirer. Il riait de la voir se débattre. Mais elle ne renonçait pas. Elle n'avait qu'une seule idée. Puis, l'homme disparut. A sa place apparut l'image d'un collier.

Un collier avec un pendentif. Elle tendait la main pour l'attraper. Quelque chose était écrit dessus. Un nom.

Maman.

Et puis, tout devint noir.

Jana ouvrit les yeux et se redressa pour prendre les carnets de notes rangés dans sa table de chevet. Elle les étala sur le lit et les feuilleta un par un, cherchant une note à propos d'un collier, ou l'image d'un collier. Mais en vain.

Alors, elle fit quelque chose qu'elle n'avait pas fait depuis une éternité.

Elle ouvrit une page vierge, prit un stylo et se mit à dessiner.

Henrik Levin n'avait pratiquement pas fermé l'œil de la nuit. Il était resté allongé dans son lit, à réfléchir à l'enquête. Quand le réveil marqua 6 heures, il se leva, fit du café et mangea un bol de yaourt avec des rondelles de banane. Il essuya à deux reprises l'égouttoir de l'évier et la table de la cuisine, puis se brossa les dents avant de réveiller Emma pour lui annoncer qu'il devait encore travailler ce dimanche. Lorsqu'il ouvrit la porte d'entrée, il entendit les enfants remuer à l'étage et se hâta de partir pour ne pas voir leurs mines déçues.

Une des pistes qu'il était impatient d'explorer, et à laquelle il avait réfléchi pendant sa nuit sans sommeil, concernait la drogue que la police scientifique avait découverte sur les docks. Une fouille plus approfondie sur la zone des docks s'imposait. Il fallait aussi interroger le personnel sans tarder.

Henrik sentit à quel point il faisait froid lorsqu'il posa ses mains nues sur le volant glacé. Dès qu'il mit le contact, le lecteur de CD démarra à plein volume. La voix enjouée de Markoolio chantait les délices de Phuket, de son été qui dure toute l'année. Henrik éteignit aussitôt le CD et sortit de son parking en marche arrière.

Dans le silence, il repensa à la soirée précédente. La veille, il avait interrogé avec Mia deux héroïnomanes bien connus de la police. Ils avaient même parlé à un homme qui avait déjà rendu des services dans de précédentes enquêtes liées au trafic de drogue, et fourni des informations importantes qui avaient permis d'interpeller de jeunes dealers encore mineurs.

Henrik avait espéré que cette fois encore ils parviendraient à le faire parler. Mais le type s'était montré extrêmement réservé.

Mia, comme trop souvent, avait perdu patience. « Tu ferais mieux de nous dire ce que tu sais ! » lui avait-elle beuglé au visage.

Après quoi elle l'avait menacé de représailles s'il ne leur donnait pas les informations qu'ils réclamaient.

Henrik s'était interposé et avait saisi Mia par le bras pour la faire asseoir. Elle s'était calmée. Ce qu'ils voulaient par-dessus tout, c'étaient des noms, bien entendu. Mais, dans ce milieu, balancer des noms revenait parfois à signer son arrêt de mort. Donc, ils n'en avaient pas eu.

Au feu rouge, Henrik se mit à réfléchir à la piste des armes. Le Glock et le Sig Sauer calibre 22. Il devait aussi téléphoner à la Sécurité routière pour leur demander d'accélérer l'identification des véhicules signalés par les radars de vitesse dans la zone où l'on avait retrouvé le corps du garçon.

Henrik débordait d'énergie. Il espérait que ce dimanche serait productif.

Il était 7 h 30 lorsqu'il se gara dans le parking du commissariat. Il grimpa à l'étage. Apercevant de la lumière dans le bureau de Gunnar, il s'approcha de la porte.

Gunnar était assis devant son ordinateur et pianotait doucement sur le clavier.

— Toi aussi, tu as eu du mal à dormir ? demanda Henrik.

— Pas du tout. C'est juste que le canapé du bureau est un peu trop étroit, répondit Gunnar sans lever les yeux de l'écran devant lui.

Henrik sourit.

— Je suis venu pour éplucher les dossiers de l'enquête, dit-il. Je n'arrive pas à trouver une logique à ces meurtres.

Gunnar fit pivoter sa chaise vers lui.

— Bonne idée. Moi, je m'apprêtais à transférer à notre chargée de communication les mails des journalistes. Plus que vingt-deux.

Il fit à nouveau pivoter sa chaise et se remit à écrire.

Henrik poursuivit son chemin jusqu'à la salle de conférences, où il alluma les plafonniers. Par la fenêtre, il contempla le rond-point désert. La ville de Norrköping était encore endormie. Il étala les dossiers qui rassemblaient les cas de Hans Juhlén, du petit garçon à la nuque scarifiée qu'ils avaient surnommé « Thanatos » et de Thomas Rydberg. Puis il prit un fauteuil et s'installa commodément.

Le dossier de Thomas Rydberg contenait surtout des photos, une trentaine, prises sur la scène de crime par Anneli. Les quatre derniers clichés ne montraient pas le hangar, mais l'extérieur du bâtiment. Henrik les feuilleta distraitement, mais ses pensées étaient ailleurs. Il se sentait soudain las et découragé.

Il se leva pour aller dans la cuisine, où il but un grand verre d'eau. Puis il resta planté là, le gobelet vide à la main. Une idée venait de lui traverser l'esprit. Sur les photos de l'affaire Rydberg, il avait vu quelque chose de...

Il reposa bruyamment son verre sur l'égouttoir et se précipita vers la salle de conférences. Il ouvrit le dossier Rydberg et examina de nouveau les photographies, l'une après l'autre, soigneusement. Il trouva ce qu'il cherchait sur le dernier cliché. C'était une vue large de la scène de crime, qu'Anneli avait probablement prise un genou à terre. Sur la photo grand-angle, on voyait les techniciens affairés à leurs tâches et, en arrière-plan, par les portes ouvertes du hangar, on apercevait la zone des containers.

Et sur ces containers, il y avait des inscriptions qui lui rappelaient...

Il essaya de lire ce qui était écrit dessus, mais c'était trop petit. Il se leva rapidement, traversa le corridor au pas de course et s'arrêta devant le bureau de Gunnar.

— Tu as une loupe ?

— Non, mais regarde dans le bureau d'Anneli.

Le bureau d'Anneli était parfaitement rangé ; tout était à sa place.

Henrik ouvrit l'un après l'autre les tiroirs du bureau. Il trouva une loupe dans celui du bas et retourna en courant dans la salle de conférences. A l'aide de la loupe, il put distinguer les détails de la photo. Elle était prise de trop loin pour qu'il en soit absolument certain mais, sur l'un des containers, il y avait des lettres et des chiffres.

Henrik ouvrit aussitôt le dossier Juhlén et posa la photo à côté de la liste des combinaisons. En les comparant avec l'inscription du container, il ne put s'empêcher de sursauter.

Elles étaient du même format : quatre lettres et six chiffres.

A 10 h45, Henrik Levin et Gunnar Öhrn montèrent en voiture pour se rendre aux docks. Ils avaient rendez-vous avec le directeur du port, qui devait leur faire visiter l'entrepôt des containers.

Quand la voiture s'arrêta sur le parking, un petit homme aux cheveux roux les y attendait. Il portait une chemise à carreaux bleue et un jean léger. Il leur adressa un sourire amical et se présenta : Rainer Gustavsson. Il leur proposa du café, mais ils déclinèrent poliment l'offre et demandèrent à voir la zone des containers. Rainer Gustavsson les y mena sur-le-champ.

On y procédait justement au chargement d'un grand bateau. L'un après l'autre, les containers étaient soulevés du quai, dans un fracas métallique. Les grues s'activaient et les camions défilaient en une ligne sans fin. Des marins en bleu de travail arborant le logo de leur compagnie se tenaient sur le pont. Ils portaient des casques de sécurité. Deux employés vérifiaient que tout était bien arrimé. Ils frappaient sur les câbles d'acier et, de temps à autre, l'un d'eux sortait une clé pour les resserrer.

Henrik leva les yeux vers les containers déjà empilés sur le pont, par colonnes de cinq.

— Charger un bateau comme celui-là demande plusieurs

heures, expliqua Rainer. Il faut faire vite. Si quelque chose va de travers, le bateau prend du retard et l'argent se met à filer entre nos doigts à chaque seconde. Dans le monde du fret, l'efficacité est le maître mot.

— Combien de containers peut-on charger sur un bateau ? demanda Henrik.

— Les plus grands bateaux qui accostent dans ce port peuvent transporter six mille six cents containers, répondit Rainer. Mais certains cargos en chargent jusqu'à huit mille. Si on perd une minute pour chaque container, ça génère un retard de plus de cent heures. D'où l'importance de la rapidité du chargement. Ces dernières années, nous avons fait des investissements de grande envergure pour améliorer la logistique. Aujourd'hui, nous avons un système global pour tout gérer : la notification, la livraison, l'examen, les estimations, les réparations et l'expédition. Et grâce à nos deux nouvelles grues-portiques, nous sommes également capables de prendre en charge des porte-containers de plus en plus grands.

— Quel type de marchandises chargez-vous ? demanda Gunnar.

— Nous chargeons de tout, répondit Rainer en se rengorgeant.

— Comment vérifiez-vous le contenu des containers ? demanda Gunnar.

— C'est la douane qui s'en charge. Et puis il y a des contrôles-surprises du conseil municipal et de l'Agence de protection environnementale. On découvre parfois de drôles de trucs, évidemment.

Il prit une grande inspiration et baissa un peu la voix :

— Il n'y a pas si longtemps, on a eu le cas de trois personnes venues du Nigeria, qui avaient rempli un container de vieilles pièces de voitures. Ils voulaient les envoyer au Nigeria, où cette ferraille a de la valeur. Mais ils n'avaient pas rempli les papiers nécessaires. Nous avons dû vider le container entier et tout vérifier. Certaines pièces ont été confisquées, car considérées comme dangereuses. Je ne sais pas ce qu'il est advenu du container, après ça.

Rainer reprit sa marche.

Henrik et Gunnar lui emboîtèrent le pas, en l'encadrant.

— Mais ça arrive souvent, ça ? demanda Henrik. De vider un container ?

— Non, pas très souvent. Le fret est soumis aux formalités de douane. Le vendeur déclare ce qu'il exporte et l'acheteur ce qu'il importe. Il existe de nombreuses réglementations sur le fret maritime. Parfois, les vendeurs ne connaissent même pas les conditions de livraison dans le pays de l'acheteur. C'est là que ça se complique.

— Comment cela ? demanda Gunnar.

— Il peut y avoir litige sur la personne qui doit payer l'assurance, par exemple, quand le risque est transféré du vendeur à l'acheteur. Malgré les réglementations internationales, ces questions de responsabilité légale peuvent engendrer des conflits.

Il s'arrêta.

— Nous y sommes !

Ils se trouvaient dans une zone où l'on stockait les containers les uns sur les autres. Sur leur droite, il y en avait trois, de couleur orange. Derrière eux, trois autres, gris et rouillés, frappés du nom de Hapag-Lloyd sur les côtés. Cinquante mètres plus loin, un groupe de bleus, de marron et de gris.

Dans un mugissement plaintif, le vent se frayait un chemin dans les allées de containers. Le sol était humide, le ciel chargé de nuages sombres et menaçants.

— D'où viennent les marchandises ? demanda Henrik.

— De Stockholm et de la région de Mälardal, surtout. Mais aussi de Finlande, de Norvège et des pays Baltes, répondit Rainer. Et bien sûr, de Hambourg. La plupart des marchandises internationales sont rechargées là-bas et nous parviennent ensuite.

— Nous avons trouvé de la drogue à l'endroit où Thomas Rydberg a été assassiné. Que savez-vous là-dessus ?

— Rien.

— Donc, vous ne savez pas s'il existe un trafic de stupéfiants sur les docks ?

— Non, répondit précipitamment Rainer en baissant le nez vers ses chaussures. Je ne peux pas affirmer qu'il n'y a aucun trafic. Mais s'il y avait eu un trafic à grande échelle, je pense que je l'aurais remarqué.

— Y a-t-il d'autres trafics illicites ? D'alcool, peut-être ?

— Plus maintenant. Certains bateaux ont même interdit la consommation d'alcool à bord.

— Mais auparavant ?

Rainer marqua un temps avant de répondre :

— Nous avons eu des problèmes avec des bateaux qui venaient des pays Baltes. Ils vendaient de l'alcool de contrebande et nous avons surpris des jeunes qui venaient leur acheter de la vodka.

— Donc, vous n'avez découvert aucun trafic, récemment ?

— Non. Mais bon... Il y a six mille mètres de quais à surveiller et on ne peut pas employer du personnel juste pour patrouiller sur les docks. Nous n'en avons pas les moyens.

— Donc, il pourrait y avoir un trafic de drogue ?

— On ne peut pas affirmer avec certitude qu'il n'y en a pas.

Henrik Levin se dirigea vers un container bleu et examina l'une de ses parois. Des gouttes d'eau dégoulinaient le long du métal ondulé. Il fit le tour pour regarder les portes. Elles étaient scellées de haut en bas par un verrouillage en acier galvanisé à quatre points, celui du milieu étant complété par un cadenas. Sur la porte de droite, une combinaison était inscrite.

Une suite de chiffres et de lettres.

— Nous savons que Hans Juhlén, le directeur départemental de l'Office d'immigration est venu ici, sur les docks, dit Gunnar.

— Ah oui ? fit Rainer.

— Savez-vous ce qu'il était venu faire ?

— Non, je ne sais pas. Aucune idée.

— Savez-vous s'il fréquentait quelqu'un ici ?

— Je ne comprends pas bien la question. Vous pensez qu'il était de mèche avec un membre du personnel pour un trafic illicite ?

— Non, je ne pense rien du tout. J'essaie juste de découvrir ce qu'il était venu faire. Donc, vous ne savez pas s'il était lié à une personne employée sur les docks ?

— Non, mais c'est possible, bien sûr.

— Dans l'ordinateur de Hans Juhlén, nous avons trouvé dix combinaisons.

Il montra la porte du doigt.

— Semblables à celle-ci.

Il tira de sa poche la liste des combinaisons provenant du fichier de Juhlén.

— Pouvez-vous me dire ce qu'elles signifient ?

Rainer saisit la liste et rajusta ses lunettes sur son nez.

— Oui, ce sont des numéros de containers. C'est grâce à ça que nous les identifions.

Jana Berzelius essuya minutieusement le téléphone de Thomas Rydberg à l'aide d'un chiffon et d'une solution dégraissante, puis l'enferma dans un sac de congélation de trois litres qu'elle posa sur la table. Où allait-elle se débarrasser de cet appareil ? L'idéal aurait été de le brûler mais, dans l'appartement, cela déclencherait l'alarme incendie.

Elle pouvait aussi le jeter dans le Motala Ström et le laisser couler jusqu'au fond. C'était sans doute la meilleure solution, à condition que personne ne la voie. Elle passa mentalement en revue les points d'accès au fleuve qui traversait Norrköping. Aucun de ceux qu'elle connaissait ne lui parut convenir.

Après une heure de réflexion, elle décida de chercher tout de même un endroit discret en bordure du fleuve.

Elle sortit donc de chez elle, en emportant le sac en plastique contenant le portable.

Gunnar Öhrn et Henrik Levin étaient assis dans le bureau des docks et regardaient avec impatience Rainer Gustavsson pianoter sur le clavier de son ordinateur.

— Je vous écoute..., dit Rainer en haussant ses sourcils roux, le front plissé par la concentration.

Henrik déplia la feuille devant lui et lut à voix haute la première combinaison de leur liste.

— VPXO.

— Et après ?

— 410009.

Rainer entra les chiffres.

Un léger bourdonnement se fit entendre tandis que l'ordinateur parcourait le registre international en ligne des containers maritimes. La recherche dura à peine une minute, qui fit à Henrik l'effet d'une éternité.

— Ah, d'accord, dit Rainer. Ce container n'est plus en service. Il a dû être mis à la casse. Vous voulez qu'on vérifie le suivant ?

Henrik se tortilla sur sa chaise.

— CPCU106130, lut-il de nouveau.

Rainer entra la combinaison.

— Non, celui-là n'y est pas non plus. Le suivant ?

— BXCU820339, dicta Henrik.

— Non, le serveur dit qu'il n'est pas en cours d'utilisation. Ils ont probablement tous été mis hors service.

Henrik fut pris d'un accès de découragement. Un instant plus tôt, ils tenaient une piste décisive, mais ils étaient revenus à la case départ.

Gunnar se frotta le nez, visiblement irrité.

— Pouvez-vous voir d'où venaient ces containers ? demanda-t-il.

— Oui, le serveur l'indique. Celui-ci venait du Chili. Je vais voir d'où les deux autres... Oui, c'est ça, ils venaient du Chili, eux aussi, dit Rainer.

— Qui décide de leur mise hors service ? demanda Gunnar.

— L'entreprise qui en est propriétaire. Il s'agit de Sea and Air Logistics, SAL.

— Pouvez-vous vérifier d'où venaient les autres containers ? Et qui en était propriétaire ?

Henrik posa la liste sur le bureau de Rainer, qui entra la quatrième combinaison et nota quelque chose. Il fit de même avec les deux dernières.

Tous les containers provenaient du Chili. Et ils n'étaient plus en circulation.

32

— Stop ! cria la femme.

— Maintenant ? demanda le conducteur, surpris.

— Oui, maintenant ! Arrête-toi ! cria-t-elle à nouveau.

— Mais il nous reste encore un long trajet, dit l'homme. Ce n'est pas là que...

— La ferme ! l'interrompit la femme. C'est moi qui décide.

L'homme freina et arrêta la fourgonnette.

La fillette comprit immédiatement que quelque chose n'allait pas. Hadès réagit lui aussi et se redressa.

La fillette vit la femme lui lancer un regard noir.

— Donne-moi le couteau, ordonna-t-elle.

La fillette obéit aussitôt et le lui tendit.

— Et le pistolet. Donne-le-moi ! dit ensuite la femme à Hadès.

Elle le lui arracha des mains et vérifia le chargeur.

Il était vide.

— Tu n'étais pas censé tirer, dit-elle d'une voix dure.

Hadès baissa la tête.

La femme ouvrit une boîte dans un coin de la cabine du conducteur et en tira un chargeur plein, qu'elle inséra dans le pistolet. Puis elle tira le mécanisme de mise à feu en arrière, le relâcha et braqua l'arme dans leur direction.

— Dehors ! dit-elle.

Ils sortirent de la camionnette. Ils se trouvaient dans une forêt. Le silence était lourd comme du plomb. La nuit s'achevait et les premiers rayons du soleil filtraient entre les sapins. La femme *poussa la fillette devant elle, le canon de l'arme pointé dans son dos. Hadès marchait devant, tête baissée comme s'il avait fait quelque chose de mal et en avait honte.*

Ils suivaient un étroit chemin de terre, la fillette ne cessait de trébucher sur les racines qui affleuraient au sol. Les branches lui griffaient les bras et mouillaient de rosée le coton fin de son pull. Plus ils s'enfonçaient dans la forêt, plus la lumière des phares de la fourgonnette faiblissait.

Cent cinquante-deux pas, *compta la fillette en silence. Elle continua de compter. Ils approchaient d'un ravin.*

L'épaisse forêt s'ouvrit devant eux.

— Ne vous arrêtez pas ! dit la femme en appuyant plus fort encore le canon de l'arme entre les omoplates de la fillette. Allez, avancez !

Ils descendirent dans le ravin, en écartant des branches pour se frayer un chemin.

— Arrêtez-vous là ! dit la femme en agrippant fermement le bras de la petite fille.

Elle la poussa vers Hadès et les plaça côte à côte. Elle leur lança un nouveau regard noir, puis passa derrière eux.

— Vous vous croyez importants, n'est-ce pas ? lança-t-elle d'une voix sifflante. Vous vous trompez. Vous n'êtes rien du tout, vous ne valez rien. Vous n'êtes que de petits insectes inutiles dont personne ne veut ! Personne ne s'intéresse à vous ! Vous m'entendez ? Même Papa n'en a rien à faire de vous. Il avait besoin de vous pour tuer, rien d'autre. Vous ne le saviez pas ?

La fillette lança un regard à Hadès et celui-ci lut la panique dans ses yeux.

Souris, s'il te plaît, le *supplia-t-elle silencieusement*. Souris et dis-moi que c'est un cauchemar. Creuse la petite fossette de ta joue. Souris. Souris !

Mais Hadès ne lui sourit pas et battit des paupières.

Un, deux, trois, *disait-il avec ses paupières.* Un, deux, trois.

La fillette comprit et battit des paupières en retour.

— Mais maintenant, c'est fini. Papa n'a plus besoin de vous, sales petits monstres !

Hadès cligna à nouveau des yeux. Plus fort, cette fois. Un, deux, trois. Et encore une fois. La dernière. Un. Deux. TROIS.

Ils se jetèrent tous deux en arrière. Hadès attrapa fermement le bras de la femme et le tordit pour lui faire lâcher l'arme. Prise de court, elle appuya instinctivement sur la détente. Le coup partit. Son écho se répercuta entre les arbres.

Puis elle lâcha le pistolet.

La fillette le ramassa aussitôt et le braqua sur la femme. Puis elle vit Hadès s'effondrer dans l'herbe. Il était touché.

— Donne-moi le pistolet ! siffla la femme.

Les mains de la fillette tremblaient. Elle contemplait fixement Hadès qui gisait, immobile, dans l'herbe. Sa gorge était à nu et il respirait avec difficulté.

— Hadès ! appela-t-elle.

Hadès tourna la tête vers elle.

Ils se regardèrent dans les yeux.

— Cours, murmura-t-il.

— Allez, donne-moi ce pistolet ! cria la femme.

— Cours, Kèr, murmura à nouveau Hadès.

Puis il fut pris d'une violente quinte de toux.

— Cours !

La fillette recula de quelques pas.

— Hadès...

Elle ne comprenait pas. Elle ne pouvait pas s'enfuir comme ça. Elle ne pouvait pas abandonner Hadès.

— Cours !

C'est alors qu'elle le vit.

Son sourire.

Elle comprit ce qu'il attendait d'elle.

Elle tourna les talons et se mit à courir.

33

Jana Berzelius avait roulé plus de trente minutes le long du fleuve Motala Ström sans avoir pu se débarrasser du téléphone de Thomas Rydberg. Il y avait du monde partout et les gens auraient sûrement trouvé bizarre qu'elle s'avance jusqu'au bord de l'eau pour jeter un portable.

Elle gara sa voiture sur une place de parking dans Leonardsbergvägen et coupa le moteur. Qu'allait-elle faire de ce portable ? Un sentiment de désespoir enfla lentement en elle, puis la submergea tout à fait. Elle frappa le volant. A deux mains.

Fort.

Plus fort.

Puis elle renversa la tête en arrière et reprit son souffle. Elle posa le coude sur la portière de la voiture et son poing droit contre sa bouche. Elle resta assise ainsi un long moment, à contempler le paysage désolé. Tout était gris. Déprimant. Les arbres étaient dépourvus de feuilles, le sol couvert de neige fondue, sale et boueuse. Le ciel était du même gris anthracite que l'asphalte de la route.

Soudain, elle eut une idée. Elle ouvrit son sac à main et en tira le sac en plastique qui contenait le téléphone. Pourquoi n'y avait-elle pas pensé plus tôt ?

Elle se redressa sur son siège et posa le portable à côté de son sac. Le texto qui l'intriguait — celui qui disait « liv. mar.1 » — avait été envoyé vers un bureau de l'Office d'immigration. Jusque-là il ne lui était pas venu à l'idée de composer ce numéro pour voir qui décrocherait. Elle avait eu tort, mais elle allait réparer cette erreur.

Elle remit le moteur en marche. Elle allait appeler ce numéro. Mais pas avec le portable de Rydberg. Ni avec le sien. Il lui fallait une carte prépayée.

Elle sortit du parking. Il ne lui restait plus qu'à trouver une station-service.

Mia Bolander se balançait sur sa chaise dans le bureau de Henrik Levin. Elle mordillait nerveusement l'ongle de son pouce, tout en parcourant la liste des combinaisons.

Gunnar était debout au milieu de la pièce et Henrik assis à son bureau.

— SAL fabrique des containers à Shanghai et en Chine, dit Henrik en ajustant son sous-main pour l'aligner bien parallèlement au bord de la table. Ils possèdent — ou plutôt, possédaient — les trois premiers containers de la liste. Ces derniers ont été mis à la casse.

— Et les autres ? demanda Gunnar.

— Quatre d'entre eux appartiennent à SPL Freight et le reste à Onboardex. Ce qui est étrange, c'est qu'ils aient tous été retirés du circuit. Nous devons découvrir ce qu'ils transportaient la dernière fois qu'ils ont servi. Henrik, tu t'occupes de SAL, Mia, tu prends SPL. Je me charge d'Onboardex. Je sais que c'est dimanche, mais on arrivera sûrement à joindre quelqu'un. Nous devons comprendre pourquoi Juhlén avait la combinaison de ces containers dans son ordinateur.

Gunnar sortit aussitôt du bureau de Henrik d'un pas décidé.

Mia se leva lentement et quitta la pièce en traînant les pieds. Henrik soupira et réprima l'envie de lui dire de se secouer. Ça ne servait à rien.

Il posa le téléphone fixe devant lui, au milieu du sous-main, et composa le numéro de SAL à Stockholm. Il fut aussitôt mis en relation avec un serveur international, dont la voix de synthèse lui annonça en anglais que l'attente durerait cinq minutes. Au bout des cinq minutes, un standardiste lui répondit en anglais, avec un accent allemand.

Henrik exposa l'objet de son appel dans un anglais assez sommaire et on le mit en relation avec une administratrice de Stockholm à la voix traînante.

Après s'être brièvement présenté, Henrik en vint au fait.

— Je voudrais des renseignements sur des containers maritimes qui vous ont appartenu.

— Avez-vous leur numéro d'identification ?

Henrik lui lut lentement les combinaisons et entendit la femme taper les lettres et les chiffres sur son clavier.

Un silence s'ensuivit.

— Allô ?

— Oui, allô ?

— J'ai cru que vous aviez raccroché.

— Non, j'attends la réponse du serveur informatique.

— Je sais que vous vous êtes débarrassés des containers, mais je veux savoir quelle marchandise ils contenaient.

— Eh bien, d'après ce que je vois en tout cas, ils n'ont pas été mis à la casse.

— Ah non ?

— Non, ils n'apparaissent plus dans notre serveur.

— Que voulez-vous dire ?

— Ils sont portés manquants.

— Tous les trois ?

— C'est cela. Vous avez bien compris.

Henrik se leva d'un bond, remercia la femme de sa coopération et quitta son bureau pour aller dans celui de Mia.

Elle raccrochait tout juste le téléphone.

— C'est bizarre, dit-elle. D'après SPL, les containers sont portés manquants. Ils se sont volatilisés sans laisser de trace.

Henrik alla droit chez Gunnar et faillit le heurter dans l'embrasure de sa porte.

— Eh bien..., commença Gunnar.

— Ne dis rien, dit Henrik. Les containers ont disparu, pas vrai ?

— Oui, comment le sais-tu ?

La carte prépayée coûtait cinquante couronnes. Jana Berzelius paya la somme exacte et refusa poliment le reçu que lui tendait le vendeur. Elle quitta le petit kiosque si précipitamment qu'elle faillit heurter un rayonnage de bonbons et de chewing-gums.

Elle n'avait pas choisi au hasard ce point de vente. Elle avait d'abord envisagé de se rendre dans une station-service, mais avait finalement changé d'avis. Les stations-service étaient équipées de caméras de surveillance et elle ne voulait pas être filmée en train d'acheter une carte prépayée.

De retour dans sa voiture, elle ôta ses gants, sortit la carte SIM de son emballage et l'inséra dans le téléphone de Thomas Rydberg. Elle alluma ensuite l'appareil et attendit un moment avant de composer le numéro auquel avait été envoyé le mystérieux texto. Elle patienta un peu, curieuse de savoir si l'appel aboutirait. Elle s'attendait à ce que l'abonné ne réponde pas, à ce que le téléphone soit éteint. Peut-être même que le numéro n'était plus attribué.

Lorsque la première sonnerie retentit à son oreille, elle sentit son cœur se mettre à battre la chamade. Elle posa une main sur le volant et le serra très fort. Puis un répondeur déclina un nom à l'autre bout du fil.

Dans le bureau de Henrik Levin, la température avait grimpé de quelques degrés. Gunnar Öhrn était assis, les coudes sur les genoux, une feuille de papier à la main.

Mia Bolander était adossée au mur. Henrik était installé, jambes croisées, dans son fauteuil de bureau.

— Alors, aucune de ces entreprises n'a plus la moindre trace des containers ? résuma Mia.

— Non, répondit Henrik. Mais ce n'est pas si inhabituel, apparemment. Quand la mer est agitée, des containers de fret peuvent passer par-dessus bord. Il suffit qu'ils aient été mal arrimés au départ.

— Oui, confirma Gunnar. Entre deux mille et dix mille containers finissent au fond de la mer. Par an.

— Une sacrée perte, fit remarquer Mia.

— Oui, dit Henrik.

— Ce qui explique que les entreprises que nous avons contactées n'aient pas eu l'air préoccupées par la chose, dit Gunnar.

— En effet, renchérit Henrik.

— Elles doivent avoir de bonnes assurances, commenta Mia.

Ils restèrent silencieux un moment.

— OK..., fit soudain Henrik. Ce n'est pas le fait que ces containers reposent au fond des mers qui est bizarre. Ce qui est bizarre, c'est qu'on ait retrouvé leur numéro d'identification dans l'ordinateur de Hans Juhlén.

— Ce qu'il faudrait savoir, c'est ce qu'ils transportaient, soupira Mia.

— Malheureusement, personne n'est capable de nous le dire, poursuivit Henrik. Tout ce qu'on sait, c'est qu'ils venaient du Chili, qu'ils sont passés par Hambourg et qu'après avoir été rechargés ici, à Norrköping, ils ont à nouveau été renvoyés vers le Chili. Mais ils ne sont jamais arrivés là-bas, ils ont disparu en chemin, dans l'Atlantique.

— En d'autres termes, il y a tout un tas de marchandises de valeur qui traînent au fond de l'océan ? ironisa Mia. Je crois que je vais me mettre à la plongée...

— Le premier container de la liste a été porté disparu en 1984, reprit Henrik. Puis deux autres ont manqué à l'appel en 1986 et 1989. La dernière disparition date d'il y a un an. Bref, les dix containers de la liste de Juhlén ont fini au fond de l'eau. Ça ne peut pas être une coïncidence.

Il recroisa les jambes en soupirant bruyamment.

Mia Bolander écarta les mains et haussa les épaules. Elle semblait complètement dépassée. Gunnar Öhrn se gratta la tête.

En entrant dans le bureau, Ola Söderström les trouva silencieux.

Il ôta de son épaule le sac qu'il portait en bandoulière et s'appuya contre le mur où était scotché un dessin de fantôme. Le dessin tomba par terre.

— Désolé, fit-il en ramassant le dessin qu'il tendit à Henrik.

— C'est pas grave, répondit Henrik.

— Il est mignon, ce fantôme.

— Mon fils passe par une période difficile, en ce moment. Il est obsédé par les fantômes.

Henrik posa le dessin sur son bureau et retourna à ses pensées.

— Fantômes..., répéta rêveusement Mia.

— Oui, dit Henrik. Il rêve de fantômes, il dessine des fantômes, il regarde des films de fantômes...

— Non, ce mot, ça m'a fait penser à autre chose ! s'exclama Mia. Quand on a interrogé Yusef Abrham, il a dit un truc à propos de containers fantômes, n'est-ce pas ?

— Oui, répondit Henrik.

— Il disait que des réfugiés clandestins mouraient en cours de route.

— Mais les containers dont on parle *partaient* de Suède, il n'y allait pas.

— Oui, tu as raison, dit Mia.

— Mais qu'est-ce qu'il pouvait bien y avoir à l'intérieur ? demanda Ola.

— C'est difficile de trouver la moindre information là-dessus, dit Henrik.

— Peut-être qu'ils étaient vides ? dit Ola.

— C'est peu probable, dit Henrik. Pourquoi Juhlén aurait-il relevé des numéros de containers vides ?

Il se leva brusquement de son fauteuil.

— C'est bien le dimanche soir qu'il a effacé les fichiers ? N'est-ce pas, Ola ?

— Oui, à 18 h 35, répondit Ola.

— Attends un peu... A quelle heure est-il passé chercher sa pizza ?

— A 18 h 40, si je me souviens bien, répondit Ola.

— Il faut combien de temps pour aller de l'Office de l'Immigration à cette pizzéria ?

Mia sortit son téléphone et entra les deux adresses dans une application.

— Huit minutes en voiture, annonça-t-elle.

— A condition que le type soit déjà dans sa voiture.

— Oui.

— C'est donc impossible qu'il soit arrivé à la pizzéria à 40, en ayant quitté son bureau à 35.

— En effet.

— C'est donc quelqu'un d'autre qui a effacé ces fichiers, dit Henrik. Je vais tout de suite en informer Jana.

Il appela Jana sur son portable. Elle décrocha aussitôt et il la mit au courant de leur dernière découverte.

— Je ne comprends pas comment ça a pu nous échapper, conclut-il. Parce que c'est évident, il n'a pas pu effacer lui-même les fichiers.

— En effet, répondit Jana.

Elle regrettait d'avoir décroché. Henrik était surexcité et la conversation s'éternisait.

— Nous devons découvrir qui.

— Oui.

Jana resta un moment silencieuse.

— Vous devriez interroger l'homme de la sécurité qui se trouvait dimanche à l'Office d'immigration, dit-elle enfin. Demandez-lui s'il a vu quelqu'un d'autre dans les locaux. Et maintenant, je suis désolée, Henrik, je dois te laisser. Je suis occupée.

*
* *

Après avoir mis fin à la conversation avec Henrik, Jana Berzelius sortit de sa voiture. Elle était occupée, en effet. Elle avait quelqu'un à voir.

Elle remonta lentement la rue en prenant soin de marcher dans l'ombre. De temps à autre, elle lançait un regard par-dessus son épaule pour s'assurer que personne ne l'avait remarquée.

Elle s'arrêta un instant devant la maison où elle se rendait pour observer les fenêtres. Il y avait de la lumière, mais aucun mouvement. Elle vérifia une dernière fois le numéro de la rue, 21, et le nom sur la boîte aux lettres.

Lena A. Wikström.

Puis elle enjamba la palissade blanche qui entourait le jardin.

Mia Bolander mordit dans la poire qu'elle avait trouvée dans la cuisine réservée au personnel. Elle était bien juteuse. Un délice.

Henrik l'avait chargée d'appeler la société responsable de la sécurité de l'Office d'immigration. Elle mordit de nouveau dans sa poire tout en composant le numéro. Une réceptionniste répondit aussitôt.

— Mia Bolander, police judiciaire de Norrköping, annonça-t-elle la bouche pleine.

Puis elle répéta, après avoir dégluti :

— Bonjour, ici le lieutenant de police Mia Bolander. Je voudrais parler à...

Elle tendit le bras pour attraper le bloc-notes sur lequel elle avait griffonné un nom qu'elle lut à voix haute.

— ... Jens Cavenius. C'est urgent.

— Un instant, s'il vous plaît.

Mia dut patienter trente secondes, qu'elle mit à profit pour terminer sa poire.

— Malheureusement, Jens Cavenius ne travaille pas aujourd'hui, dit la réceptionniste.

— Je dois le joindre immédiatement, dit Mia. Tâchez de le contacter et dites-lui de me rappeler au plus vite.

— Entendu.

Elle dicta son numéro de téléphone à la réceptionniste, puis raccrocha.

Cinq minutes plus tard, Jens Cavenius la rappelait.

Elle en vint tout de suite au fait.

— Vous nous avez dit que vous avez vu Hans Juhlén dans son bureau dimanche soir. Est-ce exact ?

— Je... Je suis passé devant son bureau et il était là.

— Oui, mais l'avez-vous vu, lui ?

— Non, pas exactement. J'ai vu que la lumière était allumée dans son bureau.

— Et ?

— Je l'ai entendu taper sur le clavier de son ordinateur.

— Mais vous ne l'avez pas vu ?

— Non... Je...

— Donc, vous ne pouvez pas affirmer que c'était bien lui qui se trouvait dans son bureau ?

— Mais je...

— Avez-vous remarqué ce jour-là quelque chose d'inhabituel dans les locaux ?

— J'essaye de réfléchir, mais...

— C'est ça, réfléchissez. Et vite.

— Maintenant que vous me posez la question, il me semble avoir aperçu la manche d'un vêtement, par l'entrebâillement de la porte. Une manche couleur lilas.

— Et si vous réfléchissez encore un peu, qui parmi les employés du bureau pourrait porter ce genre de couleur ?

— Je ne sais pas... mais peut-être...

— Oui ?

— Peut-être que ça pourrait être sa secrétaire, Lena. Elle porte souvent du mauve.

Lena A. Wikström tripota machinalement le pendentif de son collier en or, tout en se mordillant la lèvre. Thomas Rydberg était mort. On l'avait tué. Sur les docks. Mais qui ?

Est-ce que ça avait un rapport avec l'appel qu'elle venait de recevoir ? Chaque fois qu'elle posait les yeux sur le téléphone abandonné sur son lit, elle avait une bouffée d'angoisse.

Elle lâcha son collier et ouvrit son armoire. Elle en tira une valise qu'elle posa sur le lit, près du téléphone.

Personne ne l'appelait jamais sur ce numéro. C'était elle qui contactait les autres. Comme convenu. Eux, ils avaient le droit de lui envoyer des textos, qu'elle effaçait aussitôt. Mais, aujourd'hui, quelqu'un avait enfreint la procédure. Elle ne savait pas qui. Elle n'avait pas reconnu le numéro.

C'était très inquiétant.

Elle sortit de son armoire trois cardigans, un chemisier et quatre hauts. Elle fut moins regardante pour les sous-vêtements et se contenta d'emporter ceux qui étaient sur le dessus, dans le tiroir.

Là où elle allait, elle pourrait s'acheter de nouveaux vêtements. Elle ne savait pas encore quelle serait sa destination, mais elle était prête. Elle avait toujours su qu'il lui faudrait un jour partir précipitamment.

Elle jeta un coup d'œil circulaire à sa chambre, s'arrêtant sur la commode où deux lampes éclairaient trois photographies encadrées. Des photos de ses petits-enfants, prises l'été dernier. Ils souriaient. Ils allaient lui manquer.

Soudain, elle entendit sonner.

Elle se figea. Elle n'attendait pas de visite.

Elle regarda par la fenêtre de la chambre qui donnait sur la porte d'entrée. Mais elle ne vit personne.

De plus en plus inquiète, elle sortit de sa chambre sur la pointe des pieds, traversa le salon en passant devant la salle de bains et rejoignit l'entrée. A deux mains, elle déverrouilla la porte, tourna les deux verrous supplémentaires et décrocha la chaîne de sûreté. Puis elle entrouvrit le battant, juste assez pour jeter un coup d'œil.

Une femme se tenait de l'autre côté.

— Bonsoir, Lena, murmura Jana, tout en glissant un pied dans l'embrasure de la porte.

— Qu'est-ce qu'on a sur Lena ? demanda Gunnar Öhrn.

Ils étaient rassemblés autour de la table de conférence. La tension dans la pièce était palpable.

— Elle a cinquante-huit ans, elle n'est pas mariée, elle a deux enfants aujourd'hui adultes : un fils qui vit à Skövde et une fille à Stockholm, lut Ola Söderström à voix haute. Son casier judiciaire est vierge.

— Alors, qu'est-ce qu'on fait maintenant ? demanda Mia.

— Il faut la faire venir ici pour l'interroger, répondit Henrik.

— Tout ce qu'on a contre elle, c'est le témoignage d'un ado écervelé qui pense qu'il a aperçu la manche de son pull dans le bureau de Juhlén, dit Mia.

— Je sais, reconnut Henrik. Mais nous n'avons pas d'autre piste.

— Henrik a raison, coupa Gunnar. Il faut interroger cette femme. Et on ne va pas la convoquer, on va chez elle. Henrik et Mia, vous m'accompagnez ! Et tout de suite.

Il quitta la pièce, suivi de Henrik et de Mia.

Ola Söderström resta seul dans la salle de conférences. Enfin, l'enquête avait l'air d'avancer. Il tambourina sur la table et quitta à son tour la pièce, pour se rendre dans son bureau. Là, il mit son ordinateur sous tension et, le temps qu'il s'allume, emporta sa gamelle dans la cuisine pour la mettre au frigo.

En retournant dans son bureau, il jeta un œil aux casiers de courrier du couloir. Le sien était vide, mais il y avait toute une pile de papiers dans celui de Gunnar Öhrn. Il les prit. Il s'agissait de l'historique des communications de Rydberg, transmis par son opérateur de téléphonie mobile.

Il le parcourut rapidement. Quand il en vint à la page des textos sortants, il sursauta. Puis il se précipita vers l'ascenseur et appuya frénétiquement sur le bouton pour rattraper ses collègues.

Lena A. Wikström n'eut pas le temps de réagir, et Jana Berzelius n'eut aucun mal à se glisser par la porte entrouverte en la fermant derrière elle. Il faisait un peu sombre dans l'entrée, mais elle distingua quelques statuettes en porcelaine disposées sur un buffet paré d'un tissu brodé. Il y avait un miroir également, orné d'un cadre travaillé. Un abat-jour en verre dépoli était suspendu au plafonnier.

Jana resta absolument immobile, plantée sur le tapis en jonc de l'entrée. Cette Lena lui rappelait quelqu'un. Mais elle n'aurait pas su dire qui.

— Qui êtes-vous ? demanda Lena, sans quitter Jana des yeux.

— Je m'appelle Jana Berzelius. J'enquête sur le meurtre de Hans Juhlén.

— Vraiment ? Mais que venez-vous faire chez moi à cette heure-ci ?

— Chercher des réponses à certaines questions.

Lena contempla l'intruse. Elle était bien trop élégante pour un flic, avec ses mains gantées de cuir, ses chaussures à talons hauts et son trench noir.

— Je ne peux pas vous aider.

— Oh si, vous le pouvez, rétorqua Jana en se rendant tout droit à la cuisine.

— Vous ne pouvez pas entrer chez les gens comme ça, dit Lena.

— Si, je le peux, et si vous vous y opposez, je produirai un mandat de perquisition. Et avec ça, vous ne pourrez pas me refuser l'entrée.

Lena soupira.

— OK, que voulez-vous savoir ?

— Hans Juhlén a été assassiné à son domicile.

— Ce n'est pas une question, fit remarquer Lena.

— Non.

Avant de rejoindre la femme dans la cuisine, Lena verrouilla la porte d'entrée. Puis elle ouvrit un tiroir de la console et en sortit discrètement un pistolet qu'elle dissimula dans la ceinture de son pantalon, derrière son dos. Elle tira son pull par-dessus, afin de camoufler le renflement. Et alla dans la cuisine, en affichant un sourire forcé.

— J'attends vos questions, dit-elle posément.

— Hans Juhlén a été assassiné vers 19 heures. La police a découvert des combinaisons d'identification de containers dans son ordinateur. Ces combinaisons ont été effacées de l'ordinateur à 18 h 35. Il n'a pas pu le faire lui-même. Est-ce vous qui l'avez fait ?

Lena demeura interdite. Elle avait tout à coup un poids sur la poitrine.

Jana continua :

— Il est important que je sache ce qu'il y avait dans ces containers. Pouvez-vous me le dire ?

— Je suis désolée, mais je dois vous demander de partir.

— Je veux juste savoir.

— Sortez de chez moi tout de suite.

Mais Jana demeura debout près de la table.

Lena glissa lentement une main vers l'arme qu'elle cachait derrière son dos.

— Je ne bougerai pas d'ici tant que je n'aurai pas ma réponse, répondit Jana.

Elle avait vu le geste de Lena et se prépara à réagir.

Lorsque Lena tira le pistolet de sa ceinture, Jana bondit en avant et lui frappa les reins du tranchant de la main. Lena se plia en deux. Jana enchaîna avec un coup de genou dans le ventre. Dans un grognement de surprise et de douleur, Lena s'effondra au sol en lâchant le pistolet.

Jana le ramassa et vérifia que le chargeur était plein. Puis elle alla s'accroupir devant Lena. C'est alors qu'elle aperçut le pendentif qu'elle portait au cou.

Un pendentif doré.

Le sol tangua sous ses pieds. Sa vue se brouilla, ses oreilles se mirent à bourdonner, ses tempes à battre douloureusement. Son pouls aussi battait, si fort qu'il lui faisait mal.

Un collier.

Avec un nom.

Maman.

Cet ascenseur mettait un temps fou à descendre.

Ola Söderström regardait défiler les numéros des étages. Lorsque l'ascenseur s'arrêta enfin et que les portes s'ouvrirent, il se jeta à l'extérieur et se précipita dans le garage. Là, il chercha ses collègues du regard. Entendant une portière claquer, il se dirigea au pas de course vers l'endroit d'où provenait le bruit. Un second claquement de portière résonna, et il se haussa sur la pointe des pieds pour regarder par-dessus les capots de voitures.

Il aperçut alors la silhouette de Gunnar Öhrn qui disparaissait à l'intérieur de son véhicule tandis qu'un autre claquement de portière résonnait dans le garage.

— Arrêtez !

Des feux de stop rouges s'allumèrent devant lui.

Gunnar ouvrit la portière et sortit la tête.

Ola le rejoignit en courant et posa un bras sur sa portière en tâchant de retrouver son souffle.

— J'ai... les... historiques, dit-il.

Il tendit la liste à Gunnar.

Mia et Henrik se regardèrent.

— Du portable... de Thomas Rydberg. Regarde la page 8. Ses... textos.

Gunnar prit la liasse de feuilles qu'il lui tendait et chercha fébrilement la page 8. Sur la deuxième ligne, il y avait un texto extrêmement étrange : « Liv. mar. 1. »

— C'est Thomas qui a envoyé ça ? demanda Gunnar.

Ola hocha brièvement la tête.

— A qui ?

— Le numéro est attribué à l'Office d'immigration.

— Hans Juhlén ?

— Ou alors Lena, sa secrétaire, répondit Ola.

Gunnar hocha la tête, puis il claqua sa portière et démarra en trombe.

34

Lena A. Wikström était toujours allongée à terre. Elle pressait sa main droite contre son flanc. Elle avait l'air de souffrir. Jana fixait en silence son pendentif.

— Ce collier..., murmura-t-elle.

Et soudain, un souvenir lui revint avec une force incroyable. Elle se vit. Avec un petit garçon et une femme. La femme tenait un pistolet, et le garçon et elle...

Une femme était derrière eux et les menaçait de son pistolet. D'un même mouvement, comme un seul homme, ils se jetaient tous les deux sur elle. Le garçon saisissait le bras de la femme et le tordait pour lui faire lâcher l'arme. Un coup partait, dont l'écho résonnait entre les arbres.

La femme avait lâché le pistolet et la fillette se précipita pour le ramasser et le braquer sur elle. Puis elle vit le garçon s'effondrer dans l'herbe. Il était touché.

Et cette fillette...

C'était moi...

Jana fut prise d'un étourdissement et dut se rattraper à la table pour ne pas tomber.

— Hadès, dit-elle lentement.

Lena poussa un cri de surprise.

— Vous l'avez tué. Je vous ai vue. Vous l'avez tué sous mes yeux !

Lena ne répondit pas et balaya Jana du regard, de la tête aux pieds, les yeux plissés.

— Qui êtes-vous ? demanda-t-elle enfin.

Les mains de Jana se mirent à trembler. Elle dut tenir le pistolet à deux mains pour le stabiliser et garder Lena en joue.

— Qui êtes-vous ? répéta Lena. Vous ne pouvez pas être celle que je crois.

— Dites toujours...

— Kèr ?

Jana hocha la tête.

— Je ne peux pas y croire..., murmura Lena. C'est impossible.

— Vous l'avez tué !

— Il n'est pas mort.

— Mais je vous ai vue...

— Il ne faut pas se fier aux apparences, l'interrompit Lena.

— Vous savez ce qu'il y avait dans ces containers, n'est-ce pas ?

— Oui. Mais toi aussi, tu devrais le savoir.

— Dites-le-moi ! insista Jana.

— Tu ne le sais pas ? Tu ne t'en souviens pas ?

— Dites-moi ce qu'il y avait dans ces containers !

Lena se releva péniblement, en grimaçant de douleur, pour s'adosser au placard de la cuisine.

— La marchandise habituelle, répondit-elle d'un ton laconique.

Elle grimaça de nouveau et souleva son pull pour regarder la trace rouge que le coup de Jana avait laissée sur sa peau.

— Continuez !

— Qu'est-ce que tu veux savoir ?

— Ce qu'il y avait dans ces containers. De la drogue ?

— De la drogue ?

Lena eut l'air surprise. Puis elle sourit.

— Oui, c'est ça, de la drogue. Nous...

— C'était qui, « nous » ?

— Franchement, il n'y a pas grand-chose à en dire. Au

début, ça s'est fait un peu au hasard, puis nous nous sommes organisés.

— Est-ce que vous savez pourquoi j'ai ce nom tatoué sur la nuque ?

Lena ne répondit pas.

— Je vous écoute, la pressa Jana.

Elle fit un pas en arrière et pointa de nouveau son arme sur Lena. Mais celle-ci n'eut pas l'air impressionnée et se contenta de hausser les épaules.

— C'était son idée. Pas la mienne. Je n'étais responsable de rien. Je me contentais d'aider un peu...

— L'idée de qui ? hurla Jana. Dites-moi de qui vous parlez.

— Jamais, répondit Lena.

— Dites-le-moi.

— Non. Jamais.

Jana resserra sa prise sur le pistolet.

— Et Thomas Rydberg ? demanda-t-elle.

— Il était au courant de l'arrivée des bateaux et il m'en informait par texto.

Lena prit une profonde inspiration.

— Je faisais ça parce qu'il me payait bien.

— Qui ça ? Thomas ? C'est Thomas qui payait ?

Jana entendit soudain une voiture freiner.

— Vous attendez quelqu'un ?

Lena secoua la tête.

Dehors, des portières claquèrent. Jana appuya le canon de son arme contre le crâne de Lena et la poussa vers la fenêtre.

— Qui est-ce ? demanda-t-elle.

— La police.

— La police ?

Jana se mit à réfléchir. *Qu'est-ce qu'ils font là ? Qu'est-ce qu'ils savent ?*

Elle se mordilla la lèvre. Elle devait immédiatement quitter cette maison. Mais que faire de Lena ? Elle fut tentée de la tuer sur-le-champ. Mais bien sûr ç'aurait été stupide. Lena était un témoin important. Et aussi la seule personne capable de la renseigner sur son passé. Devait-elle l'attacher ? La laisser partir ? L'assommer ?

Il fallait absolument qu'elle puisse continuer à l'interroger.

Et soudain, elle eut une idée lumineuse...

Elle sortit de sa poche le téléphone de Thomas Rydberg et le posa devant Lena.

— C'était une bonne idée de communiquer par texto, ricana-t-elle. Vous savez à qui appartient cet appareil ? A Thomas Rydberg.

— Comment se fait-il qu'il soit en ta possession ?

— Aucune importance, je sais maintenant comment m'en débarrasser.

Elle fit signe à Lena d'avancer.

— Avancez, lui dit-elle.

On entendait déjà des pas de l'autre côté de la porte.

Jana entraîna Lena vers la chambre et la fit asseoir sur la valise. Puis elle essuya le portable de Rydberg et referma les doigts de Lena dessus.

— Qu'est-ce que tu fais ? Qu'est-ce qui te prend ?

Jana déposa le portable dans la valise.

— Dans une minute, la police sera ici. Vous allez tout avouer. Vous direz que c'est vous qui avez tué Hans Juhlén et Thomas Rydberg.

— Tu es folle. Jamais.

— Je vois que vous avez des enfants. Et des petits-enfants, aussi. Tant que vous n'aurez pas avoué, j'en tuerai un par jour.

— Tu ne peux pas faire ça !

— Oh si, je le peux. Et vous le savez très bien.

— Ça ne marchera pas. Même si j'avoue. Ça ne s'arrêtera pas là !

— Oh que si, ça va marcher.

— Tu ne t'en sortiras pas comme ça. Je dirai à la police que c'est toi qui as mis ce téléphone dans ma valise.

— Votre parole contre la mienne ? Je suis procureure. On

croira qui, d'après vous ? Au fait, vous et moi, on va se retrouver au tribunal. Dans deux semaines environ, je vous inculperai pour meurtre. Tu es fichue, Lena.

On sonnait à la porte, Jana sortit de la chambre.

Elle s'éclipsa par la porte de derrière, laissant Lena se débrouiller avec la police.

35

Elle avait un goût de sang dans la bouche. Et elle était à bout de forces.

La fillette se jeta par terre et rampa jusqu'à un rocher. Les aiguilles de pin la piquaient à travers son pantalon, où apparaissaient, çà et là, de petites taches de sang. Dans sa course effrénée, les branches lui avaient tailladé les jambes.

Elle s'efforça de retenir son souffle, à l'affût du moindre bruit. Son cœur battait à tout rompre à cause de l'effort qu'elle venait de fournir. Le sang battait à ses tempes.

Elle repoussa une mèche de cheveux collée à son front en sueur et essaya de détendre ses doigts crispés sur le pistolet. Elle vérifia le chargeur. Encore sept balles. Elle reposa l'arme sur ses genoux.

Elle resta assise là deux heures. Contre le rocher.

Puis elle reprit sa course.

36

Lundi 23 avril

Lena A. Wikström avait été arrêtée pour suspicion de meurtre sur la personne de Thomas Rydberg. Jana Berzelius avait demandé à la cour de la placer en détention provisoire et l'audition se tiendrait plus tard, dans la journée. Dans l'immédiat, Lena allait être interrogée. Gunnar avait hâte d'entendre ce qu'elle avait à dire.

Il sifflotait en attendant l'ascenseur qui était occupé. Il l'appela de nouveau. Comme si cela pouvait le faire arriver plus vite.

Il était heureux et soulagé de cette brusque avancée dans leur enquête. Ils s'étaient rendus chez Lena pour une visite de routine et, contre toute attente, ils se retrouvaient à présent avec un suspect majeur pour le meurtre de Thomas Rydberg — car, si Lena n'était pas coupable, elle était impliquée d'une manière ou d'une autre. Ils avaient trouvé chez elle le portable de la victime. C'était une preuve décisive.

Cette dernière information avait fuité dans les médias dans la matinée et ils avaient dû donner une conférence de presse, laquelle venait de se terminer, à 13 h 45. Sara Arvidsson, leur chargée de communication, avait brièvement répondu aux questions des journalistes, en passant délibérément sous silence le fait que Lena était peut-être impliquée dans les meurtres de Juhlén et de l'enfant. Gunnar espéra qu'ils avaient réussi à donner l'impression que l'enquête était en bonne voie et que l'affaire serait bientôt résolue. Quand Sara avait conclu sa déclaration, des mains s'étaient levées et un déluge de questions s'était abattu sur elle. Lena était-elle coupable du meurtre de Hans Juhlén ? Avait-elle également tué le garçon ? Pouvaient-ils confirmer qu'elle vendait de la drogue ? Sara avait répondu de la façon la plus vague possible, en se retranchant derrière des formules toutes faites.

L'ascenseur emmena Gunnar jusqu'à l'étage du centre de détention préventive. Il passa d'abord par la cafétéria pour manger quelque chose. Il avait encore un peu de temps devant lui, avant le début de l'interrogatoire de Lena.

Il alla droit au distributeur de gâteaux et de confiseries. Après un instant d'hésitation, il sélectionna une barre chocolatée. Il s'apprêtait à mordre dedans quand Peter Ramstedt, l'avocat, sortit de l'ascenseur. Il portait un costume tout neuf, une chemise orange et une cravate à pois. Ses cheveux étonnamment blonds étaient coiffés en arrière. Il devait être également l'avocat de Lena.

— Alors, on se gave en douce ? ironisa Ramstedt. Anneli ne vous surveille pas ?

— Non, répondit Gunnar.

— Vous êtes toujours en couple, tous les deux ? D'après certaines rumeurs...

— Il ne faut pas se fier aux rumeurs.

Peter afficha un grand sourire narquois.

— Non, non, bien sûr..., répondit-il en remontant la manche de sa veste pour consulter sa montre. On commence dans dix minutes. C'est qui, le procureur ?

Au même instant, les portes de l'ascenseur s'ouvrirent à nouveau et Jana en sortit. Elle portait une jupe taille haute qui lui arrivait au genou, un chemisier blanc et des bracelets colorés. Son brushing était impeccable, comme toujours. Elle avait mis un rouge à lèvres rose pâle qui lui allait à merveille.

— Quand on parle du loup ! s'exclama bruyamment Ramstedt. On y va ?

Ouvrant la marche, Gunnar avança dans le couloir, suivi de Peter et de Jana.

— Eh bien, on peut dire que votre dossier ne pèse pas lourd dans cette affaire, déclara Peter en s'adressant à Jana.

— Ah non ?

— Aucune preuve matérielle...

— On a le téléphone portable.

— Ça ne suffit pas à la relier au meurtre.

— Oh que si ! répondit Jana en entrant dans la salle d'interrogatoire. Elle va avouer, faites-moi confiance.

Mia Bolander se tenait derrière la vitre sans tain. Debout, jambes écartées et bras croisés, elle suivait l'interrogatoire en cours.

Lena A. Wikström était assise, recroquevillée sur elle-même, les yeux rivés à la table, les mains jointes sur ses genoux. L'avocat s'approcha d'elle et tira une chaise à ses côtés. Il s'assit et lui chuchota quelque chose à l'oreille.

Lena hocha la tête sans même lever les yeux vers lui.

Henrik Levin s'installa en face d'eux. Mia le vit saluer Jana Berzelius qui posa sa mallette par terre, tira une chaise et prit place à son tour près de la table. Comme toujours, Jana était superbe. Elégante. Supérieure. *Et merde.*

La porte s'ouvrit derrière Mia, et Gunnar Öhrn entra. Il contrôla le dispositif permettant d'enregistrer l'interrogatoire. Grâce à deux caméras simultanées, ils pourraient observer Lena et Henrik sur le même écran, s'ils le souhaitaient. Puis Gunnar vint se placer près de la vitre sans tain.

A 14 heures précises, Henrik enclencha l'enregistreur et l'interrogatoire débuta.

— Le dimanche 15 avril, vous avez effacé des combinaisons de chiffres et de lettres de l'ordinateur de Juhlén. Pourquoi ? demanda Henrik.

Lena garda les yeux baissés et répondit en murmurant :
— On m'avait demandé de le faire.
— Qui ?
— Je ne le dirai pas.
— Connaissiez-vous un certain Thomas Rydberg ?
— Non.
— Etrange, parce qu'il vous a envoyé un texto.
— Vraiment ?
— Arrêtez de nous prendre pour des idiots. Nous savons qu'il a envoyé ce texto.
— Si vous le dites.
— Que signifiait « liv. mar.1 » ?
— Aucune idée.
Henrik s'agita sur sa chaise.
— Bon. Nous reviendrons plus tard à ce texto. Vous reconnaissez avoir effacé des fichiers de l'ordinateur de M. Juhlén.
— Oui.
— Savez-vous ce que ces combinaisons signifient ?
— Non.
— Je crois pourtant que vous le savez.
— Non.
— Selon nos informations, ce sont des numéros d'identification de containers.
Lena se recroquevilla davantage sur sa chaise.
— Ces containers ont disparu, savez-vous où ils se trouvent ?
Lena leva les yeux vers lui.
— Je ne peux pas vous dire où ils sont. Parce que je l'ignore.
— Je suis convaincu que vous mentez.
— Ceci est une accusation gratuite qui ne se fonde sur rien, intervint Peter Ramstedt.
— Je ne crois pas, dit Henrik.
Et moi non plus, pensa Mia derrière le miroir. Elle se gratta le nez du bout de l'index, puis recroisa les bras sur sa poitrine.
— Vous ne sortirez pas de cette pièce tant que vous n'aurez pas dit où se trouvent ces containers, déclara Henrik.

— Je ne peux pas.

— Pourquoi ?

— Vous ne comprenez pas.

— Qu'est-ce que je ne comprends pas ?

— Ce n'est pas si simple.

— Prenez le temps de vous expliquer, nous ne sommes pas pressés.

— Même si je vous disais ce que je sais, vous n'arriveriez pas à les retrouver.

Le silence retomba dans la pièce.

Mia observa Jana. Elle ne quittait pas Lena des yeux, mais elle ne disait rien. Elle savait au moins se tenir pendant les interrogatoires.

Henrik se rassit au fond de sa chaise et soupira.

— OK, alors en attendant, nous allons parler d'autre chose, dit-il. Nous allons parler de vous. Puis-je vous demander...

Jana l'interrompit d'un geste de la main. Puis elle se pencha vers Lena et la regarda droit dans les yeux.

— Vous avez combien d'enfants ? demanda-t-elle lentement.

Ah d'accord..., songea Mia, agacée. *C'était trop beau pour être vrai.*

Elle se tourna vers Gunnar, mais il ne lui adressa pas un regard. Il n'avait pas l'air choqué par le comportement de Jana.

— Deux, murmura Lena en baissant les yeux.

Elle déglutit.

— Et des petits-enfants ? Combien en avez-vous ?

— Mais..., commença l'avocat Ramstedt.

— Laissez-la répondre, dit Jana.

Mia leva les yeux au ciel et émit un petit grognement. Elle regarda à nouveau Gunnar, mais celui-ci ne quittait pas Jana des yeux. Bien sûr, il la trouvait belle, avec ses longs cheveux noirs et tout le reste. Pourtant, ces cheveux, ils étaient trop noirs. Et trop longs.

Mia caressa distraitement ses cheveux blonds tout en observant Jana qui ne quittait pas Lena des yeux.

— La procureure vous a demandé combien vous avez de petits-enfants, insista Henrik.

Les lèvres de Lena se mirent à trembler. D'un geste nerveux, elle joignit les mains et regarda tour à tour Jana et Henrik.

Puis une larme roula sur sa joue.

— Les containers sont au large de Gränsö, souffla-t-elle.

Deux heures plus tard, Gunnar et Henrik avaient une longue discussion animée avec Carin Radler, la commissaire de police du comté, à laquelle ils exposaient leurs progrès dans l'enquête. Carin les écouta patiemment lui relater l'interrogatoire de Lena A. Wikström.

— On peut donc dire que récupérer ces containers est d'une importance capitale, conclut Henrik.

— Combien de personnes savent qu'elle est impliquée dans cette affaire de containers ? demanda Carin.

— Seulement l'équipe, pour l'instant, répondit Henrik. Il faut faire vite, avant que les médias aient vent de tout ça.

— Et comment justifierez-vous cette opération de repêchage ?

— On trouvera bien quelque chose.

— Cette opération ne me semble pas très pertinente. Si ça se trouve, les containers dont vous parlez n'existent même pas.

— Je suis persuadé qu'ils existent et il est important pour nous de savoir ce qu'ils contiennent.

— Mais c'est moi qui prends les décisions, coupa Carin.

— Je sais.

— Ce serait une opération coûteuse.

— Mais nécessaire, rétorqua Gunnar. Deux hommes et un jeune garçon ont été assassinés. Nous devons découvrir pourquoi.

Carin prit le temps de réfléchir.

— Vous voulez qu'on vienne à bout de cette enquête ou pas ? s'énerva Gunnar.

Carin acquiesça d'un signe de tête.

— OK, je vais me fier à votre jugement. L'opération de repêchage démarre demain. Vous pouvez appeler les docks.

37

Le jour se levait à peine lorsque la fillette entra dans Stockholm. Elle trébuchait sur les pavés de la rue, se rattrapant d'une main aux façades rugueuses des immeubles. Les vitrines rutilantes lui renvoyaient son reflet, mais elle n'y prêtait pas attention. Sa petite main poussait au passage des portes closes. Elle cherchait un endroit où se cacher. Où se reposer. Le pistolet frottait désagréablement contre son ventre. Elle devait le maintenir en place d'une main pour l'empêcher de glisser sous sa ceinture.

Un tunnel piétonnier s'ouvrit devant elle. Elle descendit l'escalier en titubant. Arrivée en bas, elle croisa un couple de personnes âgées. Ils s'arrêtèrent pour la dévisager. Mais elle ne s'en soucia pas et poursuivit son chemin.

Elle avait des vertiges. Tout à coup, ses jambes la lâchèrent et elle eut juste le temps d'avancer les bras pour amortir sa chute sur le bitume. Elle se releva à grand-peine et se remit en route, pas à pas. D'une main, elle se soutenait aux murs carrelés. Regardant droit devant elle, elle comptait ses pas. Pour rester concentrée. Au bout du tunnel, elle vit une barrière. Elle essaya de la franchir, mais en vain : les portes refusaient de s'ouvrir. Alors elle se baissa et rampa par-dessous. C'est alors qu'une voix de femme l'interpella :

— Eh toi ! Il faut payer !

Mais la petite fille n'y prêta pas attention et continua d'avancer. La voix insista :

— Dis donc ! Il faut payer pour passer par là !

La fillette s'arrêta, se retourna et tira prestement le pistolet de sa ceinture. La femme, qui portait un uniforme, leva immédiatement les mains en reculant d'un pas. La fillette devait tenir le pistolet à deux mains tant il était lourd. Elle pouvait à peine le soulever.

La femme avait l'air terrifiée et les voyageurs qui se trouvaient là aussi. Plus personne ne bougeait, ils étaient tous pétrifiés.

La petite fille agita son pistolet devant elle et recula en direction de l'escalier. Lorsqu'elle l'atteignit, elle se retourna et dévala les marches. Ses bras tremblaient. Elle n'arrivait plus à soutenir le poids de l'arme. Elle compta trente-deux marches et perdit pied à la dernière. Elle se tordit la cheville en tombant et ressentit une douleur fulgurante. Mais elle ne tressaillit même pas. Elle se releva à nouveau et boita jusqu'à une poubelle. Elle y jeta le pistolet qui atterrit avec un bruit métallique et continua d'avancer, lentement mais avec détermination, soulagée de ne plus avoir à porter cette arme trop lourde. Maintenant, ça allait. Et ça irait encore mieux quand elle aurait dormi un peu.

Epuisée, elle se laissa glisser le long d'un pilier, la colonne vertébrale contre le béton.

Sa cheville l'élançait, mais ça lui était égal. Elle se retrouva bientôt à la frontière entre le rêve et la réalité.

Puis elle s'endormit. Assise. Dans la station de métro.

38

Mardi 24 avril

Henrik Levin enroula ses bras autour de lui pour se protéger du froid. Sa doudoune ne lui était d'aucun secours. L'impitoyable vent de la Baltique semblait s'insinuer à travers la fermeture Eclair. Il s'était pourtant habillé en superposant les couches de vêtements mais, au bout de trois heures, le froid mordant avait réussi à les transpercer. Henrik chercha du regard un endroit où il pourrait au moins se mettre à l'abri de ce vent glacial. Mais il n'y avait rien. Rien que la mer qui s'étendait à l'horizon et les vagues qui déferlaient sur les rochers trempés.

L'île de Gränsö était la dernière terre de l'archipel d'Arkösund avant la pleine mer. L'été, les bateaux de touristes se pressaient le long de cette côte idyllique, et la ligne de ferry qui desservait l'archipel passait non loin de là. Mais en hiver, l'endroit était peu fréquenté. L'écharpe de Henrik flottait au vent et il l'enroula une nouvelle fois autour de son cou. Il envisagea un instant d'aller s'asseoir dans sa voiture et jeta un regard envieux vers le ruban bleu et blanc déroulé près de la zone où stationnaient les véhicules de la police.

Ils avaient bouclé une superficie de cinq cents mètres carrés environ, accessible uniquement aux employés du port qui participaient à l'opération de repêchage.

Ça avait pris un certain temps de localiser les containers immergés. On avait dû cartographier les fonds marins de la zone ciblée en procédant à plusieurs échosondages. A chaque résultat positif, on avait envoyé des plongeurs en reconnaissance, ce qui avait encore retardé les choses.

Tout autour du site de recherches, on avait délimité une zone de sécurité, interdite à la navigation pour les autres bateaux. Une grue flottante avait été installée, ainsi qu'une barge destinée à accueillir les containers.

Henrik consulta sa montre. Plus que dix minutes. Dans dix minutes, ils commenceraient à remonter les containers.

Assise dans la voiture, Jana Berzelius écoutait la radio. L'opération de repêchage faisait la une de tous les médias régionaux. Quelqu'un avait vendu la mèche aux journalistes. Elle n'en était pas surprise. Dans ce genre d'affaires, il y avait toujours des fuites.

Elle baissa le volume et contempla à travers le pare-brise la zone protégée par le ruban de police bleu et blanc. Elle n'avait pas la moindre envie de sortir pour rejoindre les agents qui restaient debout à grelotter de froid le long de ce ruban.

Henrik Levin se tenait un peu à l'écart des autres. Mais il semblait tout aussi frigorifié. Il rentrait le cou dans les épaules, l'écharpe bien serrée autour de son col. De temps en temps, il refermait ses bras sur lui, pour essayer de se réchauffer.

Jana monta le chauffage à vingt-trois degrés, puis elle sortit son smartphone pour vérifier sa boîte mail. Elle avait huit messages non lus, qui concernaient pour la plupart ses autres affaires en cours. Une question portant sur une protection de témoin, une autre sur un procès à venir qui devait commencer le 2 mai — un incendie criminel dont la victime était une jeune femme qui avait réussi à en réchapper, mais souffrait de brûlures sévères au visage.

Au moment où elle reposait le téléphone sur ses cuisses, elle le sentit vibrer. L'écran affichait le numéro de ses parents. Elle se demanda pourquoi ils lui téléphonaient. Encore. Trois fois en un peu plus d'une semaine, ça sortait de l'ordinaire.

Soudain, quelqu'un frappa contre son pare-brise.

C'était Mia Bolander qui lui faisait mollement signe, le nez et les joues rougis par la morsure du vent.

— On va commencer ! articula-t-elle à travers la vitre.

Puis elle fit demi-tour et fila vers Henrik.

Jana rejeta l'appel de ses parents.

Les dockers se mirent à l'œuvre. L'un d'eux leva le bras, un autre partit en courant vers les rochers. Un barbu parlait dans un talkie-walkie, tout en pointant un doigt vers la mer. Jana se contorsionna sur son siège en cuir pour essayer de voir ce qui se passait. Mais impossible. Elle devait sortir de la voiture.

Elle boutonna sa parka jusqu'en haut et remonta son col. Sa casquette à carreaux et son long châle assorti lui tiendraient chaud. Elle s'avança résolument vers le périmètre délimité par le cordon.

Henrik Levin la sentit s'approcher et s'arrêter près de lui.

Le barbu reçut un message radio, auquel il répondit.

— Vous pouvez y aller, dit-il en se tournant vers Henrik et Gunnar. Nous avons sorti le premier.

Jana dirigea son regard vers la mer, au-delà du périmètre de sécurité. Elle dut faire un effort pour garder les yeux fixés sur la grue flottante. Tout doucement, un câble d'acier remontait. Les vagues frappaient la barge, le vent hurlait. Une masse gris foncé jaillit enfin des eaux — c'était le container. L'eau ruisselait des parois. Le container pivota, avant d'être chargé avec précaution sur la barge.

Le deuxième container était bleu. Lorsqu'il apparut à la surface, le cœur de Jana se mit à battre. Elle avait reconnu la couleur. Comment était-ce possible ? Paralysée, elle suivit des yeux le balancement du container que l'on déposait sur la barge. Quand on sortit de l'eau le troisième, elle ne tenait plus en place. Elle voulait voir ce qu'il y avait là-dedans !

L'opération de repêchage dura une heure et demie. Un par un, les containers passèrent de la barge à la terre ferme.

Jana essayait de dissimuler son impatience. Elle ne sentait pas le froid.

Ce n'était pas le cas de Mia Bolander, qui sautillait sur place, tout en faisant de grands moulinets avec ses bras.

Anneli Lindgren et Gunnar Öhrn étaient en pleine discussion, tout près d'Ola Söderström.

Henrik Levin donnait des indications aux conducteurs de la grue. Lui aussi avait hâte d'ouvrir les containers.

— On va commencer par celui-ci ! cria Gunnar Öhrn en tendant le bras vers un container orange, le quatrième à avoir émergé des eaux.

Ils se rassemblèrent en demi-cercle autour des portes d'acier. Le docker barbu était au centre, face aux verrous.

— Il va falloir être extrêmement prudent. Je veux que tout le monde recule. Mettez-vous à bonne distance. C'est plein d'eau, ce truc-là, ajouta-t-il.

— Je croyais que ces containers étaient étanches, fit remarquer Henrik.

— Oh ! que non, répondit le docker avec un demi-sourire.

Le moral de Henrik chuta. L'eau détériorait rapidement les indices.

— Reculez ! hurla le barbu.

Jana fit quelques pas en arrière.

Gunnar saisit le bras d'Anneli et l'entraîna avec lui.

Henrik et Mia leur emboîtèrent le pas. Lorsqu'ils furent à vingt mètres de distance, Henrik lança au docker un regard interrogateur.

— Plus loin ! cria celui-ci.

Quand ils furent à cinquante mètres, le docker leva le pouce dans leur direction. Puis il se tourna vers les portes du container, palpa les tiges et vérifia le mécanisme de verrouillage. S'aidant d'un levier, il força le cadenas. Puis il s'arrêta un instant, sans doute pour réfléchir à la manière de s'y prendre sans être emporté par la masse d'eau qui devait se trouver à l'intérieur. Finalement, il s'arc-bouta, mit la main sur la poignée et tira d'un coup sec. Mais ses doigts glissèrent. Le métal n'accrochait pas, c'était comme s'il tenait une savonnette. Il retenta sa chance en agrippant la poignée à deux mains, banda ses muscles, tira de toutes ses forces. Cette fois, les portes cédèrent brusquement et l'eau se déversa avec violence. Le docker partit à la renverse, en crachant et en jurant. Puis il tenta de se redresser.

C'est à cet instant qu'il vit ce qui était sorti du container.

C'était un objet rond, recouvert d'algues. Il lui donna une petite tape et quelque chose resta collé à ses doigts. Il redonna un petit coup et fit rouler l'objet. Puis, brusquement, il se jeta en arrière, avec un air épouvanté.

Il ne s'agissait pas d'un objet, mais d'une tête en décomposition.

Jana ne bougeait pas d'un cil. Elle fixait le sol détrempé et son visage ne laissait filtrer aucune émotion.

Des parties de corps jonchaient le sol. Des bras et des jambes en décomposition. Des touffes de cheveux. La puanteur était infecte. Indescriptible.

Henrik Levin se bouchait le nez. Et il luttait pour ne pas vomir. Anneli Lindgren étudiait la tête humaine avec une extrême précaution. Le visage était comme dissous, les globes oculaires s'étaient creusés, les yeux en sortaient à moitié.

— Un an, déclara-t-elle en se redressant. Les corps sont là depuis à peu près un an.

— On a de la chance d'avoir un climat froid qui les a bien conservés, dit Gunnar.

Henrik acquiesça. Il avait la nausée. Il déglutit plusieurs fois pour lutter contre l'envie de vomir.

Mia Bolander était livide. Elle venait d'épuiser son stock de jurons pour au moins un an.

Quant à Jana Berzelius, elle se tenait toujours à distance. Immobile.

Anneli s'avança prudemment vers un os pourri, se pencha, et prit une série de photos. La peau pendait sur l'os, comme un sac gorgé d'eau. Quand elle le toucha, la peau se détacha et resta collée à ses gants en latex. On aurait dit que l'épiderme avait fondu. Le squelette l'avait transpercé à plusieurs endroits et Anneli approcha l'objectif pour photographier le phénomène de près.

— On ouvre le suivant ?

Henrik hocha la tête.

Puis il partit en courant.

Pour vomir à l'écart.

Ouvrir le deuxième container leur prit un certain temps. Etant donné la découverte macabre qu'ils venaient de faire dans le premier, ils avaient dû prendre des mesures de sécurité plus rigoureuses. Anneli Lindgren avait envisagé différentes méthodes avec le responsable des docks, Rainer Gustavsson, et ils avaient décidé de pomper l'eau qui était à l'intérieur avant d'ouvrir les portes. Mais comme ils ne voulaient pas que le contenu soit aspiré en même temps que l'eau, il leur fallait des filtres médicaux. Cet équipement n'était disponible qu'à Linköping, ce qui retarda l'opération. Il fallut attendre deux heures avant que trois techniciens arrivent avec les pompes adéquates. Ils installèrent l'unité de filtrage, posèrent les filtres sur le container et ajustèrent enfin une grande valve qui avait pour but de contrôler le flux.

— On va pouvoir commencer à pomper, maintenant, annonça un technicien.

Henrik Levin ne souffrait plus du froid. Il avait vomi trois fois et il avait encore la nausée. Mia Bolander aussi avait vomi et elle était blême.

L'eau du container se déversait lentement dans un grand réservoir. Le pompage se déroula dans un silence complet. Les corps en putréfaction avaient laissé tout le monde sous le choc. Henrik remercia le ciel que le cordon de sécurité ait tenu les journalistes à distance. Anneli avait demandé du renfort, et cinq agents de police rassemblaient en ce moment les morceaux de corps qui seraient acheminés vers le centre médico-légal. Henrik scruta la rouille qui grimpait le long de l'acier bleu du container.

Jana Berzelius s'approcha de lui. Mais elle ne regardait pas la rouille. Elle regardait les chiffres, les lettres. Le numéro d'identification du container.

Le même que celui de ses rêves.

— J'ai comme l'impression qu'on va encore trouver des corps dans celui-là, dit Mia.

— Tu crois ? répondit Henrik.

— Ouais, je serais prête à parier qu'on va en trouver dans tous les containers.

— J'espère que non, dit Henrik avec un frisson.

— Opérationnel ! lança l'un des techniciens de la pompe.

— Qui se charge de l'ouvrir ? cria Henrik à son tour.

— Pas l'un de mes employés, rétorqua aussitôt le directeur des docks. Celui qui a ouvert le premier est à la clinique. Il a avalé un peu trop d'eau. Et puis d'autres trucs, si vous voyez ce que je veux dire. On lui fait un lavage d'estomac. C'est vous qui allez ouvrir.

— Moi ? fit Henrik, interloqué.

— Exact. Allez, ouvrez-le.

Henrik s'avança vers les portes. L'acier était gluant. Il essaya de tirer un battant vers lui, mais rien ne bougea. Il inspira profondément. Les jambes écartées, il agrippa l'une des tiges à pleines mains et tira violemment. La porte s'ouvrit d'un seul coup, dans un grincement.

A l'intérieur, c'était l'obscurité. Le noir total. Impossible de voir quoi que ce soit. Les gouttes d'eau clapotaient sur le sol du container. Il semblait vide.

— Lumière ! ordonna Henrik.

Mia Bolander courut vers une voiture pour prendre dans le coffre une lampe torche. Puis elle se dépêcha de rejoindre Henrik.

— Est-ce que quelqu'un peut avoir d'autres lampes ? cria-t-elle. On ne voit absolument rien !

Henrik saisit la lampe torche. Le faisceau de lumière parcourut le sol noir. Hésitant, il fit un premier pas en avant, puis un second. Il balaya le sol d'un côté, de l'autre, le plafond et enfin l'un des coins, à l'autre extrémité du container, où il lui sembla voir quelque chose. Il éleva sa torche et la tint aussi immobile que possible, toujours tournée vers ce qu'il croyait distinguer au fond. Puis il la braqua vers le coin opposé. Là aussi, on discernait quelque chose. Un genre de monticule. Deux pas de plus, et il se retrouva à l'intérieur du container. Il avançait lentement, centimètre par centimètre, de peur de trébucher, en gardant le rayon de la lampe dirigé à terre devant lui. Arrivé à peu près au centre du container, il s'arrêta. Et là, il vit ce que c'était que ce monticule.

Des crânes.

Au même moment, l'intérieur du container fut illuminé par les phares d'une voiture. Henrik cligna des yeux, fit volte-face et vit Mia lever un pouce vers lui. A son tour, il tendit son pouce. Vers le bas.

— Tu avais raison, Mia.

Mia Bolander se hâta vers l'ouverture et regarda à l'intérieur. Jana Berzelius la suivait de près.

Côte à côte, elles dirigèrent leurs yeux vers le coin éclairé par la lampe de Henrik.

— Là, dit-il.

— Et ça, qu'est-ce que c'est ? demanda Mia en désignant quelque chose du menton.

Au centre du container, il y avait un objet rouillé. On distinguait un cadre rose.

— C'est un miroir, répondit Jana lentement.

Ce miroir lui rappelait quelque chose, comme si elle avait déjà possédé le même. Et c'était le cas. Bien sûr qu'elle avait eu le même miroir. Avec le verre fêlé. Comme celui-ci. *Mais... si c'est le mien, qu'est-ce qu'il fait dans ce container ?*

Jana retint sa respiration. Elle avait la chair de poule. Lentement, elle tourna son regard vers les tas d'ossements empilés aux coins. Et elle comprit. C'était tout ce qui restait... des gens qu'elle avait connus autrefois.

— A partir de maintenant, je veux qu'on surveille ces docks vingt-quatre heures sur vingt-quatre !

Gunnar Öhrn tapa du poing sur la table. Le visage écarlate, il fixait les membres de son équipe. Tout le monde avait l'air abattu et éreinté.

Henrik avait des cernes noirs, Mia regardait dans le vague. Quant à Ola, il bâillait, bouche grande ouverte.

La seule qui manquait à cette réunion, c'était Anneli, qui continuait à analyser les restes des corps déversés par le premier container, assistée de cinq techniciens de Linköping et de Stockholm. Une équipe d'Örebro était en route.

Etant donné l'état de détérioration avancée des cadavres, le travail s'avérait très délicat. Il était presque impossible de soulever les parties de corps sans qu'elles se désagrègent. Les techniciens utilisaient des outils spéciaux et des supports souples, afin que la peau ne se détache pas. Dans les dix containers, ils avaient trouvé des ossements humains, excepté dans le premier qui contenait des cadavres en décomposition et dont l'immersion datait d'environ un an.

Il n'était pas loin de 21 heures. Cela faisait onze heures que l'équipe était à Gränsö. Ce qui aurait dû être une simple manœuvre de repêchage s'était transformé en un terrain d'opération grouillant de policiers, de stagiaires et de techniciens. Ils en avaient pour toute la nuit. Peut-être même pour plusieurs jours.

Rien que d'y penser, Gunnar en avait des bouffées de chaleur.

— Interdiction de vider un seul container sans supervision. Nous devons vérifier tout ce qui en sort. C'est clair ?

Tout le monde acquiesça.

La table était couverte de plats à emporter dans des barquettes aluminium. Mais personne n'y avait touché. La puanteur qui se dégageait des morceaux de corps flottait toujours dans l'air. Ça leur coupait l'appétit.

— Les numéros d'identification des containers correspondent à ceux que Juhlén avait dans son ordinateur, commenta Ola.

— Et Lena A. Wikström les a effacés, dit Mia.

— Pourquoi elle a fait ça ? demanda Ola.

— Quelqu'un lui a donné l'ordre de le faire, répondit Henrik.

— Il faut savoir qui, intervint Gunnar. Nous devons trouver un moyen de la faire parler.

— Ces gens dont nous avons trouvé les corps, qui étaient-ils et d'où venaient-ils ? demanda Mia.

— Hans Juhlén devait le savoir, murmura Henrik.

— Et Lena Wikström était au courant du rôle qu'il jouait dans tout ça. Ils travaillaient dans le même département.

— Quel est le point commun entre tous ces containers ? demanda Gunnar.

— Ils venaient tous du Chili, répondit Henrik.

— D'accord, mais à part ça ? insista Gunnar. Dans quelle ville ont-ils été chargés ? Qui les a chargés ?

— On trouvera, dit Henrik.

— Si on en croit l'historique du portable de Thomas Rydberg, il faut s'attendre à un nouveau chargement, ajouta Gunnar. Dans le texto envoyé à Lena, le message disait : « liv. mar.1 ». Elle ne veut pas l'admettre, mais on peut raisonnablement supposer qu'il s'agit d'une livraison qui doit arriver mardi 1er mai, c'est-à-dire mardi prochain.

— Ce qui veut dire qu'on va devoir vérifier tous les navires de transport censés accoster à Norrköping le 1er mai, conclut Henrik.

— Il ne s'agit pas forcément d'une date, fit remarquer Mia. Ça peut vouloir dire « livraison au numéro 1 »... Le 1 pourrait aussi désigner une personne. Peut-être même que le bateau porte le numéro 1, ou alors...

— On a compris, coupa Gunnar.

— Tout ce que je dis, c'est qu'on ferait peut-être mieux d'élargir un peu notre approche, dit Mia.

— Exact !

— Est-ce qu'il y a eu d'autres SMS ? demanda Henrik. Du même genre, je veux dire.

— Non, répondit Ola.

— Dans ce cas, nous allons devoir interroger de nouveau Lena, dit Gunnar. Il faut qu'elle parle et qu'elle nous dise de quelle manière l'Office d'immigration était impliqué là-dedans. On va devoir aussi s'intéresser de près aux autres employés.

Il se passa la main sur le visage et reprit :

— Vérifiez aussi le portable de Lena. Les textos, les conversations, tout de A à Z ! Trouvez tous les gens qui ont été en contact avec elle, de près ou de loin. Les copains de classe, les petits copains, son oncle et sa tante — tout le monde. Et dites à Rainer de nous envoyer les noms des navires annoncés au port. Appelez tous les capitaines et demandez-leur de commencer à ouvrir leurs containers avant l'arrivée à quai.

— Mais... ça va être impossible de les ouvrir à bord, dit Henrik. Certains navires en transportent plus de six mille.

— Sans compter que les rafales en mer, ou les tempêtes, ne facilitent pas ce genre de manœuvres, ajouta Mia.

Gunnar soupira en se passant de nouveau la main sur le visage.

— Bon. Dans ce cas, on les ouvrira une fois qu'ils seront au port. Ce qui compte, c'est d'épingler ceux qui ont fait ça. Et personne, vous m'entendez, PERSONNE ne baisse les bras avant qu'on ait trouvé ces salauds !

39

Phobos sortit le pistolet accroché à sa hanche. Il le tenait fermement. Comme toujours. D'une main experte, il le remit dans son étui et le couvrit de sa veste. Puis il recommença la manœuvre. Plusieurs fois.

Il était crucial d'être capable de dégainer vite. Surtout quand on était de garde. Tout pouvait arriver, il en avait déjà fait l'expérience. Et le danger ne venait pas seulement des hommes en tenue noire. Même une jolie femme légèrement vêtue pouvait devenir un problème.

Depuis son toit, appuyé à la façade de béton du bâtiment voisin, il avait la ruelle bien en vue.

Les locaux du dessous étaient verrouillés, cachés derrière un rideau métallique. Le clignotement d'un panneau publicitaire vertical se reflétait sur les pavés, le tissu d'un store en lambeaux battait au vent, une canette vide roulait bruyamment dans une rigole. Le regard de Phobos était rivé à la porte en acier. Juste à côté, une fenêtre obstruée par des barreaux. Personne n'aurait pu imaginer qu'une négociation clandestine se déroulait derrière ces barreaux. Et pourtant... La réunion durait depuis quatre heures. Et lui, Phobos, il était resté debout pendant tout ce temps. Dans l'ombre.

Dès que la discussion serait terminée, il devrait s'assurer que la marchandise était livrée. Mais ce n'était pas pour tout de suite. Il y en avait encore pour une heure.

Peut-être un peu moins. En tout cas, il l'espérait.

Parce qu'il commençait à geler sur place.

Il se remit à dégainer et à rengainer son pistolet, histoire de se réchauffer.

Toute la journée, il avait pensé à Jana.

Karl Berzelius soupira. Il éteignit la télévision, s'approcha de la fenêtre et essaya de voir au-delà du jardin. Mais l'obscurité était aussi profonde qu'un puits.

Son visage se reflétait dans la croisée. Il se demanda encore pourquoi Jana ne répondait pas au téléphone. Il était d'une humeur massacrante.

Dans la maison, aucun bruit. Margaretha était allée se coucher tôt. Pendant le dîner, elle avait essayé d'engager la conversation, mais elle s'était vite tue, voyant qu'il ne disait pas un mot. Il n'avait rien avalé non plus et ça avait contrarié Margaretha qui s'était mise à tortiller son petit corps nerveux sur sa chaise, en tripotant ses lunettes à monture d'acier. Elle n'avait elle-même picoré que quelques bouchées.

Inutile de dire quoi que ce soit à Margaretha. Absolument inutile. Il baissa les yeux vers ses mains et se sentit soudain pris de remords.

Il s'en voulait de ne pas avoir fait autrefois le nécessaire pour faire disparaître les lettres scarifiées sur la nuque de Jana. De l'avoir laissée grandir avec cette marque. A l'époque, il avait eu peur qu'on la considère comme un monstre. « *Berzelius a adopté un monstre.* » On l'aurait prise pour une de ces folles qui s'automutilent. On aurait peut-être même proposé de la mettre dans une institution psychiatrique. Karl sentit son angoisse se transformer en rage. Il avait l'impression que l'histoire se répétait. Cette maudite gamine mettait en danger leur réputation à tous les deux. Tout était sa faute !

Finalement, il lui était reconnaissant de ne pas avoir décroché. Il n'avait plus aucune envie de lui parler. A partir de maintenant, il n'essayerait plus d'entrer en contact avec elle.

Il hocha lentement la tête. Il venait de prendre la bonne décision. Plus de contacts avec Jana.

Il demeura encore un long moment près de la fenêtre. Ensuite, il alla éteindre la lampe de la petite table du salon, se dirigea vers la chambre et s'allongea à côté de Margaretha. Au bout d'une heure, n'ayant toujours pas fermé l'œil, il se releva, enfila sa robe de chambre bleu nuit et ses grosses pantoufles. Puis il retourna dans le salon en traînant les pieds, s'installa sur le canapé et alluma la télévision.

Il y avait douze bouteilles dans sa petite cave à vins.

Jana en prit une au hasard, l'ouvrit avec un tire-bouchon électrique et se servit un grand verre. Elle prit une gorgée. Le liquide ambré coula dans sa gorge. C'était bon.

Elle avait quitté le site de repêchage avant les autres. Elle était restée là quelques instants, à scruter l'intérieur du container, puis elle avait dit à Henrik qu'elle devait y aller.

Elle n'arrivait pas à se calmer. Il fallait qu'elle trouve quelque chose à faire pour s'occuper. Elle ouvrit le grand frigo et attrapa quelques tomates. Un couteau à la main, elle commença à les couper en deux, tranchant lentement la fine peau rouge et déposant les moitiés dans un bol. Elle reprit une gorgée de vin, attrapa un concombre, le rinça et se mit à le découper aussi. Elle repensait au container. Au fond d'elle-même, elle avait toujours eu le pressentiment qu'elle allait y découvrir quelque chose d'important. Dans son rêve elle avait vu les chiffres, les lettres. Ça n'avait donc pas été une surprise. Mais jamais elle n'aurait pensé y trouver le miroir. Elle continua à couper son concombre. D'où venait cette certitude que c'était son miroir ? Les mouvements du couteau s'accélérèrent. Avait-elle été enfermée à l'intérieur du container ? Oui, forcément. Les tranches de concombre tombaient de plus en plus vite. Elle leva le couteau et le planta d'un seul coup dans la planche à découper. La lame s'enfonça profondément dans le bois.

Jana tenta de se calmer pour réfléchir. Que signifiait le nom scarifié sur sa nuque ? Pourquoi l'avait-on marquée ? Elle voulait des réponses. A tout prix. Mais à qui s'adresser ? Il n'y avait personne vers qui se tourner. A part peut-être Lena, mais elle repoussa aussitôt l'idée de lui rendre visite au centre de détention. Elle ne pouvait pas l'interroger discrètement. Pas question de courir le risque qu'on la soupçonne de mener une enquête parallèle. Elle prit une profonde inspiration. Non, décidément, elle ne pouvait s'adresser à personne. Sauf... Jana leva les yeux et regarda le couteau planté à la verticale dans le bois. Non... il n'y avait personne. A moins que... Il y avait peut-être quelqu'un. Un homme. Le petit garçon qu'elle avait cru mort. Lena lui avait assuré qu'il était toujours en vie. Hadès.

Abandonnant le concombre, elle se dirigea vers son ordinateur en emportant le verre de vin, qu'elle vida d'un trait. Puis elle s'installa face à l'écran et ouvrit une plate-forme de recherche étendue aux entreprises et à leurs employés de tout le pays. Elle prit une profonde inspiration, tapa le mot « Hadès » et appuya sur *Entrée*.

De nombreuses entreprises répondaient à ce nom, mais pas un seul employé. Elle ouvrit un autre moteur de recherche et écrivit le même mot. Trente et un millions de résultats. C'était beaucoup trop.

Jana soupira. C'était sans espoir. Hadès était probablement mort, de toute façon... Pourtant, Lena avait paru sincère. Jana retenta sa chance avec « Hadès, nom propre », mais la recherche donna encore trop de résultats. Elle essaya toutes les combinaisons possibles avec ce nom, espérant trouver une piste.

Elle était sur le point de baisser les bras lorsqu'une idée la frappa. Quand on voulait trouver quelqu'un à tout prix, il fallait consulter les fichiers de la police.

Il ne lui restait plus qu'à trouver le moyen d'accéder à ces fichiers.

40

Frederic « Freddy » Olsson tambourinait sur le chariot à ordures. La musique pulsait dans ses écouteurs. Le chanteur avait une voix rauque.

Billy Idol.

« Hey, little sister, what have you done ? »

Freddy hochait la tête en rythme, tout en chantonnant.

« Hey, little sister, who's the only one ? »

Minuit approchait et le quai était désert.

Comme d'habitude, Freddy gara son chariot juste devant une benne, ouvrit le couvercle et souleva le sac-poubelle. Il dut y aller de toute sa force, le sac pesait son poids.

Nom de Dieu, toutes ces putains d'ordures, *se dit-il avant de nouer la ficelle et de balancer le sac sur le chariot.*

Il sortit un autre sac de la benne, monta le volume de son walkman et se remit à chanter : « It's a nice day to start again. »

Il fit une pause, tapa de nouveau sur le chariot et beugla : « It's a nice day for a white wedding. »

Il eut un sourire satisfait, remit la benne en place et referma le couvercle qui émit un déclic.

Il était en train de diriger le chariot vers la benne suivante quand il aperçut une petite fille assise par terre. Elle dormait, le dos appuyé à une colonne.

Freddy regarda autour de lui en se demandant où pouvaient bien être ses parents. Apparemment, pas avec elle, car il n'y avait personne sur le quai. Lentement, il enleva ses écouteurs et s'approcha de la petite. Il la secoua doucement.

— Hé ! Hé, toi !

Elle ne bougea pas.

— Hé, petite ! Réveille-toi !

Il lui tapota la joue une deuxième fois, un peu plus fort, et elle ouvrit les paupières. Ses yeux noirs se plantèrent droit dans ceux de Freddy, et elle sauta sur ses pieds en une fraction de seconde. Elle se mit à hurler et à gesticuler, fit un bond en arrière pour s'écarter de lui.

— Calme-toi, dit Freddy.

Mais la petite ne l'écoutait pas. Elle continuait à reculer.

— Attends ! Stop ! cria-t-il. Stop, nom de Dieu ! Attention !

La petite continua à reculer.

— Attention ! cria-t-il encore en se ruant vers elle.

Mais il était trop tard. Elle perdit l'équilibre et tomba sur les rails.

La dernière chose qu'elle vit fut le regard terrifié de Freddy.

Ensuite, ce fut le noir complet.

41

Anneli Lindgren retira ses gants. Elle commençait à avoir le tournis. La journée avait été éreintante, et elle n'avait pas pris le temps d'avaler quoi que ce soit. Elle n'avait qu'une envie, rentrer chez elle et dormir un peu. Mais d'abord, il fallait qu'elle aille chercher son fils. Il était chez sa grand-mère qui le gardait depuis ce matin.

Il était déjà 23 heures quand Anneli avait fini de relever les dernières empreintes sur le périmètre et les containers. Elle avait pris plus de mille photos et la batterie de son appareil était presque vide. L'équipe avait quitté le site de repêchage, seuls quelques policiers en uniforme s'y trouvaient encore, ainsi que Gunnar Öhrn.

Il vint à la rencontre d'Anneli.

— Ça y est, tu as terminé ? demanda-t-il.

— Oui.

— Je te dépose ?

Elle lui jeta un regard méfiant.

— Tu as l'air crevée, dit-il.

— C'est gentil.

— Ne te méprends pas... Je ne voudrais pas que tu croies que...

Il soupira.

— Je n'avais pas l'intention de monter.

— Je sais, répondit-elle. Je suis crevée, oui, et j'ai hâte de rentrer, mais je dois d'abord passer au bureau pour déposer l'appareil et quelques affaires.

— Dans ce cas, je te dépose. C'est sur le chemin.
— Tu es sûr ?
— Mais oui. Allez, viens.

Jana Berzelius se tenait près du mur, sa mallette à la main, et elle scrutait l'intérieur de l'*open space*. Assise à son bureau, une femme était en train de taper sur un clavier d'ordinateur, les yeux rivés à son écran. A part elle, il n'y avait personne. Il était 23 heures, le reste de l'équipe de nuit devait être en intervention. Ou sur le site de repêchage.

Parfait, pensa Jana.

Pénétrer dans les locaux de la police avait été un jeu d'enfant. Elle avait simplement prétendu qu'elle avait une visite à faire dans une cellule de détention provisoire. Elle s'approcha de la femme d'un air déterminé. Celle-ci leva les yeux de son écran en l'entendant approcher. Elle était jeune, la vingtaine, elle avait les yeux bleus et des perles aux oreilles.

— Bonsoir. Je suis Jana Berzelius. Substitut du procureur.

— Salut. Matilda.

— Je travaille avec Gunnar et Henrik. D'habitude, c'est ici qu'on se retrouve, dit Jana en tendant le bras vers la salle de conférences.

— Ah oui ?

— Il se trouve que j'ai oublié mon ordinateur portable dans la salle après notre dernière réunion. Vous pourriez m'ouvrir ?

Indécise, Matilda jeta un regard à la pendule, puis à Jana.

— Je vais au centre de détention provisoire, expliqua Jana. Et il me faut de quoi prendre des notes, au cas où quelqu'un serait placé en cellule cette nuit.

Matilda goba le mensonge. Elle sourit.

— Aucun problème. Je vous ouvre la salle.

Elle se leva.

Jana jeta un regard furtif vers l'écran et reconnut les fichiers de la police. Matilda était donc connectée.

Elle la suivit dans le couloir, vers la salle de conférences.

Matilda ouvrit la porte avec sa carte magnétique et fit signe à Jana d'entrer.

— Allez-y.

— Merci, dit Jana. Je vais me débrouiller.

— Une fois que vous aurez retrouvé votre portable, refermez derrière vous.

— Pas de problème, dit Jana en entrant dans la pièce. Il doit être par là-bas.

Elle attendit que Matilda reparte, fit lentement le tour de la table de conférence, histoire de se rendre plus crédible, ouvrit sa mallette pour en sortir son portable, et le cala sous son bras. Puis elle quitta la pièce.

— Voilà, je l'ai, dit-elle en passant à côté de Matilda. Merci beaucoup.

— Pas de quoi, répondit Matilda en la saluant machinalement.

Le silence régnait de nouveau autour de Matilda. Elle entendait le ronronnement de son unité centrale et le ventilateur de plafond qui bourdonnait.

Elle aimait travailler seule, surtout la nuit, quand elle était sûre de ne pas être interrompue par un collègue, ou par le téléphone qui n'arrêtait pas de sonner pendant la journée.

Matilda entendit le « ding ! » de l'ascenseur. Les portes venaient de se refermer. La procureure était partie.

Elle sortit son téléphone portable. Juste au moment de sélectionner le numéro de son petit ami, elle entendit un autre bruit. Un son métallique provenant de la cuisine. Elle tendit l'oreille. Etait-ce son imagination ? Non, le bruit se fit de nouveau entendre.

Matilda se leva et se dirigea vers la cuisine, son téléphone à la main. La pièce était dans le noir. Elle alluma la lumière et balaya du regard l'évier et la grande table. Il faisait froid. Elle frissonna et croisa les bras sur sa poitrine. Le bruit retentit encore une fois. Matilda tourna la tête vers les fenêtres :

l'une d'elles était restée ouverte. Elle se détendit un peu et traversa la pièce. Mais au moment précis où elle fermait la fenêtre, elle entendit à nouveau un bruit, cette fois derrière elle. La porte de la cuisine venait de se refermer en claquant.

— Ouf, c'est seulement la porte, murmura-t-elle en sentant son cœur qui battait la chamade.

Elle inspira profondément et abaissa la poignée de la fenêtre, pour la verrouiller. Elle jeta un regard à la corbeille de fruits posée sur le rebord, mais se décida pour une des sucreries dans le petit pot rayé. Elle choisit un biscuit rond. Il était délicieux, elle en prit un deuxième, puis referma le couvercle et décida de se remettre au travail. Elle se dirigea vers la porte de la cuisine, saisit la poignée... mais rien. Impossible de l'ouvrir. Elle était verrouillée ! Merde !

Elle tenta de nouveau de faire bouger la poignée. Comment cette porte avait-elle pu se verrouiller toute seule ? C'était incompréhensible. Elle tapa légèrement contre le battant, mais c'était inutile.

Elle était seule dans le service.

Jana Berzelius entendit les coups de Matilda de l'autre côté de la porte. Elle se dépêcha de s'asseoir dans le fauteuil encore chaud et fit glisser le clavier vers elle.

Il fallait faire vite.

Gunnar Öhrn ouvrit la portière pour laisser descendre Anneli Lindgren, qui bâillait à s'en décrocher la mâchoire. Elle s'était assoupie pendant le trajet, entre le site de repêchage et les locaux de la police.

— On est déjà arrivés ? demanda-t-elle.

— Oui. Tu veux que j'aille déposer tes affaires ?

— Non. Je monte avec toi.

Gunnar ouvrit le coffre, souleva un gros sac avec peine et attrapa la housse de l'appareil photo, qu'il tendit à Anneli.

Elle passa la bandoulière autour de son épaule et se remit à bâiller. Côte à côte, ils se dirigèrent vers les ascenseurs, appuyèrent sur le bouton d'appel et attendirent une cabine pour monter au troisième étage.

Matilda était complètement désemparée. Elle donna un autre coup contre la porte, essaya encore d'abaisser la poignée, s'appuya contre le battant — mais en vain. Elle frappa violemment le battant, une fois, deux fois, trois fois.

— Hé oh ! cria-t-elle. Hé oh !

Puis elle se souvint qu'elle était seule et que personne ne pouvait venir lui ouvrir. Ensuite, elle se rendit compte qu'elle avait son portable dans sa poche. Mais qui appeler ? Sa première pensée fut de passer un coup de fil à son petit ami. Mais il n'avait pas l'autorisation d'entrer dans les locaux de la police et l'idée était tellement ridicule qu'elle la fit presque rire. La réception ? Ils pourraient peut-être lui envoyer quelqu'un, un agent de maintenance. Mais sur son téléphone personnel, elle n'avait pas les numéros des différents services.

— Mince alors, qu'est-ce que je suis bête ! dit-elle à voix haute en donnant un coup de pied dans la porte.

Jana entendit simultanément l'ascenseur qui remontait et Matilda qui cognait contre la porte. Avec son pied, vu le bruit qu'elle faisait.

Elle avait effectué sa recherche... mais sans succès. Aucun résultat pour « Hadès ». Que pouvait-elle essayer d'autre ? Elle s'efforça de se concentrer. *Trouve quelque chose ! Réfléchis, bon sang, réfléchis !*

L'ascenseur s'était arrêté. Certainement à l'étage du dessous. Juste au moment où elle poussait un soupir de soulagement, elle l'entendit repartir. Vers le haut.

Jana réfléchissait toujours. Pouvait-il avoir un autre nom que Hadès ? Si oui, lequel ? Elle se mordit les lèvres. Rien ne lui venait à l'esprit. Soudain, un nom s'imposa à elle. Quelque chose qui commençait par « Dan... ».

Elle tapa « Dan » dans le moteur de recherche. Plusieurs personnes portaient ce nom. Mais ce n'était pas encore ça. Dano... Daniel... Danilo... Danilo ! Voilà qui semblait familier. Elle tapa ce nom immédiatement.

L'ascenseur était tout près.

Allez ! Donne-moi quelque chose ! Jana leva un instant les yeux de l'écran, les baissa et découvrit le résultat. Il y avait plusieurs Danilo. Mais son regard s'arrêta sur « Danilo Peña ».

Jana sortit son téléphone, prit l'écran en photo et referma immédiatement la base de données. Puis elle rassembla ses affaires et courut vers l'ascenseur, ses chaussures à la main. Les portes s'ouvrirent dès qu'elle appuya sur le bouton. Elle s'avança sans bruit vers la cuisine du personnel, retira la chaise qui bloquait la poignée de la porte et fonça vers l'ascenseur resté ouvert. Elle se rua à l'intérieur et appuya sur le bouton du garage, au sous-sol.

Les portes se refermèrent lentement. Juste avant que la cabine ne se mette à descendre, elle entendit le « ding ! » de l'ascenseur voisin qui arrivait à l'étage.

Le gros sac pesait sur la hanche de Gunnar. Il le changea de côté en entrant dans l'ascenseur. Anneli lui emboîta le pas.

Le service était désert et silencieux, comme toutes les nuits. Ils se dirigèrent vers le bureau d'Anneli, appuyèrent sur l'interrupteur et déposèrent le sac et l'appareil photo.

Matilda venait d'entendre du bruit de l'autre côté de la porte.

— Hé oh ! cria-t-elle de nouveau. Y a quelqu'un ? S'il vous plaît !

Elle tapa contre la porte et saisit la poignée... qui s'abaissa sans difficulté. En ouvrant, elle manqua de percuter Gunnar de plein fouet. Il était bouche bée.

— Mon Dieu ! dit Matilda. Heureusement que vous êtes là. J'étais enfermée.

— Comment ça, « enfermée » ? demanda Anneli qui venait juste de sortir de son bureau.

— Oui, dans la cuisine ! La porte s'est verrouillée toute seule. Impossible de sortir.

Gunnar s'avança jusqu'à la porte et vérifia la poignée. Elle s'abaissait et se relevait sans problème.

— Bizarre. Une porte ne se verrouille pas toute seule. Et celle-là ne se verrouille pas du tout.

— Mais... je ne pouvais pas sortir, dit Matilda.

— Dans ce cas-là, comment tu as fait pour ouvrir, il y a deux secondes ?

— Euh, eh bien, je l'ai... ouverte.

— Donc, elle n'était pas verrouillée ?

— Si, elle était bloquée. Impossible de l'ouvrir.

— Sauf que tu viens de l'ouvrir.

— C'est vrai.

Matilda se sentait ridicule. Elle avait bel et bien été enfermée ! Mais elle ne se sentait pas le courage de tout leur expliquer dans le détail, au risque de se ridiculiser un peu plus.

— Si je vous le dis, c'est que c'est vrai, je ne pouvais pas sortir, bredouilla-t-elle en retournant à son bureau. C'est tout.

42

Mercredi 25 avril

Henrik Levin se réveilla en sursaut en se demandant où il était, puis il se souvint s'être endormi sur le canapé du salon. L'obscurité était totale. Il sortit son téléphone portable. L'écran indiquait 2 h 30 du matin. Il avait donc dormi deux heures. Quand l'écran s'éteignit, ce fut de nouveau le noir complet.

Il fut réveillé à 7 heures par une sonnerie étouffée. Son téléphone avait glissé dans son sommeil et il dut se pencher pour le récupérer. Sous le canapé. Il l'attrapa et coupa le réveil. Il s'étira. Il ne se sentait pas du tout reposé.

Après un petit déjeuner rapide avec Emma et les enfants, il prit la voiture et se rendit au poste. La première personne qu'il croisa fut Gunnar Öhrn et ils se dirigèrent ensemble vers la salle de conférences.

— Apparemment, tous les gens qui se trouvaient dans les containers ont été tués par balle, dit Gunnar. On a trouvé des traces d'impacts sur les squelettes.

— Ce qui voudrait dire qu'ils ont été tués avant d'être jetés à la mer ? demanda Henrik.

— Exact.

— Mais pourquoi ont-ils été assassinés ? Question d'argent ? De drogue ? Des réfugiés qui n'avaient pas payé leur passage ? Est-ce qu'on les a trahis ? Ou étaient-ce des passeurs ?

— Aucune idée. Je me pose les mêmes questions que toi.

Ce qui me préoccupe, surtout, c'est le rôle de Juhlén dans tout ça. Pourquoi a-t-il été assassiné ?

— On devrait peut-être convoquer sa femme pour l'interroger à nouveau.

— Je crois surtout qu'il faudrait interroger Lena. Pour être honnête, Henrik...

Gunnar fit une pause et jeta des regards nerveux autour d'eux.

— Cette affaire me dépasse. Il y a tout le temps des éléments nouveaux, je ne sais plus sur quoi on doit se concentrer. D'abord, Hans Juhlén. Ensuite, le gamin. Et maintenant, Thomas Rydberg. Sans oublier cette fosse commune en pleine mer — c'est plutôt dur à digérer. Et on ne peut quasiment rien dévoiler au public. Et Carin n'arrête pas de me tanner.

— Elle veut une conférence de presse ?

— Oui.

— Mais... nous n'avons rien de concret à dire aux journalistes.

— Je sais, mais il faut absolument calmer le jeu. On donne un peu trop l'impression d'être dépassés. Je vais sûrement devoir appeler Stockholm en renfort. Et tu sais ce que j'en pense...

Le visage de Gunnar s'assombrit.

Henrik réfléchit un instant.

— Attends au moins que nous ayons de nouveau interrogé Lena, dit-il.

Gunnar fixa Henrik un instant.

— OK, je vais attendre un peu, soupira-t-il.

A 7 h 15, Jana Berzelius prit la bretelle de l'E4, vers Stockholm.

Le soleil venait de se lever et étincelait à l'est. Elle avait mis la radio et écouta les nouvelles, puis le dernier bulletin météo, qui mettait en garde contre le verglas.

Après Nyköping, le trafic devint plus intense, le ciel vira au gris sombre, la température descendit au-dessous de zéro. Jana regardait droit devant elle, les yeux fixés sur la route détrempée, en écoutant le fracas de la pluie qui battait l'asphalte. Ça tombait tellement dru que les grilles qui séparaient la route de la forêt étaient à peine visibles. Les feux arrière des voitures semblaient de longues traînées rouges.

Les bouchons commencèrent à proximité de Järna. Comme elle roulait au pas, Jana ouvrit une application sur son smartphone et entra l'adresse qu'elle avait trouvée dans les fichiers de la police. Impossible d'utiliser le GPS de sa voiture. Trop risqué : elle ne voulait pas qu'on puisse retracer son parcours.

L'application proposait un trajet qui évitait les embouteillages et Jana se rendit compte qu'elle n'était plus qu'à dix minutes de sa destination. La pluie cessa, mais le ciel demeura très nuageux. Elle quitta l'autoroute, prit la direction du centre-ville, puis à droite, pour entrer dans Ronna — un quartier d'immeubles aux balcons verts, bleus et jaune vif. Elle remarqua que de nombreuses enseignes et pancartes étaient écrites à la main, dans plusieurs langues, mais pas en suédois.

Elle ne tarda pas à trouver la rue qu'elle cherchait. Cinq gamins désœuvrés étaient assis sous un abribus à moitié pulvérisé ; une vieille femme se tenait à quelques pas de là, appuyée à une canne de bois. Il y avait aussi une voiture avec un pneu crevé, un vélo sans roue avant, une poubelle qui débordait de déchets.

Jana cherchait le numéro 36. Il était tout au bout, près de Smedvägen. Elle se gara le long du trottoir, essaya de mettre de l'argent dans le parcmètre couvert de graffitis, mais y renonça car il était hors-service. Puis elle avança à pied vers le numéro 36. Au passage, elle remarqua que l'intérieur des voitures était décoré de croix ou d'icônes accrochées au rétroviseur central. Le trottoir était couvert de flaques et elle dut avancer en zigzag pour les éviter.

Trois femmes enveloppées dans des châles étaient assises dans le hall de l'immeuble du 36, en train de bavarder. Lorsque Jana passa la porte, elles la fixèrent d'un air méfiant. On entendait des cris d'enfants résonner dans la cage d'escalier, des voix agressives, des portes qui claquaient. Il faisait froid et humide. Une odeur de cuisine flottait dans l'air.

Elle consulta la liste des locataires et vit que celui qu'elle cherchait habitait au huitième étage. Elle appela l'ascenseur.

Quand les portes s'ouvrirent sur le huitième étage, elle sortit dans le couloir et entreprit de lire les noms des occupants. Sur la porte la plus proche des escaliers, une étiquette indiquait : « D. Peña. »

Elle allait frapper à la porte quand elle vit que le battant n'était pas fermé. Elle le poussa. Il s'ouvrit en grand.

— Il y a quelqu'un ? lança-t-elle en s'avançant dans l'entrée.

L'entrée n'était pas meublée. Un vieux matelas était posé contre le mur couvert d'un papier peint marron jaunâtre.

Elle appela de nouveau, mais n'entendit que l'écho de sa voix.

Elle hésita un instant, puis se reprit et avança d'un pas assuré jusqu'au salon. Un canapé éventré, une petite table basse, un téléviseur, un matelas sans draps, un oreiller et une couverture à carreaux. Le vent hurlait à travers un carreau cassé.

Elle traversa le salon et demeura immobile durant quelques secondes, avant de s'engager dans le couloir qui menait à la cuisine. Ce fut à cet instant qu'un poing s'abattit sur elle. Le choc l'envoya à terre. Elle leva les bras dans un réflexe de défense, mais un second coup l'atteignit au poignet. La douleur fut fulgurante.

Debout, se dit-elle. *Relève-toi !*

Elle vrilla sur la gauche, glissa sa main droite sous sa poitrine et tenta de se redresser.

— Pas un geste, fit une voix. Si tu tiens à la vie.

Un homme se dressait dans l'embrasure de la porte. Et cet homme la menaçait d'un pistolet.

43

La petite essaya de déglutir, mais elle ne sentait plus sa langue. Elle voulut ouvrir les yeux, mais impossible. Elle entendit les échos d'une voix, comme au bout d'un tunnel — mais pas moyen de comprendre les mots. Quelqu'un posa une main sur son front ; elle essaya de repousser cette main.

— Calme-toi, dit la voix.

Elle avait atrocement mal à la tête et dut faire appel à toute sa volonté pour parvenir à ouvrir les yeux.

Elle cligna plusieurs fois les paupières, jusqu'à distinguer un étranger qui se tenait devant elle. Un homme en blanc, qui se penchait sur son lit.

— Comment t'appelles-tu ? lui demanda-t-il.

La petite ne répondit rien.

L'homme était blond et barbu, il portait des lunettes.

— Je suis le docteur Mikael Andersson, dit-il. Tu es à l'hôpital. Tu as eu un accident. Est-ce que tu te souviens de ton nom ?

La petite déglutit de nouveau. Elle chercha la réponse dans sa mémoire.

— Tu te souviens de ce qui s'est passé ?

La petite tourna la tête et regarda le docteur. Sous le bandage qui recouvrait son crâne, ses tempes battaient douloureusement. Elle ferma les yeux pendant quelques instants, les rouvrit lentement. Elle ne savait pas quoi répondre. Parce qu'elle ne se souvenait pas.

Elle ne se souvenait de rien du tout.

44

Phobos jouait avec son pistolet. Il savait qu'il avait parfaitement accompli sa mission. Descendre ce type qui n'avait pas payé à temps : quoi de plus facile ?

Une seule balle avait suffi. Derrière la tête. Un seul trou. Le sang avait giclé.

Il valait mieux suivre furtivement sa victime et l'abattre par-derrière. Elle n'avait pas le temps de réagir — et puis, ça vous évitait le risque d'un choc frontal. Elle tombait en avant, tout simplement. La plupart mouraient sur le coup. D'autres se mettaient à trembler en émettant de petits bruits.

L'eau frappait les flancs du bateau, qui tanguait lourdement. Mais Phobos se sentait détendu et content de lui. Il savait qu'il allait avoir sa récompense.

Sa dose.

Il l'avait bien méritée.

Le canon était à deux centimètres de la joue de Jana Berzelius.

L'homme qui lui faisait face essuya du revers de la main une goutte de salive qui perlait au coin de sa bouche. Il avait de longs cheveux, des yeux marron, un visage anguleux.

Hadès ?

— T'es qui, bon Dieu ? demanda l'homme en approchant le canon du pistolet de sa joue.

— Une procureure, dit-elle.

Ils se trouvaient dans la cuisine, le salon était derrière elle et l'entrée en face. Elle avait donc deux issues possibles. Elle aurait pu tenter d'assommer l'homme, mais pour l'instant il avait l'avantage, avec ce pistolet.

Elle jeta un regard vers la table de la cuisine. Pas de couteau en vue.

— N'essaye même pas, dit l'homme. Dis-moi plutôt ce qu'une procureure fabrique chez moi.

— J'ai besoin de votre aide.

L'homme éclata de rire.

— Vraiment ? Dis donc. C'est intéressant, ça ! Et en quoi je peux t'aider ?

— Vous pouvez m'aider à découvrir quelque chose.

— Quelque chose ? Et c'est quoi ?

— D'où je viens.

— D'où tu viens ? Mais je ne sais même pas qui tu es !

— Moi je sais qui vous êtes.

— Ah, vraiment ? Alors dis-le-moi.

— Vous êtes Danilo.

— Pas mal. T'as trouvé ça toute seule ou t'as lu le nom sur la porte ?

— Vous êtes Danilo. Et aussi quelqu'un d'autre.

— Un schizo, tu veux dire ?

— Montrez-moi votre nuque.

L'homme se tut.

— Vous avez un prénom inscrit sur la nuque, continua Jana. Et je sais lequel. Tout ce que je veux, c'est que vous me disiez d'où il vient et à quoi il correspond. Si je me suis trompée, je partirai sans faire d'histoires.

— On va un peu modifier le deal. Si tu devines mon prénom, je discute avec toi. Si tu te trompes, je te descends.

Il arma son pistolet, recula de quelques pas et se campa sur ses deux jambes, prêt à tirer.

— Je pourrais porter plainte pour tentative de meurtre, dit Jana.

— Et moi, je peux porter plainte pour effraction. Alors maintenant, devine !

Jana déglutit.
Elle était presque sûre que c'était lui.
Mais oserait-elle prononcer son nom ?
Elle ferma les yeux.
— Hadès, murmura-t-elle.
Et elle entendit le coup partir.

45

La petite fille se tassait dans le grand fauteuil, les mains calées sous ses cuisses, les yeux baissés.

Immobile.

Silencieuse.

L'assistante sociale Beatrice Malm la fixa par-dessus ses lunettes de lecture et referma doucement son dossier. Puis elle croisa posément les mains.

— Bon, commença-t-elle en se penchant en avant. Tu as de la chance. Tu vas avoir un papa et une maman.

46

Jana ouvrit les yeux.

L'homme se tenait toujours debout face à elle, le canon du pistolet baissé. Elle prit le temps de palper sommairement son ventre et ses membres, pour vérifier qu'elle n'avait pas été touchée. Non. La balle l'avait seulement frôlée, puis elle s'était fichée dans le mur, derrière elle.

Elle posa ses yeux sur l'homme. Il respirait bruyamment.

— Comment t'as su ? demanda-t-il en serrant les mâchoires. Hein ? Comment tu as su ?

Il s'avança vers elle et approcha son visage tout près du sien.

— Comment tu peux savoir ça ? Dis-le-moi, tout de suite !

Il l'empoigna par les cheveux et lui inclina la tête en arrière. Brutalement. Puis il la frappa au front avec la crosse de son pistolet et appuya le canon sur sa tempe.

— Sinon, je tire. Et cette fois, je te promets que la balle va pas se perdre. Alors, dis-le-moi. Crache le morceau !

Jana fit la grimace.

— Moi aussi, j'ai un nom gravé sur la nuque, dit-elle d'une voix rauque.

Il lui inclina aussitôt la tête de côté et souleva ses cheveux, en lui griffant la peau au passage. En sentant sa nuque exposée à son regard, elle se mit à paniquer. Elle se libéra d'un coup sec, recula de quelques pas et le toisa.

Il secoua la tête.

— C'est impossible. Impossible. Ça ne peut pas être toi.

— Si, c'est moi. Et maintenant, tu vas me dire qui je suis.

*
* *

Il fallut dix minutes à Jana Berzelius pour raconter à Danilo la brève histoire de sa vie. Il s'était installé près d'elle sur le matelas de l'entrée, les genoux ramassés contre la poitrine.

— Alors, t'as été adoptée ? demanda Danilo.

— Oui, j'ai été adoptée. J'ai un nouveau prénom : Jana. Et un nom de famille : Berzelius. Mon père était procureur général. Il aurait voulu un fils qui suive son exemple. Comme il n'en a pas eu, c'est moi qui ai dû le faire. Il est à la retraite, maintenant.

Ils se dévisagèrent un instant, ne sachant plus que dire.

— Je ne me souviens absolument pas de mon accident, reprit enfin Jana. On m'a dit que je suis tombée sur les rails du métro et que j'ai eu un tel choc à la tête que ça m'a rendue amnésique. J'étais seule, sans adulte. Personne ne m'a réclamée. Je ne savais plus rien de mon passé.

Elle se tut.

— T'as vraiment aucun souvenir ? fit Danilo.

— Parfois, je vois des images dans mes rêves, des scènes. Mais je ne sais pas si ce sont de vrais souvenirs ou seulement mon imagination.

— Tu ne te souviens même pas de tes parents ?

— J'ai connu mes parents ?

Danilo ne répondit pas.

Le vent hurla plus fort à travers l'interstice de la fenêtre. Un courant d'air froid s'infiltra dans la pièce et Jana resserra ses bras autour de ses genoux.

— Qu'est-ce que tu peux me dire sur ta vie ? demanda-t-elle.

— Y a rien à dire.

— Dans l'un de mes rêves, une femme te tirait dessus.

Danilo s'agita près d'elle.

— J'ai pris une balle dans l'épaule, dit-il en relevant sa manche pour dévoiler une grosse cicatrice sur son épaule droite. J'ai fait le mort, mais quand tu t'es enfuie j'ai profité du fait que « Maman » te courait après pour me relever et filer. Et maintenant, je suis là. Fin de l'histoire.

— Mais les autres, les adultes... ils ne t'ont jamais retrouvé ?

— Non.

Jana se tut, songeuse.

— C'était vraiment comme ça qu'on l'appelait ?

— Qui ?

— Maman. On l'appelait vraiment comme ça ?

— Oui.

— Moi aussi, je l'appelais « Maman » ?

Les épaules de Danilo s'affaissèrent un peu.

— Pourquoi tu es venue ? Pourquoi tu fouilles dans le passé ?

— Je veux savoir qui je suis, dit Jana en se mordant les lèvres. Je peux te faire confiance ?

— Comment ça ?

— Si je te dis un secret, tu ne le répéteras pas ?

— Ça dépend. Qui t'envoie ?

— Personne. C'est moi qui ai décidé de venir, pour des raisons purement personnelles.

— Bon, tu veux que je fasse quoi ?

— J'en suis arrivée à un point où j'ai besoin de réponses.

— Mais, t'es procureure. C'est pas plutôt à la police que tu devrais t'adresser ?

— Non. Je ne veux pas mêler la police à mon passé.

— OK, OK. Mais avant de décider si je t'aide ou pas, je veux savoir de quoi on parle.

Jana hésita.

— Je ne dirai rien à personne, insista Danilo.

Il semblait sincère et Jana n'avait personne d'autre vers qui se tourner. Elle se décida.

Alors, elle se mit à raconter.

Il fallut plus d'une heure à Jana pour expliquer à Danilo tous les détails de l'enquête. Elle lui parla de Hans Juhlén, du garçon qu'on avait retrouvé mort sur le rivage de Viddviken.

Elle lui parla de Thomas Rydberg, mais sans lui préciser que c'était elle qui l'avait tué.

Quand elle en vint au repêchage des containers, Danilo blêmit.

— Et merde, murmura-t-il.

— J'ai trouvé un miroir dans l'un des containers. Je crois que c'était le mien. Alors, je veux que tu me dises : est-ce que j'étais enfermée à l'intérieur, moi aussi ?

— J'en sais rien.

— Je t'en prie, dis-le-moi : est-ce que j'étais à l'intérieur ?

— Non, t'y étais pas. T'as compris ?

— Je cherche juste à savoir qui je suis. Tu es le seul à pouvoir m'aider. Dis-moi qui je suis !

Danilo se redressa d'un bond. Son visage se ferma.

— Non.

— Non ?

— Remue le passé si ça te chante, mais sans moi.

— Je ne suis pas du genre à réclamer de l'aide, mais cette fois c'est différent. Je t'en supplie, aide-moi.

— Non, hurla Danilo. J'ai dit non.

Il détourna le regard vers la fenêtre.

— Je t'en prie.

— Non ! répliqua Danilo en faisant volte-face. Jamais. Je le ferai pas. Et maintenant, dégage !

Il l'empoigna pour l'obliger à se lever. Elle se libéra.

— Ne me touche pas !

— Ne reviens plus jamais ici !

— Je ne reviendrai pas. Ça, je peux te le promettre.

— Super. Va-t'en !

Jana se leva lentement. Avant de quitter l'appartement, elle jeta un dernier regard à Danilo. Elle regrettait déjà de s'être confiée à lui. Elle n'aurait jamais dû.

Jamais.

***

Henrik Levin vérifia l'heure à la pendule — 15 h 55. Il ne restait plus que cinq minutes avant le début de l'interrogatoire de Lena A. Wikström, et Jana Berzelius n'était pas encore là. Elle était en retard. C'était la première fois que ça lui arrivait.

Henrik se gratta le front. Il aurait préféré mener cet interrogatoire avec Jana.

Mia Bolander remarqua son inquiétude.

— Elle ne va pas tarder, dit-elle. Elle va venir.

Au même moment, Peter Ramstedt entra dans la pièce.

— La procureure n'est pas encore là ? s'étonna-t-il.

Puis il ricana. Visiblement, ça l'arrangeait. Henrik soupira et consulta de nouveau la pendule. Dans une minute, il faudrait commencer. Au moment où il allait refermer la porte de la salle, il entendit des pas dans le couloir.

C'était Jana Berzelius. Elle marchait d'un pas pressé. Elle avait un gros pansement sur le front.

— Tu es en retard ! commenta Mia d'un air triomphant quand elle entra.

— Non, répliqua Jana en s'asseyant. Je suis pile à l'heure, au contraire.

L'interrogatoire avait duré deux heures.

Henrik Levin toqua doucement à la porte de Gunnar Öhrn.

— Rien, annonça-t-il.

— Rien ? répéta Gunnar.

— Elle refuse d'avouer qui lui a donné l'ordre d'effacer les fichiers et de nous dire ce que signifiait le texto que lui a envoyé Thomas Rydberg.

— Et qu'est-ce qu'elle dit à propos des containers ?

— Qu'elle ne sait rien du tout.

— Mais c'est faux. Elle se fiche de nous.

— Je sais bien.

Gunnar soupira bruyamment.

— Très bien, dit-il enfin. Je crois qu'on peut laisser tomber pour aujourd'hui. Rentre chez toi.

— Et toi ?

— Je ne vais pas tarder, j'ai bientôt fini.

— Tu fais quelque chose ce soir ?

— Je vais avoir de la compagnie. Féminine.

Henrik siffla.

— Non, ce n'est pas ce que tu crois. C'est juste Anneli qui va venir récupérer des affaires. Et toi ?

— Je vais faire une petite surprise à ma famille. Un dîner.

— Folle ambiance.

— N'exagérons rien. Je les emmène au McDo.

Gunnar eut un petit rire.

— On se voit demain, dit Henrik en s'éloignant vers l'ascenseur.

Jana Berzelius dînait avec Per Åström au Colander, un restaurant près du bureau du procureur. Per était particulièrement pénible ce soir. Il avait passé plus de vingt minutes à parler sans interruption de son résultat au tournoi de tennis, le week-end précédent. Elle s'était retenue de lui demander de la boucler.

Jana n'était pas à l'aise dans les relations sociales et elle ne sortait de temps en temps qu'avec Per. C'était lui qui avait jeté son dévolu sur elle et décidé qu'ils étaient amis. Elle le tolérait. Il lui tapait souvent sur les nerfs avec ses questions indiscrètes, mais il acceptait sa réserve et ne se formalisait pas quand elle refusait d'y répondre. Il semblait même apprécier sa froideur et n'insistait pas quand elle prenait son air vague.

— Qu'est-ce qu'il y a ? demanda-t-il brusquement.

— Comment ça, « qu'est-ce qu'il y a » ?

— Oui, qu'est-ce que tu as ? Je vois bien que quelque chose te tracasse.

— Ce n'est rien.

— Tu as un problème ?

— Non.

— Tu es sûre ?

— Oui, tout va bien.

Elle croisa son regard. Elle aurait aimé pouvoir tout lui dire. Mais c'était impossible. Il était à des kilomètres de son univers. Il n'aurait pas compris qu'elle avait besoin d'élucider le mystère de son passé. Et puis, elle n'allait tout de même pas lui avouer qu'elle avait tué Thomas Rydberg.

Il ne pouvait rien pour elle.

— Je peux faire quelque chose pour t'aider ?

Elle se leva sans un mot et quitta le restaurant. Elle descendit le long de Kvarngatan, traversa la place de Holmen, puis le marché de la place Knäppingsborg. Arrivée dans son appartement, elle retira sa veste et ses bottines à talons, puis alla dans sa chambre où elle enleva son pantalon. Elle entendit son portable sonner au moment où elle passait son sweat-shirt par-dessus sa tête et retourna dans l'entrée, en sous-vêtements de satin. Elle regarda l'écran : numéro masqué.

Ça devait être Per. Il masquait toujours son numéro pour éviter que ses clients ne le rappellent sur son portable privé.

Elle décida de lui répondre. Elle lui devait bien ça.

— Qu'est-ce que tu veux ? demanda-t-elle.

Silence au bout de la ligne.

— Allô ?

— Je suis prêt à t'aider.

Les poils de sa nuque se hérissèrent.

C'était Danilo.

— Rendez-vous demain dans le parc municipal, dit-il. A 14 heures.

Gunnar Öhrn se libéra de l'étreinte d'Anneli Lindgren.

Ils étaient assis sur son canapé en cuir brun sombre, un verre de vin à la main. La pièce était faiblement éclairée par une unique lampe à variateur. L'un des murs était occupé par des étagères de livres et par un placard vitré servant de bar. Contre le mur opposé, des tableaux attendaient d'être accrochés. Sur la table devant eux, il y avait deux bouteilles de vin vides.

— Mauvaise idée, dit Gunnar.

— Quoi ? répondit Anneli.

— Ce que tu es en train de faire.

— Mais c'est toi qui m'as dit de passer.

— Oui, mais pour récupérer un carton. Pas pour...

— Quoi ?

Elle posa sa main sur la cuisse de Gunnar.

— Arrête.

Elle se rapprocha de lui et lui donna un petit baiser dans le cou.

— Si tu insistes, soupira-t-il.

Anneli déboutonna lentement son chemisier.

— Continue, c'est plutôt agréable.

— Et ça ?

Elle retira son chemisier et s'installa sur Gunnar à califourchon.

— Ça, c'est vraiment très agréable, murmura-t-il d'une voix rauque en l'attirant à lui.

47

Jeudi 26 avril

Obéissant aux instructions de Danilo, Jana suivait une large allée de gravier qui s'enfonçait dans le parc. Des jonquilles et des crocus violets se dressaient en bordure du chemin. L'air était lourd du parfum de la terre humide. Elle contourna un gros rocher et marcha encore environ cent mètres avant d'apercevoir le petit stand de hot-dogs. Elle jeta un coup d'œil à sa montre : elle était à l'heure.

Elle commanda un hot-dog, paya vingt couronnes et continua le long de l'allée, jusqu'au banc vert sur lequel on pouvait s'asseoir dos à dos. Elle prit le côté face à l'allée, près d'un symbole anarchiste gravé dans le bois.

Elle mordit dans son hot-dog tout en scrutant le parc. Deux bancs plus loin, quatre clochards s'étaient installés près d'un sac rempli de canettes de bière. Ils étaient passablement éméchés et poussaient des hurlements de joie en regardant passer les familles qui se dirigeaient vers le terrain de jeux. Deux petites filles faisaient de la balançoire et c'était à celle qui irait le plus haut. Un garçon assis en haut du toboggan hésitait à se laisser glisser.

Elle venait de mordre une deuxième fois dans son hot-dog quand elle entendit une voix derrière elle :

— Ne te retourne pas. Prends ton téléphone.

Il était là. Elle sentait son dos contre le sien.

Elle sortit docilement son portable de sa poche.

— Tiens-le près de ton oreille, comme si tu téléphonais.

— Pourquoi tu es venu à Norrköping ? demanda-t-elle.

— J'avais un truc à régler.

— Pourquoi as-tu décidé de m'aider ? Qu'est-ce qui t'a fait changer d'avis ?

— Aucune importance. T'es toujours partante ?

— Oui.

— Je te préviens, c'est toi qui vas faire le sale boulot.

— OK.

— Je peux pas tout te donner.

— Très bien, alors qu'est-ce que tu peux me donner ?

— Un nom. Anders Paulsson. Tu le trouveras à Sankt Anna. Parle-lui du transport.

— Quel transport ?

— Je peux pas t'en dire plus.

— Mais de quel transport on parle ?

— Tu lui demanderas.

— C'est lui qui est derrière tout ça ?

— Non. Mais il a son rôle à jouer.

— Comment le sais-tu ?

— Je le sais, c'est tout. Fais-moi confiance. A plus.

— Mais...

Elle se retourna.

Danilo avait disparu.

Danilo quitta le parc à grandes enjambées. Kèr allait rendre visite à Anders Paulsson, il n'en doutait pas. Il sourit. Elle allait même se précipiter chez lui. Et il serait débarrassé d'elle.

Il sortit son portable et écrivit un texto : « Tu vas avoir de la visite. »

Gunnar se dépêcha de sortir de la douche et enroula une serviette autour de ses hanches.

Quand il revint dans la chambre, Anneli était assise sur le

lit, en train d'attacher son soutien-gorge — tout en donnant des instructions par téléphone à sa baby-sitter.

Il jeta un coup d'œil du côté du réveil. Il allait être en retard à la conférence de presse de 13 heures.

— Qu'est-ce que je vais bien pouvoir leur dire pour justifier mon retard ? demanda-t-il à Anneli quand elle eut raccroché.

— Dis-leur que tu étais en intervention, ou quelque chose dans le genre.

Gunnar se jeta sur le matelas et s'allongea au-dessus d'Anneli, en équilibre sur les coudes.

— Quand deux personnes viennent de se séparer, elles feraient mieux de ne pas coucher ensemble, dit-il. Et encore moins au bout d'un mois.

— Tu as raison.

— Il ne faut pas que ça devienne une habitude.

— Non.

Anneli se leva pour enfiler son jean et son chemisier.

Gunnar la suivit dans l'entrée. Il souleva le gros carton posé à côté de la porte.

— N'oublie pas ça.

— Je viendrai le récupérer ce soir, répondit-elle en sortant.

Il resta planté là, le carton dans les bras.

Le sourire aux lèvres.

Anders Paulsson rentrait chez lui. Il roulait vite, bien au-dessus de la vitesse autorisée. Il prenait les virages au plus court, en mordant sur la voie opposée.

Arrivé devant sa petite maison rouge, il freina d'un coup sec. Les stores étaient baissés. Il ne les relevait jamais. Pas pour se protéger des curieux, puisqu'il n'avait pas de voisins immédiats, mais parce qu'il détestait la lumière du jour.

Il sortit de sa voiture et déverrouilla la porte d'entrée. A l'intérieur, c'était jonché de détritus. Il y avait des piles de cartons et de vieux journaux qui s'entassaient, des barquettes de nourriture pleines de restes qui moisissaient, des bouteilles, des canettes de bière. Une odeur rance flottait dans l'air — une odeur de renfermé et de pourri, mais Anders s'en foutait. En fait, il se foutait de tout. De sa maison comme de lui-même. Il avait aimé une femme autrefois, mais elle était morte depuis longtemps. Du cancer. Depuis, il ne se préoccupait plus de rien. Il avait baissé les bras.

Il alla directement à la cuisine, sans même enlever ses chaussures. Il réussit à éviter le tas d'excréments déjà secs, déposé là par un de ses chats la semaine précédente. Ça l'avait mis dans une telle rage qu'au lieu de nettoyer la merde il avait décidé de s'attaquer à la cause du problème. Comme il ne savait pas qui était le coupable, il les avait tous punis. Ces satanées créatures avaient bien essayé de se défendre, elles l'avaient griffé, en sifflant et en crachant, mais il avait quand même réussi à les fourrer dans le grand congélateur de la cave.

Il s'arrêta net devant le bloc à couteaux. Il était vide. Bizarre. Il ouvrit un tiroir. Là non plus, pas de couteau. Un sentiment d'étrangeté l'assaillit. Il ouvrit l'un des placards et passa sa main sur l'étagère du haut.

Vide, elle aussi !

Il porta la main à sa hanche et palpa l'étui accroché à sa ceinture. *Au moins, il me reste celui-là*, pensa-t-il.

— Vous cherchez quelque chose ?

Anders sursauta en entendant une voix derrière lui. Il se figea, les yeux grands comme des soucoupes.

Il se retourna lentement. Une femme se tenait à l'entrée de la cuisine, pistolet au poing.

— C'est peut-être ça que vous cherchez ?

Elle retira le cran de sûreté, puis referma ses deux mains sur la crosse. Il remarqua qu'elle portait de très beaux gants de cuir.

Anders se mit à rire et posa discrètement une main sur sa hanche, près du couteau qu'il portait à la ceinture.

— Comment vous avez su que je possédais une arme ? demanda-t-il.

— J'ai pris la précaution de fouiller la maison en vous attendant.

— Comment vous êtes entrée ?

— J'aime bien les fenêtres.

— Vous êtes qui ?

— Je n'aime pas les questions.

— Dans ce cas, je ne peux même pas vous demander ce que vous êtes venue faire ici.

— Je suis venue pour vous parler du transport.

— Quel transport ? Je vois pas à quoi vous faites allusion.

— Je crois bien que si.

Anders poussa un soupir, leva les yeux vers le plafond en pin, les baissa de nouveau.

— Alors, ce transport ? répéta Jana.

Anders était prêt.

Mais Jana avait vu les muscles de son avant-bras se crisper et elle eut le réflexe d'éviter le couteau. Elle inclina la tête de côté et sentit le souffle de la lame quand celle-ci frôla sa tempe avant d'aller se ficher dans le mur.

— Raté, dit-elle.

Anders chercha du regard une arme improvisée. Le grille-pain... Pourquoi pas.

— S'il vous plaît. Ne me tuez pas.

— Je repose ma question : Qu'avez-vous à dire sur le chargement des containers ?

Il se jeta sur le grille-pain et le projeta sur Jana avec une telle force qu'elle lâcha son pistolet, qui valdingua et alla atterrir un peu plus loin.

Ils échangèrent un bref regard, puis...

Le pistolet !

Ils se jetèrent sur le sol au même instant et Jana fut la première à poser la main sur la crosse. Anders essaya de lui arracher l'arme, tout en lui donnant un coup de coude dans le flanc pour lui faire lâcher prise. Mais elle tint bon. Il la frappa une seconde fois, mais elle rendit le coup de toutes ses forces, les muscles du dos et des épaules bandés au maximum. Sa main s'abattit pile entre les côtes d'Anders. Il s'affaissa sur les genoux, le souffle coupé.

Elle appuya le canon sur sa tempe et aussitôt il baissa la tête et se figea. Il respirait fort, avec un drôle de bruit. Au bout de quelques secondes, elle se rendit compte qu'il pleurait.

— Ne me tuez pas, dit-il. Je regrette tout ça.

Il leva les yeux vers elle.

— J'aurais pas dû, je le sais.

Il baissa de nouveau les yeux vers le sol et renifla bruyamment.

— Je vous en prie, me tuez pas. C'est pas moi qui leur ai fait du mal. Je les transportais quand ils avaient une mission. C'est tout.

Jana fronça les sourcils.

— Vous transportiez qui ?

— Les gamins.

Anders prit son visage dans ses mains et se mit à sangloter.

Elle se sentit défaillir et abaissa son arme.

— Quels gamins ?

— Les gamins... Je venais les chercher quand ils étaient... prêts. Ils remplissaient leur mission et puis... je les ramenais. Et puis un jour, j'ai vu la tombe. Je l'ai vue... ils étaient là, debout...

Le corps d'Anders se mit à trembler.

Jana le fixa en silence. Elle crut qu'elle avait mal entendu.

— Mais c'est pas moi qui les ai tués.

Jana était sans voix. Elle dévisagea l'homme agenouillé devant elle. Ils échangèrent un regard. Il avait les yeux rouges. La salive gouttait d'un coin de sa bouche et mouillait son sweat-shirt décoloré.

— C'est pas moi qui les ai tués. Pas moi. Tout ce que je faisais, c'était conduire la camionnette. C'était pas ma faute, s'ils avaient décidé qu'il fallait qu'ils meurent.

— Je ne comprends rien à ce que vous racontez.

— Il fallait qu'ils meurent. Tous autant qu'ils étaient. Même lui.

— Qui ça, « lui » ?

— Thanatos.

Anders baissa la voix.

— Il était spécial. Il était vraiment...

Il se mit à trembler.

— C'était pas prévu comme ça. Je savais pas. Il s'est enfui.

— C'est vous qui l'avez tué ? Thanatos ?

— J'avais pas le choix. Il a essayé de sauter du bateau.

— Du bateau ?

Anders se tut et se mit à fixer un point dans le vide, comme s'il regardait au loin, en battant des paupières.

— Le bateau..., reprit-il.

— Quel bateau ?

— Le bateau ! Il a essayé de s'enfuir ! J'étais obligé de l'arrêter. Il fallait qu'il retourne sur l'île, avec les autres.

— Quelle île ?

— Il ne voulait pas mourir.

— Dites-moi comment s'appelle cette île !

— Elle a pas de nom.

— Où est-elle ? Dites-moi où elle est !

Anders se tut, comme s'il hésitait. Puis il lâcha :

— Grimsö.

— Est-ce que les enfants y sont toujours ?

Anders secoua lentement la tête.

— Vous travaillez pour qui ?

Il leva de nouveau les yeux vers Jana.

— J'ai déjà trop parlé.

— Vous travaillez pour qui ? Je veux un nom !

Anders ouvrit grands les yeux.

Il se raidit.

Et puis, d'un seul coup, il se jeta sur Jana et essaya de lui arracher le pistolet.

Mais elle parvint à garder le poing serré sur l'arme.

Lui aussi tenait bon, en pesant sur elle de tout son poids et en grognant férocement.

Il pressait l'index de Jana sur la détente. La douleur était intense, mais elle serra les dents, pour ne pas lâcher. Son bras tremblait. Il allait lui briser le doigt...

Elle lâcha quand elle entendit craquer l'os de son index.

Anders lui prit aussitôt le pistolet et le braqua sur elle, tout en reculant.

— C'est fini, maintenant, dit-il. Je le sais.

Il transpirait, ses mains tremblaient, ses yeux dardaient de tous côtés.

— Je suis mort. C'est fini. Il va venir. Je sais qu'il va venir. C'est fini.

Il pointa le pistolet sur lui.

Jana comprit en un éclair ce qu'il avait en tête.

— Ce n'est pas fini ! Attendez !

— C'est fini, maintenant. Et ça vaut mieux comme ça.

Puis il enfonça le canon dans sa bouche et appuya sur la détente.

Torsten Granath était allongé sur le canapé en cuir du couloir, devant son bureau. En voyant approcher Jana Berzelius, il se redressa sur un coude.

— Qu'est-ce qui t'es arrivé ? fit-il en désignant le pansement qu'elle avait sur le front.

— Ce n'est rien, mentit-elle. Juste une égratignure. Je suis tombée en faisant mon jogging.

— Et tu t'es abîmé le doigt, en plus ?

Jana regarda son index. Il l'élançait encore, mais c'était supportable.

— C'est vrai qu'il y a beaucoup d'endroits glissants, soupira Torsten en se rallongeant sur le canapé.

— Oui.

— C'est dangereux, le verglas. Il faut faire attention aux fractures du col du fémur. Surtout à mon âge. Je me demande si je ne vais pas acheter des crampons pour mes semelles. Tu devrais faire pareil. Quand tu cours, je veux dire.

— Non. Pas la peine.

— Oui, je sais. Ça donne un drôle de look.

— Pourquoi tu restes allongé là ?

— Mon dos, tu sais bien. Quand on vieillit, on n'a que des problèmes. Il faut que je me ménage un peu.

— C'est ce que tu dis toujours.

— Je sais.

Torsten se redressa en position assise.

— Ça avance, ton enquête ? demanda-t-il. J'ai comme l'impression que je n'aurais pas dû te la confier.

— J'avance, souffla Jana.

— As-tu inculpé quelqu'un ?

— Oui. Pour le meurtre de Thomas Rydberg. Mais les charges qui pèsent sur la supposée coupable, Lena A. Wikström, ne se fondent que sur des hypothèses et des témoignages assez flous. Elle n'a pas encore avoué. Je fais tout ce que je peux pour trouver des éléments solides contre elle.

— Et Juhlén, le petit garçon, les containers ? Combien de meurtres, dans cette affaire ?

— On n'a pas encore compté toutes les victimes.

— Tu veux dire que les chiffres risquent d'être affligeants ?

— Exact.

— Seigneur... Une affaire de meurtre impliquant de nombreuses victimes... Sans doute la plus importante depuis longtemps dans ce pays...

Torsten se leva et fit rouler ses épaules pour dénouer ses tensions.

— Gunnar Öhrn n'est pas convaincu de la culpabilité de Lena pour le meurtre de Rydberg, lâcha-t-il brusquement en lui lançant un drôle de regard.

Jana se crispa.

— Ah non ?

— Non. Il pense qu'elle ne dit pas tout ce qu'elle sait, mais qu'elle n'est pas le cerveau dans cette affaire.

— C'est ce qu'il a dit ?

Torsten hocha la tête.

— Il trouve aussi que tu es un peu en retrait, pour une procureure en charge du dossier.

— Ah, vraiment ?

— Oui.

Jana serra les dents.

— Très bien.

— Ne le prends pas mal.

— Non, non, tout va bien.

— Tant mieux.

Torsten lui tapota amicalement l'épaule et rentra dans son bureau, les jambes raides. Jana alla aussitôt dans le sien et ferma la porte derrière elle. Elle allait dire deux mots à ce Gunnar !

Gunnar Öhrn se laissa tomber dans son fauteuil en se frottant les yeux. La conférence de presse était terminée. Les journalistes l'avaient interrogé sans fin sur l'opération de repêchage, mais leur chargée de communication, Sara Arvidsson, s'était bornée à répondre qu'ils ne souhaitaient pas pour l'instant donner de précisions. Ce n'était plus qu'une question de temps avant que les médias ne mettent la main sur une photo des cadavres trouvés dans les containers. Et là, il serait bien obligé de donner des réponses.

Soudain, il eut la sensation d'être observé. Il fit pivoter son fauteuil.

Jana Berzelius se tenait dans l'encadrement de la porte.

— Tu m'as fait peur, soupira-t-il.

— Il paraît que tu as des doutes sur la culpabilité de Lena.

— Je...

Elle leva la main pour l'interrompre.

— J'aimerais que tu me fasses part de tes critiques *constructives*, au lieu de les adresser à mon supérieur.

— Torsten et moi, nous travaillons ensemble depuis longtemps.

— Je sais, mais c'est moi qui suis chargée de l'affaire, donc j'aimerais que tu t'adresses d'abord à moi. Et pas à lui. Tu trouves que je fais du mauvais boulot ?

— Pas du tout. Je trouve juste que tu devrais être plus active. Tu as l'air absente et... Je ne sais pas... On dirait que tu n'es pas vraiment impliquée.

— Merci pour ton opinion. C'est tout ?

— C'est tout.

— Dans ce cas, je vais te dire pourquoi je suis venue.

— Vas-y.

— Je veux aller enquêter sur une île.

— Pourquoi ?

— J'ai reçu des informations. Apparemment, il se passe quelque chose là-bas qui a un rapport avec notre enquête.

— Qu'est-ce qui se passe ?

— C'est ce que je veux découvrir.

— Et comment s'appelle cette île ?

— Grimsö.

— Comment sais-tu qu'il s'y passe quelque chose ?

— On m'a donné un tuyau.

— Attends une seconde. On t'a donné un tuyau sur une île ? Qui ça, « on » ?

— Anonyme.

— Donc, tu as reçu un tuyau anonyme sur une île ?

— Exact.

— Quand ça ?

— Il y a une heure.

— Par quel moyen ?

Jana déglutit.

— Aucune importance, répondit-elle précipitamment. L'essentiel, c'est que j'aie eu un tuyau.

— C'est en allant chercher ce tuyau que tu as récolté ton égratignure au front ?

— Non, l'égratignure, c'est en faisant du jogging, répondit-elle en cachant sa main derrière son dos.

— Et tu ne sais pas du tout de qui venait ce tuyau ?

— Pas du tout. Je viens de te dire qu'il était anonyme.

Gunnar demeura un instant songeur, puis reprit :

— Mais c'était un homme ou une femme, cet anonyme ?

— Il me semble que c'était plutôt une voix d'homme.

— Et comment se fait-il que cet homme te contacte, toi, plutôt que la police ? Comment savait-il que tu étais chargée de l'enquête ? Comment a-t-il eu ton numéro ?

— Aucune idée. Tout ce que je sais, c'est qu'il faudrait aller sur cette île.

— Mais j'aimerais bien savoir pourquoi, avant de foncer à l'aveugle. Et si c'était un piège ? Si ça venait de quelqu'un qui cherche à saboter notre enquête ? Nous sommes sur un truc énorme, Jana.

— Ecoute, dit-elle. C'est la première fois que je reçois un tuyau anonyme et je le prends très au sérieux. Tu devrais en faire autant.

Il acquiesça lentement.

— Très bien, soupira-t-il. Je vais envoyer Henrik et Mia.

— Je les accompagne, dit sèchement Jana. Histoire d'être un peu plus *active*, comme procureure, ajouta-t-elle en tournant les talons.

48

Vendredi 27 avril

Henrik Levin, Mia Bolander et Jana Berzelius roulaient vers l'embarcadère où on les attendait pour les emmener sur l'île. Personne ne parlait. Jana regardait le paysage désolé. Plus ils s'approchaient de la côte, plus les falaises dominaient la vue de l'autre côté de la vitre. En sortant de la voiture, elle respira avec plaisir la fraîcheur de l'air marin.

Arkösund, petite localité côtière, attirait les touristes qui y venaient aussi bien en voiture que par bateau. On y trouvait un office de tourisme, un supermarché, une station-service et des vendeurs de bateaux. Un hôtel venait d'ouvrir et on avait le choix entre quelques pubs et restaurants. Un panneau annonçait les festivités du 1er mai qui allaient avoir lieu dans le village. Un feu de joie était prévu, ainsi qu'une procession aux flambeaux qui partirait d'un des ports de plaisance. La soirée serait clôturée par un feu d'artifice et le discours d'un élu local. Sur le panneau, il y avait également une affiche pour un concert en plein air, avec la photo de l'artiste. Les drisses des mâts battaient au vent. La saison de plaisance n'avait pas encore débuté et il n'y avait que trois bateaux amarrés à la jetée.

Jana scruta la marina et aperçut un petit homme qui s'avançait vers eux, une main sur sa casquette pour l'empêcher de s'envoler. L'homme se présenta. Il s'appelait Ove, c'était le directeur du port. C'était lui qui gardait un œil sur les amarrages et s'occupait des travaux de maintenance pour les quatre petites marinas de la localité. Il portait des bottes en caoutchouc et un coupe-vent. Il avait un visage buriné par le soleil et le vent. Il les fit monter à bord d'un Nimbus qu'il avait emprunté pour la journée. Tout en manœuvrant le bateau sur une mer plutôt agitée, il leur fit l'éloge des liaisons maritimes qui desservaient l'archipel.

— Il y a beaucoup d'îles, par ici, dit-il. La vôtre se trouve à environ deux milles des îles Kopparholm. Pendant cinquante ans, il était interdit de les visiter. C'était une zone militaire. Nous allons passer devant, mais nous allons plus loin.

— Vraiment ? s'étrangla Mia, qui s'agrippait au bastingage pour éviter de glisser d'avant en arrière sur son siège.

Le bateau avançait assez vite. Ils longèrent plusieurs îles et purent admirer d'impressionnantes résidences d'été appartenant à de gros entrepreneurs ou à de riches héritiers. Ove les connaissait tous par leur nom.

Puis les îles commencèrent à s'espacer et les maisons luxueuses à disparaître.

Mia avait le mal de mer. Elle faisait ce qu'elle pouvait pour maîtriser une terrible envie de vomir. Elle était pâle, elle avait les larmes aux yeux. Elle inspirait à fond, en s'efforçant de regarder au loin, par-dessus le bastingage.

Ils longèrent un archipel d'îlots. Des grands et des petits. Certains étaient nus et déserts ; d'autres, inhabités, servaient de refuge à des colonies d'oiseaux.

Mia eut à nouveau un haut-le-cœur. En face d'elle, Jana semblait très à l'aise et cela l'agaça. Il fallait qu'elle tienne bon. Elle fit un effort pour se ressaisir. Elle n'allait pas montrer à Jana qu'elle était malade. Pas question.

Après deux heures de cabotage, ils naviguaient maintenant en pleine mer. Au bout d'un moment, Ove leur montra du doigt l'île de Grimsö, sur laquelle il mit le cap. En l'approchant, il ralentit l'allure du bateau. La végétation était tellement dense qu'il était impossible de voir s'il y avait ou non des bâtiments.

Ove découvrit une jetée et parut surpris que quelqu'un ait pris la peine d'en construire une aussi loin dans l'archipel. Il manœuvra sans difficulté pour accoster, puis aida Henrik et Jana à mettre pied à terre.

Mia les suivit, la main sur la bouche. Aussitôt à terre, elle se mit à vomir.

— Allons-y, dit Henrik en regardant Mia qui leur faisait signe de ne pas l'attendre.

— Partez devant, dit Ove. Je m'occupe d'elle.

— On y va ? demanda Henrik à Jana.

Elle hocha la tête en guise de réponse. Ils commencèrent à grimper entre les rochers.

— Alors, comme ça, tu as eu un tuyau ? demanda-t-il au bout d'un moment.

— Oui, dit Jana.

— Anonyme ?

— Oui.

— Bizarre.

— Hmm.

— Et tu ne sais vraiment pas d'où ça venait ?

— Non.

Ils trouvèrent bientôt un étroit sentier, sur lequel Henrik s'engagea le premier. Ils marchèrent en silence à travers un bosquet d'arbres et d'épais buissons. Le sentier s'élargit un peu, puis se divisa en deux. Ils optèrent pour le chemin qui avait l'air le plus fréquenté, celui de droite.

Henrik avançait en regardant autour de lui, l'oreille aux aguets, la main sur l'étui de son pistolet. Les arbres commençaient à se raréfier et le chemin à descendre. Puis soudain, après avoir contourné un gros rocher, ils aperçurent une maison au-dessus d'eux.

Jana s'arrêta net. Puis elle fit un pas en arrière. Elle était terrifiée.

Henrik s'arrêta lui aussi. Il regarda Jana, puis la maison, puis de nouveau Jana.

— Qu'est-ce qu'il y a ?

— Tout va bien, répondit-elle.

Et son visage reprit son expression habituelle.

Elle se remit à marcher, en passant devant Henrik. Il leva les sourcils en la regardant s'avancer vers la maison.

Puis il lui emboîta le pas.

Jana Berzelius avait une impression étrange. Elle se sentait comme prisonnière à l'intérieur de son corps, derrière une épaisse couche de verre. Comme si elle était restée debout au même endroit et se voyait elle-même remonter l'allée de gravier jusqu'à la bâtisse. Comme si son corps réagissait, mais sans elle.

Ses jambes l'emmenaient vers la maison.

Mécaniquement.

Elle eut soudain envie de se mettre à courir et de pousser la porte d'entrée. Cette maison lui semblait familière. C'était...

Elle s'arrêta de nouveau.

Derrière elle, Henrik fit de même.

Elle observa un instant la maison. A présent, elle avait envie de faire demi-tour et de courir vers le bateau. Mais c'était impossible. Elle devait absolument se contrôler. Elle contempla le gravier à ses pieds et se baissa machinalement pour en ramasser une poignée. Des images floues passèrent devant ses yeux. Elle se revit, petite fille, progressant péniblement sur cette allée de gravier avec ses petits pieds. Elle se souvenait aussi à quel point c'était douloureux de tomber sur les cailloux. Elle regarda le gravier dans sa paume ouverte et referma ses doigts dessus, en le serrant si fort que ses articulations blanchirent. Henrik se racla la gorge.

— Je passe devant, dit-il en s'éloignant. Reste là. Je vais m'assurer qu'il n'y a pas de danger.

Il traversa rapidement la pelouse et s'arrêta à quelques mètres du perron. A l'intérieur, rien ne bougeait. Il grimpa lentement les marches de bois pourries, sortit son pistolet et frappa à la porte.

De l'eau de pluie s'échappait d'une vieille gouttière rouillée et tombait à l'intérieur d'un tonneau qui débordait.

Il fit le tour de la maison, s'arrêtant devant chaque fenêtre, mais il n'y avait pas âme qui vive. Un peu plus loin, il découvrit une grange peinte en rouge.

Il fit signe à Jana qu'elle pouvait approcher, puis il disparut au coin, en direction de la grange.

Jana demeura encore quelques instants immobile sur le chemin, la main pleine de gravier. Autour d'elle, tout était silencieux. Puis elle laissa retomber les cailloux et avança lentement vers la maison. Comme Henrik, elle s'arrêta face aux vieilles marches à moitié pourries, puis partit sur la gauche, en observant la façade — des planches de bois craquelées. Elle aperçut soudain un soupirail et se baissa pour regarder à travers la grille couverte de crasse. Ça donnait sur une petite pièce basse de plafond. Un établi longeait l'un des murs, surmonté de deux étagères sur lesquelles étaient posés des cartons et des journaux. Quelques marches montaient vers une porte dont le battant était ouvert.

Un autre souvenir lui revint, comme une onde de choc. Elle connaissait cette pièce. Elle s'y était battue. Avec...

Minos...

— Tu as trouvé quelque chose ?

Mia Bolander venait de la rejoindre. Elle avait le souffle court. Son visage était écarlate, elle avait dû courir pour les rattraper.

Jana se redressa et s'éloigna du soupirail.

— Où est Henrik ? demanda Mia. Il a vérifié le périmètre ? Il est à l'intérieur ?

Jana n'avait pas la moindre envie de lui parler. Et encore moins d'examiner les lieux avec elle. Une autre sensation étrange l'envahissait. De manière tout à fait inexplicable, elle ressentait le besoin impérieux de protéger cet endroit. D'en détourner Mia. C'était sa maison. Personne d'autre qu'elle ne pouvait y entrer. Personne n'avait le droit de venir fourrer son nez ici. Personne. Sauf elle.

Mia se rapprocha.

Jana baissa la tête et se mit en position de défense.

Prête à se battre.

Ce fut à cet instant que Henrik arriva en courant. Il était hors d'haleine, complètement paniqué, les yeux écarquillés.

Quand il aperçut Mia, il cria aussi fort qu'il put :

— Appelle des renforts ! Que tout le monde débarque, tout le monde !

Phobos n'avait que neuf ans, mais il savait y faire.

Il nettoya le pli de son coude au savon et à l'eau. Puis il serra le poing, s'assit par terre et noua la compresse qui lui servait de garrot. Bien serrée.

Il planta l'aiguille dans sa veine. C'était facile. Il avait l'habitude. Il tira le piston de la seringue. Un sang sombre et épais afflua dans le corps cylindrique. Il défit aussitôt son garrot et s'injecta lentement le produit. La routine.

Il sentit tout de suite que l'effet n'était pas le même que d'habitude et retira brusquement l'aiguille de son bras. Des gouttes de sang tombèrent sur son pantalon.

Puis il hurla. D'une voix méconnaissable. Son cœur s'emballa. Sa tête se mit à tourner. Brusquement, il ne vit, n'entendit, ne sentit plus rien. Une pression énorme pesait sur sa poitrine. Il ouvrit la bouche pour respirer. Lutta désespérément pour rester conscient.

Il reprenait lentement conscience.

En ouvrant les yeux, il Le vit, qui se dressait devant lui.

— Bon Dieu, mais qu'est-ce que tu as fabriqué ? dit-il en lui donnant une violente claque.

— Je...

— Comment ?

Encore une claque.

— Je voulais juste dormir, bafouilla Phobos. Désolé... Papa.

La tombe était de forme allongée et ressemblait plutôt à une fosse. Les enfants y avaient été jetés comme des bêtes. Ils étaient empilés là, sur plusieurs couches, les uns sur les autres, encore vêtus de ce qui avait dû être leurs vêtements.

— A peu près trente squelettes, dit Anneli. Mais il y a aussi des corps qui ne sont là que depuis un an.

Debout au fond de cette fosse, elle avait plutôt l'air d'une archéologue que d'une spécialiste de la police scientifique. Elle était arrivée en hélicoptère. Comme la plupart des agents et des légistes qui quadrillaient l'île.

— Qu'est-ce qu'on fait ? demanda Gunnar d'un ton résigné, depuis le bord de la fosse.

— Il va falloir retirer les corps un par un, déclara Anneli. Nous devons les examiner, les photographier, les peser, relever leurs caractéristiques.

— Et ça va prendre combien de temps ?

— Quatre jours. Au moins.

— Je te donne une journée.

— Mais...

— Il n'y a pas de « mais ». Fais-toi aider, mais débrouille-toi pour tenir ce délai. Il faut faire vite.

— Gunnar ? Tu peux venir voir ?

Henrik Levin venait de sortir de la grange. Il agitait les deux mains pour faire signe à Gunnar d'approcher.

— Et appelle Björn Ahlmann, lança Gunnar à Anneli avant de s'éloigner. Demande-lui de préparer les autopsies le plus vite possible !

Il s'approcha de la grange. Derrière la porte, l'atmosphère était humide et ses yeux mirent quelques instants à s'habituer à l'obscurité. Il dut battre plusieurs fois des paupières pour y voir clair. Et quand il y vit enfin, ce qu'il découvrit le laissa perplexe.

Il se trouvait dans une salle de sport d'environ cinquante mètres de long sur vingt de large.

Il balaya lentement les lieux du regard. Un matelas en caoutchouc sur le sol, une rampe le long d'un mur, un punching-ball accroché au plafond. Dans un coin, des haltères de dix kilos empilés les uns sur les autres, avec, tout près, une grosse corde. Sur la gauche, un pauvre débarras plein de vieux meubles. Un peu plus loin, une porte qui avait l'air de donner sur des toilettes. Tout au fond de la grange, une autre porte verrouillée par un levier de blocage. Ici et là, la pluie s'était infiltrée à travers la toiture et avait formé des flaques marron en se mêlant à la crasse du sol. Ça sentait la moisissure.

— Mais qu'est-ce que c'est que cet endroit ? souffla-t-il.

Jana Berzelius venait d'entrer dans le couloir de la maison. Elle s'y arrêta quelques instants. Elle avait vaguement la nausée, elle hésitait. Devait-elle ou non monter à l'étage ?

— Surtout, ne touchez à rien, dit l'agent de police Gabriel Mellqvist, de faction à l'entrée.

Son visage exprimait une sorte de questionnement, mais Jana fit semblant de ne rien voir.

La maison était déserte, mais n'allait pas tarder à être investie par l'équipe des experts. Jana voulait la voir avant eux. Elle savait qu'elle n'aurait pas dû, mais elle grimpa quand même les marches de l'escalier. Au passage, elle remarqua qu'il y avait peu de poussière et seulement quelques toiles d'araignée sur la rambarde, comme si quelqu'un avait occupé l'endroit récemment. Arrivée au premier étage, elle alla directement vers la gauche et entra dans une grande pièce. Les planches du parquet étaient humides et gondolées.

Quatre lits en fer étaient installés les uns à côté des autres. Les matelas étaient troués, souillés de crottes de rat. Une lampe cassée pendait au plafond. Les murs étaient d'un gris sale.

Le regard de Jana se posa sur une commode, près d'un des

lits. Elle s'approcha et ouvrit le tiroir du haut, qu'elle trouva vide. Elle ouvrit les autres, vides également. Ensuite, elle y alla des deux mains pour écarter la commode du mur, en essayant de ne pas faire de bruit. Là, elle se pencha pour inspecter le mur. Deux visages y avaient été tracés, à coups d'éraflures. Un homme et une femme. Un couple. Des parents. Gravés par une main d'enfant.

La sienne.

49

Samedi 28 avril

Maintenant, elle se souvenait de tout. Elle revoyait tout avec une étrange netteté dès qu'elle fermait les yeux. Comme si quelqu'un l'avait secouée pour faire remonter ses souvenirs à la surface. Elle se souvenait du container, du moment où on l'avait traînée dehors, d'être montée dans une camionnette, de s'être enfuie. D'avoir fui tout ça.

D'avoir fui Papa.

Elle savait maintenant que tout ce qu'elle avait griffonné sur ses carnets — chaque petit détail, chaque mot, chaque dessin — était réel. Ses rêves étaient en fait des souvenirs. Autour d'elle, on aurait dû s'en douter, mais personne n'avait cherché à savoir. Au contraire, ses parents l'avaient muselée à coups de médicaments et de psychothérapie.

Jana frappa le volant des deux mains.

Elle ferma les yeux et gémit. Puis elle se calma. Inspira profondément. Et derrière ses paupières closes, elle Le vit. Papa.

Penché au-dessus d'elle, il la regardait avec des yeux brûlants de haine. Il lui tendit le couteau sans un mot. Un vent de panique la secoua quand elle comprit ce qu'il voulait. Il voulait qu'elle tue pour ne pas être tuée. Elle n'avait pas le choix. Elle prit le couteau et se retourna vers le garçon allongé près d'elle.

Il avait du scotch sur la bouche et un regard paniqué.

Elle plongea le couteau entre ses côtes.

Elle avait réussi. Elle était capable d'accomplir de grandes choses pour Papa et elle en était fière.

Jana ouvrit les yeux. Elle avait le sourire aux lèvres. L'espace d'un instant, elle conserva la sensation d'avoir accompli des exploits pour Papa. Puis, lentement, toute l'horreur de la situation lui revint. Elle n'était plus une enfant droguée et conditionnée.

Elle démarra et prit l'autoroute en direction de Linköping.

Elle était de nouveau dans la peau de la procureure. Et elle avait des comptes à régler.

Le légiste Björn Ahlmann se penchait sur le petit corps en état de décomposition allongé sur la table. C'était une petite fille. Les orbites de ses yeux étaient vides. Björn était en train de relever ses empreintes digitales quand il entendit des pas dans le couloir. En levant les yeux, il vit apparaître Jana Berzelius.

— Est-ce que vous allez pouvoir les identifier ? demanda-t-elle.

— Espérons-le, dit Björn. Pour leurs parents.

— Ils ne sont plus en vie, souffla Jana.

— Leurs parents ? dit Björn.

— Oui. Eux aussi, ils sont morts.

— Comment le savez-vous ?

— Je le présume.

— En tant que procureure, vous n'êtes pas censée présumer quoi que ce soit, vous devez être sûre de ce que vous avancez.

— J'en suis sûre.

— Certaine ?

— Oui, je crois que les parents de ces enfants se trouvaient dans les containers qu'on a repêchés.

— Vous « croyez ». Donc, c'est aussi une hypothèse.

— Comparez leur ADN avec celui des enfants et vous verrez.

— Vous n'êtes pas sans savoir que ça demanderait un travail monstrueux.

— Oui, mais ça nous permettra peut-être de les identifier.

Björn Ahlmann allait ouvrir la bouche pour lui demander comment elle avait fait le lien entre les enfants et les cadavres trouvés dans le container, mais il se tut en voyant Henrik Levin et Mia Bolander entrer dans la pièce. Mia fronça les sourcils en apercevant le corps de l'enfant et demeura à distance.

— Quel âge a-t-elle ? demanda Henrik.

— Environ huit ans.

— Alors, qu'est-ce qu'on a ?

— Tuée par balle, annonça Björn. Comme les autres.

— Tous ?

— Oui, mais les impacts ne sont pas aux mêmes endroits, dit Björn.

— Est-ce que les enfants sont morts là où ils ont été retrouvés ? demanda Henrik.

— Oui, dans la fosse. Apparemment. Nous pensons qu'ils ont été alignés au bord du trou avant d'être abattus.

— Vous « pensez », intervint Jana en lui adressant un clin d'œil. C'est une hypothèse.

Björn se racla la gorge.

— Et nous avons de bonnes raisons de croire que ces enfants étaient ceux des gens retrouvés dans les containers, poursuivit Henrik.

— La procureure souhaite que nous procédions à la comparaison des ADN, conclut Björn.

Henrik se passa la main dans les cheveux et la posa un instant sur sa nuque.

— OK, comparez les ADN, dit-il. Mais il faut que ça aille vite.

Björn acquiesça silencieusement.

— Rien d'autre ? demanda Henrik.

— Si. J'ai trouvé quelque chose d'intéressant sur la nuque de cette gamine, dit Björn.

Il lui tourna la tête et exposa son cou.

Le mot « Eris » était inscrit dans sa chair, juste sous la ligne des cheveux.

Mia Bolander sortit immédiatement son portable de sa poche et entra le nom sur son réseau mobile.

— La personne qui a gravé le nom de cette fille est peut-être celle qui a gravé celui du garçon de Viddviken, proposa Henrik.

— Sûrement, dit Mia sans lever les yeux de son téléphone.

— Ce qui voudrait dire que nous avons affaire au même assassin, ajouta Henrik.

— La déesse de la Haine, dit Mia. Eris est le nom de la déesse de la Haine. Un autre nom venant de la mythologie grecque. Comme Thanatos.

Le silence s'installa dans la pièce.

On n'entendait plus que le ronronnement des ventilateurs.

— Dernière chose, finit par dire Björn. La gamine avait la tête rasée, mais j'ai trouvé sur elle une mèche de cheveux. Une mèche sombre, épaisse, certainement pas la sienne.

— Envoyez-la directement au centre médico-légal national, dit Henrik.

— C'est déjà fait, répliqua Björn.

Dans la salle de conférences, l'équipe attendait le début du briefing. Gunnar Öhrn feuilletait une pile de documents, Anneli Lindgren tripotait ses cheveux. Henrik Levin était affalé dans son fauteuil, les bras croisés sur la poitrine, Mia Bolander se balançait sur sa chaise. Jana Berzelius était penchée sur la table, son portable ouvert devant elle.

— Très bien, dit Gunnar. Je viens de parler avec Björn Ahlmann, qui m'a confirmé que plusieurs enfants assassinés ont des profils ADN correspondant à des corps trouvés dans les containers. Ce qui veut dire qu'ils ont un lien de parenté.

— Donc, dans les containers, il y avait les parents des enfants qui étaient dans la fosse, dit Henrik.

— On dirait bien, dit Gunnar. On peut supposer que les

enfants ont voyagé dans les containers, avant d'en être retirés pour être acheminés vers l'île. Les parents, eux, ont été abattus et jetés dans la mer.

— Les containers venaient du Chili, c'est bien ça ? demanda Henrik. Nous avons donc affaire à un trafic de réfugiés.

— Oui. C'est bien ça, on pense à des réfugiés clandestins venant du Chili, confirma Gunnar.

Un silence pesant s'abattit de nouveau sur la pièce.

Gunnar poursuivit :

— Les enfants que Björn Ahlmann a déjà autopsiés portaient tous un nom scarifié sur la nuque. Un nom provenant de la mythologie grecque. Ces enfants ont été marqués, comme si on voulait leur donner une identité. Le fait que ce nom ait été scarifié, inscrit dans leur chair, est au-delà de la barbarie.

— C'est assez fréquent dans les gangs, comme procédé, intervint Mia. Pensez aux tatouages, aux emblèmes.

— Sauf que là, il s'agit d'enfants kidnappés, fit remarquer Henrik. Que l'on a marqués comme des bêtes.

— C'est complètement fou, soupira Anneli.

— D'après les analyses toxicologiques, deux des enfants avaient de la drogue dans le sang, dit Gunnar. Notre Thanatos était lui aussi drogué. Mon hypothèse, c'est que ces enfants vendaient de la drogue, ou au moins qu'ils servaient de mules.

— Ce qui veut dire qu'on cherche un dealer, souligna Henrik.

— Ou plusieurs, corrigea Mia. Passionnés de mythologie grecque.

— Exact, fit Gunnar. Mais nous devons aussi tenter de découvrir ce qui relie les divers éléments de notre affaire. Lena ne nous a toujours pas dit ce qu'elle savait à propos des containers, ni qui lui a donné l'ordre d'effacer les fichiers de leurs numéros d'identification. Et donc je me pose une question : pourquoi effacer ces fichiers ? Qu'y avait-il à cacher ? Ou plutôt, qu'avait-elle à cacher ? Après tout, c'est elle qui les a effacés, pas Juhlén.

— Nous ne sommes même pas sûrs que Juhlén était au courant pour les containers, intervint Henrik.

— En effet. Il ne savait peut-être rien.

— Tu veux dire qu'il n'aurait pas non plus été au courant pour le trafic de drogue impliquant des enfants ?

— C'est ça.

— Tu penses qu'il y avait aussi de la drogue dans les containers ? demanda à nouveau Henrik.

— Je ne pense pas qu'ils aient transporté dans le même container des réfugiés et de la drogue. Mais pourquoi pas... C'est une théorie.

— D'accord. Mais pourquoi se débarrasser des adultes et garder les enfants ?

— Les enfants, en tant que mineurs, ne pouvaient être considérés comme des criminels vis-à-vis de la loi, proposa Mia d'un ton triomphant. Et ils étaient plus faciles à manipuler. Sans doute plus loyaux et plus soumis.

— Nous avons trouvé sur l'île un centre d'entraînement avec des armes, renchérit Henrik. Tu penses que les enfants étaient entraînés pour...

Le silence se fit dans la salle. Henrik reprit :

— Et si Hans Juhlén avait tout découvert ? Si c'était pour ça qu'il s'était rendu sur les docks ? Rydberg l'a vu, il a eu peur, il a averti Lena, laquelle s'est empressée d'effacer les fichiers compromettants et d'envoyer quelqu'un pour l'éliminer. Ensuite, elle a fait aussi éliminer Rydberg.

— Nous avons un autre nom à ajouter à notre enquête, ajouta Gunnar. Selon Björn Ahlmann, il y avait une mèche de cheveux sur l'un des enfants. Et l'analyse ADN de cette mèche nous a menés à cet homme.

Il tendit le bras vers la télécommande et alluma le vidéo-projecteur. La photo d'un homme apparut. Il avait des cheveux bruns, un nez épaté, la moitié du visage balafré par une longue cicatrice.

— Mon Dieu, quelle sale tête ! dit Mia.

Jana faillit crier : « *C'est lui !* »

Mais elle réussit à se retenir et à rester tranquille sur sa chaise.

— Gavril Bolanaki. Apparemment, il se fait appeler « Papa », dit Gunnar. Ola, je veux que tu cherches des liens entre cet homme, Thomas Rydberg et Lena Wikström. Cherche un passé commun en remontant le plus loin possible, jusqu'à leur scolarité.

— Qu'est-ce qu'on sait à propos de ce Gavril ? demanda Henrik.

— Pas grand-chose, dit Gunnar. Né en 1953 sur l'île de Tilos, en Grèce. Citoyen suédois depuis 1960. Service militaire à Södertälje. Du matériel militaire a été volé au milieu des années soixante-dix, il a été soupçonné, puis déclaré non coupable, les preuves n'étant pas suffisamment claires.

— Est-ce qu'on a une liste des armes volées ? demanda Henrik.

— Non, dit Gunnar.

— Où est-il, ce type ? demanda Jana d'une voix posée.

— On l'a mis sur la liste nationale des personnes recherchées, toutes les unités de police sont au courant. Espérons que ça nous aidera à l'arrêter le plus vite possible, dit Gunnar. Je crois qu'on est sur la bonne piste, maintenant.

C'est aussi mon avis, songea Jana.

— Une première fouille de l'île a permis de retrouver de la nourriture, ce qui laisse penser que quelqu'un y a séjourné récemment, ajouta Gunnar. J'ai demandé que l'on quadrille le périmètre avec des chiens. Je retourne là-bas. Henrik et Mia, vous m'accompagnez. Anneli, tu viens aussi. On part dans dix minutes.

Mia Bolander avait de nouveau le mal de mer.

Elle tentait de fixer son regard sur un point fixe, au loin, pour moins souffrir du tangage du bateau. Elle avait pris son petit déjeuner une demi-heure plus tôt, juste avant de quitter le commissariat. Elle avait réussi à convaincre un stagiaire de lui payer un sandwich.

On était le 28 avril. Elle venait de toucher son salaire et elle était déjà fauchée. Encore un mois plein jusqu'à la prochaine paye. En plus, on était samedi, et donc son soir de sortie. Tout en se demandant comment elle allait pouvoir se payer une bière, elle se pencha par-dessus bord et se mit à vomir.

La fouille avait été fructueuse. Le chien policier avait découvert un bunker souterrain, non loin de la grange. L'entrée était bien cachée derrière des buissons.

Gunnar s'engagea le premier à l'intérieur. L'espace n'était pas très grand, il lui fallut s'arrêter au bout de trois mètres. Le plafond était bas et il dut garder la tête baissée pour inspecter l'endroit. Deux sacs vides étaient posés sur le sol, et de nombreuses armes à feu accrochées aux murs. Gunnar reconnut immédiatement un AK-47, des Sig Sauer et des Glock. Une grande quantité de munitions étaient réparties dans différents bacs en plastique. Il y avait aussi cinq petits couteaux et plusieurs silencieux.

Gunnar se retourna et sortit du bunker. Il fut accueilli par les regards interrogateurs de Henrik Levin et de Mia Bolander.

— C'est une cache d'armes. La plus importante que j'aie jamais vue, annonça Gunnar.

— Est-ce que ça pourrait venir de Södertälje ? demanda Henrik.

— Il y a de bonnes chances. On a des armes assez anciennes, d'autres plus récentes.

— Donc ce Gavril, d'une manière ou d'une autre, aurait acheminé ici les armes de Södertälje pour les entreposer dans cette cache, dit Henrik.

— Probable, fit Gunnar. Il y a plusieurs Glock, une arme couramment utilisée dans l'armée.

— Et c'est aussi avec un Glock que Hans Juhlén a été abattu, renchérit Henrik.

*
* *

D'après sa montre, Gabriel Mellqvist n'avait plus qu'une heure à tirer sur la jetée. Ensuite, on viendrait le relayer. Il dansait d'un pied sur l'autre pour essayer de se réchauffer. Il scruta encore une fois l'horizon. Soudain, il aperçut un bateau qui faisait route vers l'île. Il prit ses jumelles, pour voir si l'un de ses collègues était à bord.

Le bateau ralentit, comme s'il allait s'arrêter, puis il fit brusquement demi-tour et s'éloigna de l'île.

Gabriel attrapa son émetteur.

Pas une minute à perdre.

Henrik Levin s'apprêtait à descendre à son tour dans le bunker quand l'agent Hanna Hultman arriva en courant.

— Un bateau inconnu vient d'être repéré. Il venait vers l'île et maintenant il s'en éloigne à toute vitesse !

Henrik Levin courut vers la jetée et sauta dans la vedette des gardes-côtes.

Mia Bolander, qui l'avait suivi, y monta après lui.

— Suivez le bateau ! cria-t-il. On n'a pas le temps d'attendre Gunnar. Allez !

Le garde-côte, Rolf Vikman, écarta rapidement la vedette de la jetée et suivit le bateau repéré par Gabriel Mellqvist. L'embarcation n'était plus visible et Rolf accéléra dans la direction indiquée par le policier, tout en établissant un contact radio avec le centre de communication de la région et en cherchant le bateau des yeux.

Henrik scrutait lui aussi l'horizon. Ils avaient atteint trente nœuds et la vedette projetait des gerbes d'eau autour d'elle. Ils ralentirent en arrivant à proximité d'une petite île, mais toujours pas trace du bateau. Henrik tournait la tête dans toutes les directions.

Mia l'imita. Ils tendirent l'oreille pour essayer d'entendre un bruit de moteur, en vain.

Quand ils atteignirent l'île suivante, Rolf ralentit de nouveau et Henrik balaya du regard la ligne des rochers. Le vent lui sifflait aux oreilles. Deux goélands volaient en cercle au-dessus d'eux, en poussant des cris stridents.

Mia se mit sur la pointe des pieds pour mieux voir par-dessus le bastingage. Ils ralentirent encore un peu et Rolf dut zigzaguer pour lutter contre les vagues qui les poussaient vers le rivage.

— Continuez à avancer, lança Henrik à Rolf.

Ils firent le tour de l'île. Rolf augmenta de nouveau la vitesse et le vent gonfla la veste de Henrik. Le doute commençait à s'emparer de lui. Pas de bateau en vue.

— Là ! cria Mia en pointant le doigt. Là-bas, là-bas ! Je le vois !

Rolf mit aussitôt le cap sur la direction qu'elle leur montrait.

— Un Chaparral, cria-t-il. Pas de chance, c'est un moteur puissant.

Le Chaparral mit les gaz, comme si le pilote venait lui aussi d'apercevoir la vedette des gardes-côtes. Henrik sortit son pistolet, et Mia fit de même. Rolf accéléra. Ils se rapprochaient du bateau.

— Police ! hurla Henrik en mettant son arme en évidence. Arrêtez-vous !

Ses mots se perdirent dans le vacarme des moteurs.

Le Chaparral s'éloigna à pleine vitesse et la distance qui les séparait augmenta de nouveau.

— Il essaie de nous échapper ! cria Rolf en accélérant encore.

La poursuite continua, toujours à vive allure. Le blouson de Henrik battait violemment dans le vent. Le froid lui mordait les joues, le vent plaquait ses cheveux en arrière.

— Police ! hurla-t-il encore plus fort, à mesure qu'ils s'approchaient du bateau.

Il réussit à apercevoir le conducteur juste avant qu'il ne

fasse une embardée, tout près d'eux. Un homme brun, d'un certain âge, coiffé d'une vieille casquette.

— Nom de Dieu ! beugla Rolf en tournant violemment.

Ils coupaient les vagues de plein fouet et la vedette sautait de plus en plus haut.

Soudain, le bateau qu'ils suivaient ralentit.

Henrik pointa son pistolet, sans lâcher le bastingage.

— Stop ! cria-t-il au pilote.

Mais le bateau fit une nouvelle embardée et repartit à pleine vitesse.

— Suivez-le, Rolf ! Suivez-le !

Rolf mit les gaz pour rattraper le bateau. Celui-ci ralentit de nouveau, puis s'arrêta tout à fait.

Jana Berzelius savait qu'elle commettait une imprudence en envoyant ce texto à Danilo. Même en utilisant un portable tout neuf avec une carte SIM prépayée, elle n'était pas absolument certaine qu'on ne pourrait pas remonter jusqu'à elle. Mieux valait rester vague.

Alors elle écrivit : « A. m'a indiqué l'endroit. Papa rentre bientôt. »

Elle était sur le point d'envoyer le message quand son téléphone privé se mit à sonner dans sa poche. Elle le sortit et vit que l'appel émanait d'un numéro masqué. Elle décrocha immédiatement, en espérant que ce serait Danilo.

Mais c'était Henrik Levin.

— On le tient, dit-il d'une voix calme et posée.

Jana retint sa respiration.

— On l'a coincé après une poursuite d'une heure et demie en bateau, continua Henrik.

— Enfin, murmura Jana.

— Il nous faut une audience. Tout de suite.

— Je vais m'en occuper. Et l'interrogatoire ?

— Demain matin.

Jana mit fin à la conversation d'un bref « A plus tard ». Elle tremblait. Elle reprit le téléphone qu'elle venait d'acheter et supprima la dernière partie du texto. A la place, elle écrivit : « A. m'a indiqué l'endroit. Papa est rentré. »

Puis elle appuya sur le bouton d'envoi.

Danilo venait de lire le message de Jana.

— Bon Dieu ! hurla-t-il. Merde et merde !

Il balança violemment son poing contre le mur.

— Merde, merde, merde et MERDE !

Il était fou de rage. Comment avait-il pu laisser les choses déraper à ce point ? Anders était censé la tuer, pas la renseigner ! Anders était un abruti, un sombre raté qui n'avait jamais rien fait de bien au cours de sa minable existence. D'abord il n'avait pas réussi à emmener le gamin sur l'île, et ensuite il avait été incapable de s'occuper de Jana.

Danilo poussa un soupir. Il allait être obligé de prendre les choses en main. Comme toujours. C'était toujours lui qui devait s'occuper de tout. Et là, il y avait urgence. C'était une sacrée merde.

— Bordel ! hurla-t-il encore une fois en tapant violemment sa tête contre le mur.

Il pensa aux différentes manières de régler le problème Jana. Il devait se débarrasser d'elle. A moins qu'elle ne lui soit utile ? Oui, après tout, pourquoi pas. Il pouvait peut-être se servir d'elle une dernière fois, avant de l'éliminer.

Un sourire illumina son visage.

Il avait déjà une idée en tête. Une idée de plus en plus précise.

Au bout de dix minutes, il sut exactement ce qu'il allait faire. Jana ne pourrait s'en prendre qu'à elle-même. C'était elle qui avait commencé à remuer les vieilles histoires, elle devait maintenant en assumer les conséquences.

Procureure ou pas.

50

Dimanche 29 avril

Une tasse de café à la main, Gunnar Öhrn suivait le flash spécial d'information diffusé à la télévision. On parlait de Gavril Bolanaki.

Carin Radler avait exigé que leur chargée de communication s'adresse à la presse pour annoncer l'arrestation de Bolanaki. Moins d'une heure plus tard, les médias la relayaient déjà.

— Tu es soulagé ?

Anneli Lindgren était allongée sur le côté, dans le grand lit de Gunnar, un drap enroulé autour de son corps nu.

Elle aussi avait suivi le bulletin d'information.

— Oui, je suis soulagé qu'on l'ait coincé. Il sera interrogé demain. Mais est-ce qu'on aura le temps de fouiller l'île d'ici là ?

Anneli s'allongea sur le dos et s'étira.

— Je pense que oui. Il y a toute une équipe d'experts sur place aujourd'hui et on va pouvoir prélever un peu partout des échantillons pour procéder à des analyses ADN. Enfin, j'espère.

— Je l'espère aussi, répondit Gunnar.

Il but une gorgée de café, juste au moment où son téléphone se mettait à sonner.

C'était Ola Söderström.

— Ecoute un peu ça, dit Ola. On a finalement du concret. Le département de la Sécurité routière a identifié la camionnette qu'Erik Nordlund a vue à Arkösund. Elle appartient à un certain Anders Paulsson, cinquante-cinq ans. Il a travaillé vingt ans chez DHL comme manutentionnaire et maintenant il a sa propre société, dans le secteur des transports. Mais le plus intéressant, c'est qu'il a été le mari de la sœur de Rydberg. Elle est morte d'un cancer il y a dix ans et il n'a pas eu d'autre compagne depuis, apparemment.

— Il y a donc un lien entre Rydberg et Anders, commenta Gunnar. Où habite-t-il, ce monsieur ?

— A Jonsberg, Arkösund, répondit Ola.

— Très intéressant, dit Gunnar. Je mets tout de suite Henrik et Mia sur le coup.

Puis il raccrocha.

Mia Bolander buvait un café. Il était brûlant et elle le sirotait à petites gorgées en se regardant dans le petit miroir du pare-soleil. Pendant la nuit, son mascara avait laissé de petites traces noires autour de ses yeux.

— Et merde ! jura-t-elle tout haut.

— Nuit difficile ? demanda Henrik.

— Comme si tu savais ce que ça veut dire.

— Je m'y connais pas mal, question bringue.

— Tu parles des goûters d'anniversaire ?

— C'est ça, moque-toi.

— C'était quand, la dernière fois que tu t'es soûlé au point de te faire exploser le crâne ?

— C'est ce que tu as fait hier ? C'est ça ?

— Eh oui. Exactement. J'ai baisé, aussi. Et ça m'a fait un bien fou !

— Merci, je n'ai pas besoin de connaître tous les détails.

— Alors, arrête de poser des questions !

Henrik Levin soupira et vérifia son compteur, pour s'assurer qu'il ne dépassait pas la vitesse autorisée.

Mia entreprit d'enlever les traces de mascara autour de ses yeux.

Ils n'étaient plus qu'à dix kilomètres d'Arkösund, où vivait

Anders Paulsson. Un quart d'heure plus tard, ils apercevaient sa maison — une maison isolée, peinte en rouge. Une camionnette blanche était garée sur la pelouse. De marque Opel. Le jardin était à l'abandon et tous les stores baissés. Les coins de la bâtisse avaient dû être blancs, mais maintenant ils étaient grisâtres et décolorés par les intempéries.

Henrik passa lentement devant la maison, s'arrêta un peu plus loin et coupa le moteur.

Mia avala les dernières gouttes de son café. Au moment de reposer sa tasse dans le porte-gobelet, elle remarqua que Henrik avait laissé son portefeuille en vue dans la voiture. Elle le prit, l'ouvrit, préleva un billet de cent couronnes qu'elle glissa dans la poche de son pantalon, remit le portefeuille à sa place. Puis elle sortit à son tour, le sourire aux lèvres.

Henrik s'était approché de la maison et s'était accroupi près de la roue arrière de la camionnette. Mia vit que ses yeux brillaient d'enthousiasme.

— Des pneus Goodyear, dit-il.

Ils allèrent ensemble jusqu'à la porte d'entrée et se postèrent de part et d'autre du battant, que Mia bloqua avec son pied, pour empêcher qu'on ne l'ouvre brusquement depuis l'intérieur.

Ils appuyèrent sur la sonnette et l'entendirent résonner. Ils attendirent trente secondes. Sonnèrent de nouveau. Attendirent encore. Toujours rien. Ils échangèrent un regard, sonnèrent encore une fois, toujours sans résultat.

Mia fit le tour de la maison et constata que là aussi les stores étaient baissés. Tout était silencieux. Derrière, elle trouva une fenêtre ouverte et appela Henrik, tout en s'agrippant au rebord pour passer une jambe par-dessus le cadre, puis l'autre. Puis elle sauta lourdement à l'intérieur.

Elle fut aussitôt saisie à la gorge par une épouvantable odeur d'excréments. Elle colla son bras contre sa bouche et son nez et regarda par terre : c'était plein de petits tas de crottes et de taches d'urine séchée.

Il y avait aussi des détritus un peu partout. Des piles de

cartons, des tas de vieux journaux, des vestiges de nourriture moisissant sur des assiettes en carton, des bouteilles vides, des canettes de bière et des emballages de fast-food. Un vieux radiateur était posé sur le canapé. Le tapis était roulé dans un coin. La table était fissurée et le papier peint se déchirait.

Henrik passa la tête par l'embrasure de la fenêtre. La puanteur acide de l'urine lui donna la nausée. Il recula, saisi d'un haut-le-cœur.

Pistolet au poing, Mia fit quelques pas en avant, en zigzaguant entre les tas de crottes et les ordures.

— Police ! cria-t-elle d'une voix déformée par la nausée.

En entrant dans le couloir, elle repéra la porte de la cuisine. Là, l'odeur était encore plus atroce. Elle provenait cette fois d'un corps d'homme gisant dans une posture bizarre. Il avait la bouche grande ouverte, les yeux fixes et vides. Elle vit sur-le-champ qu'il était mort.

51

Lundi 30 avril

Jana Berzelius aurait bien voulu reporter ce procès à plus tard mais, pour ça, il lui aurait fallu un argument légal qu'elle n'avait pas trouvé. Pour la première fois de sa carrière, elle avait espéré que l'une des parties appelées à comparaître serait dans l'impossibilité de se présenter devant la cour. Il aurait suffi qu'un témoin tombe subitement malade, que les transports publics soient fortement perturbés par une grève — bref, qu'il se produise un événement imprévisible, n'importe quoi — pour que l'audience soit repoussée. Hélas, toutes les parties étaient présentes, de même que les magistrats et le juge, et le moral de Jana en prit un coup. Le procès allait commencer à l'heure prévue.

Elle soupira en ouvrant le dossier qu'elle avait préparé. Le suspect était accusé d'être l'auteur d'un incendie criminel. Elle regarda la pendule. Dans cinq minutes, Henrik Levin allait débuter l'interrogatoire de Gavril Bolanaki, au commissariat. Elle espérait le rejoindre au plus vite. Le procès serait sans doute bouclé en une heure. Elle allait bientôt affronter l'homme de son enfance. Celui qui se faisait appeler « Papa ».

Elle lissa ses cheveux d'un geste machinal et sa main s'arrêta sur sa nuque pour palper sa cicatrice.

L'heure est venue, pensa-t-elle.

Enfin.

*
* *

Henrik Levin observait l'homme assis en face de lui. Il portait un T-shirt noir, avec les manches négligemment retroussées. Il avait des cheveux bruns mi-longs, tirés en arrière, un nez épaté, des yeux noirs surmontés de sourcils en broussaille. La cicatrice qui lui barrait le visage partait de son front et descendait jusqu'au menton. Henrik avait du mal à ne pas la regarder. Il s'efforça de fixer son regard sur l'autre moitié du visage de l'homme et commença :

— Que faisiez-vous en mer ?

Pas de réponse.

— Pourquoi avez-vous essayé de fuir ?

Pas de réponse.

— Vivez-vous sur cette île ?

Toujours rien.

— Avez-vous déjà vu ce garçon ?

Henrik lui montra une photo de Thanatos.

L'homme eut un petit rictus arrogant.

— Je veux un avocat, dit-il lentement.

Henrik soupira.

Il n'avait pas le choix, cet homme avait droit à un avocat.

Au bout de deux heures de procès, le juge annonça une pause. Jana était exaspérée. La partie plaignante et l'accusé avaient été interrogés pour établir les faits. Après la pause, le juge allait s'attaquer aux témoins et aux preuves écrites. Elle se leva de son banc de procureure et quitta la salle d'audience. Après un bref passage aux toilettes, elle tira son portable de sa poche et vit qu'elle avait raté un appel émanant d'un numéro masqué. Un message vocal lui disait que Henrik Levin avait essayé de la joindre. Elle le rappela sans attendre. Il répondit dès la première sonnerie :

— Rien.

— Rien du tout ? fit Jana.

— Non. Il ne dit rien. Il veut un avocat.

— Eh bien, il va en avoir un. Mais d'abord, je veux lui parler.

— C'est inutile.

— Je veux essayer, insista Jana en regardant l'horloge. Le procès devrait être bouclé dans trois heures. On pourra reprendre l'interrogatoire à ce moment-là.

— Très bien, confirma Henrik. Rendez-vous dans la salle d'interrogatoire à 14 heures.

— Sans avocat.

— On n'a pas le droit, protesta Henrik.

— Si, on a le droit. C'est mon client et je veux lui parler.

Jana savoura ces deux mots, « mon client ».

— Je vais voir ce que je peux faire, répondit Henrik.

— Cinq minutes avec lui. C'est tout ce que je demande.

— Ça marche.

Après avoir raccroché, Jana resta debout, le téléphone serré contre son cœur. Elle se sentait étrangement euphorique.

Presque heureuse.

Les bras croisés, calée contre le dossier de sa chaise, Mia surveillait le suspect. Henrik venait de quitter précipitamment la salle d'interrogatoire pour répondre à un appel de Jana Berzelius. Pendant ce temps-là, l'homme assis face à elle ne lâchait pas son demi-sourire. Il avait la tête baissée et la lampe jetait une ombre sur sa cicatrice.

— Vous croyez en Dieu ? demanda Mia.

L'homme ne répondit pas.

— Votre nom. Gavril. Ça veut dire que Dieu est...

— ... ma force, trancha-t-il. Je sais très bien ce que ça veut dire.

— Alors, vous croyez en Dieu ?

— Non. Je *suis* Dieu.

— C'est pas vrai ! Ravie de l'entendre !

Il lui sourit d'un air satisfait. Mia était mal à l'aise. Elle remua sur sa chaise. Gavril l'imita.

— Un dieu ne tue pas, dit Mia.

— Dieu donne et reprend.

— Mais il ne tue pas les enfants.

— Oh, oui, il les tue.

— Alors vous avez tué des enfants ?

Gavril afficha de nouveau son sourire narquois.

— Merde, pourquoi vous me souriez comme ça ?

Elle s'adossa de nouveau à sa chaise. Gavril fit de même.

— Je n'ai pas tué d'enfants, dit-il. J'ai moi-même un fils. Pourquoi aurais-je tué d'innocentes créatures ?

— On a retrouvé une mèche de vos cheveux sur le corps d'une enfant, dans la fosse où elle était enterrée, sur une île où vous vous apprêtiez à aborder.

— Ça ne veut pas dire que je l'aie tuée, pas vrai ?

Mia le dévisagea. Il la dévisagea aussi. Mais elle refusa de détourner les yeux.

— Mais je me demandais..., dit-il lentement en continuant à la fixer. Si je savais qui a tué ces enfants et si je vous le disais, qu'est-ce que vous feriez pour moi ?

— Mais oui, tiens, qu'est-ce qu'on ferait pour vous ?

Gavril perçut le sarcasme dans sa voix. Il siffla entre ses dents :

— Je crois que vous ne comprenez pas bien où je veux en venir. Si je vous révèle qui les a tués, qu'est-ce que j'obtiens en retour ?

— Vous n'êtes pas en mesure de négocier. Vous ne comprenez vraiment...

— Ecoutez-moi très attentivement.

Gavril se pencha en avant. Il s'approcha de Mia. Si près qu'elle se sentit mal à l'aise.

Mais là non plus, elle ne détourna pas le regard. Elle ne voulait pas perdre.

— Si vous m'enfermez, je me souviendrai de vous le jour où je sortirai.

Il la défia du regard, puis ajouta :

— Vous feriez une grosse erreur en m'enfermant. C'est pour cette raison que je vous fais une offre. Je pourrais facilement vous donner des noms. Des lieux. Je sais beaucoup de choses sur les réseaux de trafic de drogue en Suède. Si c'est le rôle des enfants qui vous intéresse, j'ai aussi des choses à dire.

Mia refusa de répondre. Il poursuivit, sans se démonter :

— Alors, si je vous dévoile toutes les pièces du puzzle, qu'est-ce que vous ferez pour moi ? Je ne vous révélerai absolument rien sur moi-même, mais je peux vous dire tout ce que je sais sur les autres. Si ça vous intéresse, bien sûr. Mais il me semble que ça vous intéresse.

Mia se mordit la lèvre.

— J'ai une proposition : si je vous révèle tout, vous nous protégez, mon fils et moi. Mais si vous m'enfermez, vous n'apprendrez absolument rien, et je vous garantis que d'autres enfants vont mourir. Je suis le seul à pouvoir arrêter ça. Et je veux bénéficier de la meilleure protection possible. Venue d'en haut. Sinon, je ne dirai rien. Alors ? Vous en pensez quoi ?

Mia détourna les yeux. Il avait eu le dessus. Elle fixa la table, puis la vitre sans tain. Elle savait que Gunnar était debout juste derrière et qu'il était aussi désemparé qu'elle.

Bon sang, qu'allaient-ils faire maintenant ?

Il était 13 h 42. Le procès venait de se terminer. Jana Berzelius rassembla ses documents et quitta précipitamment la salle d'audience. Comme d'habitude, elle fila vers l'issue de secours et ouvrit la porte coupe-feu d'un coup de hanche. Elle dévala les marches vers le garage du sous-sol. Pendant qu'elle manœuvrait la voiture hors de sa place de parking, elle appela Henrik Levin pour lui annoncer qu'elle arrivait. Mais son numéro sonnait occupé.

Tout en sortant du garage, elle tenta encore de joindre Henrik. Cette fois, ça n'était pas occupé, mais il ne répondit pas. Evidemment, les feux passaient au rouge dès qu'elle s'en approchait. Les piétons traversaient au ralenti les bandes blanches, et les autres conducteurs roulaient devant elle à une allure d'escargot. Quand elle atteignit enfin le commissariat, toutes les places de parking étaient prises et elle dut faire trois fois le tour du pâté de maisons, avant de repérer une place minuscule.

Impossible d'ouvrir la portière sans toucher la voiture d'à côté : elle rentra le ventre en retenant sa respiration pour s'extirper du véhicule. Elle monta les marches de l'entrée en courant, se rua vers l'ascenseur, appuya sur le bouton d'appel. L'ascenseur mettant un temps fou à arriver, elle finit par prendre l'escalier.

Quand elle entra enfin dans le centre de détention provisoire, elle était hors d'haleine. Elle s'efforça de reprendre son souffle avant d'ouvrir la porte qui donnait sur les salles d'interrogatoire. Là, elle tomba nez à nez avec un agent en uniforme. Gabriel Mellqvist, selon le badge.

Il leva immédiatement une main.

— Interdiction d'entrer.

— J'ai rendez-vous avec mon client, je suis un peu en retard, dit Jana.

— Comment s'appelle-t-il ?

— Gavril Bolanaki.

— Je suis désolé, vous ne pouvez pas entrer.

— Pourquoi ?

— Le dossier est clos.

— Clos ? Comment est-ce possible ?

— Je suis désolé, Jana, vous devez partir.

Gabriel repoussa Jana de l'autre côté de la porte et la lui ferma au nez. Elle resta plantée dans le couloir, interloquée, furieuse.

Elle sortit son téléphone et appela encore Henrik. Pas de réponse. Elle appela Gunnar. Rien non plus.

Elle jura tout haut et repartit en courant vers le garage.

Assise dans sa cellule, Lena A. Wikström donnait des coups de tête contre le mur de béton. Elle était recroquevillée sur son matelas, les genoux remontés contre la poitrine. Au-dessus de sa tête, une lampe ovale était fixée au mur. Près de la lampe, quelqu'un avait écrit « *Fuke* » au feutre noir, au lieu de *Fuck*. Une lumière blafarde s'infiltrait à travers les barreaux. La cellule faisait huit mètres carrés. A côté du lit se trouvait un genre de bureau en bois arrimé au mur. Une chaise y était solidement attachée, en bois elle aussi.

Cela faisait sept jours que Lena était enfermée dans cette cellule du centre de détention provisoire. Au début, elle avait pris la chose calmement, car elle pensait sortir bientôt. Mais, aujourd'hui, ses espoirs venaient de s'envoler. En faisant la queue à la cantine, elle avait entendu dire que Gavril venait d'être arrêté, lui aussi. Ça l'avait tellement contrariée qu'elle n'avait pas touché à son plateau-repas, ni bu une goutte du lait qu'on lui avait servi. C'était *lui* qui était censé l'aider à sortir. Mais voilà qu'il était en garde à vue, dans une cellule proche de la sienne.

Tout est fini, se dit-elle en cognant de nouveau sa tête contre le mur. *Maintenant, tout est fini, et moi aussi je suis finie. Il faut l'accepter, c'est tout. Je ne peux plus rien faire. Il ne me reste plus qu'une seule solution.*

Quand Jana Berzelius fit irruption dans son bureau, Torsten Granath était prêt à partir, sa veste beige sur le dos. Elle s'arrêta au beau milieu de la pièce.

— Qu'est-ce qui se passe ? demanda-t-elle.

Torsten la fixa, un point d'interrogation sur le visage.

— Il faut que je rentre. Ma femme a téléphoné. Ludde a un problème. Il mange ses propres excréments depuis vingt-quatre heures. Il faut qu'on l'emmène chez le vétérinaire.

— Je parle de Gavril Bolanaki. Qu'est-ce qui se passe ?

— Ah, tu parles de ça ? On allait t'en informer.

— Pourquoi le dossier est clos ? C'est mon client.

— Le dossier est clos. Les services de renseignements ont pris la main. Personne n'a le droit de lui parler. Même pas toi.

— Et pourquoi ?
— Ils vont en faire un indic.
— Comment ça, « un indic » ?
— Il va aider la police à quadriller les réseaux de drogue en Suède. Etant donné les risques qu'il va courir, lui et son fils viennent d'être placés sous la protection des services de renseignements. Il quitte le centre de détention provisoire demain, à 9 heures.
— Il a un fils ?
— Apparemment, oui.
— Où est-ce qu'ils vont les emmener ?
— C'est confidentiel, Jana. Tu le sais bien.
— Mais...
— Ça suffit.
— Mais maintenant qu'on le tient...
— Grâce à cet homme, la police va avoir des renseignements de première main sur les trafics de drogue. Cette atroce affaire aura au moins servi à quelque chose. On ne pouvait pas rêver mieux.
Jana tourna les talons et sortit sans un mot.

Jana était folle de rage. Elle se sentait capable de tuer quelqu'un. Plus précisément, celui ou celle qui avait décidé de placer Gavril Bolanaki sous la protection des services de renseignements. Gavril avait manipulé la police, elle en était certaine. Il avait réussi à faire croire à Henrik qu'il pouvait être utile. Il allait échapper à l'audience, au procès et à la condamnation. Il allait s'enfuir !
Les mains crispées sur le volant, elle ralentit et baissa sa vitre. D'un geste vif, elle inséra sa carte de stationnement dans le lecteur et entra dans le garage en faisant crisser ses pneus. Elle se gara à sa place habituelle et claqua la portière derrière elle. Dans l'escalier, elle grimpa quatre à quatre les marches menant à son étage. D'une main sûre, elle glissa la clé dans la serrure, ouvrit la porte et entra dans le vestibule.

Au moment où elle allait refermer le battant, elle vit une main le retenir. Elle n'eut pas le temps de réagir, une silhouette aux vêtements sombres s'introduisait déjà dans l'appartement.

Le visage de l'intrus était dissimulé sous une cagoule. Il leva les deux mains, en lui montrant ses paumes.

— Pas de violence, Jana.

Elle reconnut immédiatement sa voix. C'était Danilo. Il retira sa cagoule et lui montra son visage.

— Tu devrais être plus prudente, dit-il.

Jana se contenta de ricaner et alluma le plafonnier.

— Ce n'était pas très malin de m'envoyer un texto, insista-t-il.

— Pourquoi ? dit Jana. Tu as des raisons de te cacher ?

— Non. C'est toi qui as des raisons de te cacher.

— La police ne peut pas localiser une carte SIM prépayée.

— On ne sait jamais.

Ils se turent tous les deux, tout en se défiant du regard. Danilo fut le premier à rompre le silence :

— Alors comme ça, il a été arrêté ?

— Oui. Mais il y a un problème...

— Lequel ?

— Entre, je vais t'expliquer.

52

Henrik Levin se réveilla en sursaut. Il s'était assoupi sur le lit de Felix. Pas étonnant, avec ce qu'il avait vécu aujourd'hui. Il était épuisé, mentalement et physiquement.

Il avait encore sur le ventre un livre racontant l'histoire d'un ours en peluche. Vilma était dans ses bras, Felix allongé tout contre lui. Ils respiraient profondément. Henrik essaya de dégager l'un de ses bras coincé sous Vilma, mais elle remua et se pelotonna contre lui. Il contempla un instant le visage de sa fille endormie, lui caressa le nez du bout du sien, puis libéra son bras. Vilma continua à dormir. Felix aussi, la bouche ouverte, comme un petit oisillon. Henrik lui caressa la joue. Puis il se redressa lentement et dut s'y reprendre à deux fois avant de réussir à enjamber la barrière qui entourait le lit. La chaleur des deux petits corps l'avait fait transpirer. Il tira sur le tissu de sa chemise qui lui collait à la peau et décida que les enfants pouvaient dormir dans le même lit pour une fois.

Il éteignit la veilleuse en forme de lune et ferma doucement derrière lui la porte de la chambre.

Il se brossa soigneusement les dents, les nettoya avec du fil dentaire, se rinça avec la quantité exacte de bain de bouche recommandée. Il étudia son visage dans le miroir et remarqua un nouveau cheveu blanc près de sa tempe. Mais il ne prit pas la peine de l'arracher. Il était trop fatigué pour ça. Il quitta la salle de bains et se dirigea vers la chambre à coucher.

La télévision était éteinte. Emma lisait au lit, vêtue d'un

T-shirt rose, la couverture remontée jusqu'à la taille. Henrik se déshabilla, plia ses vêtements et les déposa sur la chaise de son côté du lit. Il bâilla, s'effondra sur l'oreiller, passa un bras derrière sa nuque et contempla le plafond. Emma lâcha son livre pour le fixer intensément. Il sentit la brûlure de son regard, comme un choc électrique.

— Qu'est-ce qu'il y a ? demanda-t-il.

Emma mit quelques secondes à répondre.

— C'est que... ça fait longtemps qu'on n'a pas...

— Qu'on n'a pas quoi ?

— On ne fait pas souvent l'amour ces derniers temps.

— Non.

— Et ce n'est pas à cause de toi.

— Ah bon ?

— C'est à cause de moi.

— Ce n'est pas très important, dit Henrik.

Il regretta aussitôt cette réponse. Evidemment que c'était important. C'était extrêmement important. En fait, c'était essentiel.

Emma se pencha et lui donna un long baiser. Il le lui rendit et posa sa main sur ses seins. Sa main à elle vint lui caresser le dos. Elle le grattouilla légèrement... un peu plus fort... Henrik eut l'impression qu'il s'agissait d'une invitation. *Enfin !* pensa-t-il, tout en attirant Emma à lui. Puis il se souvint de ce qu'elle venait de dire. Ça lui coupait un peu l'envie. Il la repoussa tendrement. Elle posa sur lui le regard interrogateur et plein de désir de ses grands yeux bleus.

— Pourquoi tu as dit que c'était à cause de toi qu'on n'avait pas fait l'amour, demanda-t-il ?

Emma sourit et les petites rides que Henrik aimait tant apparurent autour de ses yeux.

Elle se mordilla les lèvres, sans cesser de sourire, avec un regard mutin, tandis que ses doigts traçaient sur les draps un cœur invisible.

Henrik aurait voulu pouvoir immortaliser cet instant. Il

aurait tout donné pour que le temps s'arrête. Emma avait l'air tellement heureuse.

Et puis, elle le lui dit :

— Je suis enceinte.

Henrik regretta aussitôt de lui avoir demandé des explications, de ne pas s'être abandonné à son désir. A présent, il n'avait plus du tout envie.

Emma s'allongea sur lui.

— Ce n'est pas fantastique ?

— Mais si.

— C'est fantastique, pas vrai ?

— Oui, vraiment.

— Tu es heureux ?

— Oui. Très heureux.

— J'ai attendu que cette enquête soit bouclée pour te l'annoncer. Tu étais tellement préoccupé par ton travail. Et l'occasion ne s'est pas présentée. Jusqu'à ce soir.

Henrik ne bougea pas. Il demeura allongé sous Emma, comme pétrifié. Elle se mit à remuer lentement, frottant son corps contre le sien, mais il ne songeait plus à participer. Il ne pensait plus qu'à une seule chose. Elle était enceinte. Enceinte, ça voulait dire plus de sexe pendant neuf mois. Quand elle attendait un bébé, elle n'avait plus de désir. Et lui non plus. Zut !

Il la repoussa doucement.

— Qu'est-ce qu'il y a ? demanda-t-elle. Tu ne veux pas ?

— Non, répondit-il brièvement en gardant son bras autour d'elle. Viens. Allonge-toi près de moi.

Elle lui jeta un regard surpris.

— Allez, viens, insista-t-il. Je voudrais juste te sentir contre moi.

Elle posa la tête contre son torse.

— Tu es enceinte, murmura-t-il, les yeux au plafond. C'est super. Vraiment super.

Elle ne répondit pas.

Il comprit qu'elle était déçue de ne pas faire l'amour. Elle ressentait ce qu'il avait ressenti toutes les fois qu'elle s'était refusée à lui. *Les rôles s'inversent*, pensa-t-il. Il ferma les yeux, tout en songeant qu'il ne risquait pas de dormir. Et il avait raison.

Il ne dormit pas de la nuit.

— Alors, c'est demain qu'ils l'emmènent ailleurs ? demanda Danilo.

Il était debout au milieu du salon de Jana, les bras croisés. Ses yeux fixaient un point au-delà de la fenêtre.

Jana était assise sur le canapé, un verre d'eau à la main. Il lui avait fallu vingt minutes pour raconter toute l'histoire à Danilo. Et pendant tout ce temps, il était resté debout près de la fenêtre.

— Où est-ce qu'ils vont l'emmener ? demanda-t-il. T'es au courant ?

— Non, dit Jana. Je n'en sais rien.

Danilo se mit à tourner en rond.

— Quel merdier.

— Qu'est-ce qu'on fait ?

Il se tut, tout en continuant à aller et venir. Puis il s'arrêta brusquement et regarda fixement Jana.

— T'as vraiment aucune idée de l'endroit où ils vont l'emmener ?

— Non, je te l'ai dit. C'est confidentiel.

— Dans ce cas, il n'y a qu'un seul moyen de savoir où il est.

— Lequel ? demanda-t-elle.

— Grâce à un appareil de repérage. Un GPS.

— Super, ton plan. Vraiment.

— Je suis sérieux. Un GPS, c'est la seule solution.

— On pourrait peut-être suivre les voitures de la police ? Qu'est-ce que tu en penses ? C'est peut-être un peu plus simple ?

— Et prendre le risque d'être repérés ? Non. Avec le GPS, on pourra les suivre à distance.

— Mais on prend aussi le risque d'être repérés.

— Pas si on se débrouille bien.

— Comment on peut se procurer un engin pareil ?

— Je m'en occupe.

— Comment ?

— Fais-moi confiance.

— Mais... tu n'aurais pas oublié un détail important ? Par exemple, que Gavril est en cellule ? Au centre de détention provisoire ? Comment tu vas faire pour lui coller cet appareil ?

Danilo vint s'asseoir près d'elle.

— C'est pas moi qui vais le faire.

— Ah non ?

— Je ne vois qu'une seule personne qui pourrait entrer dans le centre de détention sans éveiller les soupçons et approcher Gavril. Et ce quelqu'un, c'est toi.

53

Mardi 1er mai

Le couloir du centre de détention ne lui avait jamais paru aussi long. Ses talons résonnaient. Pour rester concentrée, Jana comptait ses pas. Elle s'était mise à compter dès qu'elle était sortie de l'ascenseur et elle en était à cinquante-sept pas. Elle consulta sa Rolex.

8 h 40.

Elle se focalisa sur la porte et serra la poignée de sa mallette. *Soixante-douze pas en tout,* pensa-t-elle en posant sa mallette sur le sol. Elle appuya sur la sonnette pour réclamer l'ouverture du battant, et une voix lui demanda de décliner son identité dans le micro.

— Jana Berzelius, bureau du procureur. Je viens voir une cliente, Lena A. Wikström, annonça-t-elle.

La porte s'ouvrit, Jana souleva sa mallette et entra. Un gardien au cou inexistant et aux oreilles aussi grandes que des voiles lui décocha un sourire niais quand il la reconnut. D'après son badge, il s'appelait Bengt Dansson.

Il vérifia le passe de Jana et son sourire s'étira encore plus quand il le lui rendit. Ce qui eut pour effet de faire ressortir son double menton.

— Et une petite fouille corporelle, dit-il.

Jana tendit les bras et sentit les mains de Bengt passer de ses aisselles à ses côtes, puis à ses hanches.

Bengt haleta un peu en s'accroupissant face à elle. Voyant

qu'il continuait à la palper, descendant maintenant vers ses jambes, elle leva les yeux au ciel.

— Qu'est-ce que vous préférez ? Le détecteur de métaux, ou une vraie fouille corporelle ? dit-il en levant vers elle des yeux lubriques.

— Comment ça ? demanda-t-elle.

— Vous avez le choix. Le détecteur, ou toute nue.

— Rassurez-moi, vous blaguez ?

— Quand il s'agit de sécurité, on n'est jamais trop prudent.

Jana en resta sans voix.

Elle cherchait quelque chose à répondre quand Bengt éclata d'un rire tonitruant qui secoua la peau flasque de ses joues. Il posa une main sur son genou pour se redresser, tout en continuant à rire.

— Ah, ah, ah ! Vous faisiez une de ces têtes !

— Très drôle, rétorqua Jana en attrapant sa mallette.

— Ça ressemblait à ça...

Il fit une grimace qui lui donna un air de phoque bigleux.

Jana eut envie de lui envoyer son poing dans la figure, mais un centre de détention provisoire n'était pas l'endroit le plus indiqué pour ce genre de pratiques.

Bengt essuya ses larmes, remua la tête et se remit à rire.

— Vous m'excuserez, fit Jana, mais je suis un peu pressée. J'ai du boulot, vous voyez. Je n'ai pas de temps à perdre en plaisanteries douteuses.

Bengt se calma, se racla la gorge et lui ouvrit la porte.

— Vous pouvez entrer, dit-il.

Jana s'engagea dans le couloir du centre de détention et adressa un signe de tête au gardien du poste de sécurité. Celui-ci acquiesça silencieusement et se concentra sur l'un des trois moniteurs qui s'étalaient face à lui. Deux autres gardiens discutaient à voix basse près du bureau. Jana ne put s'empêcher de se demander si c'étaient eux qui avaient pour mission d'emmener Gavril. Elle consulta de nouveau sa montre.

8 h 45.

Plus qu'un quart d'heure avant le départ de Gavril. Son cœur s'accéléra.

Bengt referma la porte derrière lui et l'entraîna dans le couloir. Son trousseau de clés faisait un bruit de ferraille à chacun de ses pas. Les murs étaient d'une couleur abricot, le sol recouvert de linoléum vert menthe. Ils passèrent devant des cellules aux portes blanches, renforcées d'une bande d'acier au niveau du sol.

Bengt s'arrêta devant celle qui portait le numéro 8 et souleva le trousseau accroché à sa ceinture. Il chercha la bonne clé, leva les yeux vers Jana et se mit à rire sans bruit, en secouant de nouveau la tête. Puis il déverrouilla la porte et s'effaça pour la laissa entrer. A l'instant où elle allait pénétrer dans la cellule, elle vit les gardiens en faction dans le couloir serrer la main à deux agents en costume sombre qui venaient d'arriver. Le départ de Gavril était pour bientôt.

— Restez dehors, ordonna-t-elle à Bengt. Je n'en ai pas pour longtemps.

Ensuite, elle se glissa dans la cellule et referma la porte derrière elle.

— Qu'est-ce que tu viens faire là ?

Lena A. Wikström était assise sur sa couchette, les genoux remontés sous le menton. Son drap pendait au sol. Elle portait un pantalon et un T-shirt vert foncé. Elle était pieds nus. Elle avait les yeux fatigués et cernés, les cheveux en bataille.

— Qu'est-ce que tu fais là ? répéta-t-elle. Tu es revenue me menacer ?

— Non, dit Jana. Je ne suis pas venue vous menacer. J'ai besoin de votre aide.

— Je ne t'aiderai pas.

— Vous m'aidez déjà.

Lena eut l'air étonnée, mais elle ne fit pas de commentaire. Visiblement, elle n'avait pas envie de faire l'effort de comprendre.

— Combien de temps ça va prendre ? demanda-t-elle.

— De quoi vous parlez ? fit Jana en posant sa mallette sur le sol.

— Avant que je sois incarcérée ?

— Je vous rappelle que vous êtes déjà incarcérée.

— Mais ce n'est pas pour de vrai. Ce n'est qu'une étape. Une transition.

— Plus que deux jours avant le procès, répondit Jana en jetant un nouveau coup d'œil à sa montre.

8 h 52.

Elle s'accroupit devant la mallette et l'ouvrit, dos à Lena, en plongeant ses mains à l'intérieur pour dissimuler ses mouvements. Elle retira sa Rolex, en ouvrit le boîtier, puis détacha à l'aide de ses ongles l'émetteur qu'elle y avait dissimulé. Ensuite elle referma prestement le boîtier et se hâta de remettre sa montre. L'émetteur GPS dans une main, elle referma sa mallette de l'autre.

— Alors, plus que deux jours et ce sera terminé..., soupira Lena d'une voix lasse.

Jana comprit que Lena était à bout. Qu'elle avait baissé les bras.

— Je voudrais que ça s'arrête, souffla Lena en regardant ses mains.

Soudain, elle avait l'air minuscule, grise et rabougrie.

— Je crois que je n'en peux plus. Je veux m'en aller d'ici.

— Mais vous allez rester ici.

— Je ne veux pas rester en prison. Je préfère mourir. S'il te plaît, tue-moi ! Je sais que tu peux. Tue-moi !

— Vous délirez !

— Je ne peux pas vivre comme ça. Il faut que je m'en aille.

Jana ne répondit pas et consulta de nouveau sa montre.

8 h 59.

C'était l'heure. Elle devait y aller. Elle allait frapper à la porte pour qu'on lui ouvre, mais la voix de Lena la retint.

— Je t'en prie, couina Lena. Aide-moi...

Jana soupira. Après une dernière hésitation, elle revint vers Lena. Elle attrapa le drap qui traînait par terre, fit un trou dans le tissu avec ses dents, puis déchira une longue bande.

— Tenez, vous n'avez qu'à vous débrouiller avec ça, dit-elle.

Ensuite, elle alla frapper à la porte. Bengt lui ouvrit aussitôt. Du coin de l'œil, elle vit approcher Gavril encadré par quatre hommes, les deux gardiens et les deux agents en costume sombre. Au moment où ils passaient devant elle, elle s'avança d'un pas et fit semblant de glisser. Elle lança sa mallette en avant, se tordit la cheville et poussa un cri de douleur en s'affalant de tout son long. Mais, au passage, sa main frôla la jambe de Gavril et, rapide comme l'éclair, elle en profita pour fixer l'émetteur à sa poche de pantalon.

Bengt bondit pour l'aider à se relever.

— Oh ! pardon, bredouilla-t-elle. Ce sont mes talons. Ils sont tout neufs.

Les gardiens la dévisagèrent, surpris. Les agents lui lancèrent un regard sévère. Quant à Gavril, il se contenta de sourire.

Jana ne put s'empêcher de le dévisager. Son cœur battait dans sa poitrine. Elle était tout près de lui, mais il restait hors de portée. Elle eut une bouffée de haine. Elle aurait voulu le tuer sur-le-champ. Lui planter un couteau dans le ventre, encore et encore. Il fallait qu'il crève.

Qu'il crève.

Qu'il crève.

Qu'il crève.

— Vous devriez faire un peu plus attention, ma petite demoiselle, lâcha-t-il avec un sourire narquois tandis que les quatre hommes l'emmenaient.

Et toi donc, pensa Jana. *Toi aussi tu devrais faire attention.*

— Tu es consciente des risques que tu prends ? demanda Danilo.

Assis sur le siège du passager, il ne quittait pas des yeux le smartphone qui leur indiquait sur une carte la position de

Gavril. Il avait posé son sac à dos entre ses jambes, devant son siège.

Le regard de Jana était rivé à l'autoroute. Elle gardait une main sur le volant et l'autre sur le rebord de la portière. Les sièges étaient moelleux, recouverts d'un beau cuir. Ils étaient à bord d'une Volvo S60 noire que Danilo avait empruntée à un ami, ou louée au dernier moment à une entreprise locale. Jana se fichait de connaître la vraie version. L'important était qu'elle n'avait pas eu à s'occuper de la voiture, ce qui lui évitait de laisser derrière elle une trace compromettante.

Une odeur tenace de désinfectant flottait dans l'habitacle. Ils venaient de quitter Trosa. Le trafic était fluide et ils roulaient bien.

— Je sais parfaitement ce que je fais, répondit Jana d'un ton résolu.

Elle n'avait jamais été aussi sûre d'elle. Tout son corps brûlait du désir de mettre Gavril au pied du mur — de se mesurer à lui. Elle voulait qu'il paye pour tout ce qu'il lui avait fait. Pour avoir tué ses parents. Et tant d'autres innocents. Elle allait se venger, même si ça devait être la dernière chose qu'elle ferait sur cette terre. Elle ne voulait pas qu'il s'en tire.

— Tu risques très gros. Et si tu te fais prendre ?

Jana ne répondit pas.

Elle était parfaitement consciente de l'énormité de l'enjeu. Elle risquait sa vie et sa carrière pour assouvir sa vengeance. Mais le jeu en valait la chandelle.

— Tu n'as pas peur ?

— J'ai cessé d'avoir peur le jour de mes sept ans, répondit-elle laconiquement.

Danilo ne posa plus de questions et le silence les enveloppa. On n'entendait plus que le bruit des pneus sur l'asphalte.

Ils restèrent assis l'un à côté de l'autre sans prononcer un mot pendant le reste du trajet. Le GPS les guidait. Ils traversèrent Järna pour rejoindre Nykvarn. Au bout de vingt minutes de route, Danilo se redressa sur son siège.

— Ils se sont arrêtés, dit-il.

Jana ralentit. Ils étaient en pleine forêt.

— Ils sont très loin ?

— Deux cents mètres, peut-être trois cents, répondit Danilo. On va faire le reste à pied, pour éviter d'être repérés.

Au bout de cinquante mètres le long d'un sentier de gravier, ils trouvèrent un endroit discret où garer la voiture. Jana coupa le moteur et regarda Danilo prendre son sac à dos.

— Je devrais peut-être te remercier, dit-elle. De m'aider.

— Tu me remercieras plus tard, répondit-il en descendant de la voiture.

Les grandes portes de la grille s'ouvrirent lentement.

Un policier en uniforme leva le bras et la voiture s'engagea sur l'allée de gravier, suivie d'un minibus noir aux vitres teintées et d'une deuxième voiture.

Phobos était surexcité. Il allait avoir une nouvelle maison ! Il jeta un coup d'œil du côté de Papa, assis près de lui sur la banquette arrière, puis contempla à nouveau la grande maison blanche. Un mur bordé de buissons encerclait la propriété. Il y avait aussi quelques arbres broussailleux et une fontaine en forme de sirène, où l'eau avait laissé des traces brunes sur la petite surface de céramique. Mais la fontaine ne marchait plus. Et elle était moche.

Avec ses deux étages et ses grandes fenêtres, la maison ressemblait à une résidence campagnarde. La porte d'entrée était peinte en rouge, la façade éclairée par de grands projecteurs et par quelques appliques un peu plus faibles. Il y avait aussi des colonnes. Surmontées de caméras.

Waouh, quelle maison !

Phobos serra contre lui l'ours en peluche qu'il tenait sur ses genoux. Il l'aimait beaucoup. C'était la première fois que Papa lui faisait un cadeau. Mais il n'avait pas le droit de montrer qu'il était content, c'était ce que Papa lui avait dit. Il n'avait pas le droit de sourire ou de dire des bêtises. Il n'avait pas non plus le droit de parler de son petit ours ou de dire qu'il était tout neuf.

La maison se rapprochait. La voiture s'arrêta tout près de la porte d'entrée. Deux policiers en uniforme s'avancèrent et ouvrirent les portières. Phobos descendit d'un côté, Papa de l'autre.

— Est-ce qu'on contrôle aussi le fiston ? demanda l'un des policiers à son collègue, qui était en train de fouiller Papa.

— Mais non, c'est juste un gosse.

— Viens par là, dit le policier à Phobos, et il l'accompagna vers la porte.

L'air frais lui mordit les joues. Il suivit le policier à petits pas, les yeux rivés à ce qui allait être sa nouvelle maison.

Se sentant de nouveau nerveux, il serra son ours très fort contre lui. Il était bien rembourré, mais il sentit nettement quelque chose de dur à l'intérieur.

Jana avait le dos plaqué au mur d'enceinte la propriété. Ils étaient encore à l'extérieur. L'herbe était humide. Le froid traversait son petit sweat-shirt noir moulant et son legging, noir lui aussi. Aux pieds, elle portait de légères chaussures de course.

Danilo portait aussi des vêtements noirs. Il s'accroupit pour sortir son Sig Sauer de son sac à dos et vissa un silencieux sur le canon, d'une main experte.

— Tu as toujours une bonne technique, commenta Jana.

Danilo ne répondit pas et lui tendit le pistolet.

— Je n'ai pas besoin de ça, dit-elle.

— Comment tu comptes le tuer, alors ? A mains nues ?

— Je suis meilleure au couteau.

— Crois-moi, tu vas avoir besoin de ce pistolet. Ne serait-ce que pour entrer dans la maison.

— Où est-ce que tu te l'es procuré ?

— Mes contacts, répondit-il sèchement.

Il replongea une main dans son sac à dos et en tira un autre pistolet. Déjà équipé d'un silencieux. Un Glock.

Ensuite, il se leva et enfila une cagoule.

— On attend que les voitures de police aient quitté le périmètre. Après, il faudra agir vite. Plus on ira vite, mieux ce sera. On entre, on tire, on ressort. Tu vas t'en souvenir ? demanda-t-il avec un sourire taquin.

Un sourire avec une fossette qui réchauffa le cœur de Jana.

Les gardiens la trouvèrent morte dans sa cellule, avec les bandes de tissu tressées autour du cou. Elle avait d'abord éprouvé un grand soulagement. Puis elle avait eu une bouffée de panique, mais trop tard. Impossible de faire machine arrière.

On ne pouvait pas se libérer d'un nœud coulant quand on avait les pieds dans le vide. Elle le savait. Et pourtant, elle avait lutté. Elle s'était débattue, elle avait tenté de tirer sur le tissu qui lui enserrait le cou. Jusqu'à son dernier souffle.

Quand les gardiens entrèrent dans la cellule, ils restèrent saisis, à la voir pendue à l'un des barreaux de la fenêtre, les fixant de son regard vitreux.

54

— OK, souffla Danilo.

Il lâcha le mur et atterrit près de Jana.

Après le départ des voitures de police, il avait décidé de vérifier combien d'hommes restaient à l'intérieur et s'était hissé par-dessus le mur de la propriété pour observer ce qui se passait de l'autre côté.

— C'est bon, dit-il en cachant son sac dans un buisson. On peut y aller. Toi d'abord.

Il noua ses deux paumes.

— Je te fais la courte échelle.

Jana glissa son pistolet dans sa ceinture, contre son dos. Elle posa un pied dans les mains de Danilo et prit appui sur ses épaules.

— Prête ?

Jana hocha la tête.

— OK. Un, deux, TROIS !

Il la propulsa vers le haut. Elle s'agrippa au mur de ses deux mains, se hissa par-dessus et bascula de l'autre côté. C'était haut et l'atterrissage fut rude, mais elle roula sur elle-même pour aller s'accroupir derrière deux buissons tout proches. Là, elle se fit toute petite et balaya le périmètre des yeux, attentive au moindre mouvement, l'oreille aux aguets.

Danilo atterrit à côté d'elle avec un bruit sourd. Il s'accroupit et dégaina son pistolet.

— Tu as vu ? murmura-t-il en montrant du doigt la caméra de surveillance fixée en haut d'un poteau, face à l'entrée. Cet appareil, c'est une caméra IP. Elle peut filmer à très longue distance, presque comme un télescope. Ne laisse jamais ton visage à découvert face aux caméras, elles enregistrent le moindre détail et les caractéristiques physiques à plus de cent mètres. Avant de t'en approcher, il faut toujours les neutraliser. Avant, on n'avait pas à se préoccuper de ce genre de détails, mais les temps ont changé.

Puis il montra les policiers postés aux quatre coins.

— Il y en a un devant, deux sur les côtés et un derrière. Garde-les bien en vue. S'ils te repèrent, c'est fini, tu piges ?

Jana acquiesça.

— Dès que je tire dans cette caméra, tu cours vers la maison et tu restes dans l'ombre, ordonna-t-il.

— Je sais ce que je dois faire.

— OK.

Danilo se leva et rajusta la cagoule sur son visage. Puis il prit une profonde inspiration et avança sur la pelouse, le pistolet braqué sur la caméra.

Dès que Jana entendit le bruit sec du silencieux, elle se mit à courir à travers la pelouse, en direction de la maison. Elle se plaqua contre la façade, à peine essoufflée, et se fondit dans l'ombre. Elle entendit un autre coup de feu, suivi de deux autres, et puis, plus rien. Elle regarda à droite, à gauche. Plissa les yeux vers l'entrée, puis vers l'arrière de la maison. Elle demeura encore un instant immobile, en tendant l'oreille. Puis elle rampa jusqu'à un angle, où elle s'arrêta pour observer les alentours. Un policier arrivait en courant. En dépit du silencieux, il avait entendu les coups de feu et se dirigeait vers la porte, pistolet au poing. Il sortit du champ de vision de Jana. Elle entendit encore tirer à deux reprises. Puis le silence se fit.

Elle scruta de nouveau le périmètre et aperçut une caméra qui pivotait, fixée sur le côté de la maison, en pleine lumière. Elle compta les secondes où l'objectif restait fixé sur elle.

Beaucoup trop long. De là où elle était, impossible de pénétrer à l'intérieur sans être repérée.

Elle retira le cran de sûreté de son arme et s'allongea dans l'herbe. Juste au moment où elle s'apprêtait à tirer, le verre de la caméra explosa sous l'impact d'une balle. Le coup était parti de derrière elle. Danilo la rejoignit. Sous sa cagoule, elle pouvait voir ses lèvres pincées, son regard froid. Il semblait calme et déterminé.

— La voie est libre, maintenant ? souffla-t-il.

— Oui, répondit Jana en se levant. Tu as tué les policiers ?

— Je n'avais pas le choix.

Après avoir vérifié que la voie était bien libre, Danilo s'éloigna au pas de course vers la porte de derrière, en baissant la tête devant les fenêtres. Il vérifia la porte vitrée : elle était fermée. Il fit signe à Jana de le rejoindre.

— Et maintenant, écoute, murmura-t-il quand elle fut près de lui. Agis vite. Ne réfléchis pas. Remplis ta mission, c'est tout. D'accord ?

— D'accord.

— Je reste ici. Si tu n'es pas revenue dans dix minutes, j'entre.

Il sortit un crochet de sa poche et le glissa dans la serrure. Au bout de dix secondes, un déclic se fit entendre.

— Tu es sûre de vouloir faire ça ?

— Oui, répondit Jana. Tout à fait sûre.

Elle leva le pistolet à hauteur de ses yeux, ajusta sa prise sur la crosse. Ensuite, elle prit une profonde inspiration et ouvrit la porte.

Elle était à l'intérieur.

La pièce dans laquelle elle venait de pénétrer mesurait environ cinq mètres sur dix. Il s'agissait probablement du salon — un grand salon avec un canapé, un large fauteuil et une table basse en verre. Aux murs, des paysages. Un chevalet blanc était installé dans un coin. Juste à côté, une lampe à l'abat-jour décoré de motifs floraux. Pas de plantes. Pas de tapis. Elle remarqua des livres dans une bibliothèque — des classiques pour la plupart. Elle s'approcha d'une ouverture qui donnait sur la pièce attenante et avança lentement la tête pour regarder la deuxième pièce. Celle-ci était éclairée par une lampe ronde posée sur une table ovale entourée de dix chaises. Une salle à manger, donc. Jana scruta rapidement les lieux et passa à la pièce suivante, dont la porte était également entrouverte. Elle jeta un œil à travers l'interstice. De l'autre côté, c'était le vestibule. La première chose qu'elle vit fut une petite banquette et un vestiaire mural. L'escalier était large, recouvert d'un tapis bordeaux. La lumière était allumée à l'étage.

Il était là-haut.

Jana poussa la porte du bout du pied, avec l'intention de traverser le vestibule pour rejoindre l'escalier menant à l'étage. Au même moment, elle entendit un « clic » derrière elle. Son cœur s'arrêta de battre. Elle tourna lentement la tête et aperçut un garçon dans la pénombre. Ses yeux brillaient. Il avait un pistolet à la main et il le pointait vers elle.

Elle ne bougea pas d'un cil. Le garçon était trop près, beaucoup trop près. A cette distance, il ne pouvait pas la rater. Il s'approcha lentement.

— Tout doux, dit-elle.

— Jette ton arme, dit le garçon. Ou je te bute.

— Je sais que tu es capable de me tuer, dit-elle en baissant son pistolet.

Elle tendit l'autre main pour montrer qu'elle se rendait.

— Comment tu t'appelles ? demanda-t-elle.

— Laisse tomber.

— Je voudrais juste connaître ton nom.

Le garçon soupira ostensiblement, hésita, puis lâcha :

— Phobos.

— C'est aussi le nom qui est inscrit sur ta nuque ? Phobos ?

Phobos eut l'air surpris et porta instinctivement la main à sa nuque.

— Si tu es bien celui que je crois, je veux que tu m'écoutes, reprit Jana. Moi aussi, j'ai été comme toi.

— Jette ton arme, répéta-t-il.

— Moi aussi, j'ai un nom sur ma nuque. Tu veux que je te le montre ?

Pendant une fraction de seconde, il sembla déstabilisé, mais il se reprit aussitôt.

— Non, répondit-il d'une voix dure.

— Pourquoi ? S'il te plaît, laisse-moi te le montrer. Je veux t'aider. Je peux t'aider à t'échapper d'ici, tu peux partir, rien ne t'oblige à rester avec lui.

Le garçon ne l'écoutait pas.

— Jette ton arme, insista-t-il.

— Comme tu veux.

Elle lança son arme, mais loin derrière Phobos. Il la suivit instinctivement du regard et, au moment où elle passait par-dessus sa tête, Jana se jeta sur lui pour le désarmer d'une main et lui bloquer le bras de l'autre, tout en le faisant pivoter pour le plaquer contre elle.

— Je suis désolée, murmura-t-elle en appuyant le canon contre sa tempe. Je n'ai pas le choix. Je sais de quoi tu es capable et c'est la seule manière de nous protéger, toi et moi.

Phobos voulut se dégager, mais elle passa un bras autour de son cou pour l'immobiliser.

— Calme-toi, lui dit-elle. Je vais t'aider. Mais tu dois m'obéir. Sinon, je ne réponds de rien.

Phobos se figea. Un bruit de gargouillis se fit entendre quand il essaya d'avaler un peu d'air. Jana relâcha un peu son étreinte.

— Contente-toi de faire ce que je dis. Promis ?

Phobos essaya de remuer la tête de haut en bas, pour faire signe que oui. Jana chercha des yeux le pistolet qu'elle venait de lancer. Il avait atterri au centre de la pièce. Et à côté de lui, il y avait un homme. Un homme qu'elle reconnut malgré la pénombre.

C'était Lui.

Gavril.

— Bravo ! s'exclama-t-il en applaudissant. Ce n'était pas évident de le désarmer, je peux te le dire. Tu t'en es bien sortie !

Sa voix était paisible, presque amicale.

— Je t'avais vue arriver, ajouta-t-il. J'ai bien profité du spectacle.

— Lance-moi ton arme, ordonna-t-elle.

— Je n'ai pas d'arme.

— Ton fils était armé. Tu dois l'être aussi.

— Il était armé, mais pas moi. Tu crois vraiment que les agents m'auraient laissé introduire une arme dans la maison ?

— Si ton fils a réussi, j'imagine que toi aussi.

— Non, ce n'était pas si facile que ça.

— Comment il a fait ?

— Un petit tour de magie, souffla-t-il en avançant les mains un court instant sous le rayon de la lampe.

Le geste était vif ; ses mains disparurent en un clin d'œil dans l'obscurité.

— Alors, tu n'as pas d'arme ?

— Non, ma petite demoiselle. Aucune.

Elle n'était pas sûre qu'il disait la vérité. Elle tenta de voir s'il ne dissimulait pas une arme sous ses vêtements.

— Montre-moi tes mains ! dit-elle.

Gavril avança de nouveau les mains vers la lumière et haussa les épaules.

— Lève-les, je veux les garder bien en vue. Si tu tentes quoi que ce soit, j'explose la cervelle de ton fils !

— Mais oui, mais oui, dit-il en lui lançant un sourire peu rassurant. Mais, si je peux me permettre, qu'est-ce que tu fais ici ?

— Il fallait que je vienne. J'ai un certain nombre de questions à te poser.

— Ah, vraiment ? Tu es journaliste ?

— Non. Mais je veux savoir *pourquoi*.

— Pourquoi... ?

— Pourquoi est-ce que tu fais ça ?

Jana fit un geste du menton vers Phobos, dont la gorge sifflait chaque fois qu'il respirait.

— « Pourquoi », voilà un mot intéressant. Par exemple, pourquoi je te le dirais ?

— Parce que tu me dois bien ça.

— J'ai des dettes envers beaucoup de gens.

— Moi la première.

— Et qu'est-ce que je t'ai fait ?

Jana sentit la colère enfler en elle, mais elle lutta pour garder son calme.

— Avant, tu m'appelais « Kèr », dit-elle lentement.

— Qu'est-ce que tu dis ?

— Tu m'avais baptisée « Kèr ».

Gavril avança d'un pas. La lumière de la lampe tomba sur son visage, révélant sa cicatrice dont la peau était fine et boursouflée.

Il la fixa, bouche bée. Elle soutint son regard. Elle se sentait soudain comme apaisée. Ses épaules se relâchèrent un peu.

— Voyez-vous ça. Kèr. Alors, tu as survécu, au bout du compte. On ne s'embrasse pas ?

— Va au diable.

— Oh ! ma chère... On est un peu en colère, n'est-ce pas ?

— Tu m'as volé mon enfance, tu as assassiné mes parents et tu as inscrit ce sale nom sur ma nuque. Pourquoi ? Je veux savoir pourquoi. Réponds ! Pourquoi tu as fait ça ?

Gavril sourit.

Il rejeta la tête en arrière, montra ses dents et laissa entendre un sifflement.

— Parce que c'est très facile. Après tout, personne ne se soucie de ceux de ton espèce. Des gamins clandestins, voilà ce que vous êtes. Pas de papiers. Vous n'existez pas.

— Et ça te donne le droit de kidnapper et de torturer...

— Je n'ai jamais torturé personne ! l'interrompit Gavril en haussant la voix. Les enfants, je les forme. Je leur donne une deuxième chance dans la vie, tous autant qu'ils sont. La chance de devenir quelqu'un. De s'intégrer à quelque chose de plus grand.

— Plus grand que quoi ?

— Je ne crois pas que tu puisses comprendre la sensation que ça procure, d'avoir droit de vie et de mort sur quelqu'un.

— Mais ce sont des enfants.

— Précisément. Des enfants sans valeur. Des meurtriers tout désignés.

Comme Phobos recommençait à s'agiter, elle lui enserra un peu plus la gorge. Il protesta en enfonçant profondément ses ongles dans la chair de son bras.

— Pourquoi les entraînes-tu à faire ça ? A tuer ?

— Qu'est-ce que tu crois ? Il faut bien que je me défende. C'est sacrément difficile d'être sur le marché, de nos jours. J'ai les meilleurs producteurs, les meilleurs intermédiaires, les meilleurs revendeurs. Il y a beaucoup d'acheteurs et je dois garantir mes revenus. L'argent, c'est très important. C'est ce que tout le monde cherche. Ce que tout le monde veut. Et quand il y a de l'argent en jeu, il y a beaucoup de sale boulot à faire. Et avec la drogue, c'est encore pire. C'est pour ça qu'il faut être bien entouré. Moi, je m'entoure de gens qui sont prêts à me protéger et à protéger ce que j'ai créé — mon marché. Qui sont prêts à me débarrasser de ceux qui ne se comportent pas correctement, des mouchards, des mauvais payeurs, de tous ceux qui ne remplissent pas leurs obligations, si je puis dire. Quand tu n'as pas les bonnes personnes dans ton organisation, il faut t'en débarrasser. Il y a toujours quelqu'un dont il faut se débarrasser. Et c'est difficile de trouver des adultes pour ce boulot, tu comprends. Ils sont trop chers et, quand ils ont goûté à la belle vie, ils deviennent vite gourmands. Ils te trahissent. Ou alors ils se shootent et, là, tu ne peux plus rien en faire. Ils deviennent inutilisables.

Gavril poursuivit :

— Mais un enfant ruiné mentalement, tu peux le transformer en arme de guerre. En un soldat sans émotion, qui n'a plus rien à perdre. Il n'y a pas plus dangereux.

— C'est pour ça que tu assassines...

— ... leurs parents, oui. Ensuite, il est plus facile de prendre les enfants en main. Ils sont plus dévoués. N'est-ce pas ? C'est la vérité, non ? Tu n'es pas d'accord ?

Elle ne répondit pas et se contenta de serrer les dents.

Gavril tendit les mains vers elle.

— Je sais que ça peut choquer mais, en faisant ce que je fais, je contribue à créer un monde meilleur. Je rends service à la société en réduisant le nombre d'immigrés clandestins. Et je me sers des enfants de ces mêmes immigrés pour éliminer les faibles qui pourrissent la société. Pense à Darwin. C'est la loi du plus fort.

— Mais ensuite tu les tues, ces enfants.

— Et après ? De tout temps, on a tué des enfants. Même dans la Bible, on parle de meurtres d'enfants. Tu ne te rappelles pas ? Dans l'Evangile selon Matthieu ? Après la naissance de Jésus, le roi Hérode ordonne l'assassinat de tous les garçons juifs de moins de deux ans, parce qu'il a entendu dire qu'un nouveau roi est né et qu'il veut écarter ce rival.

— Donc, tu te vois comme un Hérode des temps modernes ?

— Non, je veux simplement dire par là que la mort est une arme en elle-même. Elle permet de montrer à tes ennemis qui tu es. J'utilise des enfants pour écarter le risque d'avoir des rivaux.

Gavril tourna légèrement la tête vers la droite. Sa cicatrice se plissa et se rapprocha de son œil.

— Ne bouge pas, j'ai dit ! hurla Jana.

Il tourna de nouveau la tête vers elle et la peau rosâtre de sa cicatrice se déplissa.

— Mais je ne bouge pas, dit-il lentement.

— Et la drogue ? Pourquoi les droguer ?

— Il faut bien trouver quelque chose pour les récompenser. Et puis ça m'arrange qu'ils deviennent accros, parce que ça les rend dépendants de moi et que ça limite les risques d'évasion. Ils font tout ce que je leur demande. Ils me mangent dans la main. Je suis comme un père pour eux, parce que je leur donne leur dose.

— Si j'ai bien compris, tu te prends pour Dieu ?

— Pas vraiment. Plutôt son contraire. Un dieu maléfique, si on veut.

— Pourquoi ces noms ? Et pourquoi les marquer comme des bêtes ?

— Pour leur donner le sentiment d'appartenir à une communauté. A une grande famille. Et pour qu'ils sachent qu'ils sont des guerriers.

— D'où le choix de prénoms qui font référence à la mort et à la guerre.

— Exactement. J'ai gravé ton nom sur ta nuque pour que tu n'oublies pas qui tu étais. Je t'ai donné ton vrai nom.

— C'est Jana, mon vrai nom.

— Tu es Kèr.

— Non.

— Tu es Kèr ! Tu le sais bien. Tu es toujours celle que j'ai formée.

Jana ne répondit pas.

— Ce que je fais n'est pas si original que ça, tu sais. Dans de nombreux pays, on recrute de très jeunes gens pour les entraîner et les utiliser au sein de groupes armés. Je fais la même chose ici, sauf que je vais plus loin. N'importe qui peut tuer avec un pistolet, mais tout le monde n'est pas capable d'égorger un homme avec un couteau.

— Combien ? demanda Jana.

— Combien nous en avons entraîné ?

— Entraîné, si tu veux... Combien ?

— Soixante-dix.

La réponse de Gavril frappa Jana comme un coup de poing. Elle relâcha légèrement la pression sur le cou de Phobos. Il enfonça un peu moins ses ongles dans son bras.

— Mais là, je te parle de ceux qu'on a récupérés. Ensuite, on ne gardait que les meilleurs de chaque lot.

— Tu veux dire de chaque container ?

— Voilà.

— Il y avait dix containers... Tu as pris sept enfants dans chaque container ?

— Parfois plus, parfois moins. Après quelques semaines, on sélectionnait les deux meilleurs du groupe. Ou un seul. Et on se débarrassait des autres. Tu dois sûrement te souvenir de la manière dont on procédait ?

Gavril avança la main, l'index et le majeur pointés sur Jana et fit mine de la viser.

— Ne bouge pas ! hurla-t-elle.

Comme Phobos tentait de remuer, elle le souleva à quelques centimètres du sol. Il se débattit comme un fou. Elle dut le reposer pour pouvoir continuer à parler.

— Tu sais que j'avais encore un élève sur l'île, tout récemment.

— Thanatos.

— C'est ça. Il était unique.

— Il a tué Hans Juhlén. Pourquoi ?

— Dis donc, tu es bien informée. Qu'est-ce que tu veux que je te dise... Hans Juhlén se mêlait un peu trop de mes affaires. Il était devenu un problème pour nous.

— Quand tu dis « nous », tu parles de Lena A. Wikström, de Thomas Rydberg et d'Anders Paulsson ?

— Précisément !

Gavril tendit la main, et elle réagit en levant le canon vers lui. Il eut un sourire narquois, avança la main un peu plus près. Comme pour l'effrayer.

— Reste tranquille ! cria-t-elle.

Elle avait la bouche sèche et elle dut déglutir.

— Continue, explique !

— Tu as déjà compris.

— Continue !

Gavril redevint sérieux.

Il eut un étrange rictus qui découvrit les dents de sa mâchoire inférieure.

— Hans Juhlén avait trouvé une liste de nos cargaisons et il a commencé à faire pression sur Rydberg pour en savoir plus. Il menaçait de tout révéler, donc on a dû se débarrasser de lui. Thanatos était chargé de cette mission, et il nous a donné toute satisfaction. C'est Anders qui a tout fait rater. Au moment où il ramenait Thanatos sur l'île, il y a eu un incident. Thanatos a compris qu'il allait mourir et il a essayé de s'échapper. Anders l'a abattu — une erreur qui nous a coûté cher.

— Le container dans lequel je suis arrivée...

— ... était notre premier. Ça a demandé beaucoup d'organisation. Et ça continue.

— Vous attendez une nouvelle livraison ?

Gavril fit la grimace. Il leva le menton et siffla entre ses dents :

— Mieux vaut renouveler les stocks en permanence. Comme ça, ils n'ont aucune chance de comprendre quoi que ce soit. Une fois qu'ils ont rempli leur mission, quand nous n'avons plus besoin d'eux, nous pouvons les éliminer. Des enfants, on peut toujours en trouver. Des réfugiés, il en arrive sans arrêt. Ils n'ont aucune valeur.

— Tais-toi !

Gavril leva les deux mains vers elle et les agita en sifflant. Comme un serpent.

— Ssssssssss !

— Reste tranquille ! Ou je tire ! cria Jana en braquant le pistolet sur lui.

Gavril cessa de la provoquer et baissa la tête.

— Je sais que tu es capable de tirer, dit-il. Je sais aussi

exactement ce que tu penses. Après tout, c'est moi qui t'ai entraînée.

— Il n'y avait pas que toi...

— Non, il n'y avait pas que moi, confirma Gavril d'une voix forte, en s'avançant d'un pas vers le pistolet resté au sol. Sauf que les autres sont morts depuis longtemps. Je te l'ai déjà dit, il faut savoir s'entourer de personnes de confiance. Mais il ne faut pas trop s'entourer, sinon il y a trop de bouches à nourrir.

Jana déglutit et ses doigts se crispèrent sur la crosse.

— Mais maintenant, c'est fini, dit-elle d'une voix déterminée.

— Ça ne sera jamais fini. Les enfants, c'est l'avenir.

Il fit un autre pas en avant.

— Ne bouge pas ! Ne bouge pas !

Gavril ne parut pas impressionné et avança encore d'un pas.

— Ne bouge pas ! Reste là ! Sinon...

— Sinon quoi ?

Il fit encore un pas en avant.

— Sinon, je le tue, cria Jana en tournant le pistolet vers Phobos.

Gavril s'immobilisa, le sourire aux lèvres.

— Vas-y. De toute façon, je n'ai plus besoin de lui.

— C'est ton fils, hurla Jana en appuyant son canon sur la tempe de Phobos.

Le garçon poussa un gémissement.

— Ce n'est pas mon fils, c'est un gosse sans valeur. Il n'est personne.

Jana fixa Gavril d'un air incrédule. Phobos s'était mis à pleurer, elle écarta de sa tempe le canon du pistolet. Il avait laissé une marque rouge sur sa peau fine.

— Tu peux le descendre, je l'aurais fait tôt ou tard. Il le sait. Mais il fait quand même tout ce que je lui dis. Pas vrai, Phobos ? Tu fais tout ce que je te dis, hein ?

Gavril adressa un clin d'œil au garçon, qui comprit le signal et se mit à donner des coups de pied à Jana. Il réussit à la frapper au tibia. La douleur la fit sursauter, et elle ne remarqua pas que Gavril profitait de cette seconde d'inattention pour ramasser le pistolet.

Quand elle tourna de nouveau les yeux vers lui, il le pointait sur elle. Avec un grand sourire, il appuya sur la détente... mais l'arme n'émit qu'un déclic.

Il appuya de nouveau. Plusieurs fois. Clic. Clic. Le chargeur était vide !

Gavril partit d'un éclat de rire.

Jana fixait le pistolet. Elle ne comprenait plus rien. Cette arme, c'était la sienne, celle que Danilo avait préparée pour elle. Elle n'avait pas tiré. Pourquoi le chargeur était-il vide ?

Soudain, une voix s'éleva depuis le fond de la pièce :

— Ce n'est pas ton jour de chance.

Danilo sortit de la pénombre et se posta à quelques mètres de Gavril, son pistolet braqué vers lui.

— Qu'est-ce que tu fous là ? lança Gavril.

Et brusquement, Jana comprit. Ils étaient complices.

— Laisse-moi m'en charger, dit Danilo en pointant son Glock vers elle.

— Tu vois, dit Gavril à Jana. Il faut savoir s'entourer de personnes de confiance.

— Tu as entièrement raison, fit Danilo. Mais je ne suis pas une personne de confiance.

Puis il fit brusquement pivoter le canon et le braqua sur Gavril.

— Qu'est-ce que tu fais ? s'exclama celui-ci.

Danilo tira. Gavril s'effondra, touché en plein ventre.

Danilo s'approcha de son corps et lui tira une deuxième balle, dans la tête, pour plus de sûreté.

Phobos s'était figé. Il avait le souffle court et ouvrait des yeux ronds comme des soucoupes. Jana détourna lentement le canon du pistolet de la tempe de Phobos pour le braquer sur Danilo. Celui-ci retira sa cagoule et la fixa droit dans les yeux. Son regard était sombre, froid comme de la glace.

— Jana, dit-il. Ma petite Jana... Pourquoi a-t-il fallu que tu ailles fouiller dans le passé ? Je t'avais dit de laisser les choses où elles étaient.

Il s'avança vers elle, en balançant son arme au bout de son index.

— Je sais à quoi tu penses. Tu te demandes pourquoi ton arme était vide ? C'est ça, pas vrai ?

Jana acquiesça.

— Tu te souviens que je t'ai raconté que j'avais fait le mort dans la forêt. Quand Maman m'a abandonné pour essayer de te rattraper, j'ai couru dans la direction opposée. Tu t'en souviens ?

Jana hocha encore la tête.

— C'était la vérité. Tout est vrai. J'ai couru, mais je n'ai pas pu courir très longtemps. Anders m'a retrouvé dans un fossé. Il m'a fait remonter dans la camionnette. J'ai cru que j'allais mourir. C'est grâce à lui que je suis encore vivant. Il s'est occupé de moi. Il a toujours été comme une grand-mère, doux comme un agneau. Mais il connaissait bien son affaire. C'est pour ça que je pensais que tu ne t'en tirerais pas face à lui. J'espérais vraiment qu'il te tuerait.

Danilo marchait en demi-cercle autour d'elle. Elle le suivait du bout de son pistolet.

— C'est pour ça que tu m'as donné son nom, déclara-t-elle calmement. Pour que j'aille le trouver et qu'il me tue.

— Exact.

— Tu es impliqué dans tout ça, ajouta-t-elle.

— Là aussi, exact.

Danilo était en train de passer derrière elle.

— Mais comment… ?

— Comment j'ai fait pour survivre ? Je suis revenu sur l'île. C'est là-bas que j'ai tout appris. J'étais malin, j'ai eu de plus en plus de missions. Pas seulement une, comme tous les autres.

Il revint se placer face à elle, toujours très lentement.

— Le jour de mes dix-sept ans, on m'a permis de devenir

entraîneur. Papa s'est débarrassé des autres entraîneurs. Et de tous les autres abrutis, d'ailleurs.

— Je n'arrive pas à croire que tu l'appelles comme ça.

— Papa ? Toi aussi, tu l'appelais « Papa ».

— Mais plus maintenant.

Danilo continuait à tourner en rond autour d'elle et se trouvait maintenant à sa gauche.

— C'est mon Papa. Oh non, je te demande pardon — je veux dire, *c'était* mon Papa, bien sûr. Lui, moi, Lena, Thomas et Anders, on faisait tourner notre affaire, on s'occupait de tout. Maintenant, ils ont tous disparu. Sauf moi. J'ai toujours pensé que je les éliminerais tous un jour, et voilà. C'est arrivé un peu plus tôt que prévu, mais c'est arrivé.

Jana avait du mal à croire ce qu'elle entendait. Les pensées tourbillonnaient dans sa tête.

— Tu avais prévu tout ça ?

— En quelque sorte.

Danilo venait de passer à sa droite. Il demeura songeur un instant, puis reprit :

— Quand tu es venue me voir, j'ai vu ça comme un signe. J'ai compris que c'était le moment.

— Le moment de quoi ?

— D'aller de l'avant.

Cette fois, elle comprit.

— Tu m'as utilisée pour tuer Gavril, dit-elle lentement.

— Et tu as tout gobé.

— J'avais confiance en toi.

— Je sais. Et c'est pour ça que ça a été si facile. Je t'ai aidée pour que tu m'aides.

Il lui jeta un regard dur, puis s'approcha du corps de Gavril.

— Je voulais que tu crèves, Papa, dit-il en lui envoyant un coup de pied. Tu ne t'en doutais pas, hein, mon salaud ? Tu ne te doutais pas que je mourais d'envie de te buter.

Il le frappa encore à plusieurs reprises, violemment, les vaisseaux de son front gonflés sous l'effort, les narines dilatées, le cou raide et enflé, en montrant les dents. Puis au bout de quelques secondes, il se calma, d'un seul coup, et alla s'installer dans un fauteuil.

— Je suis désolé, Jana, mais tu dois mourir, dit-il lentement en repoussant les cheveux qui lui retombaient sur le front.

Jana ne répondit pas. Elle tentait de maîtriser le tremblement de sa main. Il ne fallait pas que Danilo voie qu'elle avait peur.

— On peut dire que tu as foncé tête baissée dans le piège, ma pauvre fille, ajouta-t-il.

— J'aurais dû me méfier, c'est vrai, répondit-elle en soutenant son regard. J'aurais dû comprendre beaucoup plus tôt. Mais maintenant, je comprends tout. Tu m'as donné un Sig Sauer et le petit garçon de la plage est mort d'une balle de Sig Sauer. L'arme qui était pour moi, c'est celle qui a tué Thanatos.

En guise de réponse, Danilo éclata de rire.

— Tu voulais me laisser pour morte dans cette maison en me collant le meurtre de l'enfant sur le dos.

Le rire de Danilo se fit plus grave et plus menaçant.

— Exactement !

Il bondit de son siège et vint se planter devant elle.

Elle sursauta. Phobos aussi.

— Les policiers te trouveront ici. Ils comprendront que c'est toi qui as tué tout ce petit monde avant d'être abattue, jolie procureure. Pense au scandale que ça va être !

Jana se mordit les lèvres. Comment faire pour se tirer de ce pétrin ? Sa main tremblait de plus en plus. Le pistolet lui semblait de plus en plus lourd.

— Et quand ils feront l'autopsie de ton corps, ils trouveront le nom inscrit sur ta nuque. Et ça leur fournira ton mobile. Ils comprendront que tu étais autrefois sur cette île. Et ils en déduiront tout naturellement que tu voulais te venger de ceux qui ont tué tes parents. Simple comme bonjour, pas vrai ?

Danilo recula de quelques pas.

— Mais tu sais ce qui est le plus jouissif ? ajouta-t-il. C'est que tu ne te sois doutée de rien. Je t'avais pourtant dit de faire attention. Je te l'avais dit. Mais tu ne m'as pas écouté.

Il braqua son pistolet sur elle et lui ordonna de lâcher Phobos.

Elle refusa.

— Très bien, dit-il. Dans ce cas, je vais vous descendre tous les deux.

Il visa.

Et tira.

Mais elle eut le temps de se jeter de côté, en entraînant Phobos dans sa chute. Ils atterrirent sur le sol, elle roula sur elle-même tout en tirant sur Danilo.

Malheureusement, elle le manqua.

Danilo se rua hors de la pièce, en trébuchant sur le corps de Gavril. Jana était toujours à terre, sur le dos. Elle n'arrivait pas à reprendre son souffle. Son regard et le canon de son pistolet étaient braqués vers la porte. Elle se leva et chercha Phobos des yeux. Mais il s'était enfui.

Elle pénétra lentement dans le vestibule et se plaqua contre le mur, l'oreille aux aguets. Elle pointa le pistolet vers l'escalier, puis de l'autre côté, puis de nouveau vers l'escalier. Elle mettait un pied sur la première marche quand elle entendit un léger bruit derrière elle. Elle se retourna. Ça venait de derrière une petite porte. Elle s'en approcha lentement et attendit un peu avant de l'ouvrir. La porte de la cave ! Une lampe éclairait l'escalier qui y descendait. Elle hésita un instant. Sur ces marches, en pleine lumière, elle ferait une cible parfaite. Puis elle entendit un déclic près d'elle et fit volte-face. C'était le compteur. Avec une boîte à fusibles.

Elle sourit.

Et maintenant, on va jouer à un petit jeu, pensa-t-elle.

Un jeu très amusant.

Jana Berzelius venait de couper le compteur. Elle prit une profonde inspiration et fit un pas en avant. Elle était à présent dans un autre monde. Celui de ses souvenirs. Celui de la petite fille enfermée dans la cave, privée de lumière, qui se battait pour sa survie. Mais cette fois, elle ne luttait plus contre l'obscurité. Elle s'y plongeait tout entière. Cette fois-ci, elle dominait la situation.

Elle avança la tête et tendit l'oreille. Un étrange silence régnait dans la cave.

Un silence paralysant.

Elle fit un pas en avant, s'arrêta, écouta de nouveau. Encore un pas, et un troisième. Dans trois pas, si elle ne se trompait pas, elle aurait atteint l'escalier.

Elle tendit la main pour chercher la rampe à tâtons et compta de nouveau ses pas. Un, deux, trois. Voilà, elle sentait la rampe sous ses doigts. Dans son souvenir, elle était rêche et craquelée. Mais à présent elle était lisse et douce. Ses pieds descendirent lentement les marches, ses pas assourdis par un épais tapis. Arrivée sur la dernière marche, elle lâcha la rampe et tendit les deux mains devant elle, à l'aveuglette. Et là, soudain, elle entendit quelque chose. Quelqu'un venait de bouger. Quelqu'un qui était tout près d'elle.

Etait-ce Danilo ou Phobos ?

Elle tourna lentement la tête, essayant de détecter d'autres sons. Mais tout était silencieux. Beaucoup trop silencieux. Danilo était peut-être juste derrière elle. Cette pensée lui donna envie de prendre la fuite. De sortir de là au plus vite.

C'est alors qu'elle l'entendit.

Le souffle.

Le signal.

Instinctivement, elle braqua son canon vers l'endroit d'où venait la respiration. Et soudain, elle reçut un violent coup sur le bras, perdit l'équilibre, tomba en arrière. Elle demeura allongée au sol, parfaitement immobile.

Elle tenta de lever le bras pour braquer le pistolet vers les marches, mais la douleur l'en empêcha.

Soudain, un coup de pied dans la main lui fit lâcher le pistolet. Elle entendit l'arme glisser sur le sol, derrière elle.

— Tu n'es pas la seule à aimer les petits jeux dans le noir, dit Danilo en lui envoyant encore son pied dans les côtes.

Il avait frappé si violemment qu'elle entendit un craquement au niveau de son avant-bras. Elle ne put retenir un cri de douleur.

— Il est temps d'en finir, dit-il en s'installant sur sa poitrine et en refermant ses deux mains autour de son cou.

Elle parvint à lever un bras et enfonça ses ongles dans les mains qui l'étranglaient. Mais, au lieu de lâcher prise, Danilo serra encore plus fort. Elle était à court d'oxygène. Une sensation familière l'envahit. Elle sut qu'elle était sur le point de perdre connaissance.

Son autre main était bloquée sous la jambe de Danilo, et elle tenta de la dégager pour atteindre le couteau qu'elle portait dans un fourreau accroché à sa ceinture. Dans un ultime effort, elle parvint à attraper le manche entre deux doigts et à le dégainer pour le planter à l'arrière de la cuisse de Danilo. Il hurla et lâcha son cou. Elle avala une grande bouffée d'air dans un gargouillement, tout en le repoussant avec sa jambe. Il glissa sur le côté. Elle en profita pour se relever d'un bond, arracher la lame de sa cuisse et la lui glisser sous le menton.

— Je t'avais dit que je préférais les couteaux.

Mais elle ne conserva pas longtemps l'avantage. Il lui envoya un coup de genou dans le dos. En roulant au sol, elle sentit quelque chose de dur. Le pistolet ! Elle s'en saisit et braqua le canon dans l'obscurité. Danilo grimpait à présent l'escalier, marche après marche. Elle l'entendait souffler. Elle ferma les yeux pour se concentrer et tira dans le noir.

Le temps s'arrêta l'espace d'une seconde.

Puis elle entendit un gémissement.

Son bras tremblait à cause de la douleur, mais elle y prêta à peine attention. Elle grimpa les marches à son tour, tout en écoutant les gémissements de Danilo. Arrivée près du boîtier à fusibles, elle enclencha le compteur et se tourna pour regarder le corps qui gisait au sol. Ce n'était pas Danilo.

C'était Phobos.

55

Gavril Bolanaki avait été remis aux services secrets le matin même, à 9 heures. Ils avaient ensuite donné une conférence de presse au commissariat. Gunnar s'était senti écrasé par la foule des journalistes, mais, aidé de leur chargée de communication, il avait su mettre l'accent sur le travail fourni par son équipe. En quittant la salle, il avait ressenti une étrange sensation de vide.

Durant le reste de la matinée, il avait expliqué aux services secrets les détails de l'affaire. Les laisser se débrouiller avec le dossier sans passer le relais n'était pas son genre. Une fois cela bouclé, quand il avait pris conscience que son rôle s'arrêtait là, la sensation de vide avait augmenté. Désormais, ils ne pouvaient plus rien faire.

A 16 heures, Gunnar rassembla son équipe dans la salle de conférences. Assis très droit dans son fauteuil, Henrik regardait fixement devant lui. Les mains croisées, Anneli s'appuyait des deux bras sur la table. Ola Söderström mâchait son stylo-bille. Mia se balançait sur sa chaise, les cheveux négligemment rassemblés en chignon. Elle avait l'air satisfaite. Elle voyait la conclusion de cette affaire comme une victoire personnelle et se réjouissait de ne plus côtoyer tous les jours Jana Berzelius, cette procureure qui l'insupportait.

— C'est quand même dommage, déclara Gunnar en balayant la salle du regard.

Les murs étaient nus. Les cartes et les photos des victimes

avaient été retirées, le tableau blanc essuyé. Les vidéoprojecteurs étaient éteints.

— Il nous reste encore beaucoup de questions sans réponse. A propose de réponse, j'ai reçu celle d'Interpol. Leur base de données ne contient aucune information sur des disparus chiliens.

Gunnar avait vraiment l'air déçu. Les chances d'identifier les victimes des containers semblaient s'être volatilisées. Mais il sembla un peu rasséréné en leur annonçant le suicide d'Anders Paulsson. Au moins, ils n'avaient pas à confier une nouvelle affaire de meurtre aux services secrets.

— Mais pourquoi s'est-il suicidé ? demanda Ola.

— On va supposer qu'il a eu des remords, répondit Gunnar. Pareil pour Lena Wikström. On ne peut pas vivre avec de pareils crimes sur la conscience.

Le silence tomba dans la pièce, comme une chape de plomb.

— Bien, dit Gunnar. Il nous reste encore quelque chose à faire.

— Merci pour tout, lança Mia en se levant de sa chaise.

— Où tu vas ?

— On n'a pas terminé ?

— Non. On a une dernière chose à faire.

Ils posèrent tous sur lui un regard interrogateur.

— On retourne sur les docks.

Cinq minutes plus tard, Henrik Levin était assis devant son bureau et jouait machinalement avec le dernier dessin de fantômes de Felix. Trois petits fantômes...

Trois...

Il allait être papa pour la troisième fois et ne savait pas trop encore comment prendre la nouvelle. Il était heureux, mais tracassé par les problèmes matériels à gérer. Il n'avait pas dormi de la nuit. Durant la réunion de ce matin, il avait eu un mal fou à se concentrer.

Henrik quitta des yeux les petits fantômes et regarda par

la fenêtre. Il pensait à l'enquête qu'ils venaient de boucler. Aux corps d'enfants qu'ils avaient découverts sur l'île. A ces pauvres innocents kidnappés et transformés en assassins.

Il en avait la chair de poule. Puis il pensa à Anders Paulsson, qui s'était donné la mort. Quand on était papa, comme lui, et qu'on avait donné la vie deux fois — bientôt trois —, il était difficile de comprendre comment on pouvait en arriver à se suicider. La vie était un bien précieux.

Il écarta le dessin.

— Tout va bien ?

Henrik sursauta en entendant la voix de Mia. Elle était dans l'encadrement de la porte, habillée chaudement des pieds à la tête.

— Tu as l'air abattu, insista-t-elle.

— Je vais être papa, dit-il lentement.

— Encore ?

— Oui, heureux papa pour la troisième fois.

— Alors, finalement, ça s'est arrangé, au lit, entre ta femme et toi. Bravo !

Henrik ne prit pas la peine de répondre.

— Bref, poursuivit Mia. Avant que j'oublie...

Elle fouilla dans sa poche et en sortit un billet de cent couronnes tout froissé qu'elle lui tendit.

— Tiens. Je te devais ça.

— Mais non, je t'en prie.

— Non, j'aime bien régler mes dettes. Je te dois un déjeuner et un café. Prends-les !

— Dans ce cas. Merci, fit Henrik.

Il se leva et saisit le billet.

— C'est la moindre des choses, dit-elle en enroulant son écharpe autour de son cou.

Henrik tira son portefeuille de la poche de sa veste, qui pendait à un crochet derrière la porte.

Il glissa le billet de cent couronnes entre les deux billets qui restaient.

Deux billets ?

Il lui semblait bien pourtant qu'il lui en restait trois.

Mia remarqua son air surpris et s'empressa de détourner son attention.

— Allez, viens, dit-elle. On bouge.

Phobos était affaissé contre le mur. Sa poitrine se soulevait à un rythme accéléré, il respirait par à-coups. De ses yeux bruns grands ouverts il la fixait. Il posa une main sur sa gorge. Le sang giclait fort et s'écoulait entre ses doigts en formant une grosse tache rouge sur son sweat-shirt. Le Glock était près de lui.

Soudain, Jana aperçut du coin de l'œil Danilo qui filait dans le couloir. Elle se lança à sa poursuite. Elle avait oublié l'atroce douleur qui lui vrillait le bras. Elle devait coincer ce salaud. Il ne fallait pas qu'il s'en sorte. Danilo disparut dans la salle à manger mais, quand elle y entra, il passait déjà dans la pièce suivante. Elle le suivit. Il était trop rapide et elle eut juste le temps de le voir sortir par la porte de derrière. Et quand elle atteignit elle-même cette porte, il avait disparu. Elle se figea.

Son cœur battait, le sang pulsait dans ses veines.

Il s'était enfui.

Ce salaud s'était enfui !

Elle abaissa à regret son arme et la coinça entre son dos et sa ceinture, contre ses reins. Son bras lui faisait de plus en plus mal. Elle se sentit prise d'une rage désespérée. Pour Danilo, il n'y avait plus rien à faire pour le moment. Elle se força à retourner à l'intérieur.

Là où était Phobos.

Henrik Levin battait la semelle sur les docks en se tapotant le torse. Puis il prit conscience qu'il n'avait pas besoin de s'agiter comme ça. Il portait un épais blouson, des sous-vêtements thermiques et une paire de grosses bottes d'hiver. Il ne risquait pas d'avoir froid. Il arrêta donc de gigoter et scruta le quai. Un bateau s'approchait, envoyant de temps en temps un signal assourdi. De gros flocons tombaient du ciel et commençaient à former une épaisse couche blanche sur le sol. Le périmètre des containers était délimité par un ruban de police agité par le vent.

— On s'approche un peu plus ? demanda Mia.

Elle était près de Henrik, les mains fourrées dans les poches, le cou rentré, son visage à moitié caché derrière une écharpe tricotée d'où dépassaient son nez et ses yeux.

— Attendons que le bateau arrive à quai, ordonna Henrik.

Il adressa un signe de tête à Gunnar et à Anneli, debout côte à côte à l'autre extrémité du quai, accompagnés du personnel portuaire et de quelques policiers en uniforme.

Ceux-ci lui rendirent son signe de tête et tournèrent leurs regards vers le bateau, lequel venait de s'engager dans le chenal. Les vagues se brisaient contre la coque. Une dizaine de mouettes piaillaient dans les airs, voletant autour de la poupe. Des marins en tenue de travail verte étaient à l'œuvre sur le pont, amarres en main.

Quand le bateau fut tout près du quai, les premières amarres passèrent par-dessus bord en décrivant des arcs de cercle au-dessus du bastingage. Le personnel portuaire les récupéra pour les nouer autour des bittes d'amarrage. Tous les ouvriers portaient des casques de protection et des vestes arborant le logo du port.

Le déchargement commença aussitôt.

Henrik leva les yeux vers le pont où s'entassaient les containers.

Ils allaient bientôt savoir.

— Tu vas t'en sortir, dit Jana.

Elle était toujours accroupie près de Phobos. Il avait glissé un peu plus le long du mur et sa tête pendait sur son épaule. Il était complètement silencieux, il respirait toujours bruyamment, en haletant. Son sweat-shirt était maculé de sang et une flaque rouge s'était formée sur le sol. Ses yeux commençaient à se voiler.

— Je me sens de plus en plus léger, dit-il dans un râle.

Il toussa et un peu de sang s'échappa du coin de sa bouche.

— Tu vas t'en sortir, répéta Jana.

Phobos la regarda dans les yeux.

— Tout devient blanc... tout est... blanc..., chuchota-t-il.

Sa main retomba.

Il baissa les paupières et rendit son dernier souffle.

C'était fini.

Jana se redressa.

Elle ramassa le Glock et l'essuya minutieusement, avant de le remettre dans la main inerte de Phobos. Ensuite, elle retourna vers le compteur, qu'elle essuya aussi. Puis elle alla s'accroupir près du cadavre de Gavril et arracha l'émetteur GPS accroché à sa poche de pantalon. Elle saisit l'autre pistolet abandonné à terre et l'essuya tout aussi méticuleusement que le premier, avant de le reposer près de Gavril. Pendant quelques secondes, elle resta assise là, à le regarder.

Puis elle sourit.

Ça ne lui était pas arrivé depuis une éternité.

Ensuite, elle se releva et se souvint brusquement qu'elle devait se débarrasser d'un troisième pistolet. Rapidement, elle le tira de sa ceinture, en grimaçant de douleur, à cause de son bras blessé. Ce Glock-là devait rester sur place, lui aussi. Elle le nettoya pour le débarrasser de ses empreintes, souleva doucement la main de Gavril et lui referma les doigts autour de la crosse.

Il ne restait plus à présent qu'un détail à régler.

Le couteau.

Elle retourna dans la cave pour le chercher. Il était coincé sous une étagère. Elle réussit à le récupérer et le rangea dans le fourreau qu'elle portait à la ceinture. Puis elle lança un dernier regard à Phobos.

— Désolée, murmura-t-elle.

Et elle quitta la maison.

56

Ce fut dans le quatorzième container qu'ils trouvèrent ce qu'ils étaient venus chercher. Il était bleu et rouillé. Les flocons de neige tombaient lentement sur le métal et se transformaient à son contact en gouttes d'eau qui dégoulinaient le long de la paroi.

L'équipe se tenait à quatre mètres des portes qui étaient fermées par quatre leviers de verrouillage. Un docker bataillait encore pour débloquer celui du milieu qui résistait. Il en vint tout de même à bout et ouvrit aussitôt. Le container aurait dû être rempli de marchandises, comme les précédents — pièces de moteur, vélos, cartons ou jouets, mais il semblait vide. Un trou noir. Henrik Levin fit un pas à l'intérieur, les yeux plissés, pour tenter de s'habituer à la pénombre. Puis un deuxième pas.

Et là il vit une petite fille.

Agrippée aux jambes de sa mère, elle le fixait d'un air apeuré.

Jana filait sur l'autoroute, au volant de la Volvo. Elle mit le chauffage à fond. Les essuie-glaces chassaient la neige fondue du pare-brise, la radio était éteinte. L'adrénaline était retombée, elle se sentait plus calme, elle conduisait la tête contre l'appui-tête, une main sur le volant, son bras blessé posé sur sa cuisse.

Son portable se mit à sonner. Elle regarda l'écran avec

méfiance. Numéro masqué. Elle hésita, puis décida de décrocher. C'était Henrik Levin.

— Gavril Bolanaki est mort.

Comme elle ne répondait rien, il poursuivit :

— Les services secrets n'avaient plus de contact avec les policiers qui protégeaient la maison, alors ils ont envoyé une unité spéciale sur place. Et là, ils n'ont trouvé que des cadavres. D'après les premiers comptes rendus qu'on a reçus, son fils et lui se sont entretués après avoir tué les policiers. On ne sait pas encore ce qui s'est exactement passé, mais c'est une vraie boucherie. On a retrouvé trois pistolets dans la maison et on suppose que Bolanaki les avait cachés dans la peluche du gamin.

— Très bien, dit Jana.

Henrik se tut quelques instants.

— Je suis sur les docks, dit-il enfin.

— Ah oui ?

— On les a trouvés. Dix familles avec leurs enfants. Ils sont sains et saufs. En sécurité.

— Bien.

— J'espère que c'était le dernier.

— Moi aussi.

— Le dossier Gavril est bouclé.

— Oui, celui-là, il est bouclé, conclut Jana.

Il était 18 h 59 quand Jana se présenta devant la maison de ses parents, à Lindö, près de Norrköping. Elle leva la main pour frapper à la grande porte d'acajou, puis se ravisa et décida d'annoncer son arrivée en appuyant sur la sonnette. Elle fit un pas en arrière et lissa ses cheveux encore humides. Elle avait eu le temps de prendre une rapide douche, mais pas de faire son brushing.

Un homme aux cheveux gris ouvrit lentement la porte.

— Bonsoir, père, dit Jana.

Elle resta quelques instants debout sous le porche, se laissant observer.

Quand il s'écarta pour la laisser passer, elle lui adressa un sourire poli accompagné d'un léger signe de tête.

Et elle entra dans la maison.

Remerciements

Ce récit est une œuvre de fiction. Toute ressemblance avec des personnes existantes ou ayant existé ne peut être que fortuite. De même pour les noms, qui sont inventés. Les lieux sont réels, mais j'en ai parfois modifié la description pour qu'ils servent mieux l'intrigue. Toute erreur qui se serait glissée dans le texte ne peut être que de mon fait.

Je tiens à remercier ceux qui m'ont aidée à écrire ce roman. Ceux qui l'ont lu et m'ont fait part de leurs critiques, ceux qui ont répondu à mes questions, ceux qui m'ont conseillée, qui se sont investis et m'ont donné de leur temps.

Un grand merci à mon père, à ma mère, et à ma jeune sœur, qui m'ont toujours écoutée et encouragée. Maman, ton opinion a beaucoup compté. A ma belle-mère je dis merci pour la sincérité de ses commentaires.

Et par-dessus tout, je tiens à remercier mon mari, Henrik Schepp, pour ses critiques et ses idées. Tu m'as réellement inspirée. Sans toi, ce livre n'aurait jamais vu le jour.

Composé et édité par HarperCollins France.

Achevé d'imprimer en décembre 2016.

CPI
BRODARD & TAUPIN

La Flèche
Dépôt légal : janvier 2017

Pour limiter l'empreinte environnementale de ses livres, HarperCollins France s'engage à n'utiliser que du papier fabriqué à partir de bois provenant de forêts gérées durablement et de manière responsable.

Imprimé en France